# COINCIDE

# 1

그날은 사월에 걸맞게 햇볕이 눈이 부실 만큼 내리쬐었다. 밖은 그 랬지만 실내에서는 그 정도로 느껴지지 않았다. 실내를 꽉 채운 사람들이 단체로 걸음을 빠르게 옮겼다가 다시 흩어지고는 했다. 이따금씩 들리는 안내 방송이 크게 울려 퍼지기는 했으나, 사람들의 웅성거림에 비할 바는 못 되었다. 정신없이 오가는 사람들이, 제각각의 다양한 외침들이 쩌렁쩌렁하게 울려 퍼지는 가운데서 이곳이 지금 낮인지 밤인지조차 모르기에 충분했다.

이런 정신없는 곳은 소년 또한 할 말을 잃게 만들었다. 덕분에 소년은 한동안 굳어진 채로 눈알만 굴려야 했는데, 막막하던 찰나에 뭔가가 소년의 등에 부딪혔다. 깜짝 놀란 소년이 등 뒤를 돌아보자, 양복을 입은 한 중년 남성이 바쁜 듯 사과도 않고 재빨리 다른 사람들 틈으로 사라졌다.

"......"

아픈 것은 아니었으나 기분이 상하기는 했다. 이내 머릿속이 흔들리는 이곳에서 빨리 나가야겠다는 생각이 들어, 소년은 마른침을 삼키며 성큼성큼 힘차게 걸어 나갔다. 그렇게 서울역 밖으로 나가니 숨이 좀 트이는 것 같았다. 거기서도 많은 수의 사람들이 바삐 다니면서 웃고 떠들었지만, 그래도 실내보다는 나은 것 같다는 게 소년의 생각이었다.

유난히 밝은 햇살은 소년을 반기는 것 같았다. 망설임 없이 계속 걷던 소년은 인적이 뜸해질 쯤 가로수 그늘 아래에 섰다. 그제야 처음 마주하는 서울 거리를 홀린 듯 바라본 소년은 홀로 이곳에 오기까지 여러 곳을 거치며 겨우 입에 풀칠하던 나날을 생각하게 되었다. 그 정도로 서울을 꿈꿨기에, 이곳에서 기필코 버텨 어떻게든 성공하겠다고 다짐했다.

서울역부터 멀리까지 걸어와서도 내내 꼿꼿이 들고 있던 고개를, 소년은 천천히 떨어뜨렸다. 주머니에 천 원도 없는 데다, 아까부터 배가 고파 기운이 없었기 때문이었다. 서울로 오기까지 여러 곳에서 눈칫밥을 먹어 가며 모질게 버텼으나, 막상 서울에 오니 그동안의 긴장이 풀려서인지 눈앞이 캄캄하기만 했다. 주위를 열심히 둘러보자 번듯한 건축물들이 보였다. 또 소년의 남루한 옷차림보다 훨씬 잘 차려입은 사람들이 돌아다녔는데, 여긴 서울이니 당연한 것이라 여겨졌다.

우두커니 서 있으려니 다리가 아파 왔고, 흙이 많이도 묻어 있는 오래된 신발 속의 발도 후끈거리게 된 소년은 가로수 바로 앞에 있는 도로를 보았다. 크기와 모양이 다른 차들이, 역에서 서둘러 돌아다녔던 사람들보다 빠른 속도로 움직였다. 마침 버스 한 대가 소년의 앞에 멈췄고, 길이 막힌 탓에 더디 움직였다. 소년은 물끄러미 그 버스 안을 보다, 이내 눈길을 멈췄다. 일곱 살쯤 되어 보이는 남자아이가 소년을 빤히 쳐다보고 있어서였다. 버스 안 어느 승객의 아이로 짐작되는 그 남자아이는 소년을 호기심 어린 눈으로 구경했다. 후줄근한 행색의 소년이 신기한 건지, 한 손에 삼각 김밥을 든 채로 멍하니 소년을 보고 있었다. 소년은 아이의 구경거리가 된 것이 싫지 않을뿐더러, 그 아이의 입가에 묻은 밥풀을 떼어 주고 싶었다. 줄곧 조용하던 버스가 부르릉거린 걸로 보아 길이 뚫린 모양이었다. 잠시 차 안을 보던 아이는 버스가 다시 출발함과 동시에, 소년을 보고 활짝 웃으며 삼각 김밥을 든 손을 흔들었다. 그것은 어떤 악의도 없는 웃음이었다. 아이가 웃기 위해 입을 벌리자 앞니 두 개가 빠져 있는 치열이 보였는데, 그 앞니 빠진 남자아이는 그렇게 소년의 눈앞에서 사라졌다. 소년도 손을 흔들고 싶었지만 버스가 갑작스럽게 움직인 데다, 자신도 지칠 대로 지친 상태여서 그럴 수가 없었다. 그래도 기분이 한결 나아진 소년은 다시금 힘차게 앞으로 걸어 나갔다. 벌써부터 위협적인 이 서울이라는 도시에서 버티기 위해 각오를 다졌다.

각오는 참 좋았으나 그걸 알아줄 마음이 '서울'에게는 아직 없었나 보다. 겁도 없이 무작정 상가를 돌아다니며 일자리를 달라고 얘기해 봤지만, 허름한 차림새의 낯선 십 대 소년이 하는 말은 사람들에게 철저히 무시되었다. 다들 소년이 말을 마치기도 전에 나가라고 하기에 바빴다. 다른 지역에서 하던 대로 그저 밀어붙이면 될 줄만 알았던 소년은 당황할 수밖에 없었다. 그런 일이 몇 차례 반복되어 소년은 좌절감에 빠져야 했으나, 그대로 주저앉기에는 몸이 너무 힘들었다. 어느

중국집에서는 소년이 딱해 보여, 뭘 좀 먹이고 보내려 했다. 물론 돈을 받으려는 의도는 없었고 소년도 그런 주인의 호의를 알았지만, 거절된 마당에 그 안에서 동정을 받고 싶지는 않았기에 정중히 거절하고 나왔다. 이윽고 배 속이 난리를 치며 소년의 행동을 원망했지만 어쩔 수 없었다.

그사이 시간이 많이 흐른 느낌이었는데도 아직 낮이었다. 소년은 금방이라도 쓰러질 것 같았으나, 애써 힘을 내어 공원으로 걸음을 옮겼다.

'이제 어떻게 하지?'

소년은 자리가 빈 아무 벤치에나 쓰러지듯 기대어 앉았다. 배는 고픈데 햇볕이 따뜻해서 곧 졸음이 쏟아졌다. 잠시 후, 옷가지가 든 낡은 가방을 힘없이 연 소년은 뭔가를 꺼내려다 멈칫했다.

너무나 향기로운 음식 냄새가 소년의 코끝을 자극했기 때문이었다. 소년은 이제 다른 감각은 무시한 채, 후각에만 의존해 걸음을 서둘렀다. 냄새는 조금씩 뚜렷해지며 소년을 점점 안달이 나게 만들었다.

드디어 냄새의 진원지가 보였는데, 멀리서 천막 안의 여러 사람들이 분주하게 음식 준비를 하고 있었다. 보아 하니, 봉사 단체가 무료로 식사를 제공하는 모양이었다.

'아…… 살았다.'

소년이 조금만 더 기운이 있었더라면 소리를 질러 댈 판이었지만, 지금은 끼니를 몇 번이고 굶어서 간신히 흐느적거릴 뿐이었다. 게다가 냄새를 따라 모인 사람들이 한둘이 아니었는데, 그 가운데는 노인과 노숙자가 많았다. 그들 중에 소년같이 어린 사람은 없었으나, 허기만큼은 누구의 비교 대상이 못 되었다.

사람들이 하도 많아, 소년은 식판을 들고 줄을 서는 내내 가슴을 졸여야 했다. 만약 자신의 차례가 되기도 전에 배식이 끝나면, 그렇게 된다면 이성을 잃고 무슨 짓을 벌일지 장담할 수 없었다. 길기만 한 줄에서 이런저런 생각을 하다 보니 소년의 차례가 왔다. 자신의 식판에 음식이 담겨 그 온기가 손끝으로 느껴지자, 거짓말처럼 잡생각이 사라지면서 마음에 안정이 찾아들었다. 소년의 눈은 오직 음식만 보았고, 고개는 고정된 것처럼 움직이지 않았다.

제법 날래게 자리를 찾아 앉은 소년은 빠르게 음식을 먹어 치웠다. 어찌나 허겁지겁 먹었는지 주위에서 힐금거릴 정도였지만, 하여튼 오랜만에 식사다운 식사를 할 수 있었다. 밥, 국, 반찬이 따뜻하게 담긴 밥상이라니 눈물이 나올 것 같았다. 이윽고 소년이 정신을 차렸을 때, 이미 그의 식판은 깨끗이 비어 있었다. 그제야 주위의 시선을 느낀 소년은 잠깐 창피했지만, 계속 그랬다간 이곳에서 지는 것 같았다. 소년은 지는 것이 싫었으며, 무엇이든 이겨 내고 싶었다. 배 속이 든든해짐으로써 그런 마음이 더욱 단단해진 소년은 재빨리 그곳을 빠져나와 다른 곳으로 향했는데, 허기가 해결된 탓인지 발걸음이 더욱 힘찼다.

급식소를 빠져나오기 전, 그곳에 많은 노숙자들이 눈에 띄었기 때문에 소년은 쓴웃음을 지을 수밖에 없었다. 성공하기 위해 서울에 온 것이면서, 아직도 일자리를 구하지 못하고 있거니와 식사도 겨우 해결하는 상황이었으므로 소년은 조바심이 났다. 그렇게 하염없이 걷고 또 걸었지만 그곳에도 노숙자들이 있었다. 답답한 마음의 소년이 주변의 노숙자들을 보니, 그들 대부분은 몸이 멀쩡해 보였다. 거기에다 대체로 젊었으며, 소년보다 깔끔해 보이기까지 했다. 그런데도 왜 노숙자가 됐는지 그 이유까지는 알 수 없었지만, 소년은 마음이 우울해졌다. 그런 사람들도 일자리 없이 떠도는데, 아직 어린 자신이 무슨 수로 일자리를 찾는단 말인가? 더구나 소년은 중학교도 마치지 못했고, 그렇다고 기계를 잘 다루거나 힘이 아주 센 것도 아니었다.

소년의 나이는 열일곱 살이었고, 집은 가난했지만 학교를 못 다닐 정도는 아니었다. 부모님이 살아 계셨다면 소년은 다른 또래처럼 교복을 입고, 친구들과 함께 교실에서 졸고 있을 시간이었다. 그러나 열네 살이던 어느 날 갑자기 부모님을 여의게 되었고, 그 충격이 가시기도 전에 고아원에 가야 했다. 그런데 그곳의 환경은 소년에게 가혹하다 싶을 만큼 열악했다. 그 때문에 소년은 며칠인가 지나서 그곳을 도망쳤고, 그렇게 여러 군데를 거쳐 서울로 오게 된 것이었다.

지난날을 떠올리며 정처 없이 걷던 소년이 문득 걸음을 멈추고 눈을 들었는데, 그곳에는 공장이 많이 있었다. 가발 공장, 비누 공장, 양말 공장 외에도 갖가지 물건을 만들어 내는 곳이 많은 터라 그 종류가 다양했다. 그러므로 당연히 직원도 많이 필요할 것이라고 생각한 소년은 기운이 불끈 솟았으며 희망이 고개를 내미는 것 같았다. 자신마저 노숙자 사이에 낄 수는 없었기에, 아까 그 급식소에 다시 찾아가지 말자고 다짐했었다. 이내 어금니를 깨문 소년은 다시금 힘차게 한 공장으로 들어갔다.

　시간은 흘러, 어느덧 초저녁이 되었다. 그동안 근처의 공장이란 공장은 다 들어가 일자리를 구하려고 해 봤지만, 아무도 소년에게 손을 내밀지 않았다. 소년이 아무리 통사정을 해 봐도 그것은 마찬가지였다. 밖으로 나오니 해가 저물고 있어, 소년은 새삼 자신의 처지를 생각해 보았다. 사람들이 야박하다는 생각도 들었으나, 한편으로는 아무것도 없는 자신을 누가 받아 주기나 할까 하는 생각이 들었다. 이런저런 생각을 하던 소년은 무거워진 발걸음을 천천히 옮겼다.

　날은 이제 제법 어두워졌고, 인도에는 사람이 없었다. 도로에는 저마다 불빛을 반짝이는 차들이 빵빵거렸고, 소년은 그 광경을 멍하니 바라보았다. 얼마나 돌아다녔는지, 하루 종일 흘린 땀이 그대로 말라붙은 소년은 더욱 시커메진 것도 모자라 온몸이 욱신거렸다. 곧 두 다리가 저려서 주변을 살피다, 새 주인을 기다린다는 내용의 종이가 붙은 빈 가게 앞에 다리를 쪼그리고 앉았다. 좀 편한 자세가 되니 이번에는 배 속에서 아우성쳤다. 하지만 그대로 가만히 있고 싶은 마음에, 그것을 무시하기로 했다. 소년은 지쳐 버린 것인지 포기하고 싶은 것인지 무엇도 알 수 없는 눈빛으로 도로를, 서울을 그리고 세상을 바라보았다.

　며칠 동안 별 소득도 없이 흘러갔으나, 이대로 서울을 떠날 수는 없었다. 표를 살 만한 돈도 없었거니와 이대로 돌아가면 지는 것 같았고, 소년은 지는 것을 싫어했다. 비록 며칠을 굶어서 사람이 아닌 것 같은 몰골을 했어도, 어떻게든 버티고 버텨서 그토록 바라던 일자리를 얻어 꼭 성공하리라.

　서울에서, 서울에만 가면 희망이 있을 거라 생각했지만 현실은 모질었다. 이를테면 소년을 향한 냉대가 그랬는데 어떤 해도 입히지 않았음에도 사람들은 자신을 쳐다보았다는 이유로, 자신들의 눈에 띄었다는 이유로 외면하거나 욕을 하며 소년을 모욕했다. 하지만 기운이 없어 걷는다는 것은 생각도 할 수 없는 소년에게, 화가 나는 것보다는 배고픔이 먼저였다. 그런 소년이 할 수 있는 것은 그저 앉은 채, 여럿이 떼를 지어 오고 가는 군중을 보는 것이 전부였다. 아마도 그들은 출근하는 길이라 걸음을 서두르는 것 같았다. 이른 아침 많은 사람들이 비슷한 방향을 향해 뛰다시피 걷고 있었는데, 여느 공장의 직원들인 동시에 연령대도 다양한 그들을 보면서 소년은 말 못 할 여러 가지 상념에 젖어 들었다. 소년도 그들 사이에 있어야 했고, 열심히 일하며 자신의 희망 사항에 가까이 다가가도록 노력했어야 마땅했다. 그런데 그러기는커녕 쳐다보기도 힘든 몰골로, 그토록 피하고자 했던 거지꼴로 앉아 있었다.

눈을 감고 고개를 떨어뜨리던 중, 누군가 소년의 손에 뭔가를 쥐어 주었다. 손을 쳐다보니 천 원 한 장이 쥐어져 있었는데, 그것을 알아 보기까지 꽤 많은 시간이 걸렸다. 슬그머니 고개를 든 소년은 사람들 이 뜸한 걸 보고, 얼른 바지 주머니에 천 원을 구겨 넣었다. 그런데 주 머니에는 천 원 한 장이 더 있었다. 얼마 전 동네 한 바퀴를 어기적거 리다 바닥에 천 원 한 장이 있어 주웠던 것인데, 소년은 그런 행운 때 문에라도 서울을 떠나지 못했다.

"어이쿠……."

어떤 중년 남성이 그다지 잘 차려입지 못한 모습으로 소년의 앞에 다리를 쪼그리고 앉았다. 그 남성은 소년에게서 냄새가 심하게 났는 지, 말끄러미 보면서도 한 손으로 자신의 코를 쥐었다. 흐느적대던 소 년은 어느 틈에 경계심이 비어져 나와 눈에 힘이 들어갔다.

"보아 하니, 아직 일자리를 못 찾은 것 같은데. 어쩌나."

소년은 이 상황이 이해가 되지 않았다. 어쩌면 자신을 내쫓으러 온 사람일지도 몰랐다.

"아, 그렇게 경계할 건 없고…… 네가 얼마 전부터 이 일대를 돌아 다니면서 일자리를 달라고 한다는 얘기를 들었거든. 그 사람들 말이 네가 어리기도 하고, 기술도 없어 보여서 일을 안 줬다는데…… 지금 봐서는 영 모르겠네."

그 남성은 코를 쥐던 손을 내려놓고, 몰골이 말이 아닌 소년을 유심 히 살피기 시작했다. 소년의 머리는 엉켜 있었고, 옷은 몹시 지저분했 으며, 땀에 전 피부는 흙먼지와 매연이 어룩더룩 엉겨서 까맣게 변해 있었다. 서울에 갓 상경했던 소년의 모습과는 대조적이었다.

"……."

자신의 상태를 자각한 소년은 눈을 돌려 어디로든 숨고 싶었지만, 그러기엔 기력이 너무 부족했다. 소년의 그런 마음을 꿰뚫어 본 남성은 나직이 말했다.

"며칠이나 굶었냐?"

"……."

"몇 살인데?"

"……."

"어디서 왔냐고."

"……."

질문을 하던 남성은 소년이 대답을 하지 않자 이내 입을 다물었다. 소년은 그대로 등을 돌린 상태였는데, 그런 소년의 등 뒤로 한숨 소리가 들렸다.

"도저히 더는 못하겠다!"

곧 그 남성이 일어나는 소리가 들렸고, 그 과정에서 뼈에서 나는 소리가 적나라하게 들렸다. 소년은 그저, 어서 이 상황을 벗어나고 싶었다.

"어이구, 내 무릎!"

"……."

잠시 후 그가 뭔가를 꺼내더니, 그것을 펼치고 부스럭대며 익숙한 소리를 냈다.

'……!'

너무나 익숙한 소리라, 소년은 그 소리가 날 때마다 소름이 돋았다. 그것은 돈 소리였다! 지폐 소리였다! 돌아보니, 과연 그 남성이 만 원 몇 장을 손에 들고 있었다. 그러다 소년과 그의 눈이 마주치게 되었다.

"엇, 깜짝이야. 이 녀석 비실비실해 보이더니, 소리는 기가 막히게 듣는구나? 하긴…… 살려면 그 정도는 돼야지. 그런데 소리를 잘 듣는 거야, 돈 소리를 잘 듣는 거야?"

별안간 돌아선 소년에게 놀란 남성은 허허거리며 손에 든 만 원 몇 장을 내밀었다. 그의 망설임 없는 움직임에 움찔하면서도, 소년의 두 눈은 오직 돈만을 좇았다.

"……."

"팔 아프다, 인석아."

"……."

"아, 받으라고~"

돈을 내민 남성이 언성을 높이자, 흠칫한 소년은 그제야 두 손을 느릿느릿 내밀었다.

"어, 그래그래. 받아!"

소년의 새카만 두 손에 떠넘기다시피 돈을 쥐어 준 그 중년 남성은 겨우 허리를 펴며 자신이 더 좋아했다.

"어우, 허리야~ 내가 네 덕분에 욕본다."

"……."

"괜찮아. 그거 그냥 너 주는 거니까 그걸로 요기 좀 하고…… 좀 씻어! 지금도 일자리를 찾는 중이라면, 겉모양에 신경을 써야지. 요즘에는 무조건 일자리 주쇼! 한다고 채용하진 않는다는 말이지."

이따금씩 허허거린 그 남성은 뭔가 더 주절거리다, 방향을 틀고는 저만치 걸어가 버렸다. 그 모습을 말없이 지켜보던 소년은 만 원 세 장이 들린 자신의 두 손을 보았다. 갑작스레 만 원 세 장이 생겼는데, 그 돈을 준 사람은 소년을 향해 욕을 하지도 않았고 혐오스러워하지도 않았다. 한참을 가만히 있던 소년은 주위를 살피고서 얼른 낡은 가방에 돈을 넣었다. 갑자기 돈이 생긴 탓인지 몸이 가벼워지는 것 같아, 자리에서 일어나 천천히 움직여 보았다. 잠깐 눈앞이 흐려지기는 했지만 계속 걸으니 괜찮아졌다.

'그동안 굶어서겠지. 뭘 좀 먹을까?'

순식간에 여러 가지 음식들이 소년의 머릿속을 스쳐, 금세 배가 고파지고 말았다. 그래서 근처의 가게 안을 살피니, 그곳의 계산대를 지키던 주인아줌마가 소년의 시선을 느꼈는지 할금거렸다. 그러다 마침내 새카만 소년과 눈이 마주치자, 그녀는 기겁을 하며 고개를 돌렸다. 그에 놀란 소년은 이내 그 아줌마가 이해되었다. 자신의 행색이 어떤지 알고 있었기 때문에, 씁쓸하기는 했지만 배가 고파서 더는 지체할 수 없었다.

이윽고 소년은 지저분한 손으로 그 가게의 문을 열어, 딸랑거리는 종소리와 함께 안에 들어섰다. 그곳에 사람이라고는 주인과 소년뿐이었는데, 진열대에 여러 먹을거리들이 소년의 눈을 사로잡았다. 그래서 당장이라도 침을 질질 흘릴 것 같았으나, 그랬다간 주인이 동네가 다 들도록 비명을 지를지도 몰랐다. 조마조마한 탓에 먹을거리에 흥분한 마음을 진정시켜 봐도 그것은 불가항력이었다. 잠시 어슬렁대던 소년은 빵과 우유를 계산대에 가져왔고, 주인은 고개를 푹 숙인 채 손을 더듬거리며 계산을 했다.

'사정은 알겠지만 좀 그런 걸. 내가 깡패도 아닌데……'

마음이 조금 씁쓸해진 소년은 저절로 고개를 숙인 채 가게를 나오게 되었다. 하지만 그것이 그리 오래가지 못해, 빵과 우유를 마파람에게 눈 감추듯 먹어 버렸다. 그러고 나니 잠시 후에 눈앞이 선명해지는 것을 느꼈다. 오랫동안 못 먹은 터라 그 적은 양으로도 배 속이 든든해졌는데, 배 속을 채우니 슬슬 졸리기 시작했다.

'그동안 잠도 잘 못 잤었지…… 하지만 이렇게는 안 돼. 돈이 생겼지만 이걸로 먹을 것만 살 수는 없어.'

생각을 마친 소년은 그길로 목욕탕에 갔다. 목욕탕에는 사람들이 많지는 않았으나 그들의 시선은 충분히 따가웠다. 그중에서도 제일 얼굴이 어두운 사람, 분명 그 목욕탕의 주인일 것이었다. 그래도 목욕탕에 온 이상 목적을 이루어야 했기에, 소년은 마른 몸을 이끌고 목욕탕 안으로 들어섰다. 그러자 그 안에 있던 사람들의 시선이 집중되어, 소년은 얼굴이 화끈거렸다. 얼른 구석으로 피한 소년은 뒤에서 사람들이 구경을 하건, 흩어지건, 나가 버리건 몸을 씻는 데에 집중했다.

얼마나 시간이 흘렀을까, 소년이 뒤를 돌아보니 사람들은 없었다. 원래도 몇 없었지만 모두 밖으로 나간 지 오래였다. 그러한 사실에 고개를 절레절레 흔든 소년은 차라리 잘됐다 싶어 한껏 여유를 부렸다.

'한 명도 없으니 눈치 볼 일이 없어서 좋은 걸. 근데 주인이 와서 뭐라고 하면 어쩌지?'

멈칫한 소년은 이내 씻는 것에만 신경을 쓰기로 했다. 그렇게 혼자서 목욕탕 안을 여유롭게 쓰고 나왔는데, 뜨거운 물로 묵은 때를 씻어낸 터라 기분이 달랐다. 이윽고 사물함을 열자 결코 유쾌하지 못한 냄새가 코를 찔렀으므로, 소년은 목욕하기 전 자신의 냄새에 경악을 금치 못하게 되었다.

'이럴 수가…… 나한테서 이런 냄새가 났었구나.'

이제는 잿빛이 된 그 옷가지를 버릴 수밖에 없는 터라, 소년은 낡은 가방에서 그를 대신할 새로운 옷가지를 꺼냈다. 역시 오래된 것이었으나 아무 이상이 없었다. 속옷을 새로 살 수도 있었지만, 근래에 생긴 큰돈을 속옷 사는 데에 써 버릴 수는 없었다.

'……그나저나 이제 어떻게 해야 할까?'

목욕탕에 비치된 드라이기로 머리를 말린 소년은 거울을 보았다. 자신의 얼굴이 삶은 달걀처럼 윤기가 흐르는 것을 확인하고 나니, 기분이 한결 나아졌다. 배가 고프지도 않았고 얼마간 버틸 돈도 있었으나, 그게 오래가지 못할 것이라 생각한 소년은 그저 대충 견딜 요량이었다.

목욕탕을 나온 소년은 낡은 운동화로 계속 걸었는데, 걷다 보니 상가에 다다르게 되어 그곳 구석구석을 거닐었다. 그곳은 음악 소리가 쿵쿵 울리기도 하고 음식 냄새도 풍기는 것이 시장과 다를 게 없어 보였다. 한편, 행색이 달라진 후라 아무도 소년을 힐긋대거나 피하지 않았다. 그렇게 쉼 없이 걷던 중, 문득 다리가 아파진 소년은 돌로 된 의자에 앉게 되었다. 그곳은 음악 소리도 들리지 않았고 사람도 거의 없어, 이따금씩 무표정한 행인이 지나갈 뿐이었다. 멀거니 허공을 좇던 소년은 곰곰이 생각에 잠겼다.

그 상가는 많은 가게들이 자리하고 있었지만, 어디에도 소년이 낄 틈은 없어 보였다. 직원들은 하나같이 소년보다 나이가 많아 보였고, 더 많이 배운 것 같았다. 그들은 모두가 미소 짓고 있었으나, 이상하게도 모두가 소년을 밀어내는 것 같았다. 그때 소년의 머릿속에 불현듯, 자신에게 돈을 쥐어 주던 중년 남성이 스쳤다. 어떠한 보장도 없었지만 언제까지나 죽치고 있을 수도 없는 터라, 소년은 걸음을 서둘렀다.


아침부터 더웠던 날씨는 오후가 되어 햇빛이 더욱 따갑게 내리쬐었다. 소년은 무료로 배포된 생활정보신문으로 부채질을 하다, 그늘에 걸터앉아 그 신문을 주의 깊게 훑어보았다. 그곳은 그날 그 중년 남성과 만났던 장소였기에, 소년은 신문을 읽으면서도 틈틈이 주위를 살폈다. 그 신문은 소년이 서울에 온 뒤로 매일 꼬박꼬박 읽어 왔었는데, 구직 정보가 많았지만 그중에 소년을 필요로 하는 곳은 없었다. 운전면허가 필요한 곳, 무슨 자격증이 필요한 곳, 대부분 나이 제한도 있었고, 하다못해 고등학교 졸업장을 요구했다. 소년은 아직 미성년자에, 자격증이 전무하고, 중학교도 마치지 못한 상태였으므로 그런 상황 때문에 더 암담할 수밖에 없었다. 이대로라면 서울 안에서 언제 굶어 죽을지 몰라, 소년은 첫날 운 좋게 발견했던 무료 급식소를 생각했다. 그때 맛본 국과 따뜻한 밥이 떠오르자마자 배 속이 또 요동쳤다.

"……."

그리고 거기서 보았던 수많은 노숙자들과 노인들, 자신이 그들과 다를 게 뭔지 생각해 보았다. 어찌 됐건 구걸 받은 돈으로 새카맣던 자신을 씻고 허기를 달랬으니, 그들과 구별하기 힘들었다. 비록 지금은 땟국이 지워진 상태라지만 또다시 그곳에 갈 수는 없었는데, 그것은 단순히 자존심 때문만은 아니었다.

소년이 막 고개를 돌리려다, 방금 전까지 횡했던 길에 사람들 몇몇이 있는 걸 보게 되었다. 소년이 무의식적으로 본 그 사람들은 어느 중년 여성의 무리였는데, 어떤 말도 없이 굳은 얼굴로 걷던 그들은 무리 중 누군가 소리를 내자 모두들 얼굴을 펴고 환하게 깔깔댔다. 소년이 관찰한다는 사실을 아는지 모르는지, 그 중년 여성들은 빠르게 걸으며 한 번 더 깔깔거렸다. 그렇게 사라지는 그들을, 소년은 하염없이 바라보았다.

또 시간이 흘러 그림자의 위치도 달라졌다. 소년은 괜히 어슬렁거리다, 가방 속에 깊숙이 숨겨 두었던 사진 한 장을 꺼냈다. 그 사진을 한참 바라본 소년의 눈에 눈물이 맺혔고, 잠시 동안 그런 생각을 했다.

'만약, 만약에 내가 고아원을 도망치지 않았다면…… 그랬다면 학업을 마칠 수 있었을까? 고등학교 졸업을 한 다음, 그런 다음에 도망을 쳤다면. 아니야, 그 무식한 뚱보를 잊고 있었구나.'

소년이 며칠 살았던 고아원에는 뚱뚱한 허드레꾼이 한 명 있었다. 그는 너저분하고 게을렀을 뿐만 아니라 원장 몰래 고아원의 아이들을 괴롭히기도 하고, 나쁜 짓을 가르치기도 했으며, 심지어 도둑질까지 시키고는 했다. 그 허드레꾼은 실제로 젊었지만, 그냥 봐서는 본래 나이보다 열 살은 더 많아 보였다. 거기에다 힘이 세서, 소년이 대들었을 때도 그는 아이들 앞에서 가차 없이 폭력을 휘둘렀다. 그런 허드레꾼은 동네에서도 평판이 안 좋았으나, 고아원의 원장은 그를 해고할 생각도 안 했다. 그 뚱뚱한 허드레꾼이 원장의 지인 아들인 탓이었다. 한 번은 소년이 꾀를 내어 '뚱보'가 아이들을 괴롭힐 때 원장이 그 순간을 맞닥치게 했지만, 곧 외면해 버린 원장 때문에 어린아이들과 소년은 충격 속에서 '뚱보'의 괴롭힘을 견뎌야 했다. 결국, 원장도 그렇고 그런 사람일 뿐이었다.

'이럴 때일수록 정신을 바짝 차려야 해. 여기서 이렇게 지난 일만 돌이켜 봤자, 아무런 소용없어.'

이를 악문 소년이 고개를 들어 보니, 도로 위의 차들이 빵빵거리는 게 보였다. 멀리서 언성을 높여 싸우는 소리가 들리는 것으로 보아,

사고가 난 모양이었다.

'으…… 왜 저렇게 빵빵대는 거지? 별 소용도 없어 보이는데. 그나저나 여기서 싸우는 소리가 다 들릴 정도면, 현장에서는 대단하겠구나.'

소년은 두 손으로 귀를 꽉 막은 채 그 자리에 서 있었는데, 큰 소리가 계속 요란스럽게 나는 바람에 다른 곳으로 피하고 싶었다. 다시 돌아오더라도 지금은 귀가 너무나 괴로워, 반대편으로 피할 수밖에 없었다. 소리가 어찌나 컸는지, 도로에서 반대쪽으로 한참을 걸어왔는데도 조금씩 들릴 정도였다. 소년이 조용한 주택가에 다다르자 이번에는 다른 곳이 말썽이었는데, 갑자기 발바닥이 욱신거리는 것이었다. 아마도 지금껏 잘 걷지도 않고 한자리에 있다가, 느닷없이 걸음을 옮겨서 그런 모양이었다. 어느 집의 하얀 벽에 기대 선 소년은 아무래도 못 견디겠는지 신문을 바닥에 깔고 주저앉았다. 이어 신발을 벗자 퉁퉁 부운 발이 벌겋게 달아올라 후끈댔다. 여러 군데 물집이 터진 발바닥의 하얀 자국들이, 벌건 바탕에 무늬처럼 보였다.

'하…… 힘들다.'

소년은 주위를 살피며 다리를 쭉 뻗었다. 평일 오후라 인적이 드물었고 정말 조용했는데, 하늘을 보니 구름 하나 없이 햇빛만 쨍쨍했다.


소년은 다시 고아원이 생각났고, 이내 미안한 마음이 들었다. 그곳에는 막 걸음마를 시작한 아이도 있었으며, 소년을 제외하고 제일 나이 많은 아이가 열 살이었다. 아이들의 수는 이십 명도 되지 않아, 자신보다 어린 나이에 그곳에서 버티고 있을 아이들에게 미안했다.

소년은 겨우 일주일 동안 있다가 고아원을 박차 나오고 말았었다. 그래도 그 일주일이 그곳의 아이들에게는 견디기 수월스러웠을 텐데, 이제 소년은 거기에 없었다. 몇 년이 흐른 지금은 어떻게 지내고 있을지 궁금하면서도 죄책감이 들었다. 그렇다고는 해도 소년이 지금 그곳에 가 봐야 소용없을 것이었다.


소년은 문득 자신의 모습을 살피게 되었는데, 키는 자랐으나 여전히 마르고 가느다란 걸 확인하고는 울적한 마음으로 하늘을 보았다. 미지근한 날씨에 바람도 미지근한 가운데, 하늘의 색은 달라지고 있었다. 옅은 파란색 바탕에 주황색이 실처럼 조금씩 곁들여진 채, 그렇게 오후가 깊어지고 있었다.

오도카니 하늘을 보던 소년의 귀에 어렴풋하게 걸음 소리가 들려, 그쪽으로 고개를 돌렸더니 익숙한 모습이 보였다. 바로 소년에게 만원 세 장을 준 중년 남성이었다. 그 중년 남성은 쪽지를 들고서 동네를 두리번거렸는데, 곧 뒷주머니에서 낡은 손수건을 꺼내 땀이 흐르는 곳을 닦았다. 떨어져서 본 소년의 눈에도 그 손수건이 이미 젖어 있다는 걸 알 수 있었고, 옷차림은 그때와 색만 비슷한 다른 옷인 것을 알았다. 그날과 마찬가지로 오래된 옷을 입은 그의 얼굴은 깔끔해 보이던 그때와 달리, 지금은 수염 자국이 선명했다. 그런 그는 훨씬 지친 모습으로 쪽지를 자세히 보려 얼굴을 찌푸리다, 더위 때문인지 금세 입을 벌리고는 뭔가를 찾고 있었다.

소년은 재빨리 신발을 신고 그에게 다가갔는데, 한 발자국씩 걸음을 내딛을 때마다 마구 두근댔다. 그렇게 기다리던 순간인데도 몸이 말을 듣지 않았기에, 가까운 거리임에도 불구하고 소년에게는 머나먼 길을 걷는 것 같았다. 마침내, 아직도 주변을 두리번거리는 그 중년 남성이 팔만 뻗으면 닿을 거리에 서게 되었다.

'뭐라고 말하면 좋을까? 날 모른 체하고 가 버리면 어쩌지?'

미간을 구길 만큼 심각해진 소년은 주먹을 쥔 손이 떨려, 그것에 더 긴장할 수밖에 없었다. 이런 사실을 모르는 그 중년 남성은 두 손으로 쪽지를 얼굴 가까이에 대고는 주의 깊게 살폈다.

"하~ 이거."

"저."

소년이 안 나오는 목소리를 쥐어짜서 말을 꺼냈지만, 그는 쪽지에 너무 집중한 탓에 듣지 못하고 땀을 마저 닦았다.

"저……."

당황스러운 상황이었으나 소년은 목소리를 가다듬고 더 큰 소리로 말했다. 그것과는 별개로 다시 두리번거리던 그 남성은 소년을 발견하고서 표정이 밝아졌다.

"이런! 여기 사람이 있었구나. 학생, 잠깐 나 좀 도와줄 수 있을까? 내가 뭘 좀 찾는 중인데……."

"저, 그게……."

"어, 바쁘구나?! 이거 미안해서."

그는 소년을 못 알아보는 것인지 그저 뒤통수만 긁적일 뿐, 다른 말이 없었다.

"그게 아니고요. 저도 여길 잘 몰라서요."

"음…… 그렇구나, 그렇다면 할 수 없지. 미안해, 학생. 가던 길 가."

쓴웃음을 지어 보이는 그가 쓸쓸히 등을 돌리자, 그걸 그대로 보고만 있던 소년은 더 이상 못 참고 외쳐 버렸다.

"아저씨!"

"?"

등 뒤에서 난데없는 고함이 들린 것에 깜짝 놀란 그가 어리둥절한 표정으로 소년을 돌아보았다.

"……학생, 혹시 내가 반말한 것 때문에 그래?"

"그런 거 아니에요."

"그래? 그럼 왜?"

"……."

"……?"

할 말이 떠오르지 않은 소년은 자신의 낡은 가방에서 고깃거리는 돈을 꺼냈다. 그러고는 그 돈을 불쑥 내밀었으므로 중년 남성의 표정은 더 어두워졌다. 도무지 사정을 알 길이 없어 소년의 얼굴만 뚫어져라 보았는데, 두 사람이 선 주택가는 더없이 조용했다.

두 사람은 일단 근처 편의점으로 자리를 옮겼다. 중년 남성이 편의점 안에서 차가운 음료수가 든 두 개의 캔을 들고 나와, 소년이 있는 탁자에 캔 하나를 내려놓았다. 소년은 그저 쭈뼛거렸고, 중년 남성은 손에 든 캔을 따서 한 모금 마시고는 그 맞은편에 앉았다.

"그…… 내가 학생한테 돈을 줬다고?"

그가 의아해하며 물었고, 긴장한 소년은 그 물음에 고개를 크게 끄덕였다.

"내가 왜 그랬을까? 근데 나는 그런 기억이…….."

"삼만 원 주셨잖아요."

소년이 참을성 있게 상세히 설명하자, 멈칫한 그는 놀란 눈으로 다시 음료수를 마셨다.

"가만 가만. 진짜 환장하겠네. 그게 학생이라고?"

"네."

"근데 왜 날 찾아? 돈 갚으려고? 그새 일자리 찾았어?"

"그게…….."

방금 전까지 당당하기만 했던 소년이 시선을 내리니, 중년 남성은 그를 신기하게 바라보았다.

"진짜 못 알아보겠다. 때 좀 밀었다고 이렇게 변해? 참 신기하네."

"제가 실은…….."

"?"

고개를 푹 숙인 소년은 기어들어 가는 목소리로 말했다.

"……좀 주세요."

"뭐라고? 뭐라고 했어?"

"일자리 좀 주세요!"

"…….."

"귀찮게 해 드려서 죄송하지만…… 무슨 일자리라도 좀 주세요! 부탁드립니다!"

고개를 푹 숙인 상태여서 소년의 얼굴은 볼 수 없었지만, 목이나 귀는 예외였다. 정말 빨갛게 되어, 사람의 그것이 맞는지 헷갈릴 정도였다. 묵묵히 소년을 보던 중년 남성은 팔짱을 끼고서 생각에 잠겼는데, 여전히 빨간 얼굴을 한 소년은 엎드린 채 자신의 발끝만 보았다. 침묵이 길어질수록 소년의 마음속에는 불안감만 쌓여 갔다.

"너 말이다."

"……!"

무거운 침묵 끝에 입을 뗀 중년 남성이 소년에게 말했다. 그 목소리를 들은 소년은 고개를 천천히 들고 그를 힐금거렸다.

"돈은 얼마나 남은 거야? 아까 대충 봤어도 꽤 남았던데."

"네!"

소년은 즉시 남은 돈 전부를 꺼내서 앞에 내려놓았고, 그 모습을 찬찬히 살피던 중년 남성이 말을 이었다.

"하루라도, 돈 쓰다 보면 순식간인데…… 그 돈을 이만큼 남겼다고? 뭐 먹기는 한 거야?"

"네!"

"뭐 먹었는데?"

"음…… 빵, 우유, 김밥……."

우렁찼던 소년의 목소리가 점점 작아지자, 속으로 끄덕이던 중년 남성은 이만 원이 조금 넘는 그 돈을 한 손에 쥐고 일어섰다. 놀란 소년이 일단 따라 일어섰는데, 그 모습을 안쓰럽게 보던 그는 이내 따라

오라는 손짓을 했다.

말없이 앞장선 중년 남성이 향한 곳은 간판도 없는 오래된 국밥집 앞이었다.

"너, 밥은 아직 안 먹었지?"

소년이 대답하려는데, 배 속에서 소리가 나 당황하고 말았다. 그에 중년 남성은 땀을 닦으며 허허거렸고, 얼굴이 벌게진 소년은 고개를 들지도 못한 채 그를 따라 국밥집 안으로 들어갔다. 국밥집 안에는 한두 사람이 각자의 자리에 앉아, 국밥을 먹기에만 바빴다.

소년과 그가 자리를 잡으니, 어디선가 젊은 여성이 말도 없이 나타났다. 그러고는 둘 앞에 국밥 두 그릇과 반찬을 놓고서 곧장 주방 쪽으로 가 버렸다. 원래 그런 모양인지 중년 남성은 익숙하게 받아들이는 모습이었다. 낯선 그곳을 두리번거리는 소년에게, 그는 숟가락과 젓가락을 내밀었다.

"자, 먹자. 여기가 보기엔 이래도 맛으로 유명한 집이야."

'어쩌면 밥만 먹이고 날 쫓아낼지도 몰라. 그 돈이 전 재산이었는데…… 괜히 찾아온 걸까?'

"괜찮아. 우선 좀 먹어. 나도 여태 굶어서 배고프다."

'이왕 이렇게 된 거 먹기나 하자! 이게 서울에서의 마지막 밥일지도 몰라.'

머뭇거리던 소년은 이윽고 국밥을 한 입 먹었다. 날씨가 더운 데다 가게 안에 창문이나 선풍기가 없어 공기가 눅눅하고 푹 주저앉는 느낌이 들었지만, 김이 모락모락 나는 뜨거운 국밥은 소년의 입 안을 감싸고 배 속을 다독이는 것 같았다. 그다음은 생각할 새도 없이, 소년은 땀을 뻘뻘 흘리면서도 홀린 듯 국밥 그릇에 코를 박았다.

몇 술 먹던 중년 남성은 자신의 남은 국밥을 소년에게 들이밀었다. 순간, 멈칫하고 그를 보는 소년의 눈동자에 옅은 경계심이 일었다.

"아니야, 괜찮아! 먹어 먹어. 난 입맛이 없어서 그래. 너 다 먹어~"

중년 남성은 마냥 허허거렸고, 소년은 조금 느리게 다시 국밥을 먹기 시작했다. 그릇을 비우는 데는 시간이 얼마 걸리지 않았는데, 소년은 그동안 허전했던 탓인지 배가 부르지 않았다.

"더 먹을래?"

"아뇨."

"그래…… 그럼 내 얘기 좀 들어 줘."

소년은 이 순간이 무서웠지만, 겉모습으로 봐선 중년 남성도 특별히 여유로운 것 같지 않아 그를 원망할 수 없었다. 뜨거운 국밥도 먹게 해 줬으니, 그도 해 줄 만한 것은 다 했다는 생각이 들었다.

중년 남성은 식사를 막 마친, 국밥 두 그릇을 순식간에 먹어 치운 소년의 얼굴을 보았다. 땀방울이 장식처럼 맺힌 소년은 한쪽 팔목으로 제 입가를 닦아 내고, 자신을 보는 그를 바라보았다. 소년은 내색하지 않았으나 사실은 말할 수 없이 불안했기에, 당장이라도 그곳을 뛰쳐나가고 싶었지만 두 다리가 말을 듣지 않았다. 소년은 불쌍하게 보이지 않기 위해 눈에 힘을 주었고, 먹는 내내 굽혔던 허리도 펴고, 어깨에도 힘을 주었다.

"……하."

이제 그곳은 두 사람 외에 다른 손님은 없었다. 또한 혼자 서빙을 하던 젊은 여성도 주방 안으로 들어갔는지 모습이 보이지 않아, 완벽하게 두 사람만을 위한 공간이 되었다.

## 2

중년 남성은 무엇을 골똘히 생각하는지 고개를 이리저리 돌렸고, 그 바람에 그때까지 잘 보이지 않던 그의 희끗희끗한 머리카락이 소년의 눈에 띄었다. 검은 줄만 알았던 그의 머리카락은 구석구석 흰머리들이 들어앉아, 나이가 꽤 들었다는 것을 알게 해 주었다. 또 아주 잠깐 동안 중년 남성의 정수리가 조금 비어 보였는데, 다행히도 머리숱 자체는 많았다. 후끈한 국밥집 안에 있다 보니 땀범벅이 되어, 수염 자국이 선명한 그의 얼굴에 깊은 주름 몇 개가 자리한 게 보였다. 거기에다 눈이 피곤해 보여 휴식이 절실한 것 같았으므로, 소년은 그런 것들을 보며 점차 포기하고 있었다. 그의 형편도 그리 좋아 보이지 않아, 오히려 소년 못지않게 도움의 손길을 부르고 있었다.

"아무리 생각해 봐도…… 두서가 잘 안 잡히네."

소년이 생각에 잠길 때쯤, 그가 말했다.

"아까 내가, 쪽지를 들고 동네를 헤맸었지? 그게 다 이유가 있어서 그랬어. 조금 복잡한데, 그래도 얘기를 할게. 네가 이해 좀 해 줘."

"네……."

"그래. 실은…… 내가 동업을 한 상태라서 그 동업자를 찾는 중이거든. 그러니까 그게…… 내가 아주 어릴 때, 내가 너만 할 때. 그때 우

028

리 집이 아주 힘들었어. 아버지께서 갑자기 정리 해고를 당하셔서 생계가 막막해졌었지."

'아…… 얘기가 길어질 것 같아.'

소년의 예상은 빗나가지 않았고, 그의 얘기는 계속되었다.

"어머니께서는 전업주부시고, 난 외아들이었지. 거기에다 아직 고등학생이라…… 그런 날이 닥쳐올 줄은 꿈에도 몰랐어. 실질적으로 아버지의 월급이 유일한 수입원이어서, 진짜 난감한 상황이었거든. 친척들과는 사이가 안 좋아서 연락이 끊긴 지 오래였고, 아버지 친구들은 모두 저마다 걱정거리가 있어서, 미처 고개를 돌릴 틈이 없었어. 또…… 아버지께서는 너처럼 자존심이 세셨지."

중년 남성은 슬며시 웃으며 소년을 보았다. 소년은 뜨끔했지만 잠자코 듣는 수밖에 없었다.

"그렇게 혼자 몸으로 뭐든 하려고 하셨지만, 아버진 수중에 돈이 없으셨어. 회사에서 받은 퇴직금이 얼마 안 됐거든. 당장 이사를 가고, 내 친구들과도 헤어지고…… 정신이 하나도 없는 거야. 좁은 집 안에 세 식구가 겨우 누워서 천장을 보는데, 아무 생각이 안 나더라고. 그때까지 나는 아무런 걱정 없이 도시락이나 까먹던 고등학생이었으니까…… 진짜 아무 생각이 없었지. 아버지께선 내가 고등학교 졸업장이라도 딸 수 있도록, 당장에 공사장으로 나가셨어. 그래서 매일 밤늦게 먼지투성이로 집에 돌아와 파스를 붙이시는 게 아버지의 일과였지. 덕분에 늘 파스 냄새가 진동했는데, 어머니께서는…… 충격이 크셨어. 그래서 이사 직후에 바로 몸져누우셨거든? 그땐 아버지도 내색하지 않고 계셔서 왜 그러시나 했지만, 곧 이해가 됐어. 여태껏 아파트에서 걱정 없이 사시다가, 하루아침에 좁고 너저분한 달동네에서 살게 되셨으니까. 그래도 뭐, 별수 있나. 아무튼 나라도 나서야 한다고 생각해서 아르바이트를 뛰려고 했는데, 아버지께서 그 사실을 아시고 내 뺨을 때리시더라고."

중년 남성은 착잡했는지 말을 멈추곤 괜히 국밥집 안을 훑어보았다. 그가 입을 다물자 그곳은 아무 일도 없다는 듯 조용해졌다. 잠시 후, 숨을 한 번 깊이 들이마신 그는 말을 이었다.

"원망할 수도 있었지만, 난 당신의 뜻을 아는 동시에 무서웠어. 그래서 학업에만 집중했지. 도시락 까먹는 것도 안 하고…… 허허. 그런데 일이 생겼어! 어느 날 아버지께서 한쪽 다리에 깁스를 하신 거야. 공사장에서 무리하시다가 다치신 거지. 그날 이후로 수입도 끊겼고, 아버지의 병원비로…… 남아 있던 알량한 퇴직금까지 다 써 버리고. 진짜 빈털터리가 된 거야. 당장 내 학비도 그렇고, 집세는 또 어쩌나. 계속되는 불행 때문에 망연자실했는데, 이번엔 어머니께서 몸을 터시고 부업을 구해 오셨어. 난 아버지의 수발을 들었고. 그래도 다행인 게, 그때가 방학이었거든. 아무튼 겨우 끼니를 해결했지만…… 졸업을 하지는 못했어. 어머니께서 부업을 하시고, 나도 아르바이트를 했음에도…… 그것만으로는 생활을 하기에 부족했거든."

그는 쓴웃음을 짓더니 컵에 담긴 물을 마셨다.

"억장이 무너지는 것 같았어도, 그길로 학교를 그만둘 수밖에 없었어. 나보다 부모님께서 더 슬퍼하셨지. 난 내색하지 않으려고 애썼지만, 집안은 침울했어. 내가 공장에 취직하게 돼서 첫 출근을 할 때도…… 부모님께서는 방에서 나와 보지도 않으셨어. 하지만 난 일부러 밝게 행동했는데, 나라도 그래야 했어. 언제까지나 우울해할 수는 없었으니까. 내가 공장에 들어가고 나서, 다행히 생활은 나아졌지. 그때 사장님도 날 잘 봐 주셔서, 반년이 지나서는 다른 직원 몰래 용돈을 챙겨 주곤 하셨거든. 나는 그게 너무 감사해서 더 열심히 일했고. 쌀은 아까워서 부모님께만 챙겨 드리고, 난 공장에서 주는 밥만 먹었어. 밤에 견딜 수 없이 배가 고플 때는 물만 하염없이 들이켰지. 그러다가 아주 가끔씩 라면으로 때웠는데, 난 지금도 밥보다 라면이 더 좋아! 아무튼 비쩍 마른 몸으로 말하는 기운도 아껴 가며 열심히 일했어. 일하는 동안은 내게 닥친 일들을 잊을 수 있어서, 더 맹목적으로 일에만 매달렸지. 그렇게 번 돈은 한 푼도 안 쓰고 부모님께 드렸거든? 그래서 형편은 좀 나아졌지만, 어머니께서는 부업을 계속하시더라고. 집에서는 밥을 안 먹는 아들 때문에 걱정이 되셨는지 몰라도, 더 많은 부업거리를 집에 두셨어. 몸이 불편한 아버지께서도 어머니랑 같이 부업을 해 나가셨지. 뭐라도 도움이 될 수 있도록…….”

그는 다시 입을 다문 채 소년의 얼굴을 살폈다.

“내 얘기가 길지? 지루하겠네.”

“아뇨, 괜찮아요.”

“흠.”

그는 피곤이 덮인 눈으로 소년의 반응을 살피고는 말을 이었다.

“그래…… 한 오 년쯤 시간이 정신없이 흐르더니, 어느새 우리 집은 달동네를 벗어났어. 좁기는 했어도, 화장실이 집 안에 붙어 있는 반지하에서 살게 된 거야. 난 진짜 눈물이 흐를 만큼 기뻤어. 공장에서도 나를 달리 보게 됐는데, 어린 나이에 몇 년을 말없이 버틴 것만으로 직원들은 나를 우러르더라고. 그도 그럴 게, 공장의 직원 반 이상이 수도 없이 바뀌었으니까…… 그날도 나는 공장 안에서의 소음이 들리지 않을 정도로 열심히 일했는데, 사장님께서 날 부르시는 거야. 그래서 돌아보니, 웬 몸집이 작은 남자도 보이더라? 사장님께서는 대뜸, 새 직원이라고 소개하시고서 내 어깨만 두드리고 가셨어. 그 새 직원은 주눅이 들어 있었는데, 자세히 보니 내 또래 같은 거야. 뭐, 나이도 나랑 동갑이더라고. 그동안 아줌마, 아저씨만 보다가 또래를 보니까 진짜 반갑더라. 그날 새 직원을 지켜봤더니, 굼뜨고 어색하게 눈치를 살펴서 속으로 웃었지. 그러다가 퇴근 시간에 새 직원을 불러서 같이 포장마차에 갔어. 처음에는 눈치만 보더니 술이 들어가니까 완전히 풀어지더라고. 아, 그 친구 이름이 경욱이였어. 겨우 술 몇 잔에 취한 경욱이가 매가리 없이 엎드렸는데, 갑자기 울음을 터뜨리는 거야! 어깨를 들썩이는 게…… 사연이 많아 보이더라고. 난 측은한 마음에 그냥 내버려 두기로 했어. 시간이 조금 지나니까 울음소리가 잦아들더라고. 그리고 나서 경욱이가 벌게진 얼굴을 조금 내밀었는데. 그 얼굴이…… 이미 얼큰하게 취한 상태에 감정이 격한 상태까지 더해지니까, 금세 부어올라서 눈물이랑 콧물 범벅이. 차마 못 보겠더라. 그러던 중에 경욱이가 말을 하기 시작했는데…… 조는 거야?"

"아뇨."

긴 얘기에 슬슬 고개가 숙여진 소년은 배도 든든해진 상태라 더욱 졸렸다. 그래서 막 눈꺼풀이 덮이려던 찰나, 중년 남성이 말을 건 것이었다. 흠칫한 소년은 곧바로 고개를 들었고, 약간 충혈이 된 눈동자로 그의 눈을 좇았다.

"그래, 내가 생각해도 내 얘기가 긴 것 같기는 해."

'차라리 절 내쫓으시죠. 이건 무슨 상황이…….'

"아직 끝나려면 멀었는데, 많이 지루하면 그냥 가 봐. 어서 일자리 구해야지."

중년 남성이 고개를 돌리며 하는 말에 정신이 번쩍 든 소년은 필사적으로 그 자리에 버티려고 했다.

"아, 아닙니다. 저도 얘기가 궁금합니다!"

소년은 마음이 급해져, 군인 같은 말투가 나오고 말았다. 소년의 허둥대는 모습에 중년 남성은 피식거렸다.

"그러니까…… 경욱이! 경욱이가 술이 약해서 혀가 풀린 거야. 그 엉망이 된 얼굴에 혀가 풀렸는데도, 무슨 힘이 났는지 나한테 열변을 토하더라고. 물론 상태가 그 모양이라 다 알아듣진 못했고, 그냥 어림짐작으로 이해했지. 그 녀석이 힘들 거라는 생각은 했지만 그 정도일 줄은 몰랐어. 겉모습이 공부 좀 하는 분위기여서 학비 때문일 줄만 알았는데, 그게 아니더라고. 경욱이는 대학생이었는데 휴학을 하고 공장에 취직한 거였어. 집안 사정이 참 안 좋았거든. 원래는 어머니랑 둘이 살다가, 경욱이가 고등학생일 때 어머니께서 재혼을 하시게 됐어. 그 의붓아버지는 자식이 없었고, 경욱이한테 잘했대. 근데 경욱이가 대학에 들어가고 바로 일이 터진 거야. 의붓아버지가 도박에 빠졌는데, 그 빚이 엄청났던 거지! 그래서 할 수 없이 집에 있는 돈을 거의 다 털어서 빚을 갚는 데 쓴 거야. 의붓아버지는 무릎을 꿇고 빌기도 하고, 울고불고 난리도 아니었다나 봐. 사실 의붓아버지가 그것만 빼면 사람이 참 좋았대. 결국, 다 이해하기로 하고 의붓아버지를 다시 받아들였지. 전보다 불편하고 어색했어도, 다시 예전처럼 가까워지는 게 그렇게 어렵지는 않았대. 의붓아버지도 경욱이랑 경욱이 어머니를 더 잘 챙겨 주고. 진짜 행복하게 한 학기를 마칠 수 있었다는 거야. 그러다, 또 일이 터진 거지! 경욱이가 방학식 당일에 집에 갔더니, 집 안 곳곳에 빨간딱지가 붙어 있더래! 거실에 쓰러지신 어머니는 통곡을 하시고, 의붓아버지는 연락 두절이고. 밤이 되어서야 울음을 그치신 어머니께서 전후 사정을 얘기하시기 전까지, 경욱이는 영문을 몰라 답답했지. 이윽고 밤에, 얘기를 들은 경욱이는 놀라서 숨 쉬는 것도 잊었어. 그 의붓아버지라는 사람이 사고를 쳐도 참. 글쎄, 땅문서랑 집문서 그런 것들을 사채업자한테 몽땅 넘기고서 자신은 어마어마한 액수를 챙긴 거야. 그것도 모자라서 안방에 있던 예물이랑 돈이 될 만한 건 죄다 훔쳐서는 사라져 버린 거지. 경욱이 통장까지 가져갔다고 하더라. 그러니 파산 신청을 할 수밖에 없었고, 경욱이 어머니께서는 직장에서 잘리시고, 경욱이는 구직을 하다가 내가 있는 공장으로 오게 된 거지. 집도 없이 어머니 친구 집에서 더부살이를 했다가, 그것도 여의치 않아서 여관에서 산다고 했어."

중년 남성이 살살 곁눈질하니, 소년은 예상외로 미동도 없이 경청

하고 있었다. 아깐 졸았었지만 이제는 졸음을 떨친 모양이었다.

"나랑 경욱이는 일하면서 자연스럽게 친해지게 되었어. 경욱이는 내가 가방끈이 짧다는 걸 알면서도 날 무시하지도 않고 잘 대해 줬지. 나도 서툴게 일하는 경욱이를 잘 견딜 수 있도록 격려를 아끼지 않았고…… 그렇게 우린 이십 년을 서로 의지하며 열심히 일했어. 그러는 동안에 공장의 규모도 커지고 잘 돌아갔는데, 바뀐 사장과는 부딪히는 일이 잦아져서 우리 둘은 그 자리에서 물러나 뭔가 다른 일을 물색했어. 마침내 우리는 동업을 하기로 했고, 공장을 새로 만들어서 세계적으로 유명해지도록 키우자고 약속했지. 동업자 경욱이와 나는 곧 공장 하나를 샀는데, 비록 크지는 않았지만 가슴이 먹먹할 만큼 뿌듯하고 기뻤어. 직원도 뽑고, 장비도 들이고, 하루하루가 바쁘게 흘렀지. 불안한 마음도 들었지만 막상 공장이 돌아가기 시작하니까, 여기저기서 일이 들어왔어. 나나 경욱이가 그 바닥에서 평판이 좋았기 때문에 더 그랬던 것 같아. 거기에다 직원들이 웃으면서 사장님, 사장님 하니까 날아갈 것 같더라고. 하지만…… 그게 오래가지는 못했어. 경욱이, 그놈이……!"

신나게 말하던 중년 남성은 일순간 얼굴이 일그러졌는데, 눈을 감은 채 고개를 숙이는 그를 보며 소년은 여전히 말이 없었다. 뭐라고 해야 좋을지도 몰랐으나 무엇보다 내용이 궁금했다.

"이십 년 지기 내 친구가…… 날 배신했어. 공장을 배신하고, 직원들을 배신하고! 우릴 믿고 거래해 준 거래처들도…… 배신했어! 어마어마한 금액을 횡령하고는 돌연 사라진 거야! 난 도저히 믿어지지 않아서 애꿎은 직원들에게 소리를 질렀는데…… 그래도 현실을 직시할 수밖에 없었지. 무엇보다 공장의 손실이 엄청났고, 거래처들도 무더기로 난리를 치는 통에 공장을 멈출 수밖에 없었거든. 나야 그렇다 치고, 공장 직원들은 월급도 못 받아서 다들 힘들었지. 그때 난 커다란 개인 주택에 살았고, 기사가 있는 외제 차도 있었지만 끝내는 모두 처분할 수밖에 없더라고…… 그걸로 구멍 난 손실을 메우고, 공장 직원들의 밀린 임금을 가까스로 해결했고, 공장은 은행에 넘어갔어! 허무하더라. 내 인생이 이렇게 끝나나 싶고. 내 하나뿐인 아들이 나처럼 되어 버렸으니…… 아내가 일찍 세상을 떠서 아들과 둘이 살고 있었는데. 하루아침에 집도 절도 없이 되니까, 아들한테 죄를 진 기분이었거든. 그런데 이 녀석이 힘든 내색은 전혀 안 하고 웃는 거야. 집도 없이 작은 공장에서 통학해야 했는데도…… 아들 녀석은 불평 한마디 없이 나를 따랐어. 학교에서도 창피할 텐데 묵묵히 잘 다니는 거 보면 기특하더라고. 내가 집을 구하려는 것도 말렸다니까.”

많은 말을 거침없이 내뱉던 중년 남성은 이번엔 표정이 밝아지더니, 허허거리며 빈 국밥 그릇이 놓인 탁자를 탁 하고 쳤다. 곧이어 한숨을 쉰 그는 또 많은 말을 쏟아 냈는데, 표정 변화 또한 그에 못지않게 되었다.

“착한 녀석…… 그 녀석이 무슨 죄가 있겠어. 아비 때문에 일이 이렇게…… 집도 없이 공장에서 새우잠이나 자는 신세라니.”

그러고는 코끝이 빨개졌다. 이야기와 상관없이, 소년은 고개 숙인 중년 남성을 보며 자신이 괜히 찾아왔는가 싶었다. 그의 빛바랜 옷차림도 그러했지만, 자신의 사정만 생각하고 유일하게 친절을 베풀어 준 사람을 찾아온 것에 대해 미안한 마음이 들었다. 이 사람도 사연이 있고 바쁠 것인데, 무턱대고 찾아와 더 큰 걸 내놓으라고 한 꼴이 아닌가. 무조건 얼굴에 철판을 깔고 그에게 기댈 궁리만 했다니, 소년은 씁쓸해졌다.

"……아까 말이다. 말이 길어지기는 했는데, 경욱이 말이야. 내가 공장을 정리하면서 찾아봤더니, 그 녀석 작정을 했는지 찾을 수가 없어! 해외로 갔다는 생각이 들다가도, 그건 아닌 것 같고. 그래서 수소문을 하다가…… 어렵게 이 주소를 찾아냈거든!"

그는 말끝에 목소리에 힘을 주더니 구겨진 쪽지를 소년에게 내밀었다. 아까 주택가에서 들고 있던 그 쪽지였다.

"별 기대는 안 했는데, 역시 찾을 수 없었어. 이 주소를 찾는다고 해도 벌써 떠난 뒤겠지. 아무리 돈이 좋아도 그렇지, 어떻게 이십 년 우정이 쌓인 친구를 배신할 수가 있지? 나도 나지만 자신을 믿고 따라준 직원들까지……! 경욱이가 그런 놈이 아니었는데. 그렇게 고생을 했으면서…… 자신이 그랬듯 사연이 있고 형편도 녹록하지 않은 그 사람들을 생각했다면, 그럴 수는 없는데."

얼굴이 어두워진 중년 남성은 쪽지를 구기고는 손에 쥐었는데, 아직까지도 친구의 배신이 믿기지 않은 듯 두 손으로 얼굴을 감싸 쥐었다.

"경욱이가……."

소년은 작게 혼잣말하는 그에게 마음속으로 결심한 말을 하려고 했다. 더 이상 시간을 끈다면 자신의 꼴이 우스워지는 것 같아, 더더욱 말하고 싶었다.

'그래, 한마디만 하고 가자. 그래도 덕분에 목욕도 하고, 따뜻한 국밥도 얻어먹었으니. 그걸로 된 거야.'

"흠."

중년 남성이 허공을 바라보고 있었기에, 무슨 생각을 하는지 예측할 수 없었다. 넌지시 눈치를 보던 소년은 말을 꺼내기 위해 그를 보았다.

"아저씨."

"……."

"아저씨!"

소년이 조금 큰 소리로 부르자 그가 고개를 돌렸다. 소년은 자못 냉정한 얼굴을 하고 있었다.

"왜 그래?"

"저……."

"아, 그렇지!"

"?"

"내가 해 주려고 한 이야기를 드디어 마쳤구나! 그 긴 이야기를 잘도 들어 줬어."

불현듯 소리친 중년 남성이 허허거렸고, 소년은 억지로 웃었다.

"……그런데요."

"그래, 너 몇 살이냐?"

"네?"

"왜 그렇게 놀라? 내가 못할 말을 한 것도 아닌데."

"……."

"네가 지독한 동안이 아니라면 내 아들 녀석 또래겠는데?"

어서 말을 하고 국밥집을 나가야 하는데 갑자기 화제가 바뀐 것에 소년은 적잖이 당황했다.

"저…… 열일곱 살이요."

"어휴, 진짜 어리구나. 말라서 더 그런 것 같아."

중년 남성은 피곤에 중독된 눈을 껌벅이며, 말하는 내내 소년을 향해 몸을 돌린 채 고개를 끄덕였다.

"어, 근데…… 전에 볼 때만 해도 까맸잖아. 설마 그러고 학교를 다닌 거야? 혹시 가출했어?"

"……사정이 있어서 중학교를 못 마쳤어요. 전 고아거든요."

갑작스런 질문 공세에, 그의 눈길을 피하던 소년은 의기소침해져 말을 겨우 마쳤다. 소년의 중얼거리는 대답을 들은 그는 잠시 입을 다물었다.

"그러면 너 혼자야?"

고개 숙인 소년은 마지못해 고개를 끄덕였다.

"어린 녀석이 겁도 없이, 혼자서 여길 돌아다녔다고?"

"네. 죄송합니다."

소년은 이 순간 벌거숭이가 된 것 같았다. 쥐구멍이라도 있으면 숨고 싶었고, 그렇기 때문에 땅바닥에만 시선을 고정시켰다. 얼굴이 달아오른 소년은 울고만 싶어 지금이라도 국밥집 밖으로, 서울 밖으로 도망치고 싶은 마음이 가득가득했다.

"나한테 죄송할 건 없지. 요즘 세상이 하도 위험하니까 걱정이 돼서 그런 건데, 그렇게까지 말하니까 내가 미안하네."

중년 남성은 쥐며느리처럼 몸을 움친 소년이 안쓰러워, 시선을 돌린 채 태연해지려 애썼다.

"뭐…… 기술도 없을 테고. 할 줄 아는 거 있어?"

"없습니다. 죄송합니다."

"……."

"죄송합니다."

소년은 모두 자신의 잘못이라고 생각했다. 자신이 고아가 된 것도, 고아원을 도망친 것도, 여기저기 떠돌이 생활을 한 것도, 서울에 온 것도. 그리고 지금 이곳에 있는 것도.

무조건적으로 사죄하는 소년의 모습을 보며, 옛날 자신의 모습이 떠오른 중년 남성은 착잡하기만 했다.

"무슨 일이든 할 수 있겠어?"

"……죄송합니다."

"무슨 일이든 할 수 있겠느냐고?!"

그는 계속 사죄만 하는 소년에게 침을 튀겨 가며 버럭 소리를 질렀다. 그에 너무 놀란 나머지, 자리에서 벌떡 일어난 소년은 눈앞의 중년 남성을 보았다.

"앉아, 앉아."

다시 차분하게 말하는 그의 모습에 소년은 얼떨떨해졌다.

"무슨 일이든 할 자신 있어?"

"……네."

"허허, 이제 대답을 하네. 내가 아무리 냉정하게 일을 가르쳐도, 중간에 그만두지 않고 잘 따라올 수 있겠어?"

"……네?"

"내가 염치도 없이 새로 공장을 임대했는데, 규모도 작고 낡아서 볼품없어. 아들이랑 나랑 거기서 숙식을 해결하거든. 막 시작하는 단계라, 여러 가지로 바빠서 정신이 없어."

"……?"

소년의 얼굴색은 어느새 원래의 혈색을 되찾아 진정이 되었는데, 소년의 반응이 어떻건 그는 설명하기 바빴다.

"사람들도 나에 대해서 부정적이고, 상황이 이러니 처음에는 힘이 들 거야. 나도 솔직히 불안하고…… 그래도 어쩌겠어! 이 나이가 되도록 할 줄 아는 게 이것뿐이니."

"……."

"그러니까 네가 이해를 하고."

"저."

"어? 왜?"

"그럼 제가 취직이 된 건가요?"

"그렇게 생각했으니까 지금껏 내 소개를 한 거지…… 넌 어때?"

다 포기하던 중에 드디어 일자리가 생기니, 소년은 갑작스럽게 닥친 상황이 어지간히도 당황스러웠다. 이윽고 눈을 마주친 두 사람은 잠시 곰작도 하지 않았는데, 덕분에 국밥집 안은 쥐 죽은 듯 조용했다.

"너 일할 생각 없어? 왜 그렇게 풀⋯⋯."

"야호~"

소년은 용수철처럼 자리에서 뛰어올라 배 속에서부터 깊이 소리쳤다. 그 바람에 중년 남성은 말을 마치지도 못하고 귀가 먹먹해져야만 했는데, 소년의 목소리가 어찌나 큰지 자신의 귀도 먹먹할 지경이었다. 하지만 소년은 거기에 신경 쓸 틈이 없었기에, 그저 벌게진 온몸을 기쁨으로 떨었다.

"⋯⋯."

두 눈을 감은 채 진심으로 기뻐하는 소년의 모습은 중년 남성을 흐뭇하게 만들었다. 곧이어 말없이 웃음을 지은 그는 별생각 없이 주위를 둘러보았다.

"⋯⋯."

"⋯⋯."

그러던 중년 남성은 흠칫하고 말았다. 국밥집의 안쪽, 주방 입구에서 그곳의 주인이 모습을 드러낸 것이었다. 그러고는 그를 금방이라도 해칠 듯이 매섭게 노려보았다. 그런 와중에 소년은 아무것도 모른 채 기뻐하기만 했다. 중년 남성은 이제 칠십 대에 들어선 할머니의 강한 눈빛을 감히 마주할 수 없었다. 원래 이 국밥집은 저렴한 데다 맛이 좋아, 메뉴라고는 국밥뿐인데도 인기가 뜨거웠다. 그런 이곳에는 규칙이 있었는데, 국밥을 다 먹으면 계산을 하고 바로 나가는 것이었다. 그런데 중년 남성과 소년이 이를 어기고 한참 동안 자리를 지키고 있는 것이었다.

'어쩐지, 아까부터 뒤통수가 따갑더라.'

중년 남성은 두 손을 공손히 모아 주인 할머니에게 굽실거렸다. 억지로 웃어 보이며 분위기를 바꿔 보려고 했으나 주인은 냉담했다. 그런 탓에 중년 남성은 얼른 계산을 하고, 여전히 기쁨에 젖어 있는 소년의 등을 떠밀었다.

겨우 국밥집을 빠져나온 두 사람은 느리게 걷다가 서로를 쳐다보게 되었다. 이윽고 중년 남성이 갸우뚱대며 소년에게 질문했다.

"……근데, 너 이름이 뭐냐?"


두 사람이 나온 밖은 비교적 밝았지만, 시간이 많이 지나서 저녁때쯤이었다. 다만 해가 길어서 아직도 대낮 같았으며 더위는 덜한 것 같았다. 실제로는 별 차이 없었으나 선풍기도 없고 창문도 없이 뜨거운 국밥을 삼켜야 했던 국밥집 안에서 오래 있다 나오니, 모처럼의 바람이 시원하기까지 했다.

"어…… 승희라고?"

"네, 구승희라고 합니다."

두 사람은 천천히 걸으며 얘기를 나누었다. 소년은 자신의 고용주를 똑바로 쳐다보지도 못하고, 잔뜩 긴장한 모습으로 또박또박 대답했다. 중년 남성은 연신 허허거리며 굳어 있는 소년의 어깨를 토닥였다.

"구승희라…… 혼자라고 했지? 그…… 머물 곳은 있나?"

"아…… 아니오. 여긴 아는 사람도 없고, 그냥 혼자 떠돌고 있습니다."

"그래, 힘들었겠네. 그래도 앞으로는 조심해야 돼. 요즘에는 진짜 별별 일이 다 생기거든."

"예, 명심하겠습니다."

"가만, 내 이름을 가르쳐 줬나? 나는 정만식이라고 해. 나이는 비밀이야! 허허."

구승희라는 이름의 소년은 정만식이라는 이름을 가진 남성의 익살에 희미하게 웃었고, 마음에 묘한 안도감이 들었다. 드디어 취직이 된 것도 이유에 들었지만, 정만식이라는 사람에게서는 그동안 자신이 느꼈던 막연한 불안감이나 두려움 같은 것이 느껴지지 않았기 때문이었다.

"그런데 괜찮겠어?"

"네?"

"내가 임대한 공장이 좀 작거든. 짐 정리도 잘 되어 있지 않고, 직원이…… 너 하나야!"

구승희가 멈칫하자 정만식의 얼굴에 걱정하는 빛이 역력했다. 두 사람은 잠시 서로 시선을 돌렸다, 약속이라도 한 것처럼 같은 방향으로 걸어갔다.

"……그리고 말이야. 공장을 시작한 지 얼마 안 됐지만, 일거리가 안 잡히네. 그래도 걱정 마! 원래 처음 시작할 때는 다 그런 거니까~

사실 지금 같은 상황에서는 일거리가 많아도 난감하지, 허허."

"그러면…… 직원이 저 혼자라면 그게 정말 잘될까요? 공장 말이에요."

"어, 걱정 마~ 내가 그런 거 다 겪어 봐서 아는데 잘할 수 있어! 내 아들 녀석도 학교 다녀오면 날 얼마나 잘 돕는데. 그 녀석이 날 닮아서 성실하고, 재빠르고……. 승희 네가 열일곱 살이랬지?"

"네."

"어어. 그 녀석이랑 나이가 비슷하니까 편할 거야. 금방 친해질 걸? 그리고…… 어?"

갑작스레 정만식이 걸음을 멈췄기 때문에, 구승희는 까닭을 알 길이 없어 같이 멈췄다. 정만식이 시선을 고정한 곳을 보니, 웬 사람들이 우르르 몰려오고 있었다. 그들은 서로 모르는 사이인지, 따로 걸으면서도 서로의 눈치를 살피며 걸음을 서두르고 있었다. 옷차림을 보니 어느 공장의 직원들이 분명해 보였는데, 더 가까워지자 그들의 유니폼이 제각각 다른 게 보였다. 아무래도 그들은 그 국밥집으로 향하는 것 같았다. 그곳의 방향으로 뛰다시피 걷는 그 사람들이 어느새 구승희와 정만식을 지나치니, 정만식은 그들을 멍하니 바라보며 말했다.

"이야…… 사람 참 많다. 우리가 거기에서 조금만 더 늦게 나왔으면, 주인한테 얻어맞았겠다."

"그러게요."

구승희도 그 사람들의 뒷모습을 바라보았다.

"가만, 아직 해가 중천인데…… 시간이 얼마나 된 거야?"

중얼거린 정만식이 하늘을 본 후, 자신의 오래된 손목시계를 한참 바라보며 표정을 찡그렸다.

"……아이고! 벌써 이렇게 됐네. 아들 녀석이 공장에서 기다리고 있을 텐데, 아이고."

어느덧 저녁을 가리키고 있는 손목시계를 확인한 정만식은 걸음을 서두르며 구승희에게 손짓했다. 두 사람은 허둥지둥, 국밥집으로 향하던 그 사람들보다 빠르게 정만식의 공장으로 향했다.

규모도, 건물을 이루는 벽돌도, 생산품도 모두 다른 여러 공장들이 구승희의 눈에 들어왔다. 예전에 일자리를 구하지 못했을 때는 천천히 둘러볼 생각도 못했었다. 그저 급한 마음에 공장 입구만 발견하면 앞뒤 가리지 않고 들어가기에 바빴던 터라 어쩐지 뭉클했으나, 마음을 다잡고 공장가를 두리번거렸다. 걱정거리가 하나 줄어서인지 걸음걸이도 달라지고 자세도 달라져 있었다. 정만식은 그런 구승희를 아랑곳하지 않은 채, 허둥대며 걸음을 재촉했다.

마침내 두 사람이 당도한 곳은 커다란 양말 공장과 달력 공장 사이에 위치한, 아담한 사무실 같은 공장이었다. 주위에 있는 다른 공장들과의 규모 차이가 너무 나 보여, 차라리 옆 공장의 부속물 같았다. 그곳을 본 구승희는 어떤 표정도 지을 수 없어 조용히 서 있기만 했다. 구승희의 그런 마음을 아는지 모르는지, 정만식은 마냥 뿌듯한 눈으로 자신의 아담한 공장을 보면서 계속 허허거렸다.

"자! 여기다, 여기가 앞으로 함께 일할 신성한 일터야! 사장, 직원 할 것 없이 용광로보다 뜨거운 열정으로 힘차게 앞으로 나아가는 거야!"

"……."

"하핫…… 아, 맞다. 영진아!"

부담스러울 정도로 희망에 찬 미소를 짓던 정만식은 서둘러 공장 안으로 들어갔다. 구승희도 그 뒤를 따랐지만, 막막한 분위기의 공장을 확인한 후라서 기운이 좀 빠져 있었다. 그저 어둑어둑한 가운데 커다란 천으로 덮인 장비들이 짐짝처럼 모여 있는 그곳을, 그 어두운 길을 정만식은 잘도 걸어 나갔다. 구승희는 더 이상 걷지 못해, 공장의 중앙쯤에 서서 잘 보이지도 않는 그곳 안을 살폈다.

"승희야~"

"……!"

공장의 안쪽에서 정만식의 우렁찬 목소리가 들려와, 정신을 차린 구승희는 앞을 더듬거리며 소리가 난 쪽으로 나아갔다. 거리가 좁혀지자 불이 켜진 틈이 보였는데, 곧 눈앞에서 훤히 열린 그 틈으로 정만식이 고개를 내밀었다.

"아이고, 문을 열었어야 했는데 미처 생각을 못했어. 얼른 들어와~"

그렇게 그들은 서로 눈을 맞출 수 있었다. 불이 켜진 방은 그리 넓진 않았지만 깨끗해 보였고, 신발 벗는 곳보다 높은 곳에 방이 있었는데 툇마루 같았다. 그리고 종이 상자가 쌓인 방 한구석 옆에 교과서가 정리된 작은 책상도 보였다. 전체적으로 짐이 별로 없는 데다, 창문이 높은 곳에 매달려 있어 방이 더 넓어 보였다. 구승희가 호기심 어린 눈으로 이곳저곳을 살피는데, 누군가 쳐다보는 것이 느껴졌다.

"……!"

"…….."

구승희가 고개를 돌리니, 자신을 의심스럽게 쳐다보는 눈동자가 보였다. 정만식의 아들인 듯한 남자아이가 일어서서 눈앞에 서자, 그 눈과 마주쳐 놀란 구승희는 멈칫했다. 몸집은 둘 다 비슷했으나 구승희가 더 장신이었다. 구승희는 자신과 비슷한 몸집의 사람이 말 한마디 없이 자신을 응시하는 게 은근히 위협적으로 느껴졌다.

"……얘들아, 둘 다 서서 뭐하는 거야? 그러지 말고 좀 앉아, 정신 사납게 하지 말고."

그들이 눈싸움할 때, 혼자 앉아 있던 정만식이 두 사람을 자리에 앉혔다. 정만식은 어느새 접혀 있었던 상을 펼치고 있었다.

"아빠, 이 사람 누구야?"

정만식의 아들, 정영진이 여전히 의심스러운 눈으로 구승희를 살피며 물었다.

"어, 이제 말할 거야. 음…… 이 녀석은 내 아들 정영진이고, 지금 중학교 삼 학년. 아까 말했지? 어른스러운 녀석이야."

정만식이 구승희와 아들을 따뜻한 눈으로 번갈아 보며 말했다. 구승희가 입을 다문 채 정영진을 힐끔거리자, 정영진이 어색하게 고개를 대충 끄덕여 인사했다.

"그리고…… 얘는 뭐라고 해야 하나. 우연히 길에서 만났는데……

하여튼 구승희라고 하고, 나이는 열일곱 살이야. 영진이 너보다 한 살 더 위니까, 형이라고 불러야 돼."

정만식이 구승희의 나이를 말하는 순간, 정영진의 표정이 일그러졌다. 아무래도 믿어지지 않는 눈치였는데 그도 그럴 것이 구승희가 정영진보다 장신이긴 했으나, 그동안 잘 먹지 못해서 몹시 말라 있었다. 그래서 정영진은 그나마 살집이 있는 자신이 더 열일곱 살 같았으므로, 구승희를 보는 순간에 자신과 동갑이거나 심지어 동생일 거라고까지 생각했었다. 그래 봤자 정영진도 요즘 고생한 탓에 몸집만 크고 가늘었다. 지금 입고 있는 반팔 옷 밖으로 드러난 팔만 봐도 그랬다.

"……말도 안 돼."

"……."

"그만 좀 해, 열일곱 살 맞아!"

"못 믿겠어. 주민등록증 줘 봐요!"

"말이 되는 소리를 해. 열일곱 살에 주민등록증이 어디 있어?"

정만식이 헛웃음을 짓자 정영진은 얼굴을 살짝 붉혔고, 구승희는 고개도 못 들고 앉아 있기만 했다. 사실 본인이 생각하기에도 말라 있는 자신이 정영진보다 어린 것 같은 데다, 말하는 것 말고는 자신의 나이를 증명할 방법도 딱히 떠오르지 않았다. 이렇게 사장의 아들과 틀어진 채로는 일하기 불편할 텐데, 어떡해야 하나 곰곰이 생각하는 중이었다.

"……."

"……."

고개 숙여 고심 중인 구승희의 모습이 어연간히 안 되어 보인 터라, 정영진은 언뜻 미안한 마음이 들었다. 중간에 앉은 정만식은 난감해서 괜히 먼산바라기를 했다.

"알았어."

"응?"

"……?"

이윽고 정영진이 어색한 적막을 깼다.

"나이 가지고 처음 보는 사람을 속이진 않았겠지. 미안해…… 형."

정영진이 느릿하게 말하며 시선을 낮추었고, 구승희는 천천히 고개를 들어 정영진을 보았다. 자세히 보니 처음 봤을 때처럼 차가워 보이지 않아, 좀 깐깐해 보이기는 해도 좋은 사람 같았다.

"……괜찮아."

"어……."

"인석들! 이제 나이 얘기 안 하는 거다. 앞으로 친하게 지내!"

정만식은 두 사람이 어색해하는 틈에 일부러 크게 말하며, 양쪽에 앉아 있는 둘의 어깨에 팔을 힘주어 둘렀다.

"하하하, 앞으로 우리 셋이서 이 공장을 일으키는 거야! 생각만 해도 피가 끓어오른다~"

"어휴."

'괜찮을까…….'

세 사람은 각자의 생각으로 머릿속이 복잡해졌다.

당장 다음 날부터 공장을 정리하기 시작했는데, 낮에는 정영진이 등교한 후라 정만식과 구승희가 장비들을 옮겼다. 무게가 상당했지만 정만식이 보기보다 기운이 좋아, 그럭저럭 옮길 수 있었다. 하지만 구승희는 갑자기 힘을 써서인지 장비 하나를 옮긴 직후, 비 맞은 사람처럼 땀을 흥건히 흘린 채 헉헉거렸다. 그 모습을 본 정만식은 걱정이 돼서 혼자 하려고 했으나, 구승희가 이를 악물고 버텼다.

결국 오후가 되자 두 사람은 먼지투성이인 바닥에 쓰러졌고, 지친 모습으로 몹시 헉헉대었다. 구승희는 힘이 들기는 했지만 다행이라고 생각했다. 언제 굶어 죽을지도 몰랐다가 이제는 일자리가 생겼고, 머물 곳이 생겼고, 끼니 걱정을 하지 않아도 되니 대단한 변화였다.

두 사람이 안정적으로 숨을 고르게 쉴 때 정영진이 돌아왔다. 급하게 왔는지 교복 상의가 땀으로 젖은 채 몸에 달라붙어 있었고, 이마에서는 김이 났다. 얼른 방으로 들어간 정영진이 평상복으로 갈아입고서 두 사람에게 다가옴에 따라, 세 사람은 말도 없이 공장 안을 마저 정리했다. 장비의 위치를 맞추고, 바닥을 쓸고…… 물론 구승희도 열심히 도왔으나, 정영진이 도와줘서 더욱 빠르게 일을 해 나갈 수 있었다. 정 씨 부자의 호흡이 척척 맞는 데다, 세 사람이 쉬지도 않고 한 덕에 초저녁쯤에 걸레질까지 마칠 수 있었다. 불이 환하게 켜진 공장 안은 지친 세 사람을 뿌듯하게 할 만큼 번쩍였다. 공장도 장비도 모두 낡았지만, 지금은 새것 같은 모습으로 조화를 이루고 있었다.

"생각보다 일찍 끝냈구나…… 이렇게 보니까 못 알아보겠다."

정만식이 지저분해진 수건으로 땀을 닦으며 하는 말에, 구승희도 같은 생각을 하고는 한숨을 쉬었다.

"공장이 작아서 그래."

정영진이 지친 목소리로 중얼거렸다. 이에 정만식은 아들을 흘겨봤지만, 퀭한 얼굴로 두 팔을 기댄 채 앉아 있는 아들의 모습은 누구라도 핀잔을 줄 수가 없었다. 유일하게 일어선 구승희가 공장 안을 보면서 환하게 웃음 지었는데, 비록 온몸이 욱신거렸지만 내색하지 않았다.

"허허. 금방 지칠 줄 알았더니, 끝까지 매달려서 잘하더라? 비실해 가지고선 제법이야."

정만식은 웃으며 구승희에게 다가갔는데, 구승희는 그것을 인식하지 못하고 있었다.

"아무튼 수고했다!"

거리가 좁혀진 정만식은 웃으며 구승희의 어깨를 쳤다. 고맙기도 하고, 대견하기도 해서 한 친밀한 행동이었다.

"아아악~"

정만식의 손이 닿자마자 구승희가 소리를 지르며 쓰러졌다. 정만식은 눈앞에 고꾸라진 구승희에게 몸을 낮추며 어찌할 바를 몰랐다. 정영진도 구승희의 비명 소리에 놀라, 급히 와서 상태를 살폈다.

"형 왜 이래? 뭘 어쨌기에……."

"아이고……."

눈을 감고 이따금씩 앓는 소리를 내는 구승희를 보던 정만식은 드디어 원인을 눈치챘다.

"너, 나랑 승희 좀 방으로 옮기자."

"왜 그러는데? 큰일이 났어?"

정영진은 정만식에게 심각한 얼굴로 물었다.

"……보면 몰라? 밥도 잘 못 먹었던 애가 하루해 동안 기운을 써 댔으니, 몸이 견뎌 내지 못한 거지."

"……."

정 씨 부자는 구승희를 방으로 부축하고는 파스를 여러 장 붙여 주었다. 그렇게 정신도 없이 붙이다 보니, 구승희는 미라 같은 모습이 되어 있었다. 그 모습을 보자 정 씨 부자는 동시에 배가 아프도록 웃고 말았다. 그것은 아픈 사람을 앞에 두고 할 만한 행동은 아니었으나, 구승희의 몰골을 보면 웃음을 참을 수가 없었다. 처음에는 기분이 상한 구승희였지만, 그들의 단란한 웃음소리에 마음이 절로 누그러졌다. 그러나 이미 바닥난 체력의 구승희는 온몸이 욱신거려서 같이 웃을 수 없었는데, 결국 다음 날 내내 누워 있어야만 했다.


공장이 깔끔하게 정리되었으니 어서 거래처를 만들어야 했다. 그간의 휴식으로 기운을 차린 구승희도 정만식과 함께 거래처를 찾아다니려고 했지만 정만식은 단호했다.

"어림도 없는 소리! 넌 이곳의 지리도 잘 모르고 여기 사정도 모르잖아. 게다가 사람은 누구나 낯선 사람을 경계하기 마련이야. 그것도 너 같이 허약해 보이는 애를 누가 반겨 주기나 하겠어?"

"하지만 저도 할 수 있어요. 사장님 옆에서 배우다 보면……."

"내 말 들으라니까. 네가 내 옆에 있으면 상대방이 불편할 수도 있어. 또 네가 실수라도 하는 날에는…… 안 돼, 안 돼. 넌 그냥 여기서 기다려! 언제든 바로 착수할 수 있게끔, 알겠지?"

"……."

구승희는 뭐라도 도움이 되려고 정만식에게 매달렸으나 그는 단호하기만 했다. 구승희는 그런 정만식이 야속하기도 했지만, 그의 말이 틀리게 들리지는 않았기에 가만히 있었다.

"네 마음은 알겠는데, 그래도 아직은 안 돼. 지금은 그저 공장 일 도우면서 시간을 보내는 수밖에 없어. 더 시간이 지나고 거래처를 많이 만들고 그러면, 내가 차례차례 인사시켜 줄게."

"……네."

눈을 내린 구승희가 대충 대답했다. 정만식은 그 모습을 보고 많은 생각이 들었지만, 풀이 죽은 구승희를 뒤로한 채 묵묵히 공장을 나섰다.

정영진도 등교한 후라, 구승희 혼자 공장 안에 우두커니 섰다. 그렇게 공장 안을 거닐다가 방으로 들어갔고, 그곳에서 정영진의 교과서들이 작은 책상 위에 가지런히 꽂혀 있는 걸 보았다. 그 교과서들을 만지작거리던 구승희는 자신의 유일한 짐, 낡은 가방을 보았다. 그것은 원래 감색이었지만, 오랜 시간이 흐른 지금은 회색처럼 바랜 상태였다.

"……."

물끄러미 가방을 바라보던 구승희는 그것을 열어 사진 한 장을 꺼냈다. 자신이 가진, 하나뿐인 그 사진을 한참 동안 보던 그는 말없이 눈물을 훔쳤다.

구승희가 멀끔한 공장을 괜히 쓸고 닦을 즈음, 정영진이 학교를 마치고 돌아왔다. 그새 많이 친해진 두 사람은 스스럼없이 인사하고, 아무 화제나 상관없이 얘기를 나누었다. 정영진은 자신과 달리 학교에 다니지 못하면서도 늘 묵묵히 최선을 다하는 구승희가 대단하다고 여기고 있었다. 비록 시간이 많이 걸리기는 했어도 결국 친하게 지내게 된 두 사람이었다.

# 3

"아이고, 날이 점점 더워지는데."

"사장님, 오셨어요?"

"아빠! 일거리는?"

정만식이 손수건으로 이마에 흐르는 땀을 닦으며 공장에 들어서자, 구승희와 정영진이 그를 맞으며 봇물이 터지듯 말을 쏟았다. 지금껏 첫 일거리 없이 며칠을 보낸 터라 다들 가라앉은 상태였는데, 쌀도 얼마 없었기에 걱정이 될 수밖에 없었다.

정만식이 처음에 예상한 대로 사람들의 반응은 시큰둥했고, 동업자의 배신으로 끝이 안 좋았던 탓에 주위의 시선도 곱지 않았다. 사실 정만식에겐 잘못이 없을뿐더러 오히려 피해자였지만, 사람들은 그를 슬슬 피했다. 하지만 정만식은 거기에 굴하지 않았고, 그러고 싶어도 그럴 수가 없었다. 자신이 여기서 무릎을 꿇게 되면 앞길이 창창한 아들의 미래는 어떻게 될 것이며, 그보다 허약하게 보이는 구승희는 어떻게 한단 말인가. 둘 다 정만식만 믿고 불평 한마디 없이 그를 따르고 있는데, 거기에 대고 실망을 안겨 줄 수는 없었다. 그래서 그는 며칠 동안 쉼 없이 걸어 다니며 여러 가게들을 돌아다녔다. 때때로 따가운 햇살에 쓰러질 것 같았으나, 정만식은 보다 공격적으로 거래처를 찾아다녔다.

"오늘도 허탕이야? 근데…… 이 냄새는 뭐야?"

정영진은 배가 고픈 상태라 냄새에 더 민감하게 반응했고, 구승희의 코에도 맛있는 냄새가 감지되었다. 정만식은 등 뒤에 감춘 봉지를 내보이며, 지친 표정에서 금방 신난 표정으로 구승희와 정영진의 얼굴을 향해 그 봉지를 자랑하듯이 흔들었다.

"짠~"

"닭튀김이잖아? 음료수도? 내가 잘못 본 건가?"

"……사장님."

예상외로 구승희와 정영진은 차분한 반응이었는데, 배 속에서는 꼬르륵거리고 난리가 났지만 둘의 얼굴은 어두웠다.

"어라? 너희들 배 안고파? 이거 닭튀김이야~"

"그건 알겠는데, 지금 우리가 닭튀김 사 먹을 때야? 쌀도 떨어져 가잖아. 일거리를 못 구해서 당장 세금을 걱정해야 하는 판에, 아빠는 제정신이야?"

"어어……."

"사장님 아무래도 이건 아닌 것 같아요. 지금이야 맛있게 먹겠지만, 다음에는 어떻게 하시게요?"

"맞아, 돈도 없으면서 그걸 어떻게 산 거야? 환불하면 안 돼?"

"……너희들."

정만식은 자못 진지한 투로 자신을 향해 핀잔을 놓는 눈빛들에게 압도당해 말문이 막혔다. 구승희와 정영진은 닭튀김이 든 봉지를 보며 한숨만 내쉬었고, 둘의 얼굴은 점점 더 어두워졌다. 정만식은 그들의 모습에 멍하니 있다가 피식 웃었다.

"지금 웃음이 나와?"

"사장님? 혹시, 더위 드신 거예요?"

"하아…… 기가 막힌다. 너희 둘 다 기가 막혀! 아무리 그래도 종일 발바닥에 불이 나도록 고생하다 온 사람한테, 너무하는 거 아냐?!"

"……."

"……."

정만식은 어깨를 늘어뜨린 채 미간을 좁혔다. 그러고는 웃음기 없는 얼굴로 구승희와 아들을 보며 떨떠름한 표정을 짓다, 고개를 숙이는 것이었다. 그 모습에 구승희와 정영진은 입을 다물어 버리고 말았는데, 잠시 서로를 바라보던 둘은 우물쭈물하며 정만식을 힐끔거렸다.

'너무 몰아붙였나? 그래도 한 푼이 아쉬운 마당에…….'

'사장님도 생각이 있으셨을 텐데, 타박만 하고 말았네. 이제 어쩌지?'

두 사람이 각자 골똘히 생각하는 가운데, 정만식이 슬그머니 눈동자를 굴려 아들과 직원을 살폈다. 두 사람 모두 표정이 어두웠다.

"이거 말이야. 환불 못해."

"……."

"……."

"돈 주고 산 게 아니라서, 이해해 줄 거지?"

'어어?'

'무슨 소리야? 시계라도 팔았나?'

정영진이 아버지의 손목을 살피니, 늘 그 자리에 있는 손목시계가 보였다.

'하긴……. 누가 그런 고물을 받을까.'

"인석들아, 그만 좀 하고 먹을 준비나 해! 이거 첫 거래 닭이다!"

정만식이 별안간 쩌렁쩌렁 소리 높여 말했기에, 눈이 휘둥그레진 정영진은 아버지에게 물었다.

"뭐?! 뭐라고 한 거야?"

"허허. 열심히 땀 흘리던 차에 진짜 운이 좋았지~ 옆 동네 시장에 엊그제 문을 연 닭튀김 가게가 있는데, 마침 전단지 제작을 의뢰하려던 중이더라고! 기회구나 싶었지! 시중가보다 조금 할인해서 받기로 하고…… 이것도 받았어! 나오려는데 거기 사장님이 챙겨 주더라. 마침 밥 먹을 때라서 웬 떡이냐 싶더라니까. 너희들 배고프지, 얼른 먹자! 나도 쓰러질 것 같다."

"옆 동네까지 가셨어요? 걸어서요?"

"멀리까지 갔구나. 그런데 할인? 얼마나 깎았는데?"

그들은 정만식이 자랑스럽게 떠드는 얘기를 듣고, 각기 다른 이유로 놀란 눈이 되어 그를 보았다.

"아, 그래그래. 그게 뭐 대수야? 거리가 얼마든…… 그리고 조금 깎은 거야, 조금. 우리나 그 사람들이나 이제 시작하는 입장인데, 뭘 그래? 덕분에 먹을거리도 생기고 좋지."

구승희와 정영진은 잠자코 바닥에 자리를 깔아 먹을 준비를 했는데, 세 사람 모두 배가 고파서 눈앞이 아찔할 정도였다. 그 와중에 정영진은 아버지에게 할 말이 많은지 입이 튀어나와 있었고, 정만식은 그런 아들을 못 본 체하고 앉아서 태평하게 콧노래를 불렀다. 맛있는 냄새에 홀린 듯이 침을 삼킨 구승희는 봉지에 든 뜨끈뜨끈한 닭튀김 상자와 아직도 차가워서 수증기가 맺혀 있는 음료수 병을 힐금거렸다.

이윽고 닭튀김을 정신없이 먹어 치운 세 사람은 볼록 튀어나온 배를 내밀고서 앉아 있었다. 먹는 것에서만큼은 자비가 없는 세 사람이었지만, 그것은 아직도 많이 남아 있었다.

"더는 못 먹겠다. 어우, 잘 먹었다."

"그런데 주인이 이렇게 많이 줬어요? 내일까지도 먹겠는데요."

"으~ 거기 장사 잘되겠다. 진짜 이걸 공짜로 준 거야?"

"그래. 전단지 좀 잘 만들어 달라고. 너희들 얘기를 했더니, 사장님이 애들은 항상 잘 먹어야 된다면서 두 마리를 더 주는 거야. 거기 사장님이 손도 크고 통도 크더라고~"

많이 먹어서 배에 힘이 들어간 정만식은 더 큰 소리로 신나게 말했다. 세 사람 모두 배가 불러 숨만 겨우 쉬고 있으면서도 기분만은 좋았다. 구승희는 공장 안을 울리는 정만식의 목소리가 듣기 좋았는데, 기분이 좋아서 떠드는 그 수다 소리가 웃음소리만큼이나 명랑하게 들렸다. 그것은 구승희가 서울에 와서 처음 받아 보는 느낌이었다. 이내 희망찬 얘기들이 오갔는데, 세 사람은 천장을 보며 앞으로의 계획

이랍시고 온통 뜬구름 잡는 얘기만 해 댔다. 하지만 얘기를 하는 사람도, 얘기를 듣는 사람도 모두 농담조라는 것을 알고 있었다. 그렇기에 눈물이 날 만큼 웃으며 걱정 없이 크게 떠들었다. 어차피 그곳은 공장이고, 이웃도 공장인데 세 사람이 웃고 떠든다고 해도 그것이 문제가 될 수는 없었다.

'그나저나…… 인쇄 공장이었구나.'
다음 날 아침이 되어 정만식과 구승희가 서두른 덕에, 공장에는 곧 기기 돌아가는 소리가 규칙적으로 박자를 탔다. 그제야 구승희는 낯설게 생긴 장비들이 무엇에 쓰는 물건인지 알게 되었고, 자신이 속한 이 공장이 무슨 공장인지도 알게 되었다.

정만식은 어제와는 달리 한결 진지해진 모습으로 자신이 해야 할 일을 해 나갔다. 옆에서 멋모르고 열심히 돕던 구승희는 곧 정신을 차리고서 정만식의 일 처리 방식을 자세히 관찰했다. 생각했던 대로 복잡해서 혀를 내두를 수밖에 없었다. 아무리 집중을 해 봐도 정만식이 민첩하게 움직이는 바람에 잠깐 사이에 지나가 버려서 어려움이 컸다. 아무래도 장비들을 모두 익히고, 정만식의 반만큼이라도 신속하게 움직이려면 오래 걸릴 것 같았다. 어느새 관찰하는 것을 포기하게 된 구승희는 잡일이라도 재빨리 해내려고 혈안이 되었다. 이런 구승희의 모습을 몰래 훔쳐본 정만식은 여유롭게 웃었다.

어느덧 오후가 되어 정영진이 하교했는데, 뜻밖에도 빈손이 아니었다. 자신이 다니는 학교 근처에서 일거리를 챙겨 온 것이었다. 연일 일거리가 생기니 세 사람은 축제라도 열 분위기가 되었다.

이윽고 세 사람은 기분이 좋아서 배도 안 고플 만큼 배 속이 든든해졌다. 공장을 시작할 때 가졌던 불안감은 사라지고 설레기 시작했으며, 일하는 데에 빠져 빠릿빠릿하게 움직이면서도 힘들지는 않았다. 모두가 땀을 흥건하게 흘리면서도 더운 줄 몰랐고, 밤을 꼬박 새면서도 피곤한 줄 몰랐다. 그러는 사이에, 어렴풋이 노동의 기쁨을 깨닫게 된 구승희는 기꺼이 그것을 받아들였다. 정만식은 이따금씩 기지개를 켜다가 구슬땀을 흘리는 구승희와 아들을 보게 되었는데, 그 모습이 퍽 흐뭇하다가도 한편으로는 미안한 마음이 들었다.

그렇게 조금씩 일이 늘어 가더니 마침내 모두가 바라던 대로 바빠지게 되었다. 당연하게도 형편이 나아져 셋이서 함께 살 집이 생겼는데, 월세에 낡았어도 한 방에서 셋이 움츠리고 잤을 때보다는 나았다. 두 개의 방이 모두 비슷하게 넓었기 때문에, 구승희와 정영진은 같은 방을 쓰면서도 불편한 걸 몰랐다. 비록 공장에서 지새는 시간이 많았으나, 그들의 어깨에는 힘이 들어가 자신감이 넘쳤다.

더 이상 멀리까지 발품을 팔지 않아도 될 만큼 공장은 잘 돌아가게 되었다. 하지만 세 사람이 매달려도 감당이 안 될 정도로 일이 쌓이게 되자, 정만식은 며칠을 고심한 끝에 공장을 더 넓은 곳으로 옮기고 새 직원도 뽑기로 했다. 파릇파릇하고 열정이 넘치는 사회 초년생이 많았으나, 정만식은 어딘가에서 하릴없이 떠돌던 과묵하고 나이든 노인을 뽑았다. 그 때문에 정영진이 툴툴거렸지만 그게 오래가지는 않았는데, 노인의 일하는 움직임이 정만식과 비슷할 정도로 훨훨 날아다녔던 것이었다. 알고 보니 정만식과 그 노인은 옛날에 같은 공장에서 일한 사이였다. 그래서인지 호흡도 척척 잘 맞았다.

새 직원을 뽑고 조금 여유가 생긴 구승희는 틈만 나면 길을 따라 전력 질주를 했다. 해가 지나도록 그렇게 꾸준히 노력하더니, 예전보다 더 민첩해졌다.


구승희가 열아홉 살이 되었을 때, 정만식은 혼자 공장 밖에 있는 구승희를 찾아가 얘기했다.

"내가 그동안 바빠서 미처 생각 못했는데…… 너 졸업장은 따야 되지 않겠어? 그래서 이제야 말하지만, 검정고시 한번 생각해 봐."

정만식은 진지한 얼굴로 구승희에게 자신의 뜻을 전달했다. 다른 것은 생각하지 않고 있다가, 전혀 예상하지 못한 말을 들은 구승희는 그저 멍할 뿐이었다. 정만식의 공장에 온 뒤로 줄곧 앞만 보고 달리던 그에게 뜻밖의 일이 일어난 것이었다. 구승희는 뭐라고 대답할 생각도 못하고 자신의 발등만 보았는데, 거기에는 첫 월급을 받고 제일 먼저 샀던 하얀 운동화가 있었다. 그동안 많은 시간이 흐른 탓에 그 운동화는 조금 낡아 있었고, 구승희의 발에 익숙해지느라 형태가 변해 있었다. 아무 말이 없던 구승희는 눈을 들어 정만식을 보았다.

"저야 좋지만…… 그렇게 되면 아무래도 공장에 지장을 줄 텐데요.

일은 많은데 직원은 많지 않잖아요. 그리고 전 학생일 때, 반에서 겨우 꼴찌를 면할 만큼 머리가 좋지 않았거든요."

"인석아, 넌 그냥 직원이잖아. 사장인 내가 괜찮다는데 네가 공장 걱정을 왜 해? 언제부터 공장을 그렇게 끔찍이 아꼈다고. 그리고 네 머리 안 좋은 게, 뭐? 그래서 공부하라는 건데…… 우리끼리 말인데, 영진이가 원래는 공부를 보통 못한 게 아니었거든. 시험지에 막 소나기가 내렸다니까? 그런데 스스로 잘하려고 그렇게 노력을 하더니, 지금은 내신이 많이 올랐어! 너도 하려고 마음만 먹으면 안 될 게 없어, 검정고시야 우습지! 그러니까 빼지 말고 그냥 해 봐."

정만식이 허허거리면서도 자신의 뜻을 굽히지 않았기에, 처음에는 사양만 하던 구승희도 조금씩 열의가 생겨 눈동자가 달라졌다.

"그럼…… 정말 괜찮을까요?"

"뭘 그렇게 고민 해? 이게 뭐 큰일이라고! 학업도 제대로 못 마친 내 한을 너라도 대신 풀어 줬으면 해서 말하는 건데, 왜 그렇게 단호한 거야?"

정만식은 정말 이해가 안 된다는 듯 고개를 내저었는데, 마침내 구승희에게서 바라던 방향의 대답을 들었다.

"……사실은 저도 교복 입은 학생들이 부럽기도 했고, 제 학력이 마음에 걸렸거든요. 그런데 사장님이 신경 써 주신다니, 거절할 이유가 없죠. 고맙습니다!"

구승희는 눈도 똑바로 뜨지 못하고 얘기하다가, 정만식에게 깍듯이 인사했다. 여러 번 허리를 굽혀 가며 정만식에게 진심으로 고마움을 표했다. 자꾸 자신에게 허리를 굽히는 그의 모습이, 정만식으로 하여금 그저 흡족한 마음만 들게 했다. 지금껏 알게 모르게 정만식의 눈치를 살펴 가며 쉬는 것도 마음대로 못하고, 말 한마디도 정만식의 눈치를 살핀 후에 한 구승희였기에 더욱 그랬다. 늘 아무런 내색 없이 자신이 하라면 하고 하지 말라면 하지 않았으니, 사실 그간 구승희에게 미안한 마음이 상당했다. 그래서 정만식은 이렇게라도 할 수 있어 마음이 편안했다.

구승희는 정만식의 배려로 검정고시 준비를 할 수 있게 되었다. 학원은 시기가 어중간해서 내년부터 다니기로 하고, 정영진도 구승희를 위해 아는 것은 그에게 설명해 주고 응원해 주었다. 자신도 중요한 시기인데 꼼꼼하게 가르쳐 주는 정영진을 보며 구승희는 고맙기도 하고 미안하기도 했다.


구승희가 철인은 아니었기에 직원이 더 필요해졌는데, 공장이 한창 잘 돌아가는 터라 규모도 더 키울 필요가 있었다. 아무튼, 새로 뽑힌 직원이 정만식을 따라 공장으로 들어왔다.

"허허. 이 녀석은…… 영진이는 알지? 강배라고. 그전에 내가 일했던 공장에서 아르바이트를 했었거든. 아무튼 일을 잘하니까, 그거만큼은 믿어도 돼! 강배야, 잘해 보자~"

"예~!"

정만식의 말에 강배가 시원스럽게 웃어 보였다. 그는 덩치가 크지 않았지만 통통해서 몸집이 있어 보였다. 또한 옷차림이 눈에 띄었는데 머리부터 발끝까지 해병대 옷이었다. 머리도 군인처럼 짧게 깎은 그는 인사도 군인처럼 경례를 하며 넉살맞게 행동했다.

"아! 저 형……."

강배가 정만식과 김 노인이랑 같이 모여, 무엇 때문인지는 몰라도 진지하게 말하고 있었다. 구승희는 그들과 좀 떨어진 채로 강배를 구경하고 있었는데, 정영진이 그를 쳐다보면서 묘한 얼굴을 했다.

"왜 그러는데? 왜 그렇게 쳐다봐?"

"저 강배 형이…… 일은 잘해. 나도 본 적 있거든. 근데, 툭하면 자랑할 생각만 해."

구승희는 강배와 정영진을 번갈아 보았다. 강배가 무척 신나게 얘기하고 있는 가운데, 그런 그를 정영진이 야릇한 표정으로 바라보고 있었다. 그래서 구승희는 그 이유를 알고 싶었다.

"자기 집안이 대대로 해병대 출신이라고, 자기도 해병이 될 거라고 얼마나 요란하게 떠들던지."

"대대로 해병대…… 그럼 저 옷들이 다 물려받은 거야?"

"말로는 그렇다는데, 모르지. 하여튼 툭하면 해병대 얘기에, 근거를 알 수 없는 무용담에. 아빠는 그걸 또 좋아한다? 이해가 안 돼."

얼굴을 찡그린 정영진은 고개를 돌려 버리면서도 강배에게 불만인 듯 계속해서 고개를 내저었다.

"네 말이 틀리지는 않겠지만, 아직은 모르겠는데. 사장님하고도 잘 지내고…… 봐! 저 할아버지하고도 친해졌나 봐! 저 말 없는 할아버지도 웃으시잖아."

구승희의 말대로 늘 말없이 일만 하는 김 노인이 강배를 보며 웃고 있었다. 사실 그동안 정만식을 빼고는 구승희와 정영진과는 말도 거의 하지 않은 그였다. 물론 두 사람은 김 노인과 친해지려고 노력했으나 별달리 소용이 없었으므로 결국 포기하고 말았었다. 그런데 강배라는 사람이 잠깐 사이에 김 노인을 웃게 한 것이었다. 이 사실은 그동안 애썼던 구승희와 정영진을 허탈하게 만들었다.

"그러게…… 아무튼 나는 그냥 그래. 어른들하고는 잘 지낼지 몰라도, 나하고는 영 아니었어. 은근히 날 얕보더라니까?"

"너를 얕봐? 어떻게 했는데?"

"그게, 설명하기가 좀 힘들어. 딱 대놓고 그랬으면 나도 뭐라고 했을 텐데…… 은근히 깔려 있었어."

'……그게 뭐지?'

막상 일이 시작되니 강배는 생각보다 막힘없이 일했다. 한편 다른 생각할 틈이 없었던 구승희에게는 강배에 대한 생각보다, 공장이나 검정고시가 더 중요했다. 어쨌든 공장은 곧 활기로 가득 찼으며 모든 직원들의 호흡이 이렇게 잘 맞을 수 있을까 싶을 정도로 잘 돌아갔다.

나중에 구승희가 강배와 단둘이 인사하게 됐는데, 우려와는 달리 소탈한 분위기였다. 자주 웃어 보이는 그가, 구승희에게는 정 많은 사람으로 보였다.


몇 개월이 눈 깜짝할 새 흘러, 이제 구승희는 스무 살이 되었다. 틈만 나면 그렇게 전력 질주를 하더니 근육이 제법 발달해 보다 더 건강해 보였다. 옛날에는 정영진보다 왜소하고 가늘기만 했었기 때문에 언제나 자신감이 결여된 것 같은 모습이었으나 이제는 달랐다.

새해가 되니 모든 것이 더 바쁘게 움직였다. 공장은 한결 안정감 있게 움직였으며, 정만식은 만면에 웃음이 가득했다. 거뭇거뭇한 수염 자국에, 머리는 항상 뻗쳐 있고, 늘 어딘가 피곤해 보여서 걱정이 될 정도였지만 안색은 달라져 있었다. 묵은 때를 벗어 버린 것처럼 한결 환해져, 비록 남루한 차림은 그대로였으나 그것만으로도 대단한 것이었다.

그동안 밤샘 작업이 줄을 잇는 통에 공장의 모두가 지쳐 있는 상태였다. 하지만 정만식을 포함한 모두가 공장의 성장을 위해 한마음으로 노력했기에 그것을 겉으로 드러내지는 않고 있었다.

"아, 내가 말이야……."

직원들이 잠시 공장 밖에서 쉬던 중, 강배가 말을 꺼냈다. 그때까지 직원들끼리는 인사만 하는 사이였을 뿐, 일장 연설을 들을 사이는 아니었다. 아마도 자신과는 말도 섞지 않으려는 정영진을 의식한 강배가 말하고 싶은 것을 가까스로 참은 탓일 것이었다. 한편 대학 입시와 한층 더 가까워진 정영진은 구승희가 봐도 신경이 날카로워, 강배가 근처에 오는 것도 피하고는 했다. 해가 바뀌자 정영진은 점점 더 말라가고 있었다.

그전에는 교과서도 나누어 보며 모르는 것을 친절하게 가르쳐 주던 정영진이었지만, 구승희는 요즘 들어 한숨이 많아진 그에게 말을 걸기도 미안했다. 또 정영진은 어딘가 많이 힘들어 보였는데, 아마도 진학 걱정 때문이라 짐작되었다. 고액 과외를 받는 집도 있는 것에 비해, 아무것도 없이 수능을 준비하려니 적잖이 부담이 될 것이었다. 올해부터 정영진과 구승희는 학원에 다닐 터였지만, 구승희는 그렇다 쳐도 정영진은 많이 초조할 것이었다. 바로 이런 점들이 구승희가 요즘 신경 쓰는 것들이었다.

"하하하, 그래서 내가……."

어느덧 강배의 목소리가 쩌렁쩌렁하게 울렸는데, 이 추운 날에도 공장에서 나온 지 얼마 안 된 직원들은 그저 시원한 모양이었다. 구승희 옆에 쪼그려 앉아 있던 김 노인만이, 강배의 끝도 없는 무용담에 도금한 이를 드러내며 웃었다. 구승희는 정영진이 했던 말을 떠올리며 십분 공감했으나, 강배를 향해 적당히 웃어 주었다.

얼음이 질척하니 언 길은 스산하기만 하였고, 날씨 때문인지 지나가는 사람이 없어 그 느낌은 더했다. 이윽고 아무런 표정이 없던 하늘이 조금 어둑해지자, 구승희는 괜히 하늘을 물끄러미 바라보았다. 그렇게 몇 분쯤 말없이 하늘만 바라보다 고개를 내렸더니, 그의 뺨에 뭐가 닿은 듯 잠깐 차가웠다. 순식간에 느껴진 그것에 깜짝 놀란 구승희는 움찔거렸다.

"그게 작년에! 여기로 오기 바로 전에, 마포에서 있었던 일이라니까요! 아~ 그때 내 몸 상태만 좋았어도."

강배가 아랑곳없이 이야기하는 데만 열을 올리고 있었는데, 다소 황당한 그의 얘기에 김 노인이 유독 집중하고 있어 가능한 일이었다.

"……눈이 오네."

강배의 이야기에 정신을 놓고 있던 김 노인이 불현듯, 고개를 돌리고는 중얼거렸다. 구름 낀 하늘에서 작은 눈송이들이 바람에 날리듯 땅으로 내려오니, 김 노인은 천천히 뚝뚝 소리를 내며 일어났다. 멍하니 그 모습을 지켜보던 강배는 자신이 즐겁게 이야기를 풀어내는데, 날씨가 그것을 끊어 버린 게 퍽 당황스러운 모양이었다. 사실 그간 말하고 싶어도 억지로 참았다가, 올해 들어 처음으로 이야기하는 것이라 더 그랬다.

"어, 저……."

당황한 강배가 할 말을 찾지 못하고 혼자 갈팡질팡하는 동안, 김 노인은 마음껏 기지개를 켜고 준비 운동을 했다. 그를 지켜보던 구승희도 이리저리 몸을 풀었는데, 근육이 지쳐 있었는지 유난히 개운한 느낌이 들었다. 운동을 마친 김 노인은 홀연히 공장으로 들어갔다. 이미 연로하고, 몸집도 크지 않고, 마르기만 했는데도 쌩쌩하게 움직이는 그가 신기할 지경이었다. 김 노인이 들어가 버리자, 우물쭈물하던 강배도 그의 뒤를 따랐으며 구승희도 곧 공장으로 들어갔다.

견딜 만하기는 했지만 무척 차가운 바람이었기 때문에, 밖을 다녀온 셋은 얼굴이 붉어져 있었다. 김 노인과 강배는 몰라도, 구승희의 얼굴은 딱딱하게 얼어 버려서 말 한마디도 하기 힘들었다. 그 때문에 찬 손으로 얼굴을 감싼 구승희가 열심히 턱을 움직일 즈음, 밖에서 정만식이 들어왔다. 많이 껴입은 상태였으나 그게 몸의 열을 잘 지켜 주지는 못하는 것 같았다. 게다가 눈을 내리 맞은 탓에 옷이 거의 다 젖어 있었다. 하지만 그런 것보다 정만식의 안색이 눈에 띄었는데, 썩 밝지 못했을 뿐 아니라 무엇인가를 걱정하는 분위기가 짙었다.

"……오셨어요."

"어어."

"사장님, 무슨 일 있으세요?"

구승희의 물음에 정만식은 입을 다문 채 주위를 둘러보았다. 구승희도, 김 노인도, 강배도 모두 정만식을 빤히 쳐다보았다.

"……지금 집에 다녀오는 길인데, 영진이가 힘들어 보이네."

"공부 때문에라도 힘들 수밖에 없지. 쯧쯧."

김 노인이 고개를 돌리며 조용히 말했다. 이미 정만식의 속을 꿰뚫은 듯한 그가 말없이 장비 쪽으로 가 버리자, 뜸을 들이던 정만식이 말을 이었다.

"작년부터인 것 같아. 영진이 걔가 점점 말수가 적어지고, 기운도 없어 보이더라고. 아비가 돼 가지고선 슬슬 걱정이 되는 거야. 그래서 말인데, 건강 검진 좀 받게 하려고."

구승희는 더 어두운 내용을 예상했기에 알쏭하면서도 왠지 안심이 되었다. 지금의 정영진은 확실히 전보다는 힘없이 말라 있어 걱정이 되었으므로, 혹시나 안 좋은 결과는 없기를 바랄 뿐이었다. 직원들이 다들 끄덕이는 가운데, 정만식이 그들을 향해 말했다.

"그래서 새해가 되었으니…… 우리 모두 건강 검진을 받아 보는 거야! 어때, 내 생각이?"

정만식이 허허거리며 직원들을 살폈고, 한쪽에 떨어져 있던 김 노인은 피식거렸다. 모두가 긍정적인 반응이어서 빠른 결론을 얻을 수 있었다.

"근데, 병원은 알아보셨어요?"

구승희의 물음에, 하릴없이 눈 맞은 옷을 털던 정만식은 멈칫하고서 고개를 들었다.

"어…… 사실은 어젯밤에 갑작스레 생각한 거라, 아직 정하지는 못했는데. 생각하는 데가 있어?"

"그런 거는 큰 병원에서 해야지."

멀리 떨어져 있던 김 노인이 큰 소리로 말한 덕분에 공장 안이 울렸다.

"저도 그 생각을 해 봤는데, 거기서는 오히려 대충 하지 않을까요? 그리고 사람들 말을 들어 보자면, 꼭 큰 병원이 아니더라도 상관없다는데요."

정만식이 김 노인을 향해 웃으며 차분하게 얘기했다.

"그러면 작은 데 가자고? 하기는, 큰 병원은 좀 복잡하지…… 난 괜찮으니까, 셋이 상의해 보고 그때 말해."

김 노인은 골똘히 생각하더니, 한결 부드러운 말씨로 정만식에게 말하고는 혼자 일을 시작했다.

"흠. 너네는 어때?"

정만식의 눈이 구승희와 강배를 향했다.

"갑작스러워서……."

강배는 아직도 얼떨떨해하며 고개를 갸우뚱거렸다.

"이 근처에 병원이 있던가? 난 몸이 튼튼해서 병원에 안 간 지 십 년은 되거든. 적당한 데가 있으려나 몰라."

정만식이 뒤통수를 긁적이며 말했다. 사실 구승희도 서울에 온 뒤로는 병원에 간 적이 없었다. 그것은 좋은 일이었음에도 지금 상황에서는 아무런 도움이 되지 못했다.

병원은 정 씨 부자가 알아보았는데, 근처에 공장은 많았지만 병원은 좀처럼 찾기 힘들었다. 또한, 덩치 큰 대학 병원은 사람들이 많고 너무 복잡해서 어쩔 수 없이 포기할 수밖에 없었다.

그리하여 찾은 곳이 오팔병원으로, 규모는 크다고 할 수 없었으나 그런대로 깔끔했다. 비록 전성기가 한참 지났다고 하더라도, 지어진 지 이십 년도 더 되고 시설도 좋은 편이어서 그곳으로 결정하게 되었다. 그런 데다 여러 공장에서 많이 이용하는 곳이다 보니 안성맞춤이었다.

정만식이 편한 날을 골라 그날 하루는 공장을 닫고 모두 오팔병원 앞에 모이기로 했다. 구승희는 긴장이 되기도 하고, 설레기도 한 마음으로 먼저 그곳에 도착했다. 곧 강배도 도착했는데 해병대를 연상시키는 차림새에 선글라스까지 더해졌다. 군대의 장군이 썼을 법한 것과 비슷한 모양이었다. 그러나 전체적으로 어설픈 분위기에 빛깔도 어색한 것이 싸구려가 분명해 보였음에도, 강배는 남들의 시선이 어떻든 한층 더 각이 잡힌 군인처럼 행동했다.

구승희와 강배가 오팔병원을 핼금대던 중, 김 노인이 걸어오는 게 보였다. 혼자 히죽거리던 그가 여유롭게 도착했고, 그렇게 셋은 마냥 기분 좋게 주변을 어슬렁거렸다. 그러던 중에 때마침 정 씨 부자가 서둘러 와, 모두가 모이게 되었다. 정영진은 한눈에 봐도 몹시 말라 있었지만 표정은 어느 때보다 밝았다. 사실 구승희는 새해가 되고 정영진에게 말도 걸지 않았었다. 이제 본격적으로 검정고시를 준비해야 하는 상황에, 점점 기운이 없어지고 신경도 날카롭게 변하는 정영진의 눈치가 보였던 것이었다. 작년까지는 정영진에게 이것저것 질문 세례를 던졌었지만, 이제 고삼 수험생을 위해서라도 그래서는 안 된다고 생각했다.

모든 인원이 모이자, 그들은 오팔병원에 우르르 몰려가 안을 두리번거렸다. 오래된 것을 증명하듯이 외관은 낡고 바랬으나, 안은 깔끔했고 간호사들은 친절했다. 그곳에 있는 동안 정영진은 구승희에게 신나게 재잘거렸는데, 밝은 그의 태도에 구승희는 속으로 안심이 되어 자꾸 웃음이 났다.

그날 저녁 정 씨 부자와 구승희가 집에 모였다. 이제 구승희와 정영진이 다닐 학원을 알아보기 위해서였는데, 그동안 정영진은 자신이 다닐 학원을 알아본 모양이었다. 학원비가 비싸긴 했지만 정만식은 아들에게 미안해서인지 학부형 특유의 학구열 때문인지 시원하게 허락했다. 또한 정영진은 구승희가 다닐 학원도 같이 찾았는데, 검정고시 합격률이 높아서 텔레비전에도 여러 번 나온 유명한 곳이었다. 그러면서도 학원비가 저렴했으며, 그리 먼 곳도 아니었기에 여러 가지 조건이 충족되는 곳이었다. 그날 구승희는 종일 기분이 좋아서 그런지, 잠자리에 들어서도 잠이 오지 않아 눈만 멀뚱멀뚱 떴다.

검진 결과가 모두 양호해, 건강 쪽으로 걱정할 게 없었던 공장은 달이 바뀌고도 여전히 잘 돌아갔다. 단지 정영진한테 빈혈이 있고 비타민이 부족할 뿐, 크게 걱정할 것은 없었다.

어느 날 오후, 정영진이 공장에 등장했다. 그사이 안정을 찾은 모양인지 살이 붙어, 얼굴이 달라 보였다. 정만식은 놀란 눈으로 아들을 보았는데, 당연히 학원에 있어야 할 시간에 버젓이 눈앞에 나타난 것 때문이었다.

"너…… 학원은 어쩌고?"

정만식은 많이 놀란 듯 말을 심하게 더듬었고, 그런 아버지가 재미있는 건지 정영진은 웃음을 터트렸다.

"인석아, 웃지만 말고. 어떻게 된 거야?"

"오늘 학원 쉬는 날이야. 사실은 오늘 결정된 건데, 학원 수도관이 고장 났거든. 내일은 정상이라니까, 뭐."

정영진은 천천히 아버지에게 설명했다. 사정을 들은 정만식은 대충 끄덕였고, 구승희도 옆에서 끄덕였다.

다음 주부터 학원을 다녀야 하는 구승희는 학원이 결정됐을 때 설레서 잠을 설쳤었다. 그런데 이제는 아는 사람도 없는 그곳에서 어떻게 견딜지 자신이 없었다. 물론 여러 해를 혼자서 지냈었지만 여러 사람들과 같이 있는 시간이 길어지다 보니 어느새 혼자가 되는 것은 생각도 할 수 없었다.

"내가 뭐 도와줄 거 없어?"

정영진은 공장을 이리저리 살피며 물었다. 예기치 못한 일로 학원을 하루 쉬게 돼서 기분이 좋아 보였는데, 그런 아들을 정만식은 아니꼬운 눈으로 바라보았다.

"도와주다니…… 너 이제 고삼이야, 열심히 공부하는 게 돕는 거야!"

정만식은 미간을 좁히며 들떠 있는 아들을 나무랐다.

"나도 알아. 그런데 오늘은 쉬게 됐으니까 잠깐 도와주겠다는 건데, 뭘 그래?"

"알았으니까 빨리 집에 가서 공부에 매진해! 평소에는 공부에 열을 올리면서, 오늘따라 왜 이러는 거야?"

정영진은 그저 돕겠다는 것뿐인데, 그걸 몰라주고 자신을 쫓아내려는 아버지가 야속하기만 했다. 부자가 옥신각신하니, 구승희가 끼어들었다.

"그만하세요. 왜 그런 걸로 다투세요?"

중간에 선 구승희가 두 사람을 번갈아 보며 말했다. 이내 정 씨 부자는 서로를 외면한 채 냉정을 찾고 있었다. 그것이 꽤 심각해지자 김 노인과 강배는 하던 일을 멈추고서 조용히 쳐다보기만 했고, 구승희는 막상 중간에 서게 되니 어찌할 바를 몰랐지만 중재하려고 노력했다.

"영진아, 일단 집에 들어가서 쉬어. 네가 돕겠다고 한 건 고마운데, 지금은 네가 따로 도와줄 일이 없어. 알았지?"

구승희가 달래듯이 말하자, 그새 많이 누그러진 정영진은 아버지를 흘금거렸다. 헛기침을 한 정만식은 아들을 외면한 채 말을 꺼냈다.

"그래, 그만 들어가 쉬어. 공부하느라고 지칠 텐데…… 아니면 친구들이랑 같이 놀던지."

그러자 정영진은 아버지의 뒤통수에 대고 또박또박 대답했다.

"걔네는 과외고 스터디 그룹이고 바빠서, 나 같은 건 신경도 안 써."

그에 움찔한 정만식이 슬그머니 뒤를 돌아 아들을 마주보았다.

"걔네는 참…… 재주도 좋네."

천천히 발음한 정만식이 아들의 눈길을 피하려고 해, 구승희는 난처한 기색으로 정영진을 쳐다보았다. 이내 구승희의 눈을 본 정영진은 무슨 뜻인지 알았다는 듯 고개를 끄덕였다.

"나 집에 갈 건데, 할 말이 있어."

"뭔데."

정만식이 퉁하게 물었다.

"참고서 사게 돈 좀 줘."

정만식은 구승희와 아들을 등진 채 느릿하게 지갑을 꺼냈다.

"얼마나 필요한데 그래?"

"……오만 원."

무뚝뚝한 얼굴의 아들이 눈이 절로 커지는 액수를 말한 탓에, 정만식은 멈칫하고 말았다.

"무슨! 무슨 참고서가 그렇게나 해? 그리고 너, 필요한 참고서는 다 산 거 아니야? 얼마 전에도 몇 권 샀잖아."

흥분한 정만식이 등을 돌려 아들에게 소리치는 바람에, 구승희에게는 물론이고 사방에 침이 튀었다. 정영진은 그에 아랑곳하지 않고 손바닥을 내밀었다.

"지금 필요한 것만 해도 열거하려면 끝이 없어. 그래도 나나 되니까 줄이고 줄여서 이만큼 버티는 거지, 시간 없어! 빨리 가서 공부하게 참고서 값 줘."

그동안 아들이 어땠는지 알았기 때문에, 정만식은 더 따져 물을 수 없었다. 그리고 공장이 잘 돌아가고 있어, 못 줄 만한 형편도 아니었다. 결국 정만식은 떨리는 손으로 지갑에서 오만 원을 꺼냈는데, 얼굴에 영 피곤한 기색이 돌았다. 그렇게 느릿느릿 건너온 오만 원을 재빨리 낚아챈 정영진은 말도 없이 공장을 나섰다. 정만식은 고개를 늘어뜨린 채 말이 없었고, 뒤에서 이를 구경하던 김 노인과 강배는 킥킥거렸다. 구승희는 어쩌지도 못하다가 얼른 정영진의 뒤를 쫓았다. 너무 단호하게, 인사도 없이 걸어가는 정영진의 뒷모습이 보는 내내 신경 쓰인 탓이었다.


어느새 정영진은 저 멀리, 골목 안으로 들어서고 있었다.

"영진아~"

구승희가 은근히 스산한 골목을 향해 큰 소리로 외치자, 정영진은 바로 뒤돌아 웃으며 손짓까지 했다. 구승희는 그의 앞에 서자마자 말을 꺼냈다.

"영진아, 아까……."

"형 진짜 빠르다! 그래도 길이 아직 얼어 있는데, 조심 좀 해."

어떻게 말해야 할지 몰라 조심스러운 구승희에 반해, 정영진은 너무나 태연해서 어리둥절하게 만들었다.

"너 화난 거 아니야?"

"아…… 그건 그냥. 화난 거 아니야, 걱정 마."

진지한 구승희의 물음에 적잖이 당황한 정영진은 손사래를 치며 웃었다. 구승희는 정영진의 그런 반응이 의아스러웠다.

"너 그럼 그…… 참고서."

"아~ 그거? 내가 그냥 장난친 거지."

정영진의 연이은 웃음에, 구승희는 입을 다물고 그를 빤히 바라보았다. 그 눈길이 무던히도 따가웠던 정영진은 더욱 당황하며 말을 이었다.

"진짜로 괜찮아. 딱히 갈 데가 없어서 여기로 온 건 맞는데, 막상 그러니까. 반가워하기는커녕 야단만 치니까…… 욱해 버렸지, 뭐. 이따 집에 올 때 전화해, 내가 맛있는 거 배달시켜 놓을게!"

정영진이 바지 주머니에서 접힌 오만 원을 꺼내 흔들어 보이니, 구승희는 자기도 모르게 미소 지었다. 그제야 마음이 훨씬 편안해진 구승희가 공장으로 돌아가려던 순간, 누군가가 쳐다보는 느낌이 들었다.

"······?!"

뜬금없이 찾아온 이상한 느낌에, 구승희는 재빨리 두리번거렸으나 이미 그것은 사라지고 없었다. 찜찜했지만 그렇다고 자신에게서 그럴싸한 이유를 찾을 수 없었으므로, 그는 곧장 공장으로 향했다.

구승희가 공장으로 돌아와 보니, 직원들은 평소와 다름없이 움직이고 있었다. 옆에서 직원들을 돕던 정만식도 이제 괜찮아진 듯 평상시와 다름이 없어 보인 터라, 다시 부지런히 일하기 시작한 구승희는 벌써부터 군침을 삼키며 들뜨게 되었다.


정영진은 집으로 가는 길에 버스를 타지 않고 걸었다. 추운 날씨였지만 그냥 걸어가고 싶었고, 길에는 지나가는 사람들도 뜸했다. 그 점이 정영진에게는 더 편하게 걸을 수 있는 좋은 조건이 되었다.

그저 하릴없이 걷던 정영진의 눈에 띄는 것이 있었는데, 그것은 바로 길가에 버려진 컴포넌트였다. 먼지가 내려앉아 낡아 보였으나 가까이 다가가 보니, 그렇게 오래된 것 같지 않아 썩 괜찮았다. 고장 난 곳도 찾아볼 수 없어, 멀쩡한 게 왜 버려졌는지 이상했다. 그래서 주위를 둘러봤음에도 아무도 보이지 않았기에, 잠시 고민하던 그는 결국 그것을 가져가기로 마음먹었다. 혼자 들기에는 무거울 것 같았지만, 이런 물건을 돈 주고 사려면 제법 줘야 한다는 것을 알았기 때문에 내린 결정이었다.

친구에게 배신당하기 전, 음악을 듣는 걸 좋아한 정만식은 커다란 전축을 가지고 있었다. 그래서 수시로 그 전축을 통해 음악 듣는 것을 즐겼는데, 외국의 명품인 그것은 항상 부드럽고 웅장한 음질을 자랑했다. 또한 정만식은 그 전축을 아끼는 마음에 혼자 온 정성을 다해 손질하고 애지중지했다. 그때 정영진은 아버지가 유별나다고 생각했으나, 달리 취미로 여기는 것 없이 매달리는 모습에 그냥 내버려 두었었다. 그런데도 이번에 집을 구하면서 전축 얘기는 꺼내지도 않은 아버지가 마음에 걸렸던 것이었다.

'……이걸 어쩌지.'

정영진은 컴포넌트 앞에 우두커니 서서, 한참 동안 생각에 잠겼다. 아직 집으로 가려면 멀었고, 컴포넌트는 무거워 보이고, 자신의 체력은 못 미덥고……. 그래도 아버지가 이걸 보고 좋아할 생각을 하니 그의 얼굴에 미소가 번졌다.

'까짓 거…… 버스를 타면 힘도 덜 들 테고, 운동하는 셈 치자.'

결론을 내린 정영진은 깊게 심호흡하고는 그 컴포넌트를 노려보았다. 먼지를 대충 털어 내니 더 괜찮아 보인 그것을, 그가 조심스레 들어 보았다. 본체와 양쪽의 스피커가 일체화되어, 정영진에게는 더 편했다. 무게는 역시 무거웠지만 들지 못할 정도는 아닌 터라 그대로 들기로 했다. 덕분에 모양새가 약간 우스꽝스러워지기는 했어도, 그는 괘의하지 않고 버스 정류장으로 걸음을 서둘렀다.

겨우 정류장에 도착했을 때, 컴포넌트를 든 정영진은 추운 날씨에도 불구하고 땀을 흘렸다. 그 때문에 먼저 그곳에 있었던 사람들이 너도 나도 핼금거렸다. 그는 예상했던 상황이 실제로 벌어지자 창피함을 무릅쓰고 얼른 빈 의자에 앉았는데, 그새 팔과 어깨가 저려 왔고 손은 벌겋게 자국이 남아 얼얼했다. 그렇지만 여기서 그만둘 수는 없었기 때문에, 어서 버스가 오기만을 바랐다.

'하아…… 버스야, 빨리 와라.'

정영진은 사람들의 눈을 피하려고 일부러 건너편만 보았다. 몇 분 뒤에 버스가 왔지만 이미 승객들로 가득 차, 미리 줄을 섰던 사람들도 놀라고 말았다. 결국 그 버스는 한 명을 겨우 태운 채 가 버렸으며, 그 다음 버스도 마찬가지였다. 그날따라 정영진의 속도 모른 채, 날은 어느새 어둑어둑해졌다. 거기에다 버스도 뜸해진 터라 그는 하는 수 없이 낑낑대며 집으로 향했다.


겨우겨우 집으로 가는 길이 좁혀져, 이제 시장 하나만 건너면 되었다. 숨이 턱에 찬 정영진은 이제 조금만 가면 된다는 일념으로 힘주어 걸어갔는데, 시장의 많은 사람들이 그를 따라 몰려다녔다. 큰 컴포넌트를 든 십 대 소년이 붉어진 얼굴로 가쁜 숨을 씩씩거리며 앞을 나가니, 그 모습을 흥미롭게 구경하는 사람들이 많아서였다. 아예 넋을 놓고 보는 경우도 있어, 그 눈길이 하도 강렬해 그는 괜히 이곳저곳을 두리번거렸다.

'어?!'

뜻 없이 두리번거리던 정영진은 한곳을 뚫어져라 주시하게 되었다.

그곳은 가끔 들르던 서점이 있는 건물의 입구였는데, 그 서점에는 고액이지만 좋은 책이 많이 있었다. 그런데 방금 그 서점의 주인이 건물의 입구에 대자보를 붙인 것이었다. 거기에는 사정상 급하게 폐점하게 된 것에 대해 양해를 구하고 있었으며, 모든 책을 80% 할인하니 어서 구입하라는 내용이었다. 80%라니! 그동안 금액 때문에 골라만 놓은 책이 많아서 속상했었는데, 80% 할인이라니! 정영진은 홀려버린 듯 그곳으로 향했다. 그 순간에는 경중, 피곤, 추위, 창피고 뭐고 묽어진 상태였다.

그 서점은 건물의 삼 층에 있었기에, 정영진은 후들거리는 다리로 힘들여 계단을 오르게 되었다. 그런데 그의 옆으로, 급하게 그 서점으로 향하는 사람들이 스쳐 갔다. 그 사람들도 예상치 못한 할인에 신이 난 듯, 계단을 쉴 새 없이 뛰어올랐다. 자신을 스치는 사람 수가 늘어날수록 불안했던 정영진은 품 안에 꼭 안은 컴포넌트가 원망스럽게 느껴졌다. 하지만 이제 와서 내팽개칠 수도 없는 터라, 그는 울 것 같은 얼굴로 그곳을 향했다.

정영진이 힘겹게 서점에 도착하니, 평소보다 많은 책들이 그곳에 쌓여 있었다. 진열대는 이미 책들로 가득 찬 상태라, 미처 자리 잡지 못한 책 꾸러미들이 곳곳에 놓여 있었다. 사람들이 자신의 생각처럼 많지는 않았기 때문에 정영진은 마음이 놓였다. 하지만 조금 후에 이 넓은 서점 안에 수많은 사람들이 모여 발 디딜 틈을 찾지 못할 거란 생각이 들자, 정신이 번쩍 든 그는 컴포넌트를 내려놓을 만한 곳을 찾기 위해 주변을 두리번거렸다. 역시 서점에는 컴포넌트를 내려놓을 곳이 없었다. 웬만한 곳에는 책들이 높이 쌓여, 사람이 지나가기도 힘들어 보였다. 마음이 급해진 정영진이 서점 밖을 살폈으나, 그곳에도 역시 많은 양의 책 꾸러미들이 끈으로 묶여 있었다. 게다가 벽돌을 쌓은 것처럼 빈틈이 없어, 윗부분에 먼지가 날렸다. 그는 급히 몸을 놀려 서점의 밖, 책들의 옆 구석에 묵직한 컴포넌트를 조심스럽게 내려놓았다. 그사이에도 삼삼오오 짝을 이룬 사람들이 서점으로 들어갔으며, 곧 작은 비명이 이어졌다.

서둘러 서점으로 들어간 정영진은 팔이 떨리고 통증이 느껴졌지만, 컴포넌트가 품에 없는 상태라서 확실히 몸이 가벼웠다. 서점 안을 빠르게 돌아다니며 살피니, 평소에 갖고 싶었던 책들을 찾을 수 있었다. 몇몇은 이미 팔린 모양이었으나, 그는 자신이 원하는 조건에 맞는 책을 찾느라 시간 가는 줄 몰랐다.

한 시간쯤 후에, 몹시 피곤한 모습의 정영진이 서점을 나오고 있었다. 그의 양손에는 많은 책들이 든 종이 가방이 들려 있었다. 그곳을 느릿느릿 나서려던 그는 양손을 보더니 등을 굽히고서 얼굴을 잔뜩 찌푸렸다. 몇 권만 사려던 것이, 흥에 겨워 수가 늘어나 버린 것이었다. 정영진은 소리 없이 몸부림치며 자신의 과소비를 원망했지만 때는 이미 늦었다. 더구나 컴포넌트를 든 상태에서는 어차피 한 권의 책도 무리였으므로, 그는 산 책 모두를 아련하게 보았다. 그러던 중에 구석에서 자신을 기다리고 있는 컴포넌트를 보게 되자, 이내 그것을 외면해 버린 그는 답이 없는 고민에 빠졌다.

그때 서점에서 누군가가 나오더니, 풀이 죽은 정영진의 등을 가만히 두드렸다. 바로 서점의 주인이었는데, 그는 정영진에게 책들은 자신이 맡아 줄 터이니 나중에 찾아가는 게 어떠냐고 했다. 정영진에게 그것은 무엇보다 자비로운 제안이었다. 순식간에 얼굴이 밝아진 그는 서점의 주인에게 수도 없이 인사했다. 서점의 주인은 곧 그의 종이 가방을 들고 서점 안으로 사라졌다. 왠지 모르게 힘이 솟아난 정영진은 가벼운 움직임으로 컴포넌트를 들었다. 비록 묵직한 무게가 그의 근육이며 뼈를 다시 혹사시켰지만, 지치고 힘들어 금방이라도 힘이 떨어져 나갈 것 같았지만, 마음만큼은 정말 여유로워 모든 걸 거머쥔 느낌이었다. 정영진은 계단으로 가던 길에 활짝 열린 창문을 보았는데, 서점이 있는 층의 복도에 있는 그 창문은 추운 날씨에도 불구하고 그곳을 통해 들어오는 차가운 공기가 상쾌하게 느껴졌다. 서점은 따뜻했으나, 많은 사람들이 우글거려 답답했던 것도 사실이었다.

정영진이 여유롭게 움직여 창문에 다가가서 보니, 밖은 캄캄한 하늘을 바탕으로 그 아래 환하게 켜진 시장의 불빛들이 대비되어 펼쳐졌다. 길가를 매운 사람들 덕분에 시끌시끌했지만 평화로운 풍경이었다. 그는 시장 안의 오고 가는 사람들을 물끄러미 바라보았다.

"……."

불현듯 정신이 든 정영진은 황급히 고개를 들었다. 갑자기 자세를 바꾼 탓에, 눈앞이 하얘져서 저절로 눈이 감긴 그는 창가의 벽에 머리를 기댔다. 이어 굽혀지지 않는 팔을 억지로 굽혀, 한손으로 이마를 짚고는 창밖을 바라보았다. 그 순간, 정영진의 품에 안겨 있던 컴포넌트가 중심을 잃고 창밖을 향해 미끄러졌다. 이에 흠칫한 그가 다급히 컴포넌트의 스피커 부분을 붙잡으려 했으나, 오히려 그것을 더 밀어 버리는 결과를 가져왔다. 그는 입을 벌린 채 창밖으로, 아래로 멀어지는 컴포넌트의 모습을 바라보았다. 그다음은 차마 볼 수 없어, 계단 쪽으로 몸을 돌려 눈을 꼭 감았다. 잠깐 사이에 벌어진 일이었다.

"아아악!"

생각도 못한 비명 소리에 깜짝 놀란 정영진이 눈을 떴다. 분명히 창가 아래로는 사람이 없는 것을 봤기에 이상했지만, 아마도 잠깐 사이에 누군가가 거길 지나간 모양이었다. 이윽고 온몸이 떨린 그는 겁이 나서 등을 돌릴 엄두를 못 냈다.

"아이고, 어떡해~"

"119! 119 불러요, 여기!"

"괜찮아요? 이게 웬 날벼락이래?"

창밖에서 누군가의 신음 소리와 흐느낌이, 차가운 바람과 함께 정영진의 빨개진 귓가를 스쳤다. 꼼짝없이 선 그는 파랗게 질린 채 오들오들 떨었고, 밖에서 사람들의 웅성거림이 점점 더 커짐에 따라 서점에 있던 사람들도 하나둘 복도로 나왔다. 복도에는 돌처럼 굳은 정영진만이 서 있었는데, 그곳에 나온 사람들은 창밖을 보더니 호기심 어린 눈으로 그의 뒷모습을 응시했다.


벌써 날이 어두워지는 바람에 날씨가 더욱 춥게 느껴졌다. 공장은 적당히 따뜻했지만 직원들의 체감 온도는 낮았으며, 그것은 구승희도 마찬가지였다. 그래서 일에 집중하여 추위를 잊어 보려고 했으나,

더 이상 견디기가 힘들어 기지개를 켜는데 뒤에서 강배가 불렀다.

"승희야, 잠깐 쉬자! 사장님이 간식 사 오셨어!"

즐겨 입는 빨간색 상의를 입은 강배는 해병대를 연상시키는 조끼에, 그와 비슷한 분위기의 얼룩무늬로 된 두꺼운 외투를 입고 있었다. 거기에다 해병대를 상징하는 빨간 모자까지, 늘 그랬듯 그의 몸은 빨간색 아니면 얼룩무늬로 장식되었다. 머리도 군인처럼 짧게 깎고 집안 대대로 해병대 출신이라며 노래하듯 자랑하고 다녔으면서도, 그의 피부는 갈색이 아니었다. 그렇다고 하얀 것도 아니었으나, 자신보다 밝은 색을 띠었기 때문에 구승희는 강배의 모습을 볼 때마다 어색하다는 생각이 들었다. 그래서 강배가 아무리 우렁차게 소리쳐도, 공장이 떠나가라 크게 웃어도, 진짜 해병대인 양 각이 잡히게 행동해도, 눈에 힘주고 어깨를 세우며 으스대도 구승희의 눈에는 그저 우스꽝스럽게 느껴질 뿐이었다. 물론, 통통해서 근육을 찾기 힘든 강배의 몸도 한몫했다.

속으로 실소한 구승희는 사람들이 모인 자리로 갔다. 신문지가 넓게 깔린 그곳에는 그득하게 쌓인 호빵과 음료가 있었다. 호빵은 수가 많아 보였으므로 네 명이서 다 못 먹을 것 같았다. 이내 김이 모락모락 피어올라, 맛있는 냄새가 공장 안에 퍼졌다.

'우와아……'

냉큼 자리에 앉은 강배는 기분이 좋은지 소리를 질렀다. 김 노인도 눈을 가늘게 뜨고는 군침을 흘렸고, 어깨를 으쓱댄 정만식은 미소 띤 얼굴로 구승희를 보며 손짓했다.

"맛있겠다! 근데 웬 호빵을 이렇게 많이 사 오신 거예요?"

구승희는 발그레한 얼굴로 정만식에게 물었다.

"응, 저 앞에 호빵 집 있잖아! 안 그래도 이 시간까지 장사를 하려나 하고 갔는데, 아직 문을 열었더라. 그 집에 며느리 혼자 가게를 지키고 있기에, 내가 호빵 사러 왔다고 했지. 그러니까 그 집 며느리가 반색을 하고 일어선 거야! 지나가는 사람은 뜸하고, 남은 호빵을 어서 다 팔고 집에 가고는 싶고. 얼마 안 남아서 더 마음이 급했나 봐. 아, 그러더니 날 보자마자 신이 나서는 명랑하게 인사하는 거야! 말도 안 했는데 벌써 커다란 봉지에 호빵을 마구 담더라고. 그래서 내가 많이 못 산다고 돈이 얼마 없다고 했더니, 괜찮다고 웃어 버리는 거야! 어차피 둬 봤자 상한다면서, 남은 걸 다 챙겨 주더라고! 얼마나 신이 나던지……."

정만식은 설명하는 내내 웃음을 금치 못했지만, 음식에 손을 대는 일은 없었다. 아마도 기분이 좋아서 안 먹어도 배가 부른 모양이었다. 열심히 허기진 배를 채우는 직원들을 느긋하게 바라보던 그는 창밖을 보았다. 달은 보이지 않았어도 충분히 운치 있었는데, 창문 너머를 보던 정만식이 뭔가를 발견한 듯 눈을 크게 떴다.

"눈…… 눈이 내린다!"

구승희를 비롯한 모든 직원들이 창밖을 보고 눈을 확인하더니 깜짝 놀라 쥐 죽은 듯이 조용해졌다.

"펄펄~ 눈이 옵니다~"

어깨춤이 절로 난 정만식이 노래를 흥얼거렸고, 김 노인도 어깨를 들썩이고는 벙시레 웃었다. 재빨리 일어난 강배가 박수를 치며 노래를 따라 불렀다. 이내 다들 따라 일어나더니 박수를 치며 합창했는데, 김 노인은 신이 났는지 느리게 춤을 추었다.

"하늘나라 선녀님들이~"

"송이~ 송이~"

웃음이 터져 나오도록 흥겨운 밤에, 구승희도 연거푸 웃음이 났다. 비록 할 일이 쌓였고, 공장은 아직도 작고, 구승희가 애초에 생각한 '성공'과는 한참 멀었으나 지금 여럿이 힘과 마음을 모아 서로 사이좋게 협력하며 앞으로 나아가고 있었다. 내일도 오늘처럼 끝도 없는 일을 하겠지만, 그는 그런 것에 상관하지 않기로 했다. 좀 있으면 검정고시 때문에 학원에 다니며 더 바빠질 테니까. 그리고 검정고시에 합격하면 더 당당해질 것이었다.

좋은 사람들을 만나고 좋은 시간을 보내고 있으니, 더 이상 바랄 게 없을 것 같았다.

## 4

음료 중에 술이 없었는데도 모두들 흠뻑 취한 것처럼 비틀거렸다. 다들 웃고 떠드는 통에 전화가 울리는 소리마저 묻혀 버렸다. 그렇게 여러 번 울린 끝에 정만식이 전화를 받아 돌아섰는데, 순간 그의 등은 경직된 것 같았다.

"예?!"

정만식은 곧 비명에 가까운 소리를 질렀다. 다만 전화를 받은 장소가 직원들이 있는 곳과 떨어져 잘 들리지 않았기 때문에, 김 노인과 강배는 여전히 흥에 취해 노래하고 춤을 추었다. 그 와중에 구승희만이 정만식의 뒷모습을 보며 뭔지 모를 불안감에 사로잡혔는데, 배가 부르고 졸음이 몰려왔지만 가슴이 두근거렸다. 심장 박동이 점점 빨라져 긴장이 더해짐에 따라, 어느덧 정신이 맑아진 구승희는 정만식의 통화 내용에 귀를 기울였다.

"그럴 리가요."

정만식의 목소리에는 어느 때보다 두려움이 묻어나, 은연히 떨고 있었다. 무엇인지는 모르겠으나 안 좋은 일이 생긴 게 틀림없었다.

"아니, 거기가 어딥니까? 제가 지금 그리로 가겠습니다."

많이 가라앉았던 정만식의 목소리는 어느새 차분하게 안정을 찾은 듯했다. 그런 그의 뒷모습을 바라본 구승희는 어떤 생각도 하지 못했다. 그 때문에 구승희의 얼굴은 표정을 잃은 지 오래였고, 뒤에서 웃음을 터트리는 김 노인과 강배의 떠들썩한 소리도 귓가에 들리지 않게 되었다.

이내 전화를 끊은 정만식은 말없이 어깨를 늘어뜨린 채, 깊은 한숨을 내쉬며 등을 돌렸다. 그러다 구승희와 눈이 마주치는 바람에 깜짝 놀라 흠칫하고 말았다. 그런 정만식의 얼굴은 웃음기는커녕 오롯이 어둡고 칙칙했다.

곧장 구승희를 외면한 정만식이 서둘러 공장을 나서려 했는데, 그제야 김 노인과 강배가 멈칫하더니 정만식을 멍하니 바라보았다.

"어…… 어디 가시게요?"

"응, 별일 아니야. 나 잠깐 나갔다 올게. 오래 안 걸릴 거야."

정만식은 말하는 동안 직원들의 눈길을 피하려 했고, 얼굴도 되도록 안 보이려고 노력했다. 하지만 이미 모두가, 상황이 심상치 않음을 감지하고 있었다. 그런 직원들을 등진 정만식이 급히 공장을 나가 버리자, 침묵한 세 명의 눈은 그가 나간 자리만 하염없이 좇았다. 아까까지만 해도 더 이상 좋을 수가 없었는데, 순식간에 어두운 분위기가 되고 말았다.


새벽이 되어서야 퇴근한 구승희가 지친 몸을 이끌고 집으로 들어가려는데, 문득 이상한 느낌이 들었다. 창문이 모두 깜깜했기 때문이었다. 평소 같으면 불이 환하게 켜져 있고, 밤새 공부하느라 피곤한 기색이 또렷한 정영진이 문을 열어 주었을 것이었다. 물론 지금은 학원 때문에 집에서도 정영진을 보는 일이 거의 없었으나, 그래도 이것과는 다를 것이라 생각했던 구승희였다.

안으로 들어가서 거실에 불을 켠 구승희가 방들을 둘러보니, 안방에는 아무도 없었고 작은방도 마찬가지였다. 그는 거실 바닥에 주저앉아 눈동자를 이리저리 굴려 보았지만, 뭐가 뭔지 도무지 알 길이 없었다. 그 상태로 정 씨 부자를 기다리려던 그는 너무 피곤했기에 그대로 잠이 들어 버렸다.

구승희가 눈을 떴을 때, 불이 환하게 켜진 거실 천장이 보였다. 아무 생각 없이 천장을 한참 보다 눈을 돌렸더니, 집 안으로 밝은 햇살이 들어와 있었다.

"!"

깜짝 놀라 일어난 구승희는 급하게 움직이기 시작했다. 집에는 자신 외에 아무도 없었고, 누군가가 왔다 간 흔적도 없었다. 충분히 이상한 일이었지만, 그에게는 미처 그런 걸 생각할 겨를이 없었다.

서둘러 공장에 들어서니 김 노인과 강배가 언제나처럼 작업 중이었다. 그들은 구승희가 자신들의 근처를 기웃거리자, 그때서야 그를 보았다. 하지만 그곳에 정만식은 없었고, 정영진의 소식도 알 수 없었다. 그 때문에 도대체 그들 부자에게 무슨 일이 생긴 것인지 알 수 없었다.

“어, 왔구나.”

아직 졸린 모습으로 하품을 하던 강배가 구승희에게 인사를 건넸는데, 그는 여전히 ‘해병대’ 옷차림이었다.

“예…… 저, 사장님은요?”

구승희는 불안감에 목소리가 잘 나오지 않았다.

“너도 몰라? 이상한 일이네. 사장님은 아직 출근 안 하셨고, 같이 사는 네가 이제야 오기에…… 너는 아는 줄 알았는데?”

갸우뚱대며 말한 강배가 김 노인을 보자, 김 노인은 말없이 미간을 구겼다. 구승희와 김 노인, 강배는 같은 의문을 가진 채로 정만식이 올 때까지 기다리기로 했다. 걱정을 하는 상태여서인지 모두가 예외 없이 일이 손에 잡히지 않았다. 덕분에 일거리는 좀처럼 줄지 않았으며, 움직임도 눈에 띄게 느려져만 갔다. 그러는 동안 모두 약속이나 한 듯 정만식에 대해서는 입도 벙긋하지 않았다.

어느새 날이 저물었음에도 불구하고 정만식은 나타나지 않았다. 수시로 입구를 핼끔거리던 구승희는 창문 너머 거뭇거뭇해진 하늘을 멍하니 보았다.

“사장님!”

강배의 큰 목소리가 공장을 울리듯 들려와 구승희는 움찔했다. 그가 떨리는 마음으로 천천히 고개를 돌리니, 정만식이 느릭느릭 공장에 들어오는 게 보였다. 그의 모습은 피곤에 절어 한껏 추레한 꼴이었지만, 구승희와 김 노인과 강배에게는 그저 반가울 뿐이었다. 그러던 구승희는 이내 정만식의 굳은 표정과 좋지 못한 몰골 때문에 속으로 바짝 긴장하게 되었고, 김 노인과 강배도 곧 이상한 낌새를 느꼈다.

"사장님, 무슨 일 있으셨어요?"

강배가 정만식을 곁눈질하며 조심조심 물었다.

"그게……."

고개를 숙인 정만식은 입을 여는 것이 힘에 부친 듯, 쉬이 말을 잇질 못했다. 그는 입술의 겉이 허옇게 말라붙어 있었고, 눈도 충혈되어 얼굴이 말이 아니었다. 구승희는 답답한 것보다 점점 뚜렷해지는 불안감 때문에, 온몸에 소름이 돋을 지경이었다. 이윽고 정만식의 탁한 안색을 본 탓에, 표정이 급격하게 어두워진 김 노인이 물었다.

"영진이는? 네 아들은?"

김 노인이 정영진에 대해 묻자, 고개를 들지 못한 정만식은 눈시울이 붉어졌으나 눈물을 흘리진 않았다. 김 노인이 짐작한 대로 정영진과 관련된 일인 듯했다.

"……영진이, 그 녀석이."

정만식은 그늘이 드리워진 얼굴로 입을 뗐다. 세 사람은 일그러진 얼굴로, 바닥이 있는 쪽에 고개를 처박은 그의 말을 경청했다.

"어젯밤에…… 전화를 받고서 곧바로 경찰서로 갔어요. 사고가 났다고 하는데, 무슨 소린지 알 수가 있어야지. 너무 떨리니까 경찰서 안으로도 겨우 들어갔죠. 많은 사람들이 꾸역꾸역 몰려 있어서 혼란스럽기만 하던 차에, 저 앞에 정신이 나간 것처럼 멍해 있는 영진이가 보이는 거예요. 다친 데가 없어 보여서 일단은 안심했지만…… 그게 끝이 아니었어요."

무거운 숨을 내뱉은 정만식은 힘겹게 고개를 저으며 말을 이었다.

"웬 아저씨가 영진이랑 날 보고 성을 내더라고요. 나야 어리둥절했지만. 담당 형사 말을 들어보니까…… 참 어이가 없어서. 영진이가 뭔가 무거운 걸 높은 곳에서 떨어뜨리는 바람에, 아래에 있던 사람이 그걸 맞고 다쳤대. 영진이는 당연히 실수로 떨어뜨린 거지."

정만식은 착잡한 심정으로 고개를 들었고, 공장은 고요하기만 했다. 구승희는 뭔가 말하고 싶었으나, 막상 할 말이 떠오르지 않아 잠자코 있었다. 정만식을 감싸고 선 세 사람 중, 누구도 섣부르게 나서지 못했다.

"……영진이가 다치게 한 사람, 영진이랑 동갑이래. 복서 유망주래요. 대회에서 우승도 여러 번 했대. 어제는 친구들이랑 돌아다니다가…… 변을 당한 거지."

일이 생각보다 심각했기 때문에, 김 노인은 선 자리에서 그대로 굳어 버리고 말았다. 정만식의 얘기에 충격을 받은 것은 구승희도 마찬가지였으므로 다리가 후들거리고 머릿속이 어지러웠다. 그럼 정영진은 어디에 있단 말인가.

"그 복서 유망주…… 많이 다쳤대요?"

강배가 심각한 말투로 물었다. 구승희는 속으로 아니기를 바랐지만, 정만식의 모습을 봐선 그 바람은 헛된 것이었다.

"하…… 오른쪽 어깨를 다쳤대, 하필이면. 조금 있으면 대회에 나가야 된다고, 어떡할 거냐고 나한테 소리를 지르는데…… 혹시라도 수술이 잘못돼서 앞으로 복싱을 못하면 책임질 거냐고 악을 쓰는 거야.

진짜 믿기지가 않더라고. 난 하도 멍해지니까, 그다음에 무슨 소리를 쳤는지 들리지가 않는 거야. 영진이 쪽으로 고개를 돌렸더니 그 녀석…… 두 손으로 머리를 쥐고는 바들바들 떨면서 울기만 하고. 그때까지도 난 그 모든 게 가짜인 것 같았어. 그런 줄 알았었는데 걔 모습을 보니까, 눈물이 왈칵 쏟아지더라고."

"그…… 그럼, 영진이는 지금 어디 있어요?"

구승희는 급한 마음에 불쑥, 정만식에게 물었다.

"영진이, 그 어린 것이 얼마나 무서웠을까……."

정만식이 허공에 대고 처연히 중얼거리자, 그 모습에 겁이 덜컥 난 구승희가 일부러 큰 소리로 그를 불렀다.

"사장님, 정신 차리세요!"

"……영진이, 영진이는 지금 집에 있어. 지금…… 가 본다고 해도 소용없어. 여태껏 한숨도 못 자고 여기저기 바쁘게 돌아다녔으니까. 경찰서에서 여러 사람들한테 시달리고, 내가 도착한 다음에도 그건 다를 게 없었지. 그런 데다 나랑 같이 피해자…… 가 있다는 병원에 가서도 좌불안석이었어. 그 애의 가족이 울부짖는데도, 어찌할 바를 몰라서 쩔쩔매고 서 있기만 했다고. 내가 영진이의 떨리는 손을 꽉 잡고, 수술실 앞에서 긴 시간을 오매불망 기다렸거든. 그러다 오늘 오후에 수술이 끝나기는 했는데. 경과를 더 지켜봐야 한다더라. 그 애도 의식을 못 찾았고……."

체념한 듯 눈을 내리깔고 있던 정만식은 뒤늦게나마, 자신이 괜찮다는 걸 보여 주기 위해 허리를 펴고 직원들과 눈을 맞추었다.

"그래서 계속 거기에 있기도 뭐하고…… 일단 영진이는 집으로 보냈어. 지금쯤 자고 있을 거야."

구승희와 강배는 서로 눈치를 살피며 아무런 표정도 짓지 못했다. 정만식은 자꾸 헛웃음을 지었는데, 하룻밤 새 너무 큰 충격을 받아서 그런 것 같았다.

"그래서 합의금이 얼만데?"

이내 정신을 차린 김 노인이 정만식에게 물었다. 그러고 보니 그게 중요한 것이라, 눈동자의 움직임을 멈춘 구승희도 대답을 기다렸다. 모든 이가 숨을 죽인 채 정만식을 주목했고, 질문을 받은 그의 얼굴은 굳어졌다.

"그게 피해자…… 측을 이해하니까요. 앞날이 창창한 애를 다치게 만들었으니."

"그래서 얼마냐고!"

정만식이 괜한 말로 뜸을 들이니, 그에 화가 난 김 노인이 큰소리를 냈다. 잠시 후, 정만식은 마지못해 입을 열었다.

"……삼천만 원이요."

정만식은 세 사람을 최대한 외면하며 대답했다.

"삼천만 원이요?!"

"그렇게 많이 내야 돼요? 그런 큰돈이 어딨어요?!"

김 노인은 입만 벌린 채 다시 굳어 버렸으며, 그곳은 합의금의 액수 때문에 충격에 휩싸인 구승희와 강배의 탄식으로 가득해졌다.

"그게…… 그 집 어머니는 실신하다시피 해서 아주 정신이 없었거든. 말했다시피 그 애는 복서 유망주니까."

열심히 설명하는 정만식의 얼굴은 점점 어두워졌다. 그때, 김 노인이 목소리를 가다듬고 정만식에게 말했다.

"너 돈은 있어? 그 사람들은 꼭 그 금액이어야 한대?"

"예, 그 사람들 입장이 강경하더라고요."

"돈은 있냐고?"

"아아, 있죠. 지금까지 공장이 그렇게 잘 돌아갔는데 그만한 돈이야 있죠, 당연히!"

움찔한 정만식은 특유의 밝은 표정으로 대답했다.

"그러니까, 그렇게 동조할 일은 아니라는 거죠. 합의금만 내면 영진이도 다시 마음 편히 공부하고, 승희도 열심히 학원 다니고, 공장도 여느 때와 다름없이 잘 돌아가면 그뿐이에요."

그러나 그곳에서 정만식의 말을 곧이곧대로 믿는 사람은 없었다. 구승희는 아무런 말도, 생각도 없이 그저 초조한 마음만 들었다

"사장님, 진짜 돈 있으신 거예요?"

강배가 걱정스런 표정으로 말하자 정만식은 털털하게 웃으며 괜찮다고 했다. 하지만 그의 말을 듣고 따라 웃는 사람은 없었는데, 특히 김 노인은 잔뜩 구겨진 얼굴로 정만식을 노려보았다.


공장이 평소보다 일찍 닫힌 그날 밤, 정만식과 구승희는 집으로 가는 걸음을 재촉하고 있었다. 내내 여유로운 표정으로 일관했던 정만식은 집에 가까워지자 걸음이 더욱 빨라졌다. 정만식의 얼굴이 확 굳

어진 탓에, 옆에서 같이 서두른 구승희의 얼굴도 덩달아 어두워졌다. 분명히 큰일이 벌어진 것이라 여겼기 때문이었다.

정만식이 허둥지둥 현관문을 열고 들어갔더니, 집 안은 캄캄해서 을씨년스럽기까지 했다. 구승희가 서둘러 거실의 불을 켜고 안을 둘러봐도 특별히 변한 것 없이 적막할 뿐이었다. 정만식이 아들의 이름을 부르며 작은방의 문을 열자 고요한 어둠만이 보였다. 이어 손을 더듬어 방의 불을 켜고 나서야, 비로소 정영진을 볼 수 있었다.

"영진아……!"

정만식은 방의 한구석에 잔뜩 웅크린 아들에게 다가갔는데, 맘고생이 심했는지 몰골이 형편없었다. 파랗게 질린 정영진의 얼굴은 몹시 핼쑥해, 공포 영화에서나 본 것 같았다. 그 때문에 구승희는 정영진을 보면서도 정말 그가 맞는지 확신이 서질 않았다. 말없이 허공을 보다 구승희의 시선을 느낀 정영진은 몸을 덜덜 떨었다.

"영진아, 왜 그래? 승희잖아. 널 해치러 온 사람이 아냐."

"으흐흑…… 무서워! 나 이제 어떡해…….'

아버지의 품에 안긴 정영진은 닭똥 같은 눈물을 계속해서 흘렸는데, 아마 집에 와서도 줄곧 잠들지 못하고 있었던 것 같았다. 정영진이 등을 흔들며 흐느끼니 구승희는 방으로 들어갈 생각도 들지 않았다. 곧 뭔가가 울컥 올라와 괴로워진 그는 거실 바닥에 주저앉고 말았다. 끝내 구승희의 불안감은 현실이 되었고, 그것은 잔혹하게만 느껴졌다.

새벽이 되어서야 정만식은 아들을 겨우 달래고 재울 수 있었다. 작은방의 불을 끈 정만식이 조용히 거실로 나오니 구승희가 한가운데 앉아 있었다. 그는 한숨을 쉬고서 구승희의 맞은편에 앉았다.

"피곤하지 않아? 잠 좀 자야지."

"저보다는 사장님이 눈 좀 붙이셔야죠. 괜찮으신 거예요?"

의외로 무덤덤한 얼굴의 구승희는 정만식을 물끄러미 바라보았다. 마음속이 복잡한 나머지 어떤 감정도 얼굴에 담을 수 없었기 때문이었는데, 두 사람은 곧 말없이 고개를 숙였다. 적당한 말도 떠오르지 않았고, 이런 상황에서는 도저히 대화를 이어나갈 수가 없어서였다.

늦은 시간이라 동네는 캄캄하고 조용해서 개 짖는 소리도 나지 않았다. 동네 전체가 잠에 빠져 있었으므로 불도 켜 있지 않은 탓에 더 어두웠다. 그런 그곳에서 딱 한 가구, 정만식의 집만 불이 환히 켜져 있었다. 끝이 없을 것 같던 침묵은 정만식에 의해 마침표를 찍었다.

"영진이 어때 보여⋯⋯?"

정만식의 힘없는 목소리가 들려, 구승희는 멈칫했다. 그는 정만식을 똑바로 쳐다볼 수 없었는데, 그를 보는 순간 그 자리에서 쓰러질 것 같았기 때문이었다. 구승희는 고개를 숙인 채 천천히 대답했다.

"아파 보여요⋯⋯ 못 먹은 것 같던데요⋯⋯."

"응, 그래. 먹지도 못하고, 잠도 못 자고⋯⋯ 겁을 많이 먹은 모양이야. 하긴⋯⋯ 충격을 그렇게 받았는데."

정만식은 서서히 담담한 말투가 되었다.

"영진이, 병원에 가 봐야 하는 거 아닐까요?"

"⋯⋯네 눈에도 그래 보여? 나만 그렇게 보이나 했는데, 다행⋯⋯

인 건가?"

온통 만귀잠잠한 가운데, 환하게 불이 켜진 그들의 집은 딴 세상 같이 느껴졌다. 시간이 많이 흘렀는지, 어느덧 밖이 푸르스름해지고 있었다.

"조금 있으면 사람들이 바삐 움직이겠지? 어제 그랬던 것처럼, 오늘도 마찬가지로."

정만식이 멍하게 중얼거리는 소리에 구승희가 곁눈질해 보니, 그는 막막한 분위기를 자아내며 창문 너머를 바라보고 있었다. 그의 그런 모습을 본 구승희는 속으로 한숨을 쉬었다. 정영진도 힘들 테지만, 괴로워하는 걸 봤지만, 구승희에게는 정만식의 모습이 더 애처롭게 느껴졌다.

"사장님, 그만하시고 주무세요."

구승희의 목소리에 정신이 든 듯 보인 정만식은 그에게 고개를 돌렸다.

"아아. 그렇지, 맞아. 자야 되는데 밤을 새워 버렸네. 미안해, 승희야."

정만식은 구승희를 보며 고개를 끄덕였다. 자신도 피곤하고 기운이 없었으나, 지금은 정만식이 더 급해 보였다. 그래서 그는 안방에 이부자리를 깔아, 파리한 정만식을 눕혔다. 그러고는 거실로 나와 한숨을 돌리려, 그곳의 불을 끄고 바닥에 주저앉았다. 몹시 피곤해진 구승희는 눈이 아파 왔고, 입 안은 마비된 것처럼 느껴졌으며, 생각할 것 또한 많아 머릿속이 복잡했다. 하지만 졸음이 밀려온 탓에 한순간 멍해져 버렸다. 피로가 밀려와 자신의 머릿속을 덮어 버렸기에, 어쩔 수 없이 그는 거실에서 새우잠을 자야 했다.

구승희가 눈을 떴을 때, 머리 밑에는 베개가 있었고 이불도 덮여 있었다. 깜짝 놀라 일어나 보니 어느새 오후 두 시였으며, 그의 머릿속은 멋대로 구깃거리다 막혀 버린 것 같았다. 그래도 잠을 자고 나니 훨씬 나았는데, 머지않아 정만식은 이미 집에서 나간 후라는 걸 인지할 수 있었다. 구승희는 정영진을 확인하고 싶었지만 그전에 겁이 났다. 작은방의 문을 열면 무서운 걸 목격할 것만 같아, 결국 정영진을 보는 것을 포기하고 집을 나섰다.

구승희는 처진 어깨로 공장의 앞에 섰다. 안에서는 기계 돌아가는 소리가 들렸지만, 그는 기운이 나지 않아 몇 차례 갈팡질팡한 끝에 공장으로 들어갔다.

"응? 너 나왔구나?"

강배가 하나뿐인 선글라스를 눈 아래까지 내리며 크게 소리쳤다. 김 노인은 강배의 목소리를 듣고도 구승희를 본체만체했고, 강배는 짧게 웃고서 다시 바쁘게 움직였다. 정만식이 보이지 않아 어디에 있는 건지 걱정이 된 구승희는 이내 마음을 다잡고 일에 집중했다.

중간에 쉬는 시간이 되어 강배가 구승희를 공장의 근처 골목으로 불렀는데, 그가 나올 때 김 노인만이 흔들림 없는 모습으로 일에 빠져 있었다. 그 모습을 본 구승희는 자신도 복잡한 생각은 관두고 지금 일에 최선을 다 해야겠다고 생각했다.

마침 골목에 지나가는 이가 없어 사방을 둘러보던 강배가 안심하고 구승희에게 말했다.

"아침에 사장님이 왔다 가셨어. 지금은…… 피해자가 있는 병원에 가신 것 같아."

강배는 중요한 얘기를 하는 것처럼 이따금 주위를 살폈으나 그래 봤자 사람은 없었다.

"뭐라고 하셨어요?"

정만식의 얘기에, 구승희는 갑자기 동요되었다.

"그냥, 넌 밤새 못 잤으니까 오늘 못 나올 거라고. 다 자기가 해결할 일이고, 공장에는 타격이 없을 거라고. 그러니까 걱정 말라는 얘기지. 급하셨는지, 오래 안 계시고 그냥 가시더라."

강배가 씁쓸한 얼굴로 눈길을 돌리자, 구승희의 어깨는 다시 처졌다.

"……사장님이 하시는 말이니까 믿을 수는 있어. 내가 본 사람 중에서 가장 의리 있는 분이니까. 어떻게든 공장은 돌아가겠지."

그가 곁눈질하니 구승희가 묵묵히 고개를 끄덕이고 있었다.

"그런데 너는 뭐 아는 거 없어? 같은 집에 사니까, 뭐라도 알 거 아냐."

구승희는 갑작스러운 강배의 질문에 당황했고, 순간 정영진의 퀭한 얼굴이 떠올랐다.

"……아직 잘 모르겠어요. 저도 어제 들은 게 처음이라, 집에 가서는 충격 때문에 밤새 잠도 못 자고."

구승희는 비교적 담담하게 말하면서도 고개를 숙였다.

"하긴, 그럴 만하네. 사장님이 속마음은 잘 안 털어놓으시지. 나는 혹시라도, 너한테 다른 얘기하신 게 있나 해서."

강배는 등을 돌리며 고개를 크게 끄덕였는데, 이 와중에도 그는 해병대처럼 절도 있게 보이려고 했다.

"그래도 넌 좀 다를 줄 알았는데…… 넌 사장님이 이 공장을 열 때부터 있었다며?"

구승희는 그의 의도가 뭔지 몰라 멀거니 있었고, 강배는 다시 고개를 돌려 구승희와 눈을 마주쳤다.

"예? 아, 맞아요."

"사장님한테 들었어. 너한테는 사장님이 은인이겠구나."

강배는 슬그머니 웃으며 말했는데, 확실히 구승희에게 정만식은 은인과 같았다. 혈혈단신 연고 없는 서울에 와서 갈 곳 없이 떠돌다, 정만식을 만나 비로소 필요한 것을 얻을 수 있게 되었다. 그것이 너무 편하게 느껴져 어느새 잊고 있었지만 정만식도, 정영진도 모두 구승희의 은인이었다.

"맞아요……."

고개를 푹 숙인 구승희가 중얼거릴 즈음, 쓰러질 듯 약해진 그의 어깨를 강배가 힘 있게 잡았다.

"나도 마찬가지야. 오갈 데 없던 날, 사장님이 일자리를 주셔서 얼마나 기뻤는지 몰라. 지금은 걱정이 돼서, 그렇게 좋은 분이 왜 그런 일을 겪으셔서는…….”

강배의 목소리는 침울한 기운이 느껴질 만큼 가라앉아 있었으며, 선글라스 너머 눈가가 붉게 물들어 있었다. 강배의 얼굴을 바라본 구승희는 점점 일그러지는 그의 표정도 볼 수 있었다.

‘이 사람도 걱정을 많이 했구나.’

“……나도 은혜 입은 게 많으니까. 뭔가 도움이 될 수 있을까 해서, 너한테 물어본 거야.”

구승희를 애써 외면한 그의 얼굴은 서서히 벌겋게 물들어 갔다. 그러면서도 눈물이 흐르려는 걸 억지로 참아 내는 것 같았다. 그것을 본 구승희의 얼굴은 어두워졌고, 그는 강배에게 중얼거리듯 말했다.

“……영진이가 충격을 많이 받아서 힘들어해요.”

“영진이, 정말 힘들겠다. 사고 치는 거랑은 거리가 먼 애였는데.”

고개가 처진 그들의 모습은 매우 우울해 보였다.


며칠 후 저녁, 구승희가 일찌감치 집으로 퇴근했다. 집에 들어서니 거실에서 전화통을 붙잡고 있는 정만식이 보였는데, 뒤늦게 구승희를 발견한 그는 급히 전화를 끊어 버렸다.

“어어…… 승희야, 배고프지? 어쩌나, 밥이 없네.”

무척 부자연스러웠지만 구승희는 아무 말도 하지 못했다. 눈자위가 충혈된 정만식의 얼굴은 꺼칠했고, 옷차림과 머리도 너저분했으며, 굳은살이 박인 두툼한 손에는 누런 손톱이 길어져 있었다. 그런 정만식의 주변에는 전화번호가 적힌 여러 수첩들과 쪽지들이 널브러져 있었다. 그것들을 얼른 한곳으로 몰아넣은 그는 구승희에게 웃어 보였다.

"또 굶으셨어요?"

구승희가 다그치듯 말하자 정만식은 억지로 웃어넘겼다.

"나야 뭐, 입맛이 없어서⋯⋯ 넌 좀 먹어야지, 아니면 쉴 생각이야?"

집은 그새 어지럽게 변해 있었고, 그곳에 사는 사람들도 변해 있었다. 또한 정영진은 집에 돌아온 이후로 방에서 나올 생각을 하지 않았다. 그저 이따금씩 흐느끼는 소리, 비명 소리, 기나긴 중얼거림만 들릴 뿐이었다. 제대로 먹는 것 같지도 않은데 며칠을 그러니 걱정이 이만저만이 아니었다.

"밖에서 먹고 왔어요. 합의금⋯⋯ 아직 못 구하신 거죠?"

구승희는 차마 입이 떨어지지 않았으나, 그대로 모른 척만 할 수 없었기에 용기를 내 말을 꺼냈다.

"걱정 마, 네가 신경 쓸 일이 아니야. 여기 전화번호들 있지? 다 내가 인생을 살면서 서로 의지하던 사람들인데, 연락을 해 보니까 모두들 긍정적이야. 조금만 있으면 구할 수 있으니까, 너는 아무 걱정 말고 있어."

정만식은 구석에 모아 둔 수첩들과 쪽지들을 가리키며 구승희를 안심시키려고 노력했다. 구승희는 말없이 끄덕였지만 그의 말이 사실이 아닌 것을 알고 있었다. 그 수첩들과 쪽지들은 그전부터 본 것이었고, 절반 가까이는 구겨졌거나 굵게 가위표가 되어 있었으며, 그나마도 연결이 잘되지 않았다. 사실 정만식이 동업자에게 배신당했을 때, 변함없이 곁에 남아 준 사람이 없었는데도 재기한 것은 기적에 가까웠다. 이윽고 어수선한 마음을 지그시 누른 구승희가 돌아보니, 정만식은 다시 어딘가에 전화할 모양이었다.

"전화하시게요?"

"어, 나한테 신세 진 친구가 있는데……."

"그만하세요!"

"……."

구승희가 돌연 소리를 치는 바람에 정만식은 어안이 벙벙해서는 멈칫했다.

"누구의 전화번호든, 이제 그만 좀 하세요."

"너……."

"어차피 연결 안 되거나, 피하려는 사람들이잖아요."

구승희는 걷잡을 수 없이 화가 났다. 소용없는 일에 매달리는 정만식을 보는 것도, 이런 상황에서 아무 것도 할 수 없는 자신도 싫었다. 그러다 문득 자신이 한 일을 자각하게 된 그가 눈을 내리깔았는데, 곧 무거운 침묵이 길게 이어졌다.

"죄송해요, 사장님."

구승희는 겨우 말했다. 모두가 힘들어서 견디기 지칠 텐데, 자신은 고작 이런 걸로 소리나 치다니. 부끄러운 일이었지만 이대로 외면할 수는 없었다.

"아니다. 네 말이 맞는 말이야. 이래 봤자 소용도 없는데 하면서도…… 자꾸만 되풀이하게 돼. 너한테 면목이 없다."

들었던 수화기를 내려놓은 정만식은 전화기를 치워 버렸다. 구승희는 울컥 치밀어 오르는 감정을 뒤로한 채, 정만식 앞에 꿇어앉았다.

"죄송합니다, 사장님!"

구승희는 진심으로 뉘우쳤고, 정만식도 느릿하게 고개를 끄덕였다.

"나는 괜찮아. 지금껏 산전수전을 다 겪어 봤으니까…… 너한테 약속했던 검정고시 준비도 못하게 만들고, 학원에 못 보내 준 것도 미안하고, 공장의 다른 직원들한테도 미안한 마음이 이루 말할 수 없지만…… 그래도 난 영진이에게 제일 미안하다."

정만식이 쓸쓸한 얼굴로 말해 나갔고, 구승희는 그것을 묵묵히 들었다.

"너도 알다시피, 내가 좀 기구하게 살았잖아? 학교도 졸업 못하고, 악바리같이 일만 하다가 친구한테 배신당하고…… 난 그 모든 게 운명같이 느껴지더라고. 어쨌든 내가 선택한 일 때문에 벌어진 거니까, 그 결과도 나로 인한 거지. 그렇게 생각하니까 북받치는 게 좀 덜하더라. 그런데 말이야…… 중요한 걸 잊고 있었어. 난 여태, 나만 생각해 왔다는 걸! 남한테나 친구한테는 매달리다시피 했으면서, 정작 가족한테 소홀했던 거야. 먼저 간 집사람한테도 잘못을 많이 저질렀지만 영진이한테는, 영진이는……."

아들의 이름을 말하고 울컥했는지, 정만식은 눈물을 글썽였다.

"내 옆에서, 내가 당하는 일을 다 보고 겪어 보기도 하고…… 내가 징글징글한데 걔는 어땠겠냐고? 그 고생을 다 하면서도 늘 웃고 긍정적이었는데…… 난 사람들한테 아들 자랑을 하긴 했지만, 내가 걔를 진짜 똑바로 이해한 건지 모르겠어. 그 애는 내게 한 번도 대든 적 없고, 철없이 칭얼거린 적도 없어! 난 그걸 대견하게만 여겼었는데 그게, 조금씩 엇나가고 있었나 봐. 난 그저 그렇게 넘어가곤 했지만, 영진이한테는 그렇지 못한 일이 많았을 거야. 짐작만 할 뿐이지만 그 녀석의 문제도…… 상처도, 슬퍼하는 것도 내가 너무 많이 외면해 버려서 이렇게 된 것 같아."

구승희는 기운 없이 겨우 앉아 있는 정만식이 안타까워 견딜 수 없었다. 그는 눈에 띄게 야위어 있었으며, 안색은 말할 것도 없게 보였다.

"사장님…… 이건 사장님 때문이 아니라 그냥…… 운이 없었던 거예요."

"나 때문이지. 영진이가 내 생각에 뭘 가져오다가 사고가 난 거니까! 내 생각이지만, 나한테 운이 없는 건 사실 같아. 그래서 상관도 없는 아들한테 그런 일이 생긴 거고. 하늘에서…… 내가 하도 사고를 쳐서 그 맘고생을 영진이 혼자 다 하니까, 나를 골탕 먹이려고 이번에는 착한 영진이가 일을 당하게 한 거야. 나 보고 '너도 좀 당해 봐라' 하고."

정만식은 어이가 없다는 듯이 헛웃음을 지었고, 말없이 듣고만 있던 구승희는 그를 보다가 작은방에 눈을 돌렸다.

"그러면 이해가 돼…… 지금 겪고 있는 이 일도, 여기저기서 독촉만

하는 사람들도, 내가 지금 겪고 있는 모든 어려운 일들의 이유가 그거라면 말이 된다고! 하지만…… 영진이는? 걘 이제 고삼이야. 고생도 그만하면 끝날 만하잖아. 개는 나처럼 되면 안 돼, 대학에도 가야 하고…… 원하는 건 뭐든 이룰 자격이 있는 애야! 너도 알잖아? 그런데 애 꼴이…… 말이 아냐. 밥은커녕 물도 잘 마시질 않고, 방에만 틀어박혀 있어. 어쩌다 나랑 눈이 마주칠 때면, 잘못했다고 빌기만 해! 말 그대로 얼굴이 반쪽이 돼서, 뼈가 드러나도록 마르고 창백하게 변하니까 나도 못 알아볼 지경이야."

정만식은 감정이 격해져 가슴을 쳤는데, 구승희는 그를 말릴 생각조차 못했다. 구승희의 눈에, 그가 너무나 처연해 보였기 때문이었다.

"세상에, 얼마나 힘들게 살았는데. 이제야 겨우 우리가 다시 행복해졌다고 생각했는데, 며칠 사이에 이 꼴이 뭐냐고. 이게 다 무슨 일이냐고! 영진이는 지금, 뭣도 삼키지 못해서 피난민처럼 메말라 버렸어. 그러면서 울 기운은 어디서 나는 건지, 처절하게 울어 버리고. 눈물은 왜 그렇게 끝도 없이 흘리는지…… 진짜 미친 듯이 울더라! 진짜 미쳐 버린 것 같아!"

정만식의 눈에 눈물이 맺혔기에 구승희의 마음은 좋지 않았다. 며칠 전까지만 해도 구김살 없이 세 사람 모두 기분이 좋았던 터라 더 그랬다. 자신만 해도 검정고시 준비로 나날이 설렜었는데, 이젠 그런 것 따윈 마음속에서 잊힌 지 오래였다.

실컷 울부짖던 정만식은 곧 그 자리에서 벽에 기댄 채 잠이 들었다. 흐리멍덩히 앉아 있던 구승희는 무거운 걸음으로 이불을 가져와 꿇

아떨어진 정만식을 덮어 주었다. 그러고는 밖으로 나와 무작정 동네 한 바퀴를 느럭느럭 걸었다.

아침이 밝아지자 구승희는 성큼성큼 공장으로 향했다. 구승희의 머릿속은 합의금에 대한 것뿐이었다. 정만식은 괜찮은 척했으나 그에게 돈이 없다는 것을 알고 있었다. 공장을 넓힐 때 은행에서 대출을 받은 상태라 더 이상의 대출은 불가능했고, 정만식이 알고 지낸 사람들은 그를 외면하거나 미처 도울 형편이 못 되었다. 거기에다 정영진의 학원비가 고액에 속하는데도 정만식이 미련 없이 쏟는 통에 더욱 어려운 처지였다. 설상가상으로 그동안의 소문이 퍼져 정만식의 공장에는 일이 많이 줄었고, 그나마 일을 맡긴 곳에서도 못 미더워하는 눈치였다. 그런 가운데 공장 근처에는 자꾸만 힐금거리며 수군대는 사람들이 점점 늘어갔다.

빠른 속도로 걷던 구승희는 주위의 다른 공장들을 둘러보았다. 출근 시간대에 수많은 사람들이 규칙적으로 움직이는 그 모습은 몇 년 전, 자신이 서울역에 도착했을 때 수많은 사람들이 오고 가는 모습과 닮아 있었다.

'살아야 해! 어서 이 일을 극복해야 해!'

구승희의 눈은 서울역에 갓 도착한 소년의 그것처럼 빛나고 있었다.

구승희가 힘찬 걸음으로 공장에 들어서니, 마침 김 노인과 강배가 막 일을 시작하고 있었다. 그곳을 둘러보던 구승희는 새삼스럽게 눈시울이 붉어지려고 했지만, 애써 그것을 참았다. 그러고는 늘 그래 왔듯이 김 노인과 강배의 틈에서 열심히 일했다. 집에서 지쳐 쓰러져 있을 정 씨 부자도 잊은 채, 구슬땀을 흘려 가며 일에 열중했다.

이윽고 쉴 틈이 생겨, 움직임을 멈춘 세 사람은 서로 시선도 마주치려 하지 않았다. 그들의 표정이 하나같이 안 좋은 것으로 보아 각자 속이 복잡한 모양이었는데, 김 노인이 제일 먼저 공장을 나서게 되었다. 아무래도 멀리 바람이라도 쏘일 모양이었다. 강배도 그곳을 나와 옷을 터는데 구승희가 가까이 다가왔다. 강배는 눈치를 살피며 궁금해하는 표정을 보였고, 주위를 두리번거리던 구승희는 이내 말했다.

"저…… 그 일 할게요!"


엊그제 초저녁 때쯤, 구승희는 머리도 식힐 겸 공장들이 즐비한 동네를 질주하게 되었다. 길에는 얼음이 없었으나 바람이 매서웠는데, 그는 날씨에 개의하지 않은 채 있는 힘껏 전력 질주를 했다. 그러다 이곳저곳에 다른 공장의 직원들 여럿이 나와 있는 걸 보게 되었다. 그 사람들은 지쳐 있는 모습이었지만 웃으며 즐거워하는 표정이었다.

잠시 멈춰 서서 숨을 고르던 구승희가 주변을 둘러보니, 자신들이 일하는 공장 밖으로 나온 많은 사람들이 자기들끼리 수다를 떨고 있었다. 그중에는 구승희의 눈에 익은 인물도 몇 있었는데, 솔직히 그렇게 친하다고 할 수는 없었다. 정만식과 일하는 동안 줄곧 일에만 열중해 왔기 때문이었다. 게다가 또래라고 할 만한 사람도 없어, 정영진과 더욱 친해질 수밖에 없었다. 그런 그에게 눈에 익은 사람들이란, 그냥 이 근처를 질주하다가 오며 가며 인사 몇 번 한 게 전부인 사람들이었다.

우물쭈물하던 구승희는 따로 떨어진 서너 명의 무리를 보았다. 그들도 인사만 했던 사람들이었지만, 구승희는 지푸라기라도 잡는 심정으로 얘기해 보려고 했다. 그들도 형편이 어렵겠으나 '사정'을 듣다 보면, 어쩌면 도와줄지도 모를 일이었다.

'지금 순간적으로 한 생각이지만…… 부딪쳐 보자! 어차피 더 잃을 것도 없어. 잘되지 않는다고 해도 창피하고 말 것도 없어. 이미 소문이 나 버려서 모르진 않을 테지. 용기를 내! 한번 부딪쳐 보자!'

구승희는 몇 번이나 심호흡하고서 그들에게 다가갔다. 한 걸음 다가가자 온몸이 후들거렸고, 한 걸음 더 다가가자 왠지 자신이 없어졌다. 또한 머릿속에서 고개를 흔들며 거절하는 사람들이 보여 어느새 물기 어린 눈이 되었으면서도, 구승희는 서서히 그들에게 다가갔다.

'어떻게 하지? 하지만 여기서 그만둔다면…….'

그때, 구승희의 떨리는 어깨를 누군가가 뒤에서 붙잡았다.

'……!'

흠칫한 구승희가 뒤를 돌아보자, 정색을 한 강배가 그를 보고 있었다.

구승희와 강배는 어두워진 골목길을 이리저리 지나다니다, 마침내 조용한 곳에 자리를 잡았다. 혼자 열심히 주변을 살피던 강배는 이내 고개를 푹 숙인 구승희를 노려보았다. 하지만 구승희는 머릿속이 연신 얽히고설키는 통에 그저 괴롭기만 했다.

"……야, 승희야."

제 이름이 크게 불리자 구승희는 퍼뜩 정신이 들었다. 그래서 눈을 들어 보니 강배가 자신을 부르고 있었다.

'그래…… 강배 형이 날 여기로 데려왔지…….'

구승희는 어쩐지 기운이 빠졌으며 앞으로 어떻게 되든 허탈감만 느낄 것 같았다.

"너 아까, 그 사람들한테 왜 가려고 했어?"

강배가 조심스럽게 물었으나, 그가 뭐라고 하던 구승희는 아쉬운 마음만 들어 입을 다물었다.

"설마 너…… 돈 빌리려고 그런 거야? 얘 좀 봐라, 하지 마~ 그 사람들도 우리랑 처지가 다를 게 없어! 그래 봤자 우릴 더 우습게 볼 거야. 아무리 친해도, 그렇게 큰돈을 어디서 구할 수 있겠어? 그만둬!"

강배는 호들갑을 떨면서 설득하려 열심이었지만, 구승희는 좀처럼 들으려고도 하지 않았다.

"좋아. 넌 내 얘기는 들리지도 않는 모양인데, 열 명이든 백 명이든 사람들한테 부탁해 봐! 그래 봤자, 들어주는 사람은 하나도 없을 테니까…… 이 얘기는 하지 않으려고 했는데, 나도 그동안 여러 군데 돌아다녀 봤어."

어떻게 해도 반응이 없자, 잠시 꾸물대던 강배는 힘없이 말했다. 그제야 구승희가 고개를 들었다.

"며칠 동안 이 일대의 사람들한테 부탁해 봤지만, 모두 허사였어. 어떤 사람한테는 무릎을 꿇어 보고, 어떤 사람한테는 눈물 콧물을 다 쏟아 내기도 했어…… 하지만 결과는 마찬가지였다고! 자존심? 체면이고 나발이고! 있는 것 없는 것 다 내보이면서까지 사람들한테 매달렸어! 그랬는데도 모두 소용이 없는 일이었지. 그래 봤자 나만 상처받고! 나만 힘들어지고!"

강배는 코를 훌쩍이며 등을 돌렸는데 눈물을 닦아 내는 것 같았다. 그 모습에, 구승희는 자신도 코끝이 찡해지는 것 같았다.

"그래서 이제 다른 방법을 찾고 있는데, 이제는 네가 사람들한테 구걸하려고 들어? 이미 많은 걸 겪은 나도 사람들한테 냉대를 받는 게 치가 떨리는데, 네가 그러겠다고? 사람들이 너한텐 다르게 할 줄 알아? 웃기지 마! 너…… 라도 그러지 말라고!"

강배는 다시 구승희를 돌아보며 두 팔로 그의 어깨를 잡아 몇 번 흔들었다. 그러자 내내 입을 다물었던 구승희가 그에게 소리쳤다.

"하지만 어쩔 수 없잖아요! 제가 가만히 있으면 뭐가 달라져요? 사장님은 툭하면 식음을 전폐하시고, 불러도 대답 없는 외침만 되풀이하시죠! 영진이는…… 걔는 살아도 사는 게 아니라고요! 그 틈에서 제가, 제가 어떻게…… 어떤 마음으로 살 것 같아요?!"

구승희의 얼굴은 금세 눈물로 범벅이 되어 있었는데, 끝내 오열하는 그를 본 강배는 잡고 있던 손을 놓았다. 구승희의 말을 들은 그는 적잖이 놀란 눈치였다.

"영진이가 그렇다니…… 많이 아픈 거야?"

"······학교에도 못 가고, 집 밖으로도 안 나와요."

구승희는 대답하면서도 울음을 그치려 애를 썼다. 그런데 혼자 수
선스럽게 움직이던 강배가 별안간 곁눈으로 구승희를 쳐다보는 것이
었다. 잠시 굳어 버린 듯 서 있던 강배는 갑자기 머리를 흔들어 대었
는데, 그 행동을 몇 차례 반복했다. 더는 그에 참을 수 없었던 구승희
가 뭔가 말하기 직전, 강배가 넌지시 말을 던졌다.

"너 말이야. 이건······ 비밀인데."

"예!"

"음, 그게 넌······ 못할 텐데. 어쩌지? 이건 비밀인데······."

구승희는 자꾸 뜸 들이는 강배가 궁금하다가도 못마땅했다. 무엇
때문인지 강배는 선뜻 말하지 못하고 고심하고 있었다.

"이건, 이건······ 남들이 알면 안 되거든. 후우~"

"뭔데요? 말해 보세요, 비밀은 꼭 지킬 테니까!"

계속 뜸만 들이는 강배가 답답해, 구승희가 큰 소리로 외쳤다.

"쉿! 큰 소리 내지 마. 누가 들으면 어쩌려고!"

강배는 소리를 낮추어 말하며 구승희를 꾸짖었다. 지금까지 소리를
고래고래 질러 댔던 사람 입에서 그런 말이 나오니, 구승희는 어쩐지
지금 상황이 우습게 느껴졌다. 자못 심각해진 강배는 사방팔방을 살
피고는 숨죽여 말했다.

"너 이거, 진짜 중요한 일이거든? 그러니까 비밀 꼭 지켜라!"

마른침을 삼키며 고개를 크게 끄덕인 구승희는 강배에게 더 가까이
다가갔다.

"그놈의 합의금 때문에 일이 이렇게 된 거잖아. 그것만 해결하면 사장님도, 영진이도, 공장도 예전처럼 활기를 되찾을 거 아니야? 그런데 돈을 구할 길이 없어서 막막한 거고…… 그러니까 합의금만 제때 구하면 된다고!"

거기까지는 모두가 아는 사실이기에, 구승희는 다음 말도 그저 그런 내용일까 봐 슬슬 걱정이 되었다.

"후…… 그래서 말인데, 이건 원래 나 혼자 할 생각이었거든? 그렇지만 네가 같이 해 주면 더 좋을 것 같아. 뭐, 큰 기대는 하지 않는데…… 그래도 비밀은 지켜야 해!"


집으로 돌아간 구승희는 잠을 설쳐 가며 고민에 고민을 거듭했는데, 강배의 제안이 생각보다 훨씬 심각해서였다. 평소의 구승희라면 단칼에 거절했겠지만, 지금으로썬 어쩔 도리가 없었다. 정만식의 망가져 버린 모습과 정영진의 산 사람 같지 않은 모습이 그의 머릿속을 더욱 어지럽혔고, 그로 인해 괴로워진 마음은 견딜 수 없이 무거웠다.


"저…… 그 일 할게요!"

결국은 강배에게 손을 내밀고만 구승희였다. 잠시 멍청한 얼굴로 구승희를 뚫어져라 보던 강배는 주위를 살피고서 고개를 끄덕였다.


며칠이 지난 아침, 구승희는 방망이질 치는 심장을 진정시키려 애썼다. 계속 부산하게 움직이던 정만식이 결국 안방에 몸져누운 탓으로, 공장은 당분간 임시 휴업에 들어갔기에 그곳에 출근할 일은 없었다. 다만 큰일을 앞둔 터라 무척 긴장이 되었는데, 이런 그를 알아채는 사람은 없었다.

구승희는 안방 쪽을 보다, 작은방에 살금살금 들어갔다. 이제는 까맣게 변해 버린 정영진이 구승희 쪽을 등진 채 조용히 잠들어 있었다. 잠든 그는 너무나 말라 버려서 쳐다보기가 힘들 정도였다. 구승희는 약하게 숨을 들썩이는 그의 모습이 안타까워 울컥해졌으나, 이내 입술을 깨물고 재빨리 자신의 가방을 찾았다. 그러고는 줄곧 간직해 온 사진을 꺼내 품에 숨긴 후 방을 나왔다.


집을 나선 구승희는 공장과는 다른 방향으로 향했다. 자꾸만 긴장이 된 그는 덜덜 떨리는 두 손을 꼭 쥔 채 걸음을 서둘렀다. 멀리서 주변을 두리번거리는 강배가 보였는데, 평소와는 확연히 다른 복장이라 알아보는 데에 시간이 걸렸다. 항상 해병대를 연상시키는 옷을 입었던 그는 작정을 했는지 검은 옷에 검은 모자, 검은 신발, 크고 검은 가방을 매고 있었다. 그런 데다 구승희의 복장도 평소와는 달라, 모자를 눌러써 얼굴을 확인하기도 힘들었다. 강배조차 바로 앞에 그가 서고 나서야 알아볼 정도였다.

"어, 승희? 안 오는 줄 알았잖아."

"안 늦었잖아요. 형은 못 알아보겠는데요."

구승희의 모습을 확인한 강배가 어딘가 조급해 보인 가운데, 두 사람은 곧 수상한 모습으로 자리를 옮겼다.

어느덧 인적이 드문 길가에 숨은 두 사람이 한 구멍가게를 관찰하고 있었다. 그 동네는 구승희도 처음 가 보는 곳이었는데, 오전 시간대가 늘 그렇듯 한산하기만 했다. 이윽고 강배는 가방에서 마스크와 흉기를 꺼냈다. 그것들을 건네받은 구승희는 오싹한 기분이 들었다.

'그래. 더 이상 물러설 데가 없어.'

"저 가게 보이지? 볼품없어 보이지만 저기 주인 할머니가 알부자야! 지난주에 들어 보니까, 곗돈을 탔다고 동네방네 다 들리게 통화를 하더라니까?"

구승희가 심호흡을 하는 중에도 강배는 가게에 시선을 고정한 채 말을 늘어놓았다.

"겁도 없이…… 노인네가 그런 얘길 아무렇지 않게 하다니, 덕분에 우리한텐 기회가 된 거지만."

혼잣말처럼 주절거리던 강배가 슬쩍 돌아보았는데, 구승희가 보기에도 그는 많이 초조해 보였다.

"곗돈은 얼마나 될까요? 필요한 만큼은 되겠죠? 혹시 은행에 넣어 둔 거라면……."

"에이, 아냐. 저 할머니, 은행은 안 믿거든. 가게 안에 방이 하나 있는데, 거기에 살림을 차려 놓고 밖으로 나갈 생각을 안 해. 이 주변에 다니는 사람이 드물어서 장사가 잘 안될 텐데도, 여기서 떠날 생각을 안 한다? 그리고 돈 말이야. 나도 정확히는 모르겠지만…… 몇천만 원은 될 걸? 저 할머니 현금 부자야!"

강배가 작은 목소리로 신나게 떠드는 중에도 구승희는 여전히 망설

여겼다. 그러면서도 가게 안에 많은 돈이 있다니 어서 확인하고 싶기도 했다. 잠시 후, 마스크를 쓰고 장갑도 끼고 나니 숨이 가빠지는 것같았다.

"당연한 얘기지만 얼마가 되었든, 딱 삼천만 원만 가져가는 거야. 알았지? 지금 목적이 합의금 때문이니까! 훔치는 즉시, 사장님한테 가져다 드리는 거다? 물론 어디서 났다는 말은 하지 말고! 알아들었지?"

구승희는 고개를 깊이 끄덕였으나, 뒤숭숭한 마음 때문에 줄곧 복잡한 기분이었다. 그렇지만 지금 물러서기에는 상황이 너무 우울했기에, 머릿속이 아득해져 갔다.

'비록 이런 방법을 쓰지만…… 이게 아니면 해결할 길이 없어.'

두 사람은 주변을 두리번거리더니 서로를 보며 심호흡했다.

"우리, 이거 잘하자! 사장님을 위한 일이야."

강배가 비장하게 말하자 어금니를 꽉 문 구승희가 고개를 끄덕였다. 이내 두 사람은 가게를 향해 걸어갔다.

가게 안은 손님이 하나도 없어 적막하기만 했다. 강배의 말대로 안쪽에 방이 있었으며, 주인 할머니가 돋보기를 낀 채 가계부를 읽고 있었다. 주인 할머니는 그들의 인기척에 인사를 건넸지만, 뭔가 이상했는지 돋보기를 고쳐 쓰고는 얼굴을 찡그렸다. 사실, 심각한 노안 때문에 그래야만 더 잘 볼 수 있었다. 하지만 말도 없이 주인 할머니의 앞에 선 두 남자는 모자를 푹 눌러쓰고, 마스크를 쓴 상태였다. 그래서 주인이 아무리 찡그리고 봐도 얼굴을 볼 수 없었는데, 더구나 그들의 손에는 몽둥이가 들려져 있었다.

"뭘 들고 계신 거예요······?"

주인이 느릿느릿 쉰 목소리를 내니, 그 목소리가 귓가에 스친 구승희는 움찔했다. 당황한 그는 강배의 뒤통수를 보았고, 뒤늦게 그들의 손에 무엇이 들려 있는지 확인한 주인은 소스라치게 놀랐다. 그녀가 아무 말도 못 하고 바들바들 떠는 모습을 본 강배는 속으로 웃었다. 그러고는 달려가, 그녀의 돋보기를 빼앗고 방구석에 엎드리게 했다. 눈 깜짝할 새 일어난 일이었다.

"뭐해? 문 닫아 버려!"

강배가 급히 외치자, 다시 움찔한 구승희는 서둘러 가게 문을 닫고 방에 들어갔다. 주인은 벌벌 떨기만 할 뿐, 고개는 움직이지도 못했다.

"그대로 꼼짝 말고 있어! 수작 부리면 국물도 없어!"

강배는 엎드린 주인에게 으름장을 놓았다.

"네. 시키는 대로······ 하겠습니다."

주인 할머니의 목소리는 더없이 떨려, 울먹이는 느낌이었다. 구승희는 심하게 겁을 먹고 떨고 있는 그녀의 등을 보며, 심장마비라도 일으키면 어쩌나 걱정이 되었다. 머뭇거리는 구승희를 본 강배가 곧장 그의 어깨를 툭 치며 눈짓했으므로, 그들은 주인을 수시로 감시하며 방 안을 뒤지기 시작했다. 머지않아 많은 돈이 발견되었는데, 잘은 몰라도 삼천만 원은 넘는 것 같았다. 이에 짧게 환호한 강배는 돈뭉치를 가방에 넣기 바빴다.

"형…… 삼천만 원이 넘는 것 같은데요? 딱 그만큼만 가져가기로 약속했잖아요!"

뭔가 이상하다는 생각에, 구승희는 강배를 막아섰다.

"야! 그걸 말이라고 해? 그럼 지금 같은 때에 너랑 나랑 돈 세서 가져가자는 거야? 헛소리 그만하고 돈이나 챙겨! 우리가 지금 왜 이러는지, 네가 더 잘 알잖아?!"

순간 힘이 빠진 구승희는 울컥했는데, 설명할 수는 없었지만 뭔가가 어긋나는 것 같았다.

"형……!"

구승희가 다급히 외치던 찰나, 갑자기 뒤를 돈 강배가 주인을 보았다. 그녀는 여전히 엎드린 채 떨고만 있었음에도, 강배의 눈은 희번덕거렸다.

"어이, 할머니."

강배가 부르자 주인은 깜짝 놀라 꿈틀대었다.

"할머니, 내가 부르고 있잖아."

"예…… 예."

그녀는 흐느끼는 목소리로 간신히 말했다.

"방금 나 봤지?"

"……아닙니다. 움직이지 않았습니다."

주인은 심하게 떨고 있는 상태라 발음이 제대로 안 들릴 정도였다. 그런데도 강배는 대체 무슨 생각인지, 알 수 없는 행동을 보였다.

"아닌데? 내가 봤는데? 할머니가 내 얼굴 몰래 쳐다본 거, 맞는데."

"사…… 살려 주세요. 정말 안 봤습니다."

강배는 입을 굳게 다문 채 몽둥이를 머리 위로 들었다.

"!"

강배가 보인 몸짓의 의미를 알았기 때문에, 구승희는 황급히 그의 팔을 붙잡았다.

"형, 지금 뭐하는 거예요?!"

그러자 그는 구승희를 노려보았다.

"이거 놔! 할머니가 우릴 봤으니, 어쩔 수 없어!"

"무슨 소리예요? 저 할머니는 눈도 나쁘고, 우린 마스크에 모자까지 썼다고요. 그리고 이건 계획에 없던 거잖아요! 그러지 말고 이 돈 가지고 어서 가요, 네?"

그들은 옥신각신하며 다툼을 벌였다. 이미 합의금 이상의 돈을 손에 넣은 상태니 구승희의 말도 일리가 있었으나, 강배는 뭔가에 씐 것처럼 폭력을 쓰려고 하는 등 이해할 수 없는 행동을 보였다.

그들의 승강이가 계속되니, 떨리는 몸으로 고개를 살짝 든 주인이 뒤를 보았다. 그러자 강도들이 서로 다투는 모습이 보였고, 검은 가방에 든 자신의 돈뭉치들도 보였다. 주인의 방은 엉망이 된 지 오래였기에, 그것을 본 그녀는 곧 울음을 터트렸다.

"아이고, 내 돈……."

싸우던 두 사람은 주인이 서럽게 우는 소리에 멈칫했고, 그녀는 가늘게 떨며 힘겹게 검은 가방에 다가갔다.

"이 할망구가, 엎드리라고!"

"으흐흑…… 싫다, 이놈들아! 차라리 죽여라……."

주저앉아 버린 주인이 눈물을 뚝뚝 흘리며 서럽게 울부짖자, 강배는 이성을 잃은 듯 씩씩거렸다.

"아이고~ 날 죽여라, 죽여! 이 돈이 어떤 돈인데……."

가련한 모습으로 흐느끼는 주인을 말없이 보던 구승희는 자신의 눈앞에서 가슴을 치며 울부짖던 정만식의 모습을 떠올리게 되었다. 그 때문에 정신이 아득해진 구승희가 한 손으로 머리를 감싸는 순간이었다. 돌연 둔탁한 소리가 들렸고, 더 이상 주인의 목소리가 들리지 않았다. 밀려오는 두려움에 구승희가 눈을 들자, 상기된 얼굴로 씩씩대는 강배의 모습이 보였다. 뒤이어 그의 앞에 널브러진 주인의 모습도 보였다.

"형."

순간, 방 안의 모두는 얼어 버린 듯 곰작도 하지 못했다. 두 눈을 크게 뜬 채 숨만 겨우 쉬던 구승희는 점점 숨쉬기가 힘들어져 쓰러질 것 같았다. 그런 그가 비틀거리며 부스럭 소리를 내니 움찔한 강배가 몽둥이를 다시 휘두르려고 하였다.

"형, 그만둬요!"

"아냐…… 이 할머니, 방금 움직였어. 소리가 났다니까?"

강배가 제정신이 아닌 사람처럼 중얼대느라 바쁜 와중에, 주인은 쓰러진 채 미동도 없었다. 그녀의 얼굴은 표백제처럼 창백해서 그야말로 핏기가 싹 가신 모습이었다. 그 모습을 본 구승희의 머릿속도 표백제를 뿌린 것처럼 하얗게 되고 말았다. 이내 몽둥이를 집어던진 강배가 끊임없이 중얼거리는 가운데, 걷잡을 수 없는 두려움에 빠진 구승희는 초점 잃은 눈으로 주인을 응시하였다.

'아…… 어떻게 하지. 왜 이렇게 된 거지? 어쩌다…….'

쓰러진 주인을 멍하니 바라보는 구승희의 옆으로, 뭔가가 빠르게 지나갔다. 그가 고개를 돌리니, 돈이 든 가방을 품에 안은 강배가 닫힌 가게 문을 향해 급히 달려가고 있었다.

"형! 이대로 가 버리면 어떡해요, 할머니는요?!"

"시끄러! 난 갈 테니까, 넌 너 좋을 대로 해!"

구승희의 다급한 외침에 오히려 성을 낸 강배는 인상을 썼다. 그러고는 가게 문을 열고 부리나케 밖으로 달려가 버렸다. 예상치 못한 일들이 연이어 터지자, 구승희는 그저 희끗거리기만 할 뿐이었다.

"……?"

마냥 무력하게 방 안을 보던 그는 바닥에 떨어진 몽둥이에서 피를 발견하게 되었다. 그래서 급히 주인을 살폈더니, 그녀의 머리에서 피가 흐르는 걸 확인할 수 있었다. 눈앞에서 사람이 피를 흘리는 모습을 보니 시선을 돌릴 수가 없었다. 차갑게 굳어 가는 그녀에게서 뜨겁고 눅눅한 피가 강물을 이룰 듯이 점차 불어나고 있었다. 그것은 흐르고 흘러 구승희에게 다가가고 있었고, 그는 정신을 놓은 것처럼 멀거니 주저앉고 말았다. 갑자기 피로가 쌓이는 것 같아 심지어 졸리기까지 하였다. 하지만 그는 눈꺼풀이 무거워지려는 것도 참고, 엉망으로 어질러진 방 안에서 내팽개쳐진 전화기를 바라보았다. 그가 숨을 헐떡이며 수화기에 팔을 뻗는 순간 뒤에서 인기척이 났다. 강배인가 생각했으나 모르는 사람들이었는데, 등산객 복장을 한 중년의 남성 둘이 구승희를 보고는 뒷걸음질 쳤다.

"으아악~"

중년의 남성들 중 한 명이 피를 흘린 채 쓰러진 주인을 보고 기겁을 한 것이었다. 그때까지 자몽한 상태였던 구승희는 그제야 겁이 덜컥 나 식은땀이 줄줄 흘렀고, 등산객 두 사람은 서둘러 가게 밖으로 고개를 내밀어 소리를 질러댔다.

"사람 살려~ 사람 좀 살려 주세요! 여기 주인 할머니가 피를 흘려요, 누가 좀 도와주세요!"

"도와주세요! 강도가 여기 있어요! 사람 살려~"

두 사람이 필사적으로 구호 요청을 한 덕에, 멀리서 사람들이 몰려오고 난리가 났다. 이윽고 사이렌 소리가 크게 들려오자, 구승희는 두려움보다 안도감을 느끼게 되었다.


구승희는 별다른 반항도 없이 현장에서 체포되었는데, 자포자기라도 한 듯 법의 절차에 따랐지만 입은 꾹 다물었다. 그저 눈앞에 정 씨 부자의 모습이 선해, 마음속으로 대성통곡을 하였다. 그가 재판을 받고, 형을 받고, 수감되기까지 일사천리로 진행되었으며 구승희는 결국 징역 십오 년 형을 선고받았다.


감옥 안으로 누군가가 들어섰는데, 옷차림으로 보아 죄수는 아니었으나 그렇다고 교도관도 아니었다. 그는 낡은 손수건으로 가만히 있어도 흐르는 땀을 훔치고는 손수건을 쥔 손을 흔들기에 여념이 없었다. 이제 오월일 뿐인데 한여름같이 더워서 외출하기에도 망설여지는 날씨였다.

연신 흐르는 땀을 손수건으로 훔치던 그는 눈에 띄는 교도관들에게 일일이 찾아가 인사했다. 자신이 면회할 죄수가 혹시나 자신 때문에 해코지 당하지 않기를 바라는 마음에서 나온 행동이었다. 그렇게 지나가는 길목을 구석구석 두리번거리다 면회실에 도착한 그는 경건한 마음으로 의자에 앉았다. 그는 정만식이었는데, 구승희가 마지막으로 봤던 그때와 다르게 제법 멀끔한 모습이었다. 비록 땀에 젖은 상태기는 해도, 그가 걸친 옷들은 꽤 좋아 보이는 새 옷이었다. 의자에 앉아서도 정만식은 땀이 흐르는 곳을 손수건으로 찍어 내느라 바빴다. 정영진도 아버지를 따라 구승희를 면회하고 싶었지만 그러지 못했다. 피골이 상접한 정영진을 마주하면 구승희가 괴로워할까 봐, 그가 아들을 만류한 것이었다. 그렇게 구승희의 걱정을 덜어 주기 위해 겉모습에 신경 쓴 정만식은 문득, 자신의 손수건을 보았다. 이미 푹 젖어 버려, 차라리 물수건이라고 불러야 할 것 같았다.

'그 녀석이 이 낡은 걸 보면 안 되는데…… 그나저나 왜 이렇게 더운 거야?'

정만식은 쥐어 짜낼 필요가 있어 보이는 낡은 손수건을 얼른 숨겨 버렸다.

잠시 후, 반대편에서 문이 열리더니 누군가가 들어왔다. 굳은 얼굴에 무척 무뚝뚝해 보이는, 해끗해끗한 머리의 교도관과 몹시 추레해진 모습으로 수의를 입은 앳된 남자가 면회실에 들어섰다. 수의를 입은 남자는 살이 쏙 빠져 버린 탓에 몰골이 안 되어 보였는데, 움직임도 굼떠서 힘겨워 보였다. 그는 구멍이 몇 개 뚫린 투명한 벽 너머를 천천히 힐금거리다, 정만식의 시선을 피하기 위해 고개를 푹 숙이고는 의자에 앉았다. 정만식은 초라한 모습으로 자신에게 정수리만을 보이는 구승희를 보며 가슴이 미어졌다. 그래서 금방이라도 눈물을 쏟을 것처럼 울컥했으나, 그랬다간 모든 것이 엉망이 되어 버릴 수 있다는 생각에 애써 자신을 진정시켰다. 그가 가만히 구승희를 들여다보니 상당히 마른 것이 눈에 띄었다. 당장이라도 그 축 처진 어깨를 잡아 주고 싶었지만, 투명한 벽이 두 사람 사이에 버티고 있어 정만식을 더욱 답답하게 만들었다.

"살이 많이…… 빠졌구나."

정만식이 간신히 건넨 말투는 담담했으나, 속으로는 억장이 무너졌다. 한편, 그의 목소리를 들은 구승희는 미세하게 움찔거렸다. 그는 아까 힐금거린 터라 멀끔해진 정만식의 모습을 본 상태였는데, 왜 그런 모습인지 짐작하면서도 조금 안심이 되었다. 하지만 이유가 뭐가 됐든 자신은 죄를 짓고 감옥에 온 죄수였기에, 이런 꼴로 은인의 앞에 선 것이 구승희를 더욱 괴롭게 만들었다.

"너…… 그 안에서 괜찮은 거야?"

묻기는 했지만 질문을 던진 정만식도 기가 찬 내용이었다. 감옥에서 어떻게 잘 지낼 수 있을까. 이제 스무 살이 된 구승희가 감옥 안에서 어떻게, 얼마나 잘 지낼 수 있단 말인가. 구승희가 잘 지낸다고 말한들 자신은 그 말을 믿을까. 하고 나니 여간 민망해지는 질문이 아닐 수 없어, 정만식은 서둘러 다음에 할 말을 생각해 보았다. 시간은 한정되어 있으니 어서 생각해 내야 했다.

"어어, 그래. 승희야, 합의금 해결됐어!"

이내 눈을 크게 뜬 정만식이 신나게 얘기했다.

"그 피해자 있잖아? 수술 경과가 좋아서, 운동을 하는 데에 지장이 없대. 내가 그동안 병원에 자주 찾아갔었거든! 빌기도 하고…… 뭐, 그쪽에서는 꿈쩍도 안 했었지. 그러다가 너…… 일이 터지고 나서, 영진이가 울고불고 난리가 난 거야. 그러더니 나를 따라서 병원으로 가겠다고 어찌나 고집을 부리던지. 결국 병원에 가서 같이 용서를 빌었는데, 그쪽에서는 피골이 상접한 영진이를 보고 많이 놀라는 눈치더라고. 그 짧은 시간 동안, 영진이 꼴이 말도 안 되게 변했으니까…… 아무튼 영진이가 하염없이 눈물을 흘리면서 용서를 구하니, 피해자랑 그 가족의 마음이 많이 누그러졌나 봐. 합의금이 삼천만 원에서 천만 원으로 낮춰졌거든."

그 말에 구승희는 한시름 놓았고, 불끈 쥐었던 두 주먹도 어느새 느슨해졌다.

"다행히 그만한 돈은 있었거든. 그래서 합의금 문제는 해결이 되었어! 영진이도 기운을 차리고 있으니까, 너는 이제 그 문제만큼은 신경 쓸 필요 없어! 그리고 아! 영진이도 면회 오고 싶어 했는데, 아직 몸도 그렇고…… 다음에 우리 같이 만나자!"

정만식은 만사가 다 해결된 듯이 배에 힘주어 말했는데, 오랜만에 들어 보는 자신감에 찬 목소리였다. 구승희는 고개를 숙인 내내, 그의 긍정적인 목소리로 인하여 눈물이 왈칵 쏟아질 것 같았음에도 쓴웃음을 지었다.

'다음은…… 없습니다.'

"승희야! 왜 그렇게 있어? 네가 비록 죄수의 입장이긴 해도, 너 억울한 거 알 사람 다 알아! 너는 거기 있으면 안 되는 건데, 강배 그놈이! 그 왈짜자식이 너를 끌어들이는 바람에……."

정만식은 강배의 이름을 말하고서 격분했다. 면회 전에 강배의 얘기는 하지 않겠다고 몇 번이나 다짐했었으나, 결국 그 얘기를 꺼내고 말았다. 구승희는 재판이 열린 후에야 알게 되었는데, 그날 강배가 자신을 놔둔 채 혼자 돈 가방을 안고 달아날 때 이미 예감하고 있었다.

설마 했더니 강배는 사라져 버렸다. 얼마 뒤에 겨우겨우 의식을 찾은 가게의 주인이 강배의 존재에 대해 말해, 형사들이 그의 자취방에 갔지만 이미 없었다. 강배와 함께 자취하던 친구의 말이, 그는 며칠 전에 자신의 짐을 챙겨서 사라졌다는 것이었다. 친구는 물론 주위의 누구도 그의 행방을 알지 못했다. 그뿐 아니라, 주변 여러 공장의 직원들에게 돈을 빌리고는 그것도 챙긴 것이었다. 물론 정 씨 부자의 딱한 사정으로 얻은 돈이었으나, 정작 정만식에게는 한 푼도 가지 않았거니와 그러한 사실조차 모르고 있었다. 적게는 십만 원에서 많게는 오백만 원까지, 여럿에게 빌린 돈이 모두 이천 만 원은 되었다.

강배가 돈을 가지고 도망갔다는 소문이 퍼지자, 돈을 빌려준 많은 사람들이 정만식을 에워쌌다. 그때까지도 정만식은 영문을 몰라 어리둥절하기만 했는데, 곧 사실을 알고 몸을 부들부들 떨었다. 배신감으로 입에 거품을 물 지경이었지만 참아 내야 했다. 자신에게는 그 일 말고도 많은 일이 있었으므로, 한 가지 때문에 정신을 놓을 수는 없었다. 그래서 정만식은 최선을 다해 그들을 달래 봤으나 그들은 강배는 물론, 그도 고소하려 들었다. 일촉즉발의 위기 상황에 김 노인이 나서서 정만식을 두둔하였는데, 김 노인은 강배에게 돈을 떼인 그들을 힐책했다. 돈을 빌려주면서 왜 당사자에게 최소한의 확인도 하지 않았냐는 것이었다. 순전히 강배에게 속아 넘어가 놓고, 정만식에게 찾아와 원망을 늘어놓으며 죄를 묻겠다는 그들을 타일렀다. 그에 몇몇은 울음을 터트렸고 넋두리를 하기도 했지만, 결국에는 모두 수긍하는 눈치였다.

　강배의 배신을 알게 된 구승희는 오열했고, 온몸에 열이 나서 무슨 일이든 화가 치밀었다. 하지만 법은 구승희에게 자비를 베풀지 않았다. 형이 확정된 직후, 구승희는 자신을 용서하지 못해 날 선 마음가짐이 되었다. 또한 입맛도 떠나, 잠조차 잘 오지 않았다. 감옥에 오고 난 후부터 그는 입을 닫았고, 마음도 닫아 버렸다. 이렇게나 어리석어 감옥에 온 자신이 너무나 원망스럽고 견딜 수 없이 미워, 날이 갈수록 야위었으며 얼굴은 푸석해졌다.


　'내가…… 너무 어리석었어.'

이제 화를 낼 기력도 없어진 구승희는 한숨만 지었다.

"강배 그 자식, 어쩌면 그렇게 감쪽같이 사람들을 속일 생각을 한 건지. 처음부터 그놈을 받아들이지 말았어야 했는데! 영진이 말을 들었어야 했는데! 내가 대체 무슨 일을 벌인 건지 모르겠어."

모습이 점점 흐트러진 정만식은 충혈된 눈으로 천장을 바라보았다. 그도 자신이 무척 원망스러운 모양이었다.

"네가 이렇게 되어 버리다니! 내가 정신 차리고 더 현명하게 대처했다면, 네가 그런 꼬임에 넘어갈 일은 없었을 텐데…… 너한테 아무런 힘이 되어 주지 못해서 진짜로 미안하다."

구승희는 그저 안타까운 마음만 들었다. 아무튼 합의금은 해결되었고, 도망간 강배는 현상 수배자가 되어 한시도 긴장을 늦출 수 없게 되었다. 한편 정영진은 구승희의 소식을 듣고 놀라 정신을 차렸으며, 공장은 계속 돌아갈 수 있게 되었다. 구승희 자신은 어두컴컴한 감옥에서 잘 가지도 않는 시간을 견뎌야 하지만, 이제는 아무래도 좋았다. 자신이 저지른 죄에 대한 벌이니 달게 받으면 그뿐이라는 생각이었는데, 사실 그렇게라도 받아들이지 않으면 아무것도 할 수 없는 상황이었다.

"승희야……."

"정말 죄송합니다."

계속 침묵을 지켰던 구승희의 목소리가 들리자 정만식은 멈칫했다. 하지만 눈물이 흐르는 바람에 얘기를 하려고 해도 흐느낌만 나왔다.

"아냐. 넌 죄가 없어. 너는 결백해, 내가 알아!"

"다시는 절 찾지 마세요!"

굳은 마음을 먹은 구승희가 의자에서 일어나니, 여전히 무표정한 얼굴의 교도관이 그에게 다가갔다.

"승희야? 그게 무슨 소리야? 너한테는 긴 시간이겠지만, 그 시간만 지나면 우리는 다시 만날 수 있어. 그전처럼 우리끼리 공장을 다시 일으키는 거야! 승희야, 듣고 있어?!"

다급하게 일어난 정만식은 투명한 벽에 바짝 붙어 구승희의 뒤통수에 대고 외쳤다.

'전 같을 수는…… 없어요.'

서둘러 면회실을 나온 구승희의 마음은 무거웠다. 뒤에서는 정만식이 울부짖었으나, 그는 그것을 억지로 외면했다. 그곳의 문이 닫혀 정만식의 목소리가 작게 흩어지자, 잠깐이었지만 흔들리는 자신을 발견한 구승희는 더 이상의 면회는 거부하리라고 마음먹었다. 이내 복도를 걷다가 울음이 터져 나올 것 같아 그는 가까스로 울음을 삼켜 버렸다. 그의 몸이 흐느낌으로 들썩거렸기에 옆에서 같이 걸어가던 교도관이 그 모습을 보게 되었다. 그 교도관은 그를 보고 작게 한숨짓고는 고개를 흔들었다.

정만식은 교도소 밖을 나오면서 자꾸 뒤를 돌아보게 되었는데, 구승희의 모습이 눈에 밟혀 좀체 발이 떨어지지 않았다.

'충격이 너무 커서 그럴 거야. 조금만 있으면 진정이 되겠지? 어떻게든 승희의 마음을 풀어 놔야지. 불쌍한 녀석, 그 지경이 되다니…….'

뺨에 흐르는 눈물을 팔로 닦아 낸 정만식은 고개를 들어 집으로 향했다.

그 후로도 정만식이 몇 번이고 찾아가 봤지만, 면회는 거부되었다. 정영진도 같이 가서 면회 신청을 해 봤으나 결과는 마찬가지였다. 구승희는 너무도 단호히 그들을 밀어내고 있었다.

유월이 되었을 때, 정만식은 더 이상 구승희를 만나러 감옥에 가지 않았다. 그가 구승희를 포기한 게 아니라, 감옥에는 더 이상 구승희가 존재하지 않았기 때문이었다. 구승희가 홀연히 사라져 버린 유월의 어느 날, 감옥에서는 당연히 난리도 아니었다. 교도관들은 구승희를 찾는 데 혈안이 되어, 종일 구석구석 샅샅이 뒤져 봤지만 그의 그림자도 구경하지 못했다. 그들이 보기에 구승희가 워낙 별 볼 일이 없어 크게 개의치 않았었는데, 막상 일이 벌어지니 자신들의 판단이 틀렸다는 것을 통감하게 되었다. 곧이어 현상 수배가 된 구승희를 잡아내기 위해, 경찰이 전국적으로 수색에 들어갔다. 그러다 속초에서 그의 수의가 발견되었는데, 그곳에서 그를 목격했다는 제보 전화 또한 잇달았다. 그에 따라 경찰은 속초를 집중적으로 수색하는 데에 많은 수의 인원을 동원했으나, 끝내 그를 찾아내지는 못했다.

경찰이 소란을 피우며 구승희를 찾으려는 움직임이 커진 탓에, 사람들도 자연히 '탈옥수 구승희'에게 관심을 가질 수밖에 없었다. 시간이 지나도 경찰이 허탕만 치니 사람들의 관심에는 광적인 호기심이 보태졌다. 구승희의 현상금이 높아짐에 따라 그의 악명 또한 높아져만 갔는데, 전국에서 '탈옥수 구승희'를 모르는 사람이 없을 정도였다. 뿐만 아니라 그의 행방이 너무 묘연했으므로 사람들은 근거를 알 수 없는 소문을 퍼트리기 시작했다. 구승희가 월북을 했다느니, 외국으로 가 해적이 되었다느니, 야쿠자가 되었다느니. 방송에서는 잊을 만하면 구승희의 탈옥을 중심으로 한 다큐멘터리가 제작되었다. 마치 그와 탈옥이 필연적이라는 듯, '인간 구승희'가 아니라 '탈옥수 구승희'만이 회자되었다. 더위만큼이나 그에 대한 관심이 지나치게 뜨거워진 터라 좀체 사그라들 기색이 보이지 않았는데, '탈옥수 구승희'에 대한 대중의 관심이 잦아들기까지는 한참이 걸렸다.

## 5

하늘에는 파란색 물감이 연하게 퍼져 있었고, 목화솜 같은 구름이 포근한 모습으로 그곳에 수 놓였다. 주말임에도 불구하고 도로가 한적했는데, 아마도 많은 이들이 어딘가 여행이라도 떠난 것 같았다. 이유가 무엇이든, 덕분에 막힘없이 앞으로 나아갈 수 있었다. 이런 날씨의 주말이라면 모두가 들뜬 마음으로 '정말' 놀러갔더라도 이상할 게 없었다. 그래서인지 거리에도 사람을 찾기가 힘들었다. 그래도 곳곳에 자리 잡은 상인들은 예외로 봐야 했다. 비록 거리를 지나다니는 사람이 가뭄에 콩 나듯 했지만, 상인들은 얼굴에 사람 좋은 미소를 띠기 바빴다. 다들 그렇게라도 고객을 한 명이나마 더 늘리고 싶었던 것이었다.

탁 트인 도로 위를 새 차처럼 반짝이는 세단 한 대가 유유히 달렸는데, 전체적으로 곡선이 부드럽게 뻗어서 보는 것만으로 눈이 호강하는 느낌이었다. 그 안에는 차의 외부만큼이나 미적 감각이 뛰어나 보이는 옷차림의 남자들이 타고 있었다. 정색한 채 그 차를 운전하는 남자는 속으로 자신이 좋아하는 노래를 흥얼거렸는데, 뒷좌석에 앉은 두 남자와 상당히 동떨어져 보였다. 그런 것으로 보아 그저 운전만 담당하는 사람 같았다. 한편 뒤에 앉은 두 남자는 대화 중 간간이 말다

틈을 벌이다, 지금은 휴식 시간처럼 서로 다른 방향을 쳐다보고 있었다.

그들의 대화가 끊기니 차 안은 침묵만이 맺히게 되었다. 둘의 양복은 무척 고급스러운 느낌으로, 운전석에 앉은 남자의 양복보다 좋아 보였다. 그중에서도 한 명은 화려한 편이라, 양복 말고도 값비싼 장신구들이 각자의 존재감을 서슴없이 드러냈다. 그는 차창 너머 밖을 내다보며 인상을 쓰고 있더니, 이내 하늘에 펼쳐진 전경에 넋을 놓게 되었다. 그래서 재빨리 차창을 열자, 보드라운 바람이 그의 얼굴에 닿았다. 그것은 그때까지 매달린 일들을 잊게 만들기에 충분했다. 더불어 반대편에서 자신 쪽의 차창 밖을 보는 남자도 같은 느낌을 받았다. 차창은 여전히 닫힌 채였으나 그도 말없이 밖의 풍경에 감탄하고 있었다. 그 남자는 옆의 남자처럼 화려하지 않았어도 충분히 지적으로 보였으며, 실제로도 하버드대학교 출신의 인재였다. 사실 그는 형편이 넉넉하지 못하여 항상 검소할 수밖에 없었다. 그러던 어느 날, 갑작스럽게 행운이 찾아와 하버드대학교를 졸업할 수 있게 된 것이었다. 하지만 이미 검소가 몸에 배어 버려, 지금도 여실히 드러났다. 그런 그에게 눈에 띄는 장신구라고는 재킷에 장식된 감색 만년필이 전부였는데, 그 만년필은 그가 대학을 졸업하고 받은 선물로 줄곧 간직해 온 것이었다.

"아⋯⋯."

조용한 가운데, 차창을 열어 바깥을 보던 남자가 고개를 약간 돌리고는 소리를 작게 내뱉었다. 작은 소리였으나 차 안이 워낙 조용했기 때문에, 반대편을 보고 있던 남자는 흠칫하고 말았다. 급히 소리가 난 쪽을 보니 화려한 차림의 남자가 눈을 감고 있었다.

"왜 그러십니까?"

눈을 감은 남자를 본 그가 밖을 살펴보며 물었다. 밖에는 별다른 것이 없어 보였는데, 이윽고 감았던 눈을 뜬 남자는 차 안의 허공을 바라보며 말했다.

"……음. 큰일은 아니고."

대충 얼버무리려고 하자, 그를 걱정스럽게 보던 남자는 갸우뚱거렸다.

"그냥…… 저기 앞에 과일 가게 보이지? 길에 화물차 세워 놓은, 있잖아."

고개를 돌려 자세히 보니, 멀찍이 떨어진 곳에 화물차가 세워져 있었다. 그 화물차의 주위에는 여러 종류의 과일이 먹음직스럽게 펼쳐져 있어, 벌써부터 과일 향이 나는 것 같았다.

"저게 왜요?"

"왜냐하면…… 저기에 복숭아도 보이니까."

그는 이유를 말하면서도, 화려한 장신구를 드러내며 자꾸만 관자놀이를 문질렀다. 복숭아를 싫어하는 게 분명했다.

"복숭아 알레르기세요? 그러고 보니…… 드시는 걸 못 봤습니다."

"알레르기는 아닌데 갑자기 싫어졌어. 언제부터인지도 몰라. 오래됐지, 뭐. 예전에는 복숭아를 무던히 좋아했었는데. 며칠 동안 밥도 안 먹고 복숭아만 먹은 적도 있었지…… 그랬었는데, 갑자기 싫어져 버렸어. 그걸 먹고 체한 적도 없는데."

검소한 남자에게 설명을 하던 화려한 차림의 남자는 그 과일 가게를 응시했다. 인적이 뜸한 길가를 멍하니 보는 주인 부부를, 화려한 차림의 남자를 따라 검소한 남자도 쳐다보게 되었다. 그들은 그저 멀거니 앉아 있었는데, 여자가 일어나 과일을 정리하는 척하며 한숨을 쉬는 모습이 아련하게 느껴졌다.

"내 말 듣고 있어?"

고개를 돌리니, 복숭아가 싫어졌다는 남자가 팔짱을 낀 채 노려보고 있었다. 겸연쩍어진 검소한 남자는 살짝 눈길을 돌렸다.

"네, 듣고 있습니다."

어쩐지 시원찮게 들린 그의 대답이 마음에 들지 않았음에도, 설명은 계속되었다.

"그러니까…… 원인 불명이라고. 그렇게 좋아했었는데, 어느 날 갑자기 보기도 싫어졌다니까? 왜 그렇게 된 건지 아직도 모르겠어."

"체했던 거 아닙니까? 그런 경우도……."

"아까 말했잖아, 체한 적이 없다고!"

신경질 섞인 목소리가 차 안을 울리는 바람에, 그들의 대화는 다시 끊기게 되었다. 두 사람 사이에는 서류 뭉치가 어지럽게 널려져 있어, 한 명이 그 서류들을 차곡차곡 정리해 나갔다. 다른 남자는 그러거나 말거나 열린 차창 밖으로 시선을 돌렸는데, 표정은 아직도 자신이 그렇게 된 이유를 생각 중인 듯했다.

'하~ 힘들다…….'

서류들을 거의 다 정리해 가던 검소한 남자는 고개를 돌린 남자에게 그 서류 뭉치를 던져 버리고 싶었지만, 가까스로 그 충동을 참았다. 왜냐하면 그는 자신의 상관이었으니까. 자신보다 열두 살이 많은 상관, 그것도 금빛 배지를 한 상관이었다. 국회의원 장용빈. 그는 정치와는 상관없어 보이는 집안의 외동아들로 태어나, 아버지의 뜻과는 상관없이 국회의원이 되었다. 느닷없이 출마한 그에게 지지를 보내는 손길이 없는 듯 보였으나, 젊은 나이에 비교적 준수한 외모를 가져서인지 예상외의 선전을 하고 말았다.

국회의원이 되고 올바른 행보를 보이는 듯했지만, 익년의 대책 회의에서 일이 터져 버렸다. 회의가 진행되는 내내, 졸음에 빠져 헤어나지 못한 장용빈 의원이 눈도 뜨지 못한 것이었다. 게다가 졸음에 빠진 그의 모습을 촬영한 누군가가, 그것을 인터넷에 올리는 바람에 일이 더 커져 버리고 말았다. 간신히, 정말 간신히 수습한 끝에 겨우 사태가 잦아들었지만 장용빈 의원의 기행은 계속되었다. 조는 모습을 보이는 것은 다반사고, 어느 날은 어느 편에 서서 옹호론을 펼치다가도, 어느 날은 그 반대편에 서서 맞서기도 했다. 대중은 당연히 그에게 경악했으나, 그런 일이 많아짐에 따라 그의 괴짜 근성을 그러려니 하고 받아들이게 되었다. 이런저런 말이 많기는 해도 그의 출석률은 좋았고, 여럿 사회문제를 해결하는 등 '의외의 행동'을 보여 주었기 때문이었다.

'그것마저 없었다면 진작…….'

"무슨 생각을 하는 거야?"

정리한 서류들을 든 채 눈을 돌려 보니, 장용빈 의원이 빤히 쳐다보고 있었다. 장용빈 의원과 눈이 마주치자마자 매우 놀란 그는 움찔거렸다.

"네, 아무것도 아닙니다."

하고는 정리한 서류들을 마저 확인하는 척, 서둘러 고개를 돌렸다. 장용빈 의원은 의심스러운 눈초리로 그를 빤히 바라보다가, 이내 고개를 돌려 차창 너머를 보았다.

"날씨 좋다~"

마침 차 안으로 기분 좋은 바람이 흘러 들어와, 안 좋은 공기를 씻어 내는 것 같았다. 잠시 멍하던 장용빈 의원은 서류를 든 남자를 흘깃거렸는데, 그는 그저 멍한 표정으로 허공을 바라보고 있었다.

"도대체 무슨 생각을 그렇게 하는 거야?"

"미래에 대한 걱정이요."

'얼씨구……'

장용빈 의원은 기가 차서 말문이 막혀 버렸고, 사뭇 진지한 표정으로 뜬금없는 대답을 늘어놓은 남자는 정리한 서류를 가방에 집어넣었다. 그리고는 가방을 옆에 놓고서 장용빈 의원을 똑바로 응시하였는데, 그런 모습이 장용빈 의원에게는 우습게만 보일 뿐이었다.

"또 왜 그러는데?"

"이제 그만……."

"뭐라 하려고?"

"이제 그만 장가가셔야죠?"

갑작스럽게 예기치 못한 말이 나오니, 장용빈 의원은 고개를 돌려 헛웃음을 터트렸다. 그러는 동안에도, 말한 장본인은 초조한 마음을 숨긴 채 가만히 장용빈 의원을 응시했다.

"네?"

"어이가 없어서. 너는 왜 갑자기 그런 아버지 같은 말을 해? 날씨가 좋아서 오랜만에 기분이 좋았는데, 넌 왜 이상한 말을 해서 내 기분을 망쳐?"

얼마나 당황했던지 장용빈 의원의 얼굴은 붉게 상기되어 버렸다.

"의원님, 전 그저 의원님이 걱정돼서 그렇습니다."

당황스러운 말을 한 남자는 장용빈 의원이 얼굴을 찡그리든 말든, 아랑곳없이 또박또박 말했다.

"사실 의원님 나이도 그렇고, 사회생활을 하시는 데에……."

"아버지가 시키시든?"

열린 차창 쪽으로 고개를 돌린 장용빈 의원이 무심히 말을 던졌다. 그 말을 들은 남자는 뜨끔했지만, 입으로는 말을 이어 나가려고 했다.

"무슨 말씀이십니까?"

"휴. 잘 들어, 난 이미 결혼했어."

"……어어."

장용빈 의원의 진지한 목소리에, 남자는 다음 말도 잊은 채 그의 뒤통수를 보았다. 그 시선이 느껴졌는지 장용빈 의원은 고개를 돌리고서 말했다.

"일과."

차 안에는 정적이 흘렀으며, 남자는 눈도 껌벅하지 못하고 입은 '헤' 벌린 채로 멈췄다. 그러다 차가 흔들리게 되어, 그제야 정신이 든 남자가 운전석을 보니 운전기사가 몸을 부르르 떨고 있었다. 백미러에 비친 그의 눈이 반달 모양으로 변한 것으로 보아, 차가 돌연 흔들린 이유가 확실해졌다.

'저, 저……'

남자는 백미러를 통해 운전기사를 노려보았으나, 별 소용이 없어 보였다. 살짝 거북해진 마음으로 고개를 돌리자, 장용빈 의원이 꽤나 만족스러운 얼굴로 밖을 내다보고 있었다.

"연예인이라도 되십니까? 일과 결혼했다니."

어깨에 힘이 빠진 남자는 장용빈 의원의 말을 비꼬았다.

"그게 뭐가 어때서? 그러니까, 아버지나 너나 그만 좀 포기하라고."

'아버님께선 오래전에 포기하신 것 같습니다.'

장용빈 의원은 이제 사십 대였기에 결혼이 시급하기는 했다. 국회의원으로서는 젊은 축에 속했지만, 짝을 찾기에는 좀 늦은 감이 있었다. 그는 성격이 활달해서 사람을 대하는 데에 어려움이 없었으나, 어찌된 일인지 결혼 소식도 진지한 만남도 없었다. 더구나 외동아들이라는 점 때문에 그의 아버지가 여러 차례 화도 내 보고 달래 보기도 했지만 소용이 없었다. 장용빈 의원이 결혼만 한다면, 그동안의 기행도 멈출 수 있을 것이라는 생각에 더욱 밀어붙여 보았지만 모두 허사였다.

그런 추측을 했던 사람 중에는 검소한 남자도 포함되었다. 장용빈 의원과 알고 지낸 날이 많은 터라, 더욱 기대를 걸 수밖에 없었다.

"연예인 하니까 밴 생각이 나네. 그때 재밌었는데…… 내가 국회의원 되려고 열심히 발품 팔았었잖아."

장용빈 의원은 옛 추억에 젖어 고개를 갸웃거렸다.

'결혼을 하면 달라질지도 몰라. 그러면 나한테도 여유가 생길 테고, 그러면…….'

"넌 또 딴생각이야? 밴 타던 시절 말이야~"

장용빈 의원은 언제나처럼 옆의 남자를 타박하기에 바빴다.

"그때 기억나죠. 의원님은 바쁘게 여러 곳을 돌아다니셨고, 저는 그런 의원님이 타고 돌아다니셨던 밴을 아주 열심히 운전해야만 했죠."

"너는 참…… 운전을 기가 막히게 했어! 우리, 잠도 잘 못자고 끼니도 굶기 일쑤였잖아."

무엇이 그리도 즐거운지, 장용빈 의원은 떫은 표정의 남자를 보면서 정답게 미소 지었다. 그와는 다르게, 남자는 '밴 타던 시절'을 싫어했다. 대학 졸업을 한 자신을, 국회의원이 되기 전의 장용빈이 반 강제로 밴에 태우고선 무참히 부려 먹어서였다. 남자는 영문도 모르고 그를 따르며 고생만 했었다. 먹는 것도, 잠자는 것도, 화장실에 가는 것조차 마음대로 할 수 없었다. 마침내 '장용빈'이 '장용빈 의원'이 되고 나서, 남자는 '이제 쉴 수 있겠구나' 하며 기뻐했었다. 하지만 그것은 잠시 뿐이었고, 지금은 장용빈 의원의 보좌관이 되어 그때처럼 또다시 착취당하고 있었다.

"그날의 영광은 모두, 의원님한테 갔죠."

보좌관인 그가 어금니를 물고 말했다. 다시 생각해 봐도 절로 주먹이 불끈 쥐어졌다.

　"무슨 소리야? 그때 내가 얼마나 귀중한 경험을 시켜 줬는데. 그렇게 고생해서 터득한 경험이, 너를 보좌관이 될 수 있게 한 거잖아."

　심드렁한 보좌관의 반응에, 장용빈 의원은 펄쩍 뛰었다. 그러고는 자신만의 시선으로 본 기억을 토대로 설명하는 데 열을 올렸다. 보좌관은 이미 달관한 상태였으므로 덤덤하게 듣고만 있었다.

　"그럼 그런가 보죠. 귀중한 경험, 감사합니다. 근데 그때 꼭 저였어야 했습니까? 저는 그때⋯⋯."

　"아니⋯⋯ 너 어떻게 그런 말을 해? 너 그때 졸업하고 할 일도 없었잖아!"

　"할 일이 왜 없습니까? 제가 미국에서 공부하는 동안, 고생하신 부모님 도와드리려고 하던 참이었는데!"

　열변을 토하던 중에 보좌관이 언성을 높이고 말았기에, 장용빈 의원은 흥분한 그의 모습에 흠칫하는 눈치였다.

　"아, 부모님께서는 잘 계시지?"

　장용빈 의원이 넌지시 물으니 보좌관은 기가 막혔다. 보좌관의 부모님은 채소와 과일을 함께 판매하는 가게를 하고 있었는데, 그것이 시원치 않아 고생은 고생대로 하고 있었다. 하지만 그들은 하나뿐인 아들에게 약한 모습을 보이고 싶지 않아, 늘 대수롭지 않은 척 털털하게 웃어넘겼다. 아들이 졸업하고 나서 보좌관이 된 후에도 그것은 별반 달라지지 않았으므로, 결국 친척이 있는 플로리다로 가서 그곳 농장 일을 돕고 있었다. 보좌관은 당연히 부모님을 편히 쉬게 하고 싶었으나, 사정이 녹록하지 않았다. 더구나 자신이 보좌하는 국회의원이 괴짜인 터라, 날이 갈수록 씁쓸한 마음만 들었다.

"지금 두 분은 플로리다에 계십니다."

"플로리다? 좋지, 거기 여행 가셨어?"

장용빈 의원이 해맑게 웃으며 자신을 바라보자, 보좌관은 기가 막힐 노릇이었다.

"……두 분은 거기서 농장을 운영하는 친척의 일을 도우십니다. 재작년부터."

차분하게 말하는 보좌관에게 장용빈 의원은 더 해맑게 웃었다.

"너 분발해야겠다. 내 밑에서 열심히 일해서, 부모님께 효도해."

하고는 보좌관의 어깨를 경쾌하게 두드렸다. 이에 보좌관은 피가 끓어오르는 기분이었지만, 억지로 심호흡을 하며 자신을 가라앉히려고 했다.

"참~ 네가 매일 나한테 잔소리나 하는 걸 아시면 어쩌시겠어? 부모님을 생각해서라도 나한테 잘하라고."

…

"그렇게 잔소리가 듣기 싫으시면, 잔소리 들을 만한 일을 하지 마시죠?! 저도 부모님께서 당장 으리으리한 저택에서 편히 사시길 바라거든요? 그런데 그럴 수가 없습니다! 의원님이 잊을 만하면 사고를 치시는 통에, 그 뒷수습하느라 제 등골이 다 휘기 때문이죠! 의원님 곁에 사람이 많기나 합니까? 그나마 저하고, 운전하는 금석이가 다 아닙니까? 저는 늘 제 일은 둘째로 치고, 항상! 의원님의 뒷바라지를 하고 있다고요. 그렇게나 죽어라 사방을 뛰어다녀도 알아주는 사람도 없고, 얻는 것도 없으면서 말입니다!"

보좌관은 순간적으로 이성을 찾았고, 자신이 장용빈 의원에게 쏟은 말들과 악을 써 가며 울분을 토한 것도 알아차렸다. 보좌관은 마른침을 삼키고 장용빈 의원을 보았는데, 그는 보좌관에게서 눈을 떼지 못하고 당황한 모습이었다. 차 안은 너무나 조용했다.

"너…… 넌."

냉정을 찾지 못한 장용빈 의원이 입만 빠끔거리는 가운데, 보좌관은 눈앞이 컴컴해지는 것만 같았다.

"공수겸, 너! 하버드 나온 게 누구 덕인데? 네 대학 등록금은 누가 대 줬는데?!"

공수겸 보좌관은 노발대발하는 장용빈 의원을 보며 겁이 났으나, 이왕 이렇게 된 거 할 말은 다 하기로 했다.

"그거야, 의원님의 아버님이시죠!"

"뭐?!"

공수겸 보좌관은 형편이 어려워 고등학교도 겨우 졸업할 정도였지만, 장용빈 의원의 집안이 운영하는 재단에서 손을 내밀어 주었다. 덕분에 그는 고등학교 학비는 물론, 하버드대학교까지 갈 수 있었다. 공수겸 보좌관의 머리가 좋아서이기도 했으나, 도움이 없었다면 어림도 없었을 것이었다. 미국에서 대학 생활을 할 당시, 공수겸 보좌관의 기운을 북돋아 준 것이 바로 장용빈 의원이었다. 그때 공수겸 보좌관은 장용빈 의원이 정말 고마운 마음에, 언젠가 장용빈 의원을 위해 일할 수 있기를 바랐다. 그 때문에, 대학 졸업 후에 장용빈 의원이 도와 달라고 했을 때 두말 않고 따라나선 것이었다.

'그때는 이럴 줄 꿈에도 몰랐었지.'

"이 자식……! 그때 내가 아버지한테 얘기 안 했으면, 너한테 대학 진학은 그림의 떡이었어! 내가 그때 일수백확을 되뇌며 아버지를 설득했기 때문에! 네가 지금 이 자리에 있는 거야!"

"그것도, 의원님의 아버님이 부자시니 가능했죠."

공수겸 보좌관은 자포자기 심정으로 맞받아쳤다. 그럴수록 자신만 초조해졌지만, 이제 와서 빈다고 해도 달라질 건 없어 보였다.

"그래, 그건 그렇다 치자. 그런데 네가 그렇게 말하면 안 되지. 모든 보좌관들이 노는 것도 아닌데, 넌 어떻게 너만 고생하는 것처럼 말할 수 있어?! 모두가 그렇다고! 보이지는 않아도 모든 보좌관들이 수고하고 있어!"

장용빈 의원은 씩씩거리며 공수겸 보좌관을 노려보았다.

"그건 맞는 말입니다. 그런데! 그 사람들이 저보다 더 고생하고 노력한다고 해서…… 제가 한 모든 고생이, 고생이 아니게 되는 건 아니지 않습니까?!"

두 사람이 한껏 열기를 내뿜으며 씩씩거렸는데, 이제는 눈싸움을 시작한 건지 서로를 노려보며 꼼작도 하지 않았다. 얼마 지나지 않아, 이마에 땀이 방울방울 맺힌 둘은 여전히 입을 꾹 다문 채 눈을 깜박할 생각도 하지 않았다. 그 열기가 뜨거워진 나머지 운전기사가 슬슬 눈치를 살필 지경이 되었다.

"……."

"……."

시간이 꽤 흐르고 나니, 멀리서 웅성거리는 소리가 들려왔다. 그 소리는 점점 짙어졌고, 이내 주행하던 차가 조용히 멈췄다.

"……다 왔는데요."

운전기사가 맥없는 목소리로, 아직도 눈싸움을 벌이고 있는 두 남자에게 말했다. 밖에서 들리는 웅성거림은 아주 컸고, 북 소리와 호루라기 소리가 규칙적으로 들려왔다. 또한 규모가 큰 것 같았으나, 수많은 인파가 안을 볼 수 있는 시야를 가린 탓에 다른 것은 볼 수 없었다. 어느새 눈싸움을 그만둔 두 사람은 차창 밖, 소리가 들려오는 쪽을 바라보았다. 간간이 환호 소리도 들렸다.

이런 화창한 날씨에 장용빈 의원 일행이 향한 곳은 어느 집회 현장이었다. 그곳 사람들이 들고 일어선 이유는 한 도시 개발 계획 때문이었는데, 어떤 사업체에서 평범한 주택 단지를 새롭게 단장하겠다고 나선 것이 그 시작이었다. 낡고 고리타분한 건물들을 깔끔하고 미래지향적으로 재탄생시키고, 쾌적한 쇼핑몰 등을 지어 관광객 유치에도 나선다는 것이었다. 거기에다 원래 살고 있던 주민들에게는 두둑한 보상은 물론, 여러 편의를 제공하겠다고 약속했다. 방송에서도 그 개발에 대해 연일 호평이었고, 정부에서도 호의적이어서 이를 접하는 사람 대부분은 투자니 뭐니 난리였다. 그 말대로라면 굳이 집회를 해야 할 이유가 없는 것 같았다. 하지만 주민들의 얘기는 또 달랐는데, 그들의 개발 계획이란 허울만 좋을 뿐이지 표면에 드러난 것과는 판이하다는 것이었다.

건물이 새로 지어지는 건 맞지만, 그것은 어디까지나 '보여 주기' 용이라는 것이었다. 설 계획이라는 가지각색의 쇼핑몰은 순 명품들만 즐비할 것이고, 오직 관광객만을 위한 오락 공간이 될 것이라고 했다. 또 쇼핑몰과 더불어 최고급 골프장과 큰 규모의 카지노도 들어설 것이며, 그것도 모자라 성 관련 시설도 대대적으로 세울 것이라고 했다. 그 지역에 학생이 있는 가정에서는 경악할 수밖에 없었다. 주민들은 업체의 꼬임에 넘어갈 뻔했지만, 뒤늦게 사실을 알아내고선 강경하게 거절했다. 하지만 업체에서는 이미 쏟아 낸 금액이 상당한 데다, 뒷배도 든든해서 물러설 생각을 하지 않았다. 더 이상 주민들에게 돈과 향응을 내밀어 봐도 소용이 없게 되자, 그들은 선뜻 본색을 드러내 그 많은 주민들의 주변에 일일이 얼쩡대며 회유와 협박을 일삼았다. 그로 인해 겁이 난 주민들은 경찰에도 신고해 보고, 해당 관공서에도 도움을 청했다. 하지만 곧 경찰도 관공서도 모두 모르쇠로 일관하는 바람에, 주민들은 허탈할 수밖에 없었다. 그래도 어떻게든 방법을 찾아보려 안간힘을 썼다. 그럼에도 불구하고 어쩐 일인지 어디서나 주민들에게 시큰둥한 반응만 보이는 한편, 그 업체에서는 조폭 등을 동원해서 주민들을 계속 위협했다. 일이 그쯤 되니 분통이 치밀어서 생활을 제대로 할 수 없는 지경이 되었기에, 의기투합하여 집회를 하게된 것이었다. 비록 언론에서는 주민들의 집회를 폄하하기에 바쁘고,

정부에서도 업체 편만을 들고, 대중의 시선도 곱지 않았으며, 협박에 못 견디고 다른 곳으로 떠난 이들도 있었지만 남은 주민들에게는 달리 뾰족한 수가 없었다. 지금도 업체에서는 주민들에게 위해를 가하고 있으니, 한시라도 빨리 그 업체를 떨쳐 내야 했다.

그런 위급한 상황이었으나, 장용빈 의원도 공수겸 보좌관도 막막하기는 마찬가지였다. 그들이 유리한 업체를 밀어주는 것은 공공연한 비밀이었기 때문에, 국회의원이라면 누구든 그 일에 관해 함구령이 내려진 것과 다름이 없었다. 사실 딱히 '그들'이라고 하기에도 좀 그런 것이, 나랏일 하시는 높은 분 중에 누군가가 주축이 된 것이지 '그들'이 나서는 건 아닌 탓이었다.


차창 밖의 생생한 현장 분위기에 압도당하는 것 같아, 장용빈 의원은 말도 없이 밖을 응시하며 막연한 불안감에 빠졌다. 얼마 전 주민들의 안타까운 하소연에, 장용빈 의원은 즉시 마음이 동하여 집회에 참석하겠다고 약속해 버리고 말았다. 그날 바로 장용빈 의원과 공수겸 보좌관이 그에 대해서 열과 성을 다해 조사를 시작했다. 역시 공수겸 보좌관의 노력으로 인해 얻은 정보가 더 많았는데, 장용빈 의원은 괘념하지 않았다. 아무튼 그들의 노력이 집약된 서류 뭉치가 공수겸 보좌관의 가방에 든 상태였다. 장용빈 의원은 필요한 정보를 거의 다 알고 있었으나, 그래서 더 움직이기 힘들었다. 자신이 나선다고 해서 이 싸움이 끝날 것 같지도 않을뿐더러, 국회의원으로서의 생명도 어떻게 될지 장담할 수 없었다.

'약속을 한 마당에, 어길 수는 없지…….'

평소 괘꽝스럽다는 장용빈 의원이라도 그 '높은 분'이 누군지 안 이상, 움직임이 자유롭지 못했다. 이런 장용빈 의원의 심중을 파악해 낸 공수겸 보좌관은 그가 걱정이 되었다. 주민들을 괴롭힌다는 그 업체에 대해 함께 조사를 벌여 얻은, 제법 굵직한 정보들 중 하나인 '주축'에 관한 것 때문이었다. 그전까지는 활발했던 장용빈 의원도 '주축'이 밝혀지고 난 후에는 당황한 기색을 숨기지 못했었다. 그래서 이곳에 오는 동안, 계속 바깥을 보며 마음을 다잡고 있었다.

"……님, 의원님!"

"어…… 응?"

벌써 도착한 지 몇 분이 지났는데도 멍하니 있는 장용빈 의원이 걱정된 공수겸 보좌관은 조심스럽게 말을 건넸다. 불안한 것은 같이 조사한 공수겸 보좌관도 예외는 아니었기에, 자신의 상관이 걱정되었다.

"괜찮으십니까?"

"당연하지."

장용빈 의원은 담담하게 대답했지만, 실은 머릿속이 혼란한 터라 사람들의 힘찬 함성이 상당한 부담으로 느껴졌다. 게다가 집회의 규모가 생각보다 큰 탓에, 이 일이 아주 큰일인 걸 알기에 부족함이 없었다. 사실 평소에는 그렇게 많은 수가 아니었지만 장용빈 의원이 온다는 소식에 위축되었던 나머지 주민들까지 용기를 내고 나와서 그 수가 보통 때보다 다섯 배는 되었다.

솔직히 장용빈 의원의 속내는 주민 대표와 이야기를 나눌 때 이미 정해져 있었다. 이야기 내용을 듣다 보니 그냥 주민들 몇몇이 듣고 일어선 것 같아, 그저 막연하게 공감만 하고 있었다. 하지만 나중에 '주축'이 누군지 알았을 때는 아연실색하여 다리가 풀렸었다. 그렇다고 약속까지 한 마당에 저버릴 수는 없어, 대충 맞장구나 쳐주고 떠날 요량이었다. 그런데 현장 분위기가 이러니, 그는 난감할 수밖에 없었다. 아무리 자신의 이미지가 좋지 못하다고 하더라도, 여기에 대고 대충 하자니 그럴 수도 없는 노릇이었다.

"아, 사람들이 정말 많군요."

"낙장불입."

"네?"

공수겸 보좌관은 갑자기 목소리에 힘을 실은 장용빈 의원을 쳐다보았다. 어느새 당황했던 모습이 사라진 그는 자신감 있는 표정으로 공수겸 보좌관을 보고 있었다. 잠깐 사이에 분위기가 많이 달라져, 공수겸 보좌관은 오히려 그것에 당황했다.

"의원님?"

"왜 그렇게 봐? 예상한 거 아니었나?"

"……."

"이렇게나 많은 사람들이 나를 기다리고 있잖아. 솔직히 인파가 이 정도로 많을 줄은 몰랐지만…… 이왕 이렇게 된 거, 저 사람들의 뜻에 따라 줘야지."

가만히 장용빈 의원을 바라보던 공수겸 보좌관은 서류 가방을 챙겨 그에게 주려 했다. 옷매무새를 고치던 장용빈 의원은 서류 가방을 내미는 공수겸 보좌관의 모습을 보더니, 한 손으로 저지했다.

"이게 필요……."

"됐어! 그걸 얼마나 봤었는지 몰라? 내가 조사한 사람인데."

'저도 했죠.'

"나는 이미 그 서류에 있는 거 다 파악하고 있다고. 그러니까 그게 없어도 괜찮아."

"그래도 가져가시는 게 좋을 텐데요."

"어허, 됐다니까? 날 그렇게 보좌했으면서, 아직도 나를 몰라?"

'아니까 이러는 겁니다.'

두 사람 간에 승강이가 벌어졌지만 장용빈 의원이 차 문을 열어, 그것은 더 지속되지 못했다. 장용빈 의원이 차에서 내렸으므로 공수겸 보좌관도 따라 내리려고 했는데, 그것을 장용빈 의원이 한사코 저지하는 것이었다. 공수겸 보좌관은 그가 또 실없는 장난을 치는 것이라고 여겨, 어떻게든 내리려고 안간힘을 써 봤으나 좀처럼 내릴 수가 없었다.

"뭐하시는 겁니까? 비키셔야 제가 내리죠!"

공수겸 보좌관은 힘을 내 보다 결국, 인상을 쓰고 장용빈 의원에게 소리쳤다. 공수겸 보좌관이 소리를 치거나 말거나, 장용빈 의원은 내리려는 그를 기어코 차 안으로 밀었다. 이윽고 공수겸 보좌관이 흐트러진 모습으로 씩씩거리니, 그것을 본 장용빈 의원은 짓궂은 웃음을 지었다.

"아니, 정말 뭐하시는 겁니까? 저도 내려야 의원님을 도울 거 아닙니까?"

"아, 네 도움은 필요 없는데?"

"예? 무슨 말씀이십니까?"

"어차피 조사한 것도 나고."

'저도 했다니까요.'

"저 사람들이 지금 눈이 빠지게 기다리는 것도 힘 있는 국회의원인 나야, 일개 보좌관인 네가 아니라."

"……저보고 내리지 말라고요?"

"그렇지."

장용빈 의원은 꼭 건달 같은 모습으로 건들거리며, 표정이 점차 일그러지는 공수겸 보좌관을 지켜보았다. 지금이 편안한 자리도 아닌데, 혼자서 뭘 어쩌겠다는 건지 공수겸 보좌관으로서는 알 수가 없었다.

'이런 상황에 자료도, 보좌관도 없이 혼자 뭘 하겠다고?'

장용빈 의원의 눈빛은 자신감이 넘쳤지만, 도저히 그를 이해할 수가 없는 공수겸 보좌관은 다시 내리려고 시도했다. 그런 그를 장용빈 의원이 가볍게 밀치며 얘기했다.

"나 때문에 등골이 휜다며?"

"지금 그 얘기가 왜 나오는데요?"

공수겸 보좌관은 씩씩거리다 멈칫했는데, 장용빈 의원의 목소리가 착 가라앉아서 진지하게 들렸기 때문이었다.

"이렇게 애써 봤자 알아주는 사람 없으니까, 오늘 하루 쉬어."

"의원님……."

"여기 일은 내가 알아서 할게. 언제나 그랬듯이."

'언제나라니, 금시초문입니다.'

"그렇게 감동할 거 없어. 미국에서 대학을 졸업한 인재를 지금껏 거둬 주고, 먹여 살려 줬는데. 이 정도는 아무것도 아니지. 안 그래, 공수겸 보좌관?"

내내 읊조리던 장용빈 의원은 끝에 가서 약 올리듯 소리를 높였다. 그러더니 재빨리 고개를 돌려 운전기사에게 소리쳤다.

"그렇게 됐으니까, 우리 공수겸 보좌관님 무사히 집까지 모셔다 드려라. 그리고 이따가 나 데리러 오는 거 잊지 말고. 알았지, 금석아?"

"……네."

금석이 시원찮은 대답을 하던 중, 장용빈 의원이 문을 쾅 소리가 나도록 세게 닫는 바람에 그 대답은 허공에 맺혀 버렸다. 그래서 공수겸 보좌관은 뭐라 말할 틈도 없었다. 이내 그들이 탄 차가 미끄러지듯 출발해, 공수겸 보좌관은 좌석에 몸을 기대 버렸다. 안 그래도 요즘 잠도 설쳐 가며 일을 해서 피곤한 데다, 장용빈 의원과의 몸싸움으로 체력을 퍽 소진한 상태라 화낼 기운도 없었다.

'아…… 피곤해.'

눈앞이 어질해서 잠시 감고 뜬 공수겸 보좌관의 눈에 띄는 것이 있었는데, 그것은 차가 천천히 움직인 탓에 더 잘 보였다.

집회에 참가한 인파가 뒤늦게 장용빈 의원을 발견한 순간, 커다란 환호성이 터져 나왔다. 그 수많은 사람들과 악수를 하고 웃으며 인사를 나누느라, 안쓰러울 정도로 제대로 전진하지 못하는 장용빈 의원의 모습이 눈에 띈 것이었다. 웃으며 낑낑대는 장용빈 의원을 보고 있으려니, 공수겸 보좌관은 어이가 없으면서도 실소를 금치 못했다.

'앞으로 나가는 것도 잘 못하면서, 뭘 알아서 하겠다는 거야?'

눈길을 돌리던 공수겸 보좌관은 무언가를 보고 멈칫했다. 집회가 열린 곳 근처에, 어떤 남자가 인파와 장용빈 의원이 있는 곳을 유심히 살피는 것이었다. 그러고는 휴대전화에 대고 뭔가를 속삭이고 있었는데, 그 모습이 매우 수상했다. 그에 이상한 생각이 들어, 주위를 둘러보니 과연 수상한 승합차 한 대가 보였다. 좀 떨어진 곳에 정차된 그 승합차에는 제법 많은 괴한들이 타고 있었고, 그중 한 명은 휴대전화에 귀를 대고 있었다. 그들의 인상은 나쁜 것을 떠나 몹시 음산하여, 보고 있는 공수겸 보좌관마저 섬뜩하게 만들었다.

"이번 일이 생각보다 위험한 것 같은데. 그 업체, 건설 회사라는 곳 말이야. 사업가가 아니라 조폭이라고 하던데."

"……알면 말리지 그러셨어요."

공수겸 보좌관이 백미러를 보자, 금석의 덤덤한 얼굴이 보였다.

'언제, 내 말을 들은 적이 있었나.'

고개를 숙인 공수겸 보좌관은 생각에 잠겼다. 그러다 눈을 감고 나니, 곧 두통이 찌릿찌릿하게 그의 머릿속을 어지럽혔다.

"금석아."

공수겸 보좌관이 중얼거렸지만 목소리가 작아서 잘 들리지 않았다.

할 수 없이 등을 일으킨 그는 운전석에 대고 크게 말했다.

"금석!"

"……네?!"

깜짝 놀란 금석이 눈을 크게 뜨며 대답하니, 공수겸 보좌관이 두통을 무시한 채 말했다.

"그만…… 차 돌려. 나도 같이 참석해야지."

공수겸 보좌관의 말이 끝나기가 무섭게 차의 방향이 바뀌어, 다시 집회 인파가 보이고 있었다. 이내 공수겸 보좌관이 차 문을 열고 나가 보니, 여전히 그 자리에서 사람들에게 둘러싸인 장용빈 의원이 보였다. 예상은 했지만 혀를 찰 만한 상황이었다. 공수겸 보좌관은 성큼성큼 걷더니, 능숙하게 표정 관리를 하며 장용빈 의원 곁에서 인파를 헤치고 나갔다. 애를 먹고 있던 장용빈 의원은 그제야 한숨을 돌릴 수 있었다.

하늘은 여전히 화창한 모습이었다.


그 시각, 집회가 열린 곳의 반대편에서는 다른 분위기가 펼쳐졌다. 특히 강남의 한 병원의 일상은 더욱 그랬는데, 병원 내부에서 종사자들 모두가 신속하면서도 여유롭게 기계 속의 부품들처럼 규칙적으로 움직이고 있었다. 규모가 웅장하고 화려해서 익숙한 사람이 아니라면 언제까지고 넋을 놓을 만한 곳이었다. 그곳은 최신식의 세련된 모양새를 갖추고 있으나, 공식적 기록에 따르면 그곳이 지어진 지는 반세기가 넘는다고 한다. 그동안 정기적으로 고치고 단장하여 지금에 이른 것이었는데, 무척 기품 있는 분위기가 상류층을 사로잡았다.

그 병원을 만들어 낸 집안은 무척 유서 깊어, 대대로 의사를 해 왔으며 걸출한 실력 또한 갖추고 있었다. 그러다 경력이 많이 쌓이면 어김없이 그곳의 병원장이 되었기에, 현 병원장도 그러했다. 실력이 대단하여 외과 정교수를 역임하고 병원장이 되었는데, 집안이 워낙 대단한 데다 명망이 높아서 대부분의 의학계 종사자들은 그를 우러러보았다. 그러다 보니 그 병원의 의사들과 간호사들은 물론 타 병원의 모든 의학 종사자들도 당연히 그를 존경했으며 특히, 그 병원의 종사자들은 자신이 그곳에서 일하는 것을 가문의 자랑처럼 여기기도 했다. 그도 그럴 것이, 그 병원을 거쳐 간 환자들이 하나같이 굵직굵직하고 저명한 인사들이었기 때문이었다. 덕분에 그 병원은 날이 갈수록 이름이 드높아져, 하늘을 뚫을 기세였다.

'부유함을 부르는 부유함', 그것이 '규양병원'이었다. 그렇지만 피로에 시달리는 것은 어쩔 수 없었다. 그럼에 따라 옥상에는 환자들을 위한 공간과 병원 종사자들을 위한 공간이 따로 마련되어 있었는데, 환자들을 위한 공간에서는 당연히 금연이었다. 그러나 거기서 떨어진 병원 종사자들을 위한 공간은 달랐다. 근무하면서 쌓인 피로를 풀도록 수준 높은 편의 시설을 다양하게 보유하고 있어, 의료진이라면 누구나 이용할 수 있었다. 처음에는 그랬지만 그들 사이에 보이지 않는 서열이란 게 생겨, 어느 틈엔가 구역이 나뉘게 되었다. 그렇게 시간이 흐르니 지금은 그것이 굳어지게 되어, 마치 전통인 것처럼 전해져 오고 있었다. 무엇보다 골프장처럼 넓은 옥상이 그것을 가능케 했다. 옥상에서 내다보는 경관은 그 또한 수려하여 낮에는 파란 하늘을 보며 숨이 탁 트일 정도였고, 밤에는 수많은 불빛들이 반짝거려서 마치 스팽글이 춤추는 것 같아 탄성이 나왔다. 그런 데다 유난히 부드레한 날씨에 꽃향기를 머금은 실바람까지 더해지니, 높은 옥상에서 포근한 기운을 느끼는 자신이 믿기지 않는 것이었다. 옥상에 나온 환자와 그 가족은 그런 기분을 만끽하며, 얼굴에 미소가 떠나지 않았다.

반대편의 그곳 종사자들이 모인 공간에서도 날씨는 마찬가지였으나, 그들의 분위기는 사뭇 달랐다. 철저하게 그들을 위한 공간으로 한쪽에서는 간호사들이 발을 동동 구르며 신나게 웃고 있었고, 한쪽에서는 신입 레지던트 무리가 한 명의 선배 의사에 의해 기합을 받고 있었으며, 한쪽에서는 오 년 이상 근무한 의사들이 모여 마냥 속닥속닥하고 있었다. 그 남자 의사 무리는 정자에서 커피를 마시며 시시껄렁한 잡담을 나누는 중이었다. 주변에 담배꽁초들이 너저분해도, 그들은 개의치 않고 얘기하는 것에 집중했다.

"그 간호사 인기도 많고, 몸매도 좋은데…… 머리가 별로."

"픕!"

"쉿! 하여튼 대학에도 겨우 들어간 거래. 근데 들어가서는 공부도 안 하고, 연애랑 노는 거에만 빠져서…… 부모가 나서고 만 거지! 원래는 의사 되라고 밀었었는데, 그게 안 되니까 간호사로 전향한 거야. 여기도 부모가 힘써서 들어왔다는데?"

"그렇다면 부모가 대단한가 봐? 여기 쉽게 들어오는 데가 아닌데, 나도 여기로 올 때 상당히 고생했거든. 다들 그렇잖아."

턱에 여드름이 난 의사가 주변에 있는 동료들을 보자, 그들은 저마다 의미심장한 표정으로 고개를 끄덕거렸다. 규양병원은 웅장한 규모만큼이나 의사들도 학벌과 실력을 고루 갖춘 사람만 뽑았고, 간호사나 경리 등도 마찬가지였다. 병원의 이름이 있으니, 그 안에서 근무하는 사람들도 부족함이 없어야 했다. 물론 그만큼 대우나 조건이 좋았으며, 더불어 밖의 시선이나 다른 사람들의 태도는 뭐라 말할 수 없을 정도였다. 거의 경외심에 가까울 정도로 떠받들어 주니, 누구라도 거들먹거릴 수밖에 없었다. 이렇다 보니 의사는 물론, 말단이라도 지원자들이 넘치는 수준이었다. 그래서 조건에 충족되는 사람은 많았지만, 그 수가 너무나 많아 병원 측에서도 곤란할 지경이었다. 경쟁자 수가 어마어마한 탓에, 지원자들은 너도나도 청탁을 하기 시작했다. 꼭 의사에 지원하지 않아도 이제는 그것이 필수가 되었다. 그리하여 규양병원에 오로지 실력만으로 근무하는 사람들 중에 조금은 '예외'가 있었는데, '그들은' 굉장한 배경을 가진 사람으로 봐도 좋았다.

정자에 모인 그들은 어떤 간호사에 대한 얘기를 하다, 자연스레 그녀의 배경도 궁금해졌다.

"큰 식당의 사장 손녀래."

"뭐야…… 그저 그런 것 같은데. 식당이라니 좀 그렇다."

"에이, 아무리 커 봤자 별거 없잖아."

"쯧쯧, 뭘 모르네. 유명한 갈비탕 전문점인데, 전국에 체인점이 수두룩하다고. 방송에도 몇 번 나오고…… 아무튼 업계에서는 알아주는 데래."

"캬, 그렇게 부자라니! 근데 여기는 왜 왔대? 솔직히 여기서 일을 끝내주게 잘하는 건 아니잖아."

"그거…… 그거지. 여기서 의사 사윗감 얻어 보겠다고! 그래서 처음에, 의사 만들어서 엮어 보려고 한 거지. 그런데…… 머리가 안 된 거야."

"흐흐흐……."

"조용히! 듣는다니까?"

몇 명이 웃음을 터트리자 여기저기서 그들을 힐금거렸다. 그래서 더 머리를 모으고 작은 소리로 속삭였는데, 몇 명은 아직까지 웃음을 그치지 못해 절절맸다.

"여기서 그 간호사 노리는 의사가 많다더니. 그게 그런 이유였구나."

그들 사이에 돌연 침묵이 흘렀다. 그러다 누군가가 한숨을 쉬니, 분위기가 더욱 침체되었다. 사실 그들은 경력이 비슷한 것도 있었지만, 다른 이유로 어울려 다녔다. 규양병원에서 일하는 의학 종사자들이 모두 우수하다 보니, 자연히 그들 사이에서도 우열을 가리게 되었다. 점차 까다롭고 견고해진 그것은 수다를 떠는 그들에게도 영향을 미쳤다. 그곳에서 일할 수 있을 정도의 실력과 '배경'이 있었음에도, 그 '배경'이 다른 이에 비해 시시하다는 이유로 '빛 좋은 개살구'쯤으로 여겨졌다. 그 때문에 선배임에도 불구하고 후배들이 알게 모르게 무시하는 경향이 있었다.

"뭐, 그래도 밖에서는 우리를 알아주잖아."

"그렇지. 그마저도 없었다면, 버틸 수가 없지."

"……그런데 이 병원은 누구한테 가려나?"

"아들 주시겠지. 외동아들이 있으시니까."

"뭐야? 병원장님 아들, 의사 아니잖아! 손이 귀해서 달리 친척도 없으시고."

"아들이 의사가 아니라고?!"

한 명이 눈을 크게 뜨며 놀라자, 나머지 사람들은 기가 막힌다는 듯 쳐다보았다.

"진짜 몰라? 아직도 그걸 모르는 사람이 여기에 있다니!"


규양병원의 현 병원장은 대대로 의사를 하는 집안에서 태어나, 자신도 의사가 되었다. 또한 월등히 뛰어난 수술 실력 탓에, 젊어서부터 사람들에게 주목을 받았다. 그럼에 따라 가문이 아닌 실력만으로 인정을 받게 되어, 보통 의사들과는 다른 길을 걸어왔다. 외국에서도 그에게 수술을 받으려는 환자가 줄을 설 정도였기에, 국내에서의 그의 위치는 상당했다. 그래서 보다 일찍 병원장의 자리에 서게 된 것이었다. 세월이 흘러 칠십 대인 지금도 그의 실력은 정평이 나 있어, 가끔씩 직접 수술을 하기도 했다. 물론, 일부 귀빈에게만 허용되었다.

그런 병원장에게 골칫거리가 있었는데, 그것은 외동아들이었다. 그는 사생활을 중시해 아들에 대해서도 비밀스러운 터라, 워낙 보안에 철저하여 사람들은 그 생김새도 모르고 있었다. 그래도 사람들의 기대치는 높아서 얼마나 대단한 의사일지, 어쩌면 아버지를 뛰어넘는 천재가 나올지도 모른다며 수군덕거렸다. 병원장이 아들에 대해 말을 아꼈으므로, 누구라도 병원장 앞에서 그에 대한 말을 할 수가 없었다. 그 때문에 사람들의 수군거림은 더욱 그칠 줄 몰랐다. 그러던 어느 날, 아들이 의사가 될 거라고 믿었던 병원장의 생각은 산산이 부서지게 되고 말았다. 아들이 갑자기 국회의원이 되겠다고 나선 것이었다. 의사가 아닌 국회의원이라니, 당연히 병원장을 포함한 주변에서는 경악을 금치 못했다. 가업도 가업이었지만, 국회의원에 출마하는 것부터 웃음거리가 될지도 몰랐다. 더군다나 정치판에 뛰어들겠다니, 등골이 오싹할 지경이었다. 당장에 사색이 된 병원장은 아들과 말다툼을 벌였다. 그렇게 며칠을 윽박지르듯이 설득하기를 반복했으나, 시간이 지날수록 완고하기만 한 아들에게 그만 지쳐 버리고 말았다.

　결국 병원장의 아들은 출마를 하는 대신, 아버지의 도움을 일절 받지 않기로 했다. 그보다 좋은 조건이더라도 되기 힘든 게 국회의원이었기에, 병원장은 아들이 얼른 낙선의 고배를 마시고 정신 차리기를 바랐다. 그런데 아들이 덜컥 당선되는 사태가 벌어져, 병원장은 아들의 당선을 축하하는 전화에 며칠을 바쁘게 보내야 했다. 자연히 정계의 윗사람들과도 더 가까워져, 규양병원의 이름도 더욱 높아지게 되었다. 하지만 그것도 잠시에 불과했는데, 아들의 괴짜 기질이 여지없이 터진 것이었다. 덕분에 고생깨나 한 병원장으로서는 가끔 국회의원다운 면모를 보이곤 하는 아들을 이해하기 힘들었다. 그래서 병을 줬다가 약을 주는 아들이 밉기도 했지만, 외동아들인 탓에 밀어낼 수도 없는 노릇이었다.

아들에 대한 골칫거리는 또 있었는데, 여태 결혼을 안 하는 것이었다. 자신이 결혼을 늦게 한 터라, 병원장은 묵묵히 기다렸으나 소식이 없었다. 괴짜 국회의원에 나이도 많았지만, 병원장의 외동아들이라 관심을 보이는 집안이 많았다. 하지만 당사자는 일에만 집중했고, 결혼에는 도통 시큰둥하기만 했다. 만나는 여자도 없는 것 같은데 언제까지 철없이 굴며 독신으로 살 것인지, 병원장의 속은 타들어 갔다.

"그럼 아직도 미혼이라고?"

비슷한 처지의 동료들에게 설명을 들은 의사 한 명은 고개를 끄덕이다, 다시 갸우뚱거렸다.

"대대로 의사 집안에 본인이 국회의원이면, 눈이 보통 높은 게 아니겠는데."

"조건이야 뭐, 학력까지 받쳐 주니까. 하버드대를 나오셨다네. 우리도 어디 가서 빠지진 않는데, 이렇게 박탈감을 주네."

"참…… 줄곧 조용했다가 별안간? 졸업장은 당연히 돈으로 해결했겠지만."

"음, 의사 가문에서 국회의원이 튀어나온 것도 그렇고. 솔직히 말해서 얌전히 의사만 되었다면, 그냥 웬만한 실력이더라도 이 모든 게 손에 들어왔을 텐데…… 이상하잖아?"

"그렇게 따지면 이상한 거야 많지."

그들의 대화는 정처 없이 흐르다, 무리 중의 누군가가 받은 호출로

인하여 일단락되었다. 호출기에서 소리가 나자마자, 모두가 탄식을 하고는 일제히 옥상을 빠져나갔다. 그들이 우르르 몰려서 정신없이 달려 나가니, 근처에 모여 있던 간호사들이 작게 혀를 찼다.

6

하늘은 어느새 밤이 깊어 까맣게 변해 있었는데, 희미하게 빛나는 별 몇 개가 그나마 운치를 자아냈다. 날씨는 더 이상 포근하지 않았지만, 그랬다고 하더라도 별 소용은 없었을 것이었다. 주말 밤이 되니, 낮에 활동한 사람이라면 누구나 피곤에 젖어 있을 게 분명했다. 도로에 길게 늘어선 차들과 함께, 초조한 마음으로 운전대를 겨우 잡은 사람들도 그랬다. 그 줄에는 장용빈 의원이 탄 차도 섞여 있었는데, 그 차 안의 세 사람 모두가 표정도 대화도 없이 앉아 있었다. 집회에서의 일정을 간신히 마쳤으니 어서 집에 가서 쉬고 싶은 마음뿐이었다. 그 와중에 장용빈 의원은 무척 복잡한 심경이었다. 호기롭게 집회에 참석하여 열의를 다했지만, 슬슬 걱정이 되기 시작한 것이었다. 앞으로 무슨 일이 생길지, 안전에 위협을 받지는 않을지, 계속 배지를 달 수 있을지 여러 걱정들이 그를 들쑤셨다. 그러는 동안에도 귀에 들리는 것은 차들의 엔진 소리와 빵빵거리는 소리, 이따금 들리는 고함이 전부였다.

'오늘 안으로 갈 수 있나? 차라리 길에서 자는 게 낫겠다.'

장용빈 의원은 라디오도 틀지 않은 차 안을 이리저리 살피며 얼굴을 일그러트렸다. 지금도 충분히 지치건만, 언제 움직일지 모르는 차 안에서 마냥 앉아 있으려니 진이 빠지는 것 같았다. 가뜩이나 걱정거리 때문에 마음이 혼란스러운데, 운전자들의 신경질적인 목소리를 들으며 밤을 새우고 있어 미칠 노릇이었다. 다른 때 같았으면 목이 쉬도록 떠들었을 텐데, 지금은 그럴 수도 없었다. 그와 함께 주야장천 목소리를 높여 줄 공수겸 보좌관이 두통에 시달리고 있었기 때문이었다.

'……많이 아픈가?'

사실 공수겸 보좌관이 목소리를 높이는 것은 없었다. 다만 장용빈 의원이 어떤 화제로든 필요 이상으로 목소리를 높여 열변을 토하면, 공수겸 보좌관이 마지못해 대충 맞받아치는 것뿐이었다. 공수겸 보좌관에게는 업무의 연장이었는데, 사실상 하루 중에 가장 힘든 때이기도 했다. 그런데 지금은 이러지도 못하고 저러지도 못하니, 장용빈 의원은 답답해서 더 견디기 힘들었다.

그런 장용빈 의원의 옆자리에 앉은 공수겸 보좌관은 인상을 쓴 채 눈을 감고 있었다. 몸은 천근만근 무거웠고, 두통이 머릿속을 갉아먹는 것 같았다. 결코 좋지 않은 통증이 그치지를 않아, 그는 손으로 이마를 문질렀다. 잠을 청하려 해 봐도, 너무 피곤한 탓인지 좀처럼 그러기가 쉽지 않았다. 장용빈 의원은 공수겸 보좌관을 힐금거리며 아무 말도 하지 않았는데, 이럴 때 구태여 그를 건드려서 좋은 결과를 얻어 낸 적이 없었기 때문이었다. 언젠가 이와 비슷한 상황에 닥쳤을 적, 장용빈 의원은 눈을 질끈 감은 공수겸 보좌관을 보고서 꾀병을 부리는 줄 알고 일부러 시비를 걸었었다. 그래서 결국 공수겸 보좌관이 눈을 떴는데, 그와 동시에 쓰러져서 응급실로 실려 갔다. 그때 장용빈 의원은 자신으로 인해 벌어진 사태에 너무 놀라, 무엇 하나도 제대로 할 수 없었다.

'하…… 그때 얼마나 놀랐는지.'

지금 생각해 봐도 충격적인 일이 아닐 수 없었다. 아무튼 그때의 기억으로 인한 지금의 장용빈 의원은 그저 묵묵히, 공수겸 보좌관의 눈치를 살피기에 바빴다.

"흠흠, 그렇게 아프면 왜…… 차라리 약을 먹지 그래?"

장용빈 의원은 계속 눈치를 살피며 공수겸 보좌관에게 말을 건넸다.

"예, 예. 조금 그렇기는 한데, 괜찮습니다."

움찔거리던 공수겸 보좌관은 눈을 뜨고서 간신히 말했다.

'조금이 아닌 것 같은데?'

공수겸 보좌관이 상당히 힘들어 보여, 장용빈 의원은 그것이 마음에 걸렸다. '뭘 할 수 있을까?'를 생각하던 그때, 갑자기 차가 움직이는 바람에 장용빈 의원은 중심을 잃게 되었다. 공수겸 보좌관 역시 몸을 가누질 못해, 더 인상을 쓰며 괴로워했다.

"야! 너 운전을 왜 그렇게 해?! 오늘만 살려고 그러냐?"

불시에 그런 일을 당한 데 화가 치민 장용빈 의원은 금석의 뒤통수에 대고 성을 냈다. 그러고 나서 옆을 보니, 공수겸 보좌관이 끙끙 앓는 소리를 내며 좌석에 기대고 있었다. 아까보다 더 힘들어하는 것이, 여간 아픈 게 아닌 모양이었다. 그를 살피던 장용빈 의원은 불안한 마음에 운전석을 흘겨보았다.

"……죄송합니다."

어김없이 시원찮은 대답이 돌아오자, 장용빈 의원은 왠지 힘이 빠졌다.

"너 괜찮아?"

"네, 괜찮습니다……."

가까스로 대답해 낸 공수겸 보좌관은 눈을 감은 채 고개를 돌렸다. 하지만 장용빈 의원의 눈에, 그가 이를 악무는 모습이 보였으므로 걱정이 더했다. 어느새 그들이 탄 차는 서서히 움직였고, 느릿한 속도로 목적지를 향했다.

이윽고 아파트 입구가 보일 무렵, 잠시 주저하던 공수겸 보좌관이 차를 세웠다. 두통이 심해서 약국에 들렀다가 오겠다는 것이었다.

"그냥, 그대로 집에 가는 게 좋지 않겠어?"

"아닙니다. 약을 사 먹고 금방 가겠습니다. 먼저 가십시오."

"병원…… 가야 되는 거 아냐?"

공수겸 보좌관이 애써 괜찮은 척했으나, 장용빈 의원은 그 모습이 더 신경 쓰여 마음이 안 좋았다.

"그냥…… 그냥, 좀 아픈 것뿐인데요. 금방 가겠습니다."

"그래, 그럼."

껄끄러운 모양새였지만 이대로 시간 끌어 봤자 달라질 게 없어 보였기에, 장용빈 의원은 차를 출발시켰다. 그제야 공수겸 보좌관이 힘겹게 걸음을 옮겼는데, 눈앞이 흐려지는 것 같아 서둘러 약국을 찾았다.

아파트에 도착한 장용빈 의원은 금석을 집에 보냈다. 피곤해서 아무 데나 드러눕고 싶었으나, 공수겸 보좌관이 쫓아와 잔소리를 쏟아 낼 것이 분명했다. 그것은 장용빈 의원에게 흥미로웠지만 그다음이 문제였다. 공수겸 보좌관이 무섭게 잔소리를 하다가 덜컥 쓰러지기라도 한다면, 그래서 또 응급실에 실려 간다면…….

"……."

그런 생각이 들자, 오싹한 기운이 장용빈 의원의 몸 안에 퍼졌다. 문 앞에 다다르려는 데도 아직까지 모습을 보이지 않는 공수겸 보좌관 때문에, 장용빈 의원은 걸음을 내딛을 때마다 여러 가지 생각이 떠올라 떨쳐 내기 힘들었다.

'그 녀석은 괜찮은 것 같다가도…….'

불만스러운 표정으로 현관문을 연 장용빈 의원은 금방이라도 쓰러져 잠들 것처럼 피곤했다. 욱신거리는 목 부근을 주무르며 신발을 벗으려는데, 평소와는 다른 느낌이 들었다. 신발장에 처음 보는 구두가 단정하게 놓여 있어, 그에 멈칫한 장용빈 의원은 곧 천천히 안으로 들어갔다. 그 아파트는 독립해서 얻은 집이라 혼자 살고 있었으며, 특별히 누군가를 초대한 적도 없어서 그곳에 드나드는 사람은 한정되어 있었다.

"……."

장용빈 의원이 지친 얼굴로 거실에 들어서니, 누군가가 소파에 앉아 있는 것이 보였다.

"너무 늦는 것 같다."

건조한 말을 내뱉은 노신사는 장용빈 의원을 물끄러미 바라보았는데, 아마도 장용빈 의원의 말이나 행동이 마음에 안 드는 모양이었다. 한편 나이가 지긋해 보이는 그는 아주 잘 차려입었고, 실제 나이를 가늠해 내기 어려울 정도로 언행이 힘찼다. 안개 눈썹을 가진 탓에 그리 뚜렷한 인상은 아니었지만, 눈빛이 날카로워 결코 호락호락해 보이지 않았다. 젊은 시절에는 살집이 있는 것 같았으나, 나이 듦에 따라 어쩔 수 없이 살이 많이 빠진 듯했다. 그래도 특유의 분위기는 변함이 없어 보였다.

"어서 오세요."

장용빈 의원은 소파에 앉아 있는 노신사의 눈길을 슬며시 피하며 뚱하게 말했다.

"오랜만에 만났는데, 반겨 줘서 고맙구나."

"별말씀을."

예사로운 것 같았지만, 두 사람 사이에 흐르는 기류는 그렇지 않았다. 한 꺼풀만 벗기면 서로를 향한 성난 아우성으로 인해 생긴 냉기가 그곳을 가득 채울 테지만, 두 사람은 무의식적으로 그것만큼은 피하려 하고 있었다.

"내가 이곳에 왜 왔는지 궁금하겠지."

"그럴 일은 없을 거예요."

장용빈 의원은 담담하게 말하고서 자신도 소파에 앉았다. 그의 단조로우면서도 냉연한 대답을 탐탁지 않게 여긴 노신사는 노기를 고이 누르고 부드럽게 말했다.

"하긴, 독립한 뒤로는 따로 연락한 적이 없으니…… 서로 불편하게 되었구나. 내가 여기에 온 게 반갑지 않은 모양인데, 왜 기어코 오게 만들었는지."

"……."

그늘진 얼굴의 장용빈 의원은 베란다 창밖으로 시선을 던졌고, 노신사는 이내 고개를 돌리며 중얼거렸다.

"사고도 어릴 때 쳐야 귀엽지."

두 사람 간에 긴장감이 높아진 터라, 서로를 보는 눈길도 곱지 못했다. 장용빈 의원이 독립하기 전, 두 사람이 같은 집에 살았을 때도 그랬었다. 얼굴을 맞대고 대화를 하다 보면, 어느새 그들은 언성을 높이고 있었다. 분명히 아무것도 아닌 일로 태연하게 얘기를 하다가도, 점차 서로를 꺼림칙하게 쳐다보면서 씩씩거리게 되었었다. 그런 일이 많아지다 보니 끝내, 장용빈 의원으로 하여금 독립을 하도록 만든 것이었다.

"……."

"……."

잠깐 사이에 얼굴이 상기되어 인상만 쓰던 그들은 각자 언짢은 마음이 든 탓에 서로를 외면했다. 다시금 과거가 반복된 데 심기가 불편해진 노신사는 어쩐 일인지 자신을 억지로 진정시키고 있었다. 오랜만에 재회하게 된 아들 때문인 것 같지는 않았는데, 중요한 것은 장용빈 의원 역시 그를 짐작한다는 점이었다.

"흠, 그러니까 내 말은……."

"늦었는데 그만 가 보시죠."

장용빈 의원이 쓸쓸히 고개를 숙인 채 말했는데, 그 목소리는 지쳐 있었다.

"……."

그의 말을 들은 노신사는 신경이 곤두섰다. 그에 따라 온화해 보이는 얼굴 뒤에서 날카롭게 치미는 골을 꺼내려던 중, 장용빈 의원이 말을 마저 건넸다.

"제가 독립한 이후로 줄곧 무관심하셨는데…… 뜬금없이 이 누추한 곳에 납시실 만큼, 그게 그렇게 중요한 일이라니. 흥미롭네요."

"……."

"안심하세요! 아들 집에 처음으로 오셨으니까 그걸 기념 삼아서…… 아버지가 원하시는 대로 해 드리는 걸로 하죠! 이제 됐죠?"

장용빈 의원은 집회에서의 일과보다는 아버지와의 다툼에 의해 오래된 먼지처럼 두껍게 쌓인 끝없는 괴리, 혐오에 가까운 그것 때문에 지친 자신이 드러나서 견디기 힘들었다. 그간 아버지와의 언쟁으로 얻은 상처로 인해 종잇장처럼 약해진 자신을 속으로, 속으로 깊숙이 숨겨 왔던 그였다. 독립을 하고 숨긴 시간이 길어지면서 서서히 안정을 찾은 터라 잊고 있었는데, 난데없는 아버지의 등장으로 어처구니없게 그것이 되살아나고 있었다.

"……."

노신사는 못마땅하다는 기색이었지만, 그걸 말로 표현하지는 않았다. 그렇게 서로를 외면하던 중, 돌연 자리에서 벌떡 일어난 장용빈 의원이 심드렁하게 중얼거렸다.

"피곤하시죠? 저도 그래요."

"......"

"그럼, 안녕히 가세요."

아버지가 당황할 새도 없이, 장용빈 의원은 무심히 침실로 향해 버렸다.

"......이!"

뒤늦게 붉으락푸르락해진 노신사는 변함없이 제멋대로인 아들의 모습에 치를 떨었다. 여기까지 온 목적은 달성했으나, 은근히 기대한 아들과의 재회는 엉망이 되어 버렸으므로 분이 끓어올랐다.

"......"

이 순간, 그곳을 너무나도 벗어나고 싶어 하는 사람이 있었다. 바로 공수겸 보좌관이었다. 약국에 들르고 난 그가 급히 현관문을 연 순간, 몹시 수상한 분위기를 감지하고 말았다. 할 수 없이 조심조심 현관에 자리 잡아, 재주껏 방문객을 보고는 경악하게 되었다.

'아버님이 갑자기 왜⋯⋯.'

공수겸 보좌관이 보아 하니, 퍽 심각한 분위기라 눈치껏 숨어야 했다. 그래서 몸을 있는 대로 구겼더니 다리에 쥐가 날 것 같아, 결국 그곳을 빠져나가기로 마음먹었다. 하지만 숨이 막히도록 잠잠한 그들 때문에, 도무지 탈출할 틈이 보이지 않았다.

'난감한데⋯⋯.'

한편 노기등등해진 노신사는 연신 씩씩거리다, 아들이 유유히 들어가 버린 침실을 노려보았다. 싸늘하니 뒤틀린 그의 얼굴은 몰래 그 모습을 훔쳐보던 공수겸 보좌관의 간담을 선뜩하게 만들었다. 노신사는 곧 바닥을 힘껏 내딛더니, 잔뜩 구겨진 얼굴로 거실을 빠르게 쿵쿵거리며 걷기 시작했다. 그 소리는 크게 울리다 못해 무섭게 느껴지기까지 했다. 덕분에 공포를 느낀 공수겸 보좌관은 용기를 내 보기로 했다. 노신사의 소리가 끊이지 않는 지금이라면, 밖으로 나갈 수도 있겠다는 생각이 들어서였다.

'이번에야말로 나가자.'

거실을 힐끔거린 공수겸 보좌관은 살금살금 움직여 보았다. 몸 여기저기가 비걱거려 어지간히 굳어진 느낌이었으나, 지금은 그걸 신경 쓸 여유가 없었다. 사정상 몸을 움츠린 그는 천천히 뒤뚱거리며 귀를 쫑긋 세웠다. 여전히 쿵쿵거리는 그 소리는 노신사의 노기가 아직 가시지 않았다는 뜻이었지만, 동시에 공수겸 보좌관이 현관문을 나설 수 있는 기회를 뜻하기도 했다. 이윽고 그가 무사히 문을 열고 나왔기에, 이제 문을 닫기만 하면 그만이었다.

'제발.'

거실을 정신없이 거닐면서도, 노신사는 아직도 분이 사그라지지 않은 모양이었다. 그러다 걸음을 멈추고는 다시금 아들이 들어간 침실을 노려보았는데, 시간이 지나도 여전히 자신을 거스르는 아들이라 더욱 곱게 볼 수 없었다. 잠시 복잡한 생각에 잠겼던 그는, 한숨을 삼키듯 중얼거렸다.

"기껏 살려 놨더니."

워낙 조용했기 때문에 그것이 생각보다 크게 들린 그때, 현관문이 서서히 닫히고 있었다.


한참 단잠에 빠졌다가 문득 눈을 뜨게 된 장용빈 의원은 물이 마시고 싶어 주위를 두리번거렸다. 그의 침실은 항상 그랬듯, 어질러져 있었다. 아직 잠에 취한 그의 눈에, 아침에 먹다 남긴 사과 한 개와 과도가 담긴 접시가 보였다.

'아…….'

정장을 입은 채 잠들었던 그는 주방에 가기 위해 비몽사몽 일어났다.

'……!'

장용빈 의원이 침실 문을 열자, 은은한 간접 조명만이 켜진 어스름한 거실 한편에 잠든 노신사가 보였다. 그제야 자신이 어쩌다 잠들었는지 기억난 그는 난감한 표정을 지었다.

"…….."

창밖을 보니, 어두워서 아침까지 시간이 많이 남은 듯 보였다. 잠시 머뭇거리던 장용빈 의원은 잠든 아버지에게 다가갔다. 노신사는 양복 상의를 담요처럼 덮은 채, 소파에서 새우잠을 자고 있었다. 자몽한 상태로 그 모습을 바라보던 장용빈 의원은 다시 침실로 갔다가, 아버지가 잠든 곳으로 돌아왔다. 불편하게 잠든 아버지를, 무표정한 얼굴로 응시한 그의 손에는 과도가 들려져 있었다.

# 7

일주일의 시작인 월요일 새벽 다섯 시가 조금 지났을 무렵, 낼모레 오십인 남자가 눈을 떴다. 그는 얼굴의 푸석살 때문에 실제보다 더 나이가 많아 보였다. 여느 중년이라면 월요일이 그리 반가울 수는 없겠지만, 이 남자에게서는 그런 감정을 찾을 수도 없거니와 오히려 신이 나는 듯 얼굴에 미소를 머금었다.

'아아, 일주일이 시작되는구나.'

욕심이 많아 보이는 그의 방은 널찍했는데, 상당히 사치스러운 가구와 가전제품 등을 자신이 필요한 만큼 가져다 놓아서 원래는 넓었던 방이 좁게 보였다. 어쩐지 미로 같은 그곳을, 익숙하게 빠져나온 그는 다른 방으로 향했다. 더할 나위 없이 가벼운 걸음으로 거실을 가로지르는 동안, 주방이 환한 게 보였다. 곧이어 누군가가 부산거리는 소리도 들렸으나 그는 아랑곳하지 않았다. 그러다 목적지에 도착해, 문을 열어 보니 이번에는 서재가 보였다. 커다란 책장에 의학 서적들이 있었지만, 그보다는 사진첩이 더 많은 것 같았다. 벽에는 그가 찍힌 여러 장의 사진들이 고액일 것 같은 액자에 끼워진 채 걸려 있었다. 더불어 여럿 상장들 또한 즐비했으며, 그곳에도 값비싼 물건들이 꾸역꾸역 모여 있었다. 그것들을 자랑스레 살펴보던 그는 책상에 꽂혀 있는 여러 사진첩 중, 하나를 꺼내고는 펼쳐 보았다.

"흐음."

그 사진첩에는 온통 그 자신의 사진이 나오거나, 그와 관련된 기사들이 모아져 있었다. 그 기사들에 나온 이름은 '황운보'뿐이었는데, 자신의 사진을 본 그의 얼굴에 미소가 번졌다. 그 기사 사진들에 나온 그는 기사와 마찬가지로 하나같이 진지했고, 뭔가에 열중하는 모습뿐이었다. 자신을 침이 마르도록 칭찬하는 기사들을 한 장 한 장 넘길 때마다, 황운보의 얼굴은 점점 더 밝아졌다. 자세히 보고 난 그 사진첩을 덮은 후에도 뭔가 부족한지, 그는 서재의 이곳저곳을 두리번대기 시작했다. 그렇게 열심히 책상을 훑어보던 그의 눈길은, 자연스럽게 책장으로 향했다.

"쯧."

황운보는 책장에서 가장 눈길이 안 갈 만한 공간, 책들이 꽂힌 그곳을 손가락으로 훑었다. 이내 자신의 손가락에 회색 먼지가 묻어난 것을 보자, 그는 당장에 온갖 짜증이 담긴 표정으로 눈을 부릅떴다. 잠시 후 서재에서 나온 황운보가 주방에 들어서니, 그의 딸 황남영이 식탁에 반찬을 차리고 있었다. 그녀는 외동딸임에도, 황운보와는 달리 그다지 여유로운 모습이 아니었다. 적잖이 피로한 얼굴이 초조해 보이기까지 한 그녀는 낼모레 서른을 바라보고 있었다. 그토록 아버지에게서 벗어나고 싶음에도 불구하고, 그녀는 아직까지 미혼이었다. 그 이유는 스스로 결혼할 마음이 없어서이기도 했지만, 사실은 황운보 때문이었다. 어지간한 사내는 눈에 차지 않는, 콧대 높은 그에게 그럴듯한 사윗감이 좀체 나타나지 않은 탓이었다.

황남영은 아버지의 등장에 흠칫했는데, 그의 굳은 표정이 그녀의 심장을 더 오그라들게 만들었다. 그런 그녀는 영문을 몰라 답답했으나, 그렇다고 먼저 물어봤다가는 어떻게 될지 아는 터라 가만히 있기로 했다. 늘 하던 대로 아버지의 밥을 퍼서 주려는데, 그가 대뜸 자신을 노려보는 것이었다.

'무슨 일이지?'

황남영은 아버지가 왜 그런지 궁금하면서도 한편으로는 조마조마했다. 황운보가 아버지라는 미명 아래, 황남영을 대하는 방식이 혹한보다 더했기 때문이었다. 그렇기에 그녀는 벌써부터 죄인처럼 고개를 숙이고 있었다.

"너, 그러고 있으면 내가 그냥 넘어갈 줄 알아?"

황운보의 억센 목소리가 귓가를 찌르자, 황남영은 자기도 모르게 움찔했다.

"그게 그렇게 어려워? 늘 하는 건데 그것도 제대로 못해?!"

'그러니까 그게 뭐냐고.'

황남영의 심장은 벌렁거렸고, 눈앞은 캄캄해지는 것 같았다. 그녀는 제약 회사에 다니는 직장인이라 회사일로도 피곤했지만, 집안일마저 전담해야 했다. 요리와 청소에 이어 짐을 옮기는 등, 혼자서 온갖 궂은일을 다했다.

"너 조는 거 아냐? 왜 계속 고개를 숙이고 있어? 네가 하는 일이 뭐가 있다고 그래? 내 덕에 이렇게 좋은 집에서 떵떵거리잖아! 그뿐이야? 내 덕에 호의호식하고, 어? 내 말이 틀리냐고?!"

"……."

황남영은 어릴 적부터 들어온, 별 이유 같지 않은 이유로 들어야만 했던 구박을 아침 댓바람부터 듣고 있었다. 며칠간 잠잠하더니 기어이 또 터지고 만 것이었는데, 그는 딸에게 화풀이하는 것에 중독된 모양이었다. 뭐 하나 잘못하면 십 년이 넘도록 그걸 물고 늘어지고, 온갖 가사 노동을 떠맡기고, 도대체 이유 모를 노동을 강요했으며, 심지어 날씨가 흐려도 딸을 탓했고, 사사건건 참견하며 딸을 지치게 만들었다.

황남영의 머리는 단발이었는데, 작년까지만 해도 늘 긴 생머리에 염색은 꿈도 못 꾸었다. 황운보가 이렇게 딸의 머리를 마음대로 한 것은, 오로지 남자들의 눈을 미혹시키기 위해서였다. 단순히 자신의 눈에 차는 사윗감을 찾기 위한 일환이었는데, 작년에 딸에게 '단발'을 명령한 이유도 간단했다. 아나운서같이 조신해 보인다는 것이었다.

"아버지께서 뼈 빠지게 일하고 집에 오시면, 편안하게 쉴 수 있게 만들어야지. 너는 계집애가 돼서 그것도 못해? 이래서 내가 맘 편히 집에서 쉴 수 있겠어?!"

딸은 겁먹은 표정으로 고개를 숙이고 있었다. 식탁 위에 차려진 음식들이 온기를 잃어 갔으나, 황운보에게 그런 것은 상관없었다. 황남영은 숙련된 연기로 겁먹은 척하며, 반질반질 단정하게 정리된 자신의 손톱을 바라보았다. 그녀도 당연히 손톱을 예쁘게 꾸미고 싶었고,

자신을 근사하게 치장하고 싶었지만 그럴 수가 없었다. 옷도, 신발도, 화장하는 것에 이르기까지 어느 것 하나 그녀에게 결정권은 없었다. 심지어 속옷조차 황운보가 멋대로 간섭해, 그녀로 하여금 숱한 모멸감을 갖도록 만들었다.

"그나마 나나 되니까, 너 같은 계집애를 딸이라고 거둬 주는 거야! 그러면 감사할 일이지……!"

한참 동안 고래고래 목청을 높이던 황운보는 우연히 벽시계를 보다, 곧 소스라치게 놀라고 말았다. 시간이 상당히 지나 있었기 때문이었는데, 말을 멈춘 그는 급히 식탁 앞에 앉았다. 그러자 황남영도 슬금슬금 아버지의 맞은편에 앉았다.

"으이그, 다 식었잖아! 찬거리가 형편없으면 따뜻하기라도 해야 될 것 아냐?!"

황운보가 뭘 씹은 얼굴로 본 식탁 위는 시골 밥상처럼 채소만 가득했으며, 밥도 국도 식은 지 오래였다.

"이게 뭐야…… 너는 아버지 출근하시는데, 이런 걸 먹으라고 내놓은 거야?"

그는 신경질을 부리며, 딸을 원망스럽게 쳐다보았다.

"이게 뭐냐고?!"

"무슨 말씀이세요. 엊그제 의학 다큐멘터리를 보시고, 이제부터는 건강에 신경 써야겠다고 하셨잖아요? 앞으로 아침에는 이렇게 채식으로 된 건강한 밥상을 받고 싶다고 하셨잖아요? 기억 안 나세요?"

황남영은 그저 기가 막혀 화가 났지만, 그렇다고 언성을 높이지는 않았다. 만약 그랬다간 황운보가 그녀에게 기어오른다고 노발대발할 게 뻔했기 때문이었다. 그러면 정말 엉망진창이 되어 버리기에, 애써 참았다. 또한 그녀는 배가 고팠다. 새벽부터 눈곱만 겨우 떼고서 까다로운 아버지가 까다롭게 지정한 재료들을 손질하고, 까다로운 아버지가 하나하나 지정한 그릇들에 음식을 담고, 늘 신선한 재료들을 사다 나르고, 주방용품을 일일이 정리하고 나니…… 이제는 정말 배가 고팠다.

"그런 말을…… 아니 그렇다고 이렇게 갑자기 풀밭으로 만들면, 어쩌라고?!

더 소리치려던 황운보는 마지못해 숟가락을 들었다.

"국…… 다시 데울게요."

황남영이 느릿하게 일어서자, 황운보는 인상을 썼다.

"시간 없어! 그냥 먹어야지 어쩌겠어? 굶을 수도 없고."

'그러게 적당히 좀 하지.'

그렇게 속으로 비아냥거리는 게 익숙한 황남영의 눈에는, 고가의 실크로 된 잠옷을 입은 채 웃기지도 않은 훈계를 늘어놓는 아버지가 무던히 시시해 보였다.

"넌……."

황운보는 차갑게 식은 음식을 허겁지겁 먹다, 딸을 마뜩잖은 듯 훑어보았다. 황남영의 차림새는 특별히 이상한 게 없었으나, 아버지가 입은 실크 잠옷과는 비교가 되었다. 심심한 색의 면으로 된 옷은 바래 있었고, 단발머리는 부스스했으며, 안색도 좋아 보이지 않았다. 새벽마다 서두르다 보니 어쩔 수 없는 것이었지만, 그는 딸의 꼬락서니가 영 못마땅하기만 했다.

'내가 아무리 신경 써 주면 뭘 해. 저 계집애는 아버지 잘 만나서 힘들 일도 없으면서, 도대체 왜 저 꼴을 하는 거야? 나 아니었으면……이런 삶은 꿈도 못 꾸지!'

식은 밥을 억지로 먹던 황운보는 딸을 힐긋 보더니 말을 꺼냈다.

"너 청소할 때 신경 써야겠더라. 내가 보니까, 먼지가 말도 못 해!"

조용히 식사하던 그는 황남영을 보며 인상을 썼고, 흠칫한 그녀는 토끼 눈이 되었다.

"어디가요?"

"저……! 어디면, 거기만 싹 치우게? 야, 내가 그런 걸 본 게 한두 번인 줄 알아? 내가 그래도 참고 참아 주다가 얘기하는 건데, 네가 그렇게 반응하면 되겠어?!"

인상을 써 가며 열을 내는 황운보의 모습은 왠지 신나 보였다. 한편식은 음식을 꾸역꾸역 먹던 황남영은 갑자기 삿대질까지 받아야 했지만, 이미 이런 일에 익숙한 터라 가만히 앉아 고개를 숙였다.

"……!"

그러던 그는 이번에도 벽시계를 보고 삿대질을 멈추었다. 딸에게쏟을 게 산더미 같은데, 시간은 빠르게 흘렀기 때문이었다.

'시간이 왜 이렇게 잘 가? 저 계집애, 나이 좀 찼다고 요즘 눈에 뵈는 게 없는 것 같은데…….'

고민하던 황운보는 자리에서 냉큼 일어나더니, 딸을 한 번 흘겨보고서 뾰로통하게 중얼거렸다.

"그만, 준비해야겠어."

내내 고개를 숙인 황남영은 살짝 콧방귀를 뀌고는 고개를 들어, 자신을 마뜩잖게 보는 아버지를 보았다.

"앞으로는 제가 더 신경 쓸 테니까 걱정 마세요."

황운보는 그렇게 말하는 딸을 대놓고 비웃으며 주방을 나섰다. 아버지가 등을 돌리자, 황남영은 기다렸다는 듯이 그를 향한 눈에 힘을 주었다. 문득, 값비싼 잠옷을 살랑거리며 황운보가 말했다.

"그 당연한 걸 지금껏 제대로 한 적이 없으니 문제지. 오늘, 싹 다 치워."

"네, 네?"

"대청소하라고! 이렇게 좋은 집에 살면서, 넌 대충 할 생각이나 해?! 그동안 게으름 피웠으니까, 오늘은 무슨 일이 있어도 전부 다 깨끗이 치워 놔."

이 넓은 집을 대청소하라니, 황남영은 숨이 턱 막히고 말았다.

"대청소요……."

그녀의 눈앞이 노래질 수밖에 없는 것이 자신의 방을 빼도 방이 세 개에, 거실과 주방 외에도 욕실이 두 개라 결코 쉽지 않았다. 그런 데다 방들과 거실에 있는, 황운보가 틈틈이 사서 모은 수많은 물건들도 깔끔하게 관리해야 하므로 아연할 수밖에 없었다. 더욱이 전문 업체나 다른 사람을 불러서도 안 되어, 그동안 그렇게 그녀 혼자 다 해내야 했으며 어떤 변명도 아버지에게 통하지 않았다. 애당초 그런 게 통

할 사람이라면, 딸에게 그런 노동을 강요할 수 없을 것이었다.

"그래, 오늘! 내가 퇴근하고 집에 오면, 모든 게 다 깨끗해야 돼!"

황운보는 낯빛이 달라지는 황남영을 보며 은근히 히죽거렸다. 그렇게 한결 나아진 기분으로 서둘러 씻고는 드넓은 전용 옷 방으로 갔다. 거기에는 죄다 사치스러운 것만 있어, 그를 주목받게 해 줄 옷들과 갖가지 장신구들이 가지런히 정리되어 있었다. 그 혹하도록 하늘거리는 그림은, 그로 하여금 자꾸만 떠오르려는 미소를 감출 수 없게 만들었다.

"이 정도는 되어야, 내 수준에 맞지."

황운보는 옷들이 가득한 그곳에서 연발 고개를 끄덕였다. 이 넓은 집에 있는 총 네 개의 방 중에 그가 차지한 것은 세 개였고, 그것도 모자라 거실도 거의 다 차지하고 있었다. 더구나 포만감을 모르는 그의 사치는 매주 택배를 불러 남은 공간을 더욱 비좁게 만들었다. 당연히 황남영의 방이 가장 작았고 그에 딸린 짐도 거의 없어, 이기심으로 자신을 포장하는 아버지와는 대조적이었다.

"여기도 좁아 보이네. 확 이사를 할까? 그래도 이 근처에서는 제일 넓은데."

말끝에 한숨을 쉬고 난 황운보는 번쩍번쩍한 고가의 물건이 넘치는 그곳을 둘러보았다. 다시 한숨을 쉰 그는 옷을 몇 개 골라, 전신 거울 앞에 섰다. 적당히 마른 몸이라 무슨 옷이든 제법 어울렸다. 그러다 거울에 비친, 불룩 튀어나온 자신의 배를 보고는 얼굴을 찡그렸다. 이내 황운보가 양복을 입고 나오자, 여전히 충격에서 헤어나지 못한 황남영이 부쩍 어두운 얼굴로 현관 앞에 서 있었다. 그녀의 손에는 고급 가죽 가방이 있었는데, 그것의 주인이 누군지는 뻔했다.

'쯧, 출근하는데 꼭 그렇게 인상을 써야 하는 거야?'

딸의 표정이 몹시 거슬린 황운보였지만, 시간이 많이 지체되었으니 못 본 척했다. 그는 이어 그 가죽 가방을 뺏듯이 받아들고는 곧장 나갔다.

"다녀오세요."

"이따가 확인할 거야."

"네."

황운보가 급하게 현관을 나가, 닫힌 문 너머로 그의 발소리가 빠른 속도로 멀어졌다.

"……."

천천히 뒤를 돈 황남영은 대리석 바닥이 미끄러질 듯 반짝거리는, 어질하도록 깨끗한 집 안을 봤다. 그곳은 아버지가 사서 모은 화려한 가구, 최신 가전제품, 독특한 조형물에 이르기까지 그 많은 것들이 모여 조화를 포기한 지 오래였다. 그녀가 청소해야 할 곳은 아주 넓었으며 그 공간에 놓인 물건들은 헤아릴 수도 없었으므로, 요령을 피운다고 해도 얼마나 걸릴지 알 수 없었다.

"……."

입술을 깨문 황남영은 곧 부들부들 떨었는데, 너무 기가 막힌 나머지 자기도 모르게 주저앉고 말았다. 그렇게 그녀의 출근은 오늘도 늦었다.

꽉 막힌 도로에 황운보가 탄 낡고 평범한 차가 보였다. 그는 빈정대는 눈으로 주위를 둘러보다, 늘씬한 외제 차를 보고는 그것에 시선이 고정되었다. 부자가 많이 사는 동네다 보니 그런 것을 심심치 않게 보게 되었는데, 그럴 때마다 그는 으레 넋을 놓고 말았다.

"쩝……."

자신의 수준에 맞는 차에게서 쓸쓸히 시선을 거둔 황운보가 앞을 봤지만, 도로는 좀체 뚫릴 것 같지 않았다. 그 순간이 못 견디게 지루했던 그는 뒷좌석을 뒤져 한 잡지를 찾아냈는데, 그것을 펼치니 세계의 내로라하는 슈퍼 카들이 한데 모여 있었다.


서두른 덕에, 늦지 않고 규양병원 앞에 도착한 황운보는 사치스러워 보이는 손목시계를 들여다보았다.

'휴~ 다행히 아직 안 늦었어.'

눈에 띄게 안도한 그는 얼른 자신을 거울에 비추며 옷매무시를 고쳤다. 그의 몸을 장식한 모든 것은 고급이라, 푸석푸석한 얼굴만 뺀다면 그런대로 봐 줄 만했다. 최대한 단정하고 검소해 보이도록 꾸민 거지만, 실제로 그렇게 보는 이는 없었다.

'어!'

멀리서 눈에 익은 차가 오는 것을 본 황운보는 재빨리 양복을 털어내고 차에서 내렸다. 곧이어 다시 손목시계를 확인한 그는 고개를 끄덕이고서 얼굴에 미소를 띠었다.

'역시, 정확히 오시는구나!'

위엄이 느껴지는 검은색 리무진이 가까워지자, 황운보는 곧바로 허리를 숙였다. 이윽고 차의 뒷문이 열리더니, 규양병원의 장인목 병원장이 여유롭게 내렸다.

"오셨습니까, 병원장님."

황운보는 허리를 숙인 채 장인목 병원장에게 깍듯이 인사했다. 그와 동시에, 그곳을 바삐 오가던 규양병원 관계자들도 일제히 장인목 병원장에게 허리를 숙였다. 주위를 찬찬히 살피던 장인목 병원장은 자신의 앞에서 허리를 숙인 사람의 뒤통수를 보았다. 이십 년 동안 한결같이 봐 온 뒤통수, 그 많은 시간을 봐 왔음에도 도통 정이 가지 않는 뒤통수였다.

시간이 조금 지나니, 허리를 숙인 사람들의 눈동자가 헤매기 시작했다. 평소대로라면 인사를 받은 장인목 병원장이 신호를 보내야 다시 허리를 펼 수 있건만, 이상한 일이었다.

"……."

해석하지 못할 묘한 얼굴로 선 장인목 병원장은 오직 황운보의 뒤통수를 보고 있었는데, 황운보 역시 다른 사람들처럼 이상하다는 생각을 하다 곧 눈을 질끈 감아 버렸다.

"……좋은 아침이야."

황운보에게서 조용히 시선을 거둔 장인목 병원장은 사람들을 향해 그 한마디를 남긴 채, 규양병원 안으로 성큼성큼 걸었다. 그제야 저마다 안도의 숨을 토한 사람들이 숙였던 허리를 일으켰다. 규양병원 안으로 사라지는 장인목 병원장의 뒷모습을 보고, 황운보는 이리저리 주위를 둘러보았다. 마침 부산스럽게 움직이는 의사 한 명을 찾아낸 황운보는 급히 걸어가며 차 열쇠를 그 의사한테 던지고는 서둘러 규양병원 안으로 들어갔다. 순간 당혹한 그 의사는 진저리를 치다가 마지못해 황운보의 차를 주차하러 갔다.

숨을 헐떡이며 장인목 병원장을 따라가던 중에도, 황운보는 갑작스레 마주친 규양병원 관계자들에게 웃으며 인사를 건네야 했다. 그렇게 장인목 병원장과의 거리를 좁히려 애쓰고 있었으나, 주위의 많은 사람들에게 여유 있게 보이려다 보니 힘들 수밖에 없었다. 가까스로 장인목 병원장을 따라잡아 안심한 황운보는 노골적으로 장인목 병원장의 옷차림을 관찰하며 여지없이 감탄했다.

'구두 좀 봐…… 비싸 보이는 건 둘째 치고, 때깔 참 곱구나. 저런 양복은 외국에서 들여왔나? 난 그렇게 뒤져 봐도 저런 걸 못 찾겠던데, 보나 마나 모두 엄청난 명품이겠지?'

비록 뒷모습일지라도 장인목 병원장에게 위엄이 느껴져, 마주치는 사람마다 그를 보는 눈빛이 모두 달라 보였다. 병원장이라는 것 외에도, 그동안 그가 쌓아 올린 경력도 한몫했을 터였다. 아무튼 사람들은 장인목 병원장에게 모두 예의를 차렸는데, 그때를 놓치지 않고 황운보도 같이 인사를 건넸다. 장인목 병원장이 하는 것처럼 고갯짓을 하고, 손짓을 하고, 얼굴에 미소를 띠는 것조차 그처럼 무게감 있게 보이려 애를 쓰고 있었다. 그래 봤자 사람들의 시선은 오로지 장인목 병원장을 향했지만, 그의 곁에 서 있는 게 혼자 선 것보다는 낫다고 생각한 황운보에게는 상관없었다. 그것은 단순히 있어 보이려는 이유

도 있었으나, 규양병원 내에 자신의 위치를 더욱 공고히 하려는 것도
있었다.


  한편, 황운보의 '검소한' 차를 주차시키고 난 그 의사는 부랴부랴
응급실로 뛰어 들어갔다. 얼마나 서둘렀는지 그의 옷은 땀으로 척척
했고, 머리카락에도 땀이 맺혀서 엉겨 붙어 있었다. 정신없이 돌아가
는 응급실은 원래 넓었음에도 불구하고 환자들로 넘쳤으며, 의료진
끼리 부딪히는 경우가 허다했다.
  '그사이 환자가 더 늘었어.'
  말없이 바라본 그곳은 아수라장이 따로 없었으므로 그의 어깨는 더
처지게 되었다. 고통을 호소하느라 아우성치는 환자들의 목소리와
그에 묻히지 않으려 더 크게 고함치는 의료진의 목소리가 그의 귓가
를 따갑게 울렸다.
  '어떡하지……'
  그가 조마조마한 마음으로 눈을 돌리던 중, 반대편의 한 간호사와
눈이 마주치고 말았다. 그녀는 단번에 그 의사를 알아보더니 곧장 신
경질적으로 노려보았다. 이 상황을 도대체 어떻게 대처해야 좋을지
알 수 없었다. 그때, 어쩔 수 없이 발만 동동 구르던 그의 뒤에서 고함
소리가 들렸다.
  "야!"
  매우 화가 난 듯한 그 목소리가 자신을 향한 것임을 안 그 의사는
그대로 얼어 버렸다. 잠시 뜸을 들인 그가 뒤돌았더니, 예상대로 화가

잔뜩 나서 얼굴이 뻘겋게 상기된 동료 의사가 보였다. 더구나 연이은 밤샘 근무 때문에 면도도 못해, 꺼끌꺼끌한 수염 자국이 선명한 모습이었다. 그런 동료가 눈을 크게 뜨며, 말도 없이 자리를 비운 그 의사에게 으르렁거렸다.

"너 여기 상황 몰라?! 호출한 게 언젠데, 왜 지금 와?"

"늦은 건…… 내가 잘못했지."

겨우 대답한 그는 난색을 표했다.


잠시 후, 냉정을 찾은 두 의사는 급한 불을 끄고서 응급실을 빠져나왔다.

"뭐?"

"그렇다니까. 내가 호출을 받고 응급실로 달려가는데, 황 교수가……! 내가 그 차 주차하느라고 늦은 거야!"

그 의사들은 응급실 옆에 있는 작은 공터에서 얘기하고 있었다. 그곳은 규양병원과는 비교가 안 될 정도로 무척 단출해, 있는 것이라고는 목재로 된 긴 의자 하나가 전부였다.

"하."

그 긴 의자에 나란히 앉아 얘기하던 그들은 동시에 어깨를 늘어트리며 한숨을 쉬었다. 그들은 면도를 했느냐, 안 했느냐의 차이만 있을 뿐 피곤해 보이는 건 마찬가지였다.

"더위라도 먹었나! 교수면 교수지, 바쁜 의사한테 자기 차를 주차시켜? 너도 그렇지, 시킨다고 그걸 덥석 하면 어떡해? 거절할 줄 몰라?"

수염 자국이 인상적인 의사가 불현듯 성을 내, 그의 눈이 더욱 붉게 충혈되었다.

"병원장님이 출근하시는 바람에…… 그 틈에 황 교수가 나한테 차 열쇠를 던지더니, 꽁지가 빠져라 병원장님을 쫓더라니까! 뭐라고 할 틈이 없었다고!"

그래도 면도를 해서 좀 깔끔한 행색의 의사가 점점 목소리에 힘을 줬는데, 자기도 화가 나는지 인상을 썼다.

"그래, 그렇지…… 황 교수는 원래 그런 인간이지. 병원장님 같이 높은 사람이 아니면 사람 취급도 안 하잖아. 그래서 황 교수 차는? 아직도 그대로야?"

"더 낡았더라. 뒤에 슈퍼 카 카탈로그도 있던데? 아주 너덜너덜해. 그걸 보면서 얼마나 침을 흘렸을지……."

"어라? 얼마 전부터 황 교수한테 줄 서는 것 같더니, 갑자기 태도가 왜 그래? 아예 황 교수 사위라도 될 것처럼 굴었잖아…… 무슨 일 있어?"

수염 난 의사는 짧게 웃고서 옆에 앉은 동료를 의아스레 쳐다보았다. 그러고는 태도가 돌변한 이유를 물었는데, 그새 화가 가라앉았는지 안색도 달라져 있었다.

"그게 말이지. 더 기댈 데도 없고, 일은 고되기만 해서. 차라리 황 교수한테 줄 서서 그 집, 사위나 되어 볼까 했었는데……."

기지개를 켠 면도한 의사가 멍한 얼굴로 말했다. 옆에서 듣고 있는 동료는 고개를 끄덕이며 그의 얘기에 집중했다.

"너도 느꼈겠지만 황 교수를 보면…… 뻔하잖아? 솔직히, 딸도 얼굴이나 성격이 똑같을까 봐 걱정했었거든. 그래도 결심을 한 마당에 여기서 도망치기도 어정쩡해서, 그냥 황 교수를 따라갔지. 그런데……."

"그런데?"

"집에 가 봤더니, 놀랍더라고! 평소에 졸부처럼 꾸미고 다녔어도 차가 낡아서 기대 안 했었거든……. 고급 맨션에 사는데, 바닥이 죄다 대리석으로 되어 있는 거야. 이탈리아산 대리석이라면서, 어찌나 생색을 내던지. 아무튼 하나같이 화려하고, 비싸 보이는 것만 있어서 눈이 휘둥그레지더라."

"그래? 하긴, 황 교수가 하는 짓은 그래도 꾸미고 다니는 걸 보면 은근히 비싸 보였지."

"더 놀라운 건 딸이야! 황 교수가 툭하면 자기한테는 외동딸이 있고, 지금은 제약 회사에서 잘나간다고 했었잖아…… 그런데 그 딸 얼굴이, 황 교수랑 안 닮았어!"

그 사실이 의외라는 듯, 수염 난 의사의 입이 벌어졌다.

"엄청난 미……!"

"그렇지는 않았어. 못생기지는 않았는데…… 미인이라기엔 부족해."

면도한 의사는 상당히 단호한 어투였다.

"아무튼 안 닮아서 놀랐다는 거지! 너도 알다시피…… 여기 인재들이 어지간히 흔해야지. 그 틈에서 살아남으려면, 황 교수한테라도 줄

서는 수밖에 더 있어? 아아, 넌 어떻게 볼지 몰라도 나한테는 절박했
다니까?! 그래서 어떻게든 그 딸한테 잘 보여서, 한몫 잡으려고 했었
는데."

열심히 얘기하던 면도한 의사는 서서히 얼굴을 찡그렸다. 그들 너
머, 많던 환자들의 행렬이 눈에 띄게 줄어서 한산해진 응급실이 보였
다.

"왜 말을 하다가 말아? 설마 딸한테 남자가……?!"

"그런 게 아니라, 이걸 어떻게 말해야 되나. 황 교수도 기분이 좋았
고, 딸도 박색이 아니었는데…… 너무 부려 먹어."

이제 할 일을 마쳤는지 간호사들이 하나둘 나오기 시작했다. 무리
를 지은 그들은 눈빛을 주고받더니 어딘가를 향해 달려갔다.

"무슨 말인지 하나도 모르겠는데?"

수염 난 의사는 옆에서 얘기하던 동료가 갑자기 딴청을 피우자 화
가 났다.

"난…… 이제 황 교수한테 줄 안 서. 사위고 뭐고 다 접었어."

"답답해! 그러니까 왜 접었냐고! 뭐를 부려 먹었는데? 혹시, 널 부
려 먹는다는 거야?"

"그거야, 언제는 안 그랬나? 날 부려 먹었다는 게 아니라……."

마지못해 입을 연 면도한 의사는 주위를 한 번 확인했다. 그러고는
분통을 터트리는 동료의 귀에 대고 소곤거렸다.

"내가 아니라 딸!"

"응?"

"황 교수가, 자기 딸을 너무 부려 먹더라니까~"

"설마…… 틈만 나면 그렇게 딸 자랑을 했는데?"

수염 난 의사는 고개를 갸웃거리다, 말한 사람을 빤히 바라보았다. 들은 사람의 반응이 그러니, 면도한 의사는 더욱 열심히 소곤거렸다.

"와~ 내가 그래서 놀랐지! 그때 손님이 나 하나였는데, 그래도 그렇지…… 보는 내가 민망할 정도로 시켜 대는 거야. 이거 해라, 저거 해라~ 그래서 딸이 자리에 앉을 새가 없었다고! 하도 그러니까 내 앞이라서 연기를 하는 건가 했는데…… 시간이 지날수록 가관이더라고."

열띤 소곤거림을 듣던 수염 난 의사는 어이가 없어 헛웃음을 지었다.

"진짜가? 아니, 그렇잖아. 아무리 황 교수라지만 딸한테 그런다고? 그래 놓고 여기에서는 귀한 딸이라면서 으스대?"

"에이, 딸 자랑만 했어? 뭐든 자랑삼아서 주목받으려고 하잖아."

콧방귀를 뀐 그들은 주변을 둘러보았다.

"안에서나 밖에서나 특이하네."

"내가 그 순간 딱! 깨지더라고. 의붓딸도 아닌 친딸을, 그것도 외동딸을 그러는데. 피도 안 섞인 남한테는 어떻겠냐고? 부인이랑은 일찍 헤어졌다면서 재혼도 안 하고, 딸 자랑을 그렇게 하기에……."

수염 난 의사는 옆에서 머리를 흔드는 동료에게 동정의 눈빛을 보면서도, 무엇이 궁금한지 풀이 죽어 있는 동료에게 물었다.

"너, 그러면 이제 그만두는 거야? 황 교수……."

"아! 그 얘기 듣고서도 몰라?! 정말이지…… 내가 그때, 딸이 딱해 보여서 말 좀 붙이려고 했다? 그런데! 어떻게 그렇게 찬바람이 쌩쌩 불 수 있어? 내가 아무리 반갑지 않기로서니, 입을 꼭 다물고 한마디도 안 하는 거야. 표정도 딱딱하고…… 그 여자도 참."

"특이한 집구석이네. 황 교수나 딸이나."

"아~ 앞에서는 황 교수가 별 웃기지도 않는 걸 자랑삼아 떠들어! 혼자 계속 궂은일 하는 딸이 불쌍해서 좀 도와주려니까, 날 상대도 하기 싫다는 내색이나 해! 그런 상황에서 내가 뭘 할 수 있겠냐고~"

"후……."

"그런 일을 겪고 나니까, 황 교수는 쳐다보고 싶지도 않은 거야. 사위고 줄이고…… 무조건 피했지. 그렇게 보름쯤 버텨서 안심했더니, 아침에 하필 그때 걸렸다고!"

"그러게 왜 황 교수한테 줄을 서?"

"이렇게 될 줄도 모르고, 내가 지금 얼마나 후회하는데. 황 교수는 지금도 병원장님 꽁무니나 졸졸 따라다니겠지."

수염 난 동료에게 핀잔을 들은 그가 억울하다는 듯 소리쳤다. 그러다 말끝에 황운보 교수를 조롱하듯이 비웃었다.

"지금 황 교수의 목숨 줄을 쥔 사람이 병원장님이니 그럴 수밖에 없지. 그렇다고는 해도, 여기서는 다들 그 작자한테 등 돌린 지 오래고."

"처음부터 그렇지는 않았잖아. 나야 잘 모르지만, 황 교수가 처음 여기 왔을 때는 대단했다던데?"

"자세한 건 몰라도 그렇다고 들었어. 지금으로써는 상상이 안 가지만 학벌도, 연줄도 없는 황 교수가 이 규양병원에 들어온 건 확실히 파격적이었지. 더구나 깐깐하기로 유명한 병원장님이 직접 데려오신 거니, 그저 놀라울 수밖에 없었대. 그때 반대하는 사람이 많았다는데 얼마 못 가서 조용해진 걸 보면, 그것도 병원장님이 어떻게 하셨겠지. 아무튼 황 교수한테 어려운 수술을 몇 번 맡겼더니, 그걸 보란 듯이 다 해내고…… 그때 천재가 나타났다고 난리였다네."

수염 난 의사가 목 운동을 하며 하는 얘기에, 면도한 의사는 그것을 곱씹어 보았다.

"……이상하잖아. 천재 소리 듣던 의사가, 왜 지금은 그런 꼴이지?"

"뭐가 이상해? 한계를 드러낸 사람이 어디 한둘이야? 이상한 걸로 치자면, 병원장님이 황 교수에게만 유독 관대하시다는 점이지. 그 작자가 잘나갔던 건 여기로 오고 몇 년뿐이었다는데, 진짜 이해가 안 된다니까?! 이런 초일류 병원에서 뭐 하나 볼 것도 없는 사람을, 그것도 여기서 제일 높은 병원장님이…… 대체 무슨 이유로?"

가뜩이나 고단한 업무에 시달린 수염 난 의사는 갑자기 흥분한 탓에, 핏발까지 서서 위험하게 보였다. 그런 동료가 숨을 헉헉대든 주먹을 불끈 쥐든, 혼자 곰곰이 생각에 잠겼던 면도한 의사가 입을 열었다.

"황 교수한테 뭐가 있든…… 그것도 얼마 못 갈 것 같던데."

"뭐 알아?"

"병원장님 말이야. 그동안 누가 뭐라든 황 교수를 놓지 않으셨잖아? 그래서 이제는 아무도 나서서 말도 못하고. 뭐, 뒤에서야 다들 실컷 욕하는 것 같지만."

"아, 그래서?"

수염이 듬성듬성 난 의사는 동료를 재촉했다.

"아~ 네 말대로 그랬는데! 오늘 보니까, 병원장님 반응이 영 아니었다는 거! 병원장님은 항상 감정을 쉽게 드러내지 않으셔서, 주위에서 더 무서워하잖아. 그런데 오늘 아침에는 황 교수가 납작 엎드리니까…… 거기에 말도 없이 눈빛이 싸늘하시더라고! 잠깐이기는 했지만, 뭔가 있는 거지."

면도한 의사가 동료를 쳐다보자, 그는 심드렁한 반응이었다.

"왜 그러는데?"

"심각하더니 겨우 그런 거였냐? 병원장님이 감정 드러내시지 않는 거, 중간중간 황 교수를 못마땅한 눈초리로 보시는 거! 그거 모르는 사람이 어디 있어? 황 교수가 여기서 한계를 드러낸 후부터 그랬다더라! 겨우 그런 걸로 호들갑이냐?"

"뭐야, 그럼 더 이해가 안 되는데…… 그렇게 싫어하신다면, 병원장님은 왜 황 교수를 여기에 두시는 거야?"

면도한 의사는 멍한 표정으로 허공을 보았다.

"확실한 건 황 교수가 여기 왕따라는 거지."

"그럼…… 내가 왕따한테 빌붙으려고 했다고?"

"그랬다가, 오늘 아침에 걸린 거지."

"아, 이제 어쩌지?"

"너무 걱정 마. 황 교수가 여기서는 왕따지만, 다른 데서는 알아주잖아? 병원장님도 애지중지하시고."

"난 왜 되는 일이 없지? 내가 안경을 써서 그런가. 그래서 날 만만하게 보나?"

수염 난 의사는 거의 흐느끼는 동료에게, 무덤덤하게 말하고는 자리에서 일어났다.

"안경은 나도 썼다."

## 8

그것은 예고 없이 찾아왔다.

"⋯⋯."

황운보 교수가 규양병원 안을 하릴없이 거니는데, 느닷없이 그의 휴대전화가 요란스레 울렸다. 평일 근무 시간이었고, 그곳에서 그의 위치는 높은 편이었기에 누구보다 바빠야 옳았다. 그러나 어차피 황운보 교수가 의사로서 하는 일은 거의 없었으므로 딱히 상관할 게 아니었다. 그곳의 모든 이들이 눈코 뜰 새 없이 바쁘다고 해도, 황운보 교수만은 그럴 수가 없었다.

썩 훌륭했던 수술 실력과 의학 지식이 모두 바닥을 드러낸 황운보 교수가 집도할 수 있는 수술은 가뭄에 콩 나듯 했다. 더불어 매우 해이해진 그의 정신 때문에 대부분의 사람들이 등을 돌리게 되었다. 의학계에서도 형편없이 변한 황운보 교수를 보는 눈빛이 싸늘해진 탓에 입지가 줄었으며, 당연히 '업적'이라고 할 만한 큰 수술도 끊겨 버렸다. 덕분에 아무리 볼품없는 수술이라도 그것을 발광시켜 주던 기사도 끊기게 되어, 황운보 교수는 자신이 마지막에 한 수술조차 기억 못하게 되었다.

주목받는 것을 좋아하는 황운보 교수에게는 무서운 일이 아닐 수 없었는데, 아무튼 그렇게 된 그가 규양병원에서 하는 일이란 그곳의 여기저기를 떠도는 것이 전부였다.

　'이대로는 안 돼, 이대로는 안 돼.'

　텅 빈 복도에서 걸음을 멈춘 황운보 교수는 재빨리 어디론가 전화했으나, 연결이 되지 않았다. 몇 번을 다시 걸어 봤음에도 상대방에게 답이 없자, 순식간에 표정이 일그러진 그는 다른 곳으로도 통화를 시도했지만 마찬가지였다. 그렇게 한참을 휴대전화와 씨름하다, 이내 숨을 거칠게 쉬며 주먹을 쥐었다.

　'이이, 내가 잘나갔을 때는 거머리처럼 달라붙던 자식들이……!'

　황운보 교수가 잘나가던 시절, 적극적으로 떠받들며 칭송했던 그들은 서로 앞다퉈 명함을 내밀었었다. 하지만 이제는 빛바랜 그를 피하거나 무시해, 가끔 못 이기는 척 기사를 써 주는 일도 더는 없었다.

　'이게 다 장인목, 그 노인네 때문이야! 나를 이 병원에 데려왔으면 알아서 모셔야지, 고작 이런 식으로 홀대하다니! 병원장이라는 게, 목에 힘주고 다니면 다야? 어차피 혼자 다 해 먹으면서 날 이 꼴로 만들어?! 내 덕을 봐 놓고, 감히 나한테……!'

　얼굴과 목, 주먹까지 시뻘게진 황운보 교수는 온통 핏대를 세워 씩씩거렸으나 오래가지는 않았다. 죽은 듯이 말이 없던 그의 휴대전화가 갑자기 울린 것이었다.


　황운보 교수는 자신의 휴대전화가 울린 게 믿기지 않아 눈을 동그랗게 떴다. 혹시나 환청이 아닌지 생각하며 조심스레 휴대전화를 확인하고는 곧 어두운 표정이 되어 버렸다.

"뭐야……? 이놈이 왜."

낯익은 번호를 본 황운보 교수는 금세 풀이 죽었는데, 바로 자신이 고의로 연락을 끊은 번호기 때문이었다. 황운보 교수가 일방적으로 피한 지 오래였음에도 '그 번호'가 휴대전화를 요란하게 울리는 가운데, 그는 그것을 보며 망설였다.

"……."

눈을 이리저리 돌리며 무시해 보려고 해도, 넓은 복도에서 들리는 그 소리가 너무 크게 울려 시끄러웠다. 그나마, 그 장소에 자신 말고는 사람이 없는 게 다행이었다. 황운보 교수가 이토록 그 전화를 받지 않는 이유는, '그 번호'가 자신에게 도움이 되지 못한다는 것을 알기 때문이었다.

"……."

이윽고 긴 시간을 울리던 그 전화가 겨우 끊기는가 싶더니, 곧장 다시 걸려 왔다. 작심을 했는지 시간이 많은 것인지, 도무지 끊길 줄 몰랐다. 사실 차단만 하면 간단할 것 같지만 그럴 수도 없는 게, 남들에게 검소하게 보이고자 하는 그의 휴대전화에는 '차단 기능'이 없었던 것이었다. 어느덧 황운보 교수는 휴대전화 소리가 머릿속을 가득 메워, 귀가 얼얼하고 아질했다. 그래서 귀를 막아 봐도 기대한 효과가 나타나지 않은 터라, 휴대전화를 던져 버리고 싶을 정도로 짜증이 났다. 차라리 전화를 꺼 놓으려 해도 혹시나 긁어 부스럼을 만들까 봐

참고 있었다. 마침내 황운보 교수가 소리를 지르려는 찰나, 갑자기 휴대전화가 잠잠해져 다시 울리지 않는 것이었다. 비록 그에게는 아직도 환청처럼 울렸지만 말이다.

"이~"

불쾌해진 황운보 교수는 휴대전화를 노려보며 입술을 깨물었으나, 한편으로는 아쉬운 마음이 들기도 했다. 모두가 자신의 연락을 피하기 바쁜데, 거꾸로 자신에게 전화가 온 것이라 기분이 이상야릇해졌다. 사실 전화를 피할 정도로 사이가 나쁜 것도 아니라서, 그다지 곤란할 일은 없었다. 다만, 자신에게 도움이 되지 않아서일 뿐이었다.

'그러고 보니 연락을 끊은 지가……'

주머니에 손을 찔러 넣은 황운보 교수가 다시금 정처 없이 걷기 시작했는데, 계속 걷다 보니 슬슬 지겨워졌다. 황운보 교수에게는 종일 시간 때우기 좋은 자신만의 사무실이 있었지만, 그곳에 가고 싶은 마음이 없었다. 혼자 사무실에 앉아 있을 때면 숨이 막히는 것 같았고, 사무실 밖에서는 바쁘게 오가는 발소리가 들려왔으며, 의료진의 수준 높은 대화 소리도 그의 기를 죽였다. 하지만 황운보 교수를 가장 괴롭히는 것은 따로 있었는데 그것은 바로, 이따금 들려오는 문 두드리는 소리였다.

언젠가부터 황운보 교수의 빛이 바래면서 자연히 일도 줄었고, 입지도 줄었다. 그에 따라 황운보 교수에 대한 인식이 '감탄'에서 '조롱'으로 바뀔 즈음, 그는 규양병원에 출근하면 사무실에 틀어박혀 퇴근 시간만 기다리는 것을 일과로 삼고 있었다. 동료들과 어울리기에는 그들과의 차이가 심해서 그럴 수도 없었거니와, 누구라고 할 것 없이 다 황운보 교수를 비웃었기에 마주하는 일이 거의 없었다.

'처음 여기에 올 때만 해도 이렇지는 않았는데…….'

지난날을 생각하니 그것이 허무하면서도 그리워져, 황운보 교수는 쓸쓸히 고개를 숙이고 걸었다.


이십 년 전, 장인목 병원장은 급작스레 황운보라는 듣도 보도 못한 남자를 의사라고 소개했었다. 당시 규양병원에 있던 모두가 그를 경계하며 받아들이지 않았으나, 당사자는 그것을 겸허히 버렸다. 그런 와중에 어려운 수술을 해내고 난 그는 자신의 입지를 굳히기 시작했다. 그 횟수가, 그럴싸한 경력이 쌓일수록 점차 '박힌 돌'들은 경계심이 풀렸다. '굴러온 돌' 황운보는 어느새 황운보 교수가 되어, 그만을 위한 사무실도 갖추게 되었다. 곧 그것을 축하하느라 전화통에 불이 났었는데, 그때가 황운보의 유일한 봄날이었다.


그러다 빛이 바래고 만 황운보 교수는 자연스럽게 사무실에 숨어 버렸다. 지금이야 만만한 사람을 골라 가며 마음대로 부리지만, 그때는 그럴 틈이 없었다. 게다가 그때까지만 해도 사무실에 숨은 그를 아무도 상관하지 않았었다.

그러던 어느 날, 누군가가 그곳의 문을 두드리게 되어 황운보 교수가 마지못해 열어 준 적이 있었다. 문을 두드린 사람은 예의상 뭔가를 권했으나, 어디까지나 '예의상'이었으므로 진짜로 바란 것은 아니었다. 그때 황운보 교수는 발톱을 깎던 중이라 적잖이 당황했고, 난색을 표하며 거절했었다. 상황 자체는 이상할 게 없었지만, 평소 황운보 교수를 얄미워하던 또 다른 누군가가 그것을 '포착'해 낸 것이었다. 그러고 난 다음부터 누구나 괜스레 그곳 문을 두드려, 당황해하는 황운보 교수를 재밌어 했다. 그것이 날이 갈수록 심해진 탓에 화가 머리끝까지 난 황운보 교수는 끝내, 장인목 병원장에게 사정하게 되었다. 결국 장인목 병원장이 직접 나서서 그나마 잠잠해졌으나, 황운보 교수보다 높은 사람들의 장난은 여전하게 되었다.

'……옛날이 그립다.'

황운보 교수는 규양병원 안에 자신을 위한 장소가 있는지 의심스러워, 쾌적한 옥상에도 못 가는 처지였다. 그렇게 한참을 걷다 보니 속이 출출해졌다.

'하~ 요즘 뭘 먹어도 돌아서면 배가 고프단 말이야. 집에 가서 실컷 먹으려고 해도, 그 계집애가 해 주는 건 맛이 없어! 비싼 돈 들여서 신부 수업하라고 요리 학원에 보내 줘도 그 모양이니……. 어떻게 된 게, 그 계집애는 눈에 차는 게 하나도 없어!'

황운보 교수는 규양병원에서의 일이 차츰 안 풀릴 즈음, 모든 것이 불만스러워 딸을 화풀이 대상으로 삼아 버렸다. 예전에도 그리 좋은 아버지가 아니었지만, 천재 소리를 들으며 돈을 두둑이 번 후에는 그 정도가 더욱 심각해졌다.

어머니도, 친척도 없이 외롭게 자란 황남영은 영문도 모른 채 아버지라는 사람한테 시달려야 했다. 세상이 답답하니 끝도 없는 고민을 하는 것보다 차라리 편하다는 이유로, 황운보 교수는 툭하면 딸에게 화풀이를 했으며 이제는 그것이 습관이 되어 버렸다. 그는 부모가 자식에게 좀 모질어도 상관없다는 생각이 강했는데, 자식이라는 이유로 부모덕을 보며 잘 먹고 잘 살면서 그 정도도 안 되냐는 것이었다. 폭력을 쓰는 것도 아니고, 잔소리 좀 하는 것이 뭐가 큰일이냐는 게 황운보 교수의 의식이었다. 아버지인 자신은 이렇게 힘든데, 가계를 위해 최선을 다 하고 있는데, 딸이라고 하나 있는 게 고약한 밉상으로 느껴졌다. 흔한 애교도 없고, 인물도 반반하지 않고, 공부를 잘하는 것도 아니고, 교우 관계도 좋지 않으니 불만스러울 수밖에 없었다. 그런 주제에, 아버지 덕으로 잘 살면서도 그게 당연하다는 식이니 밉살스러워 견딜 수가 없었다. 물론 어릴 때 어머니라는 사람이 도망치듯 떠나기는 했으나, 자신이 내쫓은 것도 아니었고 그 빈자리로 인해 고생한 사람이 딸 황남영뿐은 아니라는 것이었다.

멍하니 걷다 보니, 화상 병동까지 와 버린 황운보 교수는 지나는 사람도 없는 그곳을 두리번거렸다. 멀리서 텔레비전 소리가 들렸지만 그뿐인 터라, 한숨짓고서 얼른 걸음을 옮겼다. 그곳 특유의 냄새가 멀어질 즈음, 잊고 있던 그의 휴대전화가 또 울리고 말았다. 화들짝 놀라 착신 번호를 확인했는데, '그 번호'임을 안 그는 끈질기게 울리는 휴대전화가 슬슬 짜증이 났다.

'빚쟁이라도 되나?'

갑작스레 황운보 교수에게 전화를 건 사람은 몇 년 전까지만 해도 그와 자주 연락하던 사이였다. '그 번호'를 가진 사람은 규양병원과 좀 떨어진 곳에서 그저 그런 약국을 하는 남자였다. 동천모라는 이름의 그 남자는 황운보 교수에게 온갖 아부를 떨었는데, 가뜩이나 대접받기를 좋아하는 그는 삽시간에 동천모와 친해졌다. 황운보 교수가 한풀 꺾여 비웃음을 살 때도, 동천모만은 한결같이 그를 극진히 대접했다. 그에 감동하여 동천모와 더욱 친해졌으나 아무리 듣기 좋은 꽃노래라도 한두 번이었으므로, 그것이 지겨워진 황운보 교수가 득 될 게 없는 동천모를 과감히 내친 것이었다.

'지독해졌는데.'

황운보 교수는 지칠 줄 모르고 계속 소리 지르는 휴대전화를 말없이 바라보았고, 무슨 독한 마음을 먹었는지 포기를 모른 채 울리는 그것을 차라리 꺼 버리고 싶었다. 그래도 겨우 참고 있었건만, 두 시간이 넘도록 그러니 이제는 무서워지기 시작했다. 도대체 무슨 이유로 이렇게 집요하게 전화하는 걸까 싶어 그는 마른침을 삼켰다.

'흐음, 아무래도 안 되겠어. 받으면 곧바로 딱 잘라야지! 대체 왜 이러는지.'

황운보 교수는 심호흡을 하며 넥타이를 느슨하게 당기더니 떨리는 손으로 미친 듯이 울리는 휴대전화를 귓가에 댔다.

"……여보세요."

막상 전화를 받으니 상대방이 조용했기 때문에, 황운보 교수는 이

208

대로 통화가 끝나기를 바랐다.

"여……."

"형님!"

어서 끝나기를 바라던 중에 갑자기 고성이 들렸다. 오랜만에 듣는 그 목소리가 어쩐지 반갑게 느껴져, 좀 전까지의 짜증은 온데간데없이 사라지고 말았다.

"……."

"아이고, 형님! 나야, 천모! 천모라고! 동천모! 어휴, 이제야 통화가 되네."

전화기 너머에서 우렁찬 목소리가 빠르게 흘러나왔다.

"어? 왜 말이 안 들리지? 형님?! 황 형!"

"어어…… 말해. 듣고 있어."

황운보 교수가 마지못해 말을 하니, 동천모의 울먹이는 목소리가 폭포수처럼 사정없이 쏟아졌다.


주말 아침, 황운보 교수는 이른 시간부터 최대한 점잔을 빼며 어딘가를 향하고 있었다. 그는 평소와는 다르게 양복이 아닌 등산복 차림이었는데, 거기에다 제 나름대로 '황운보 교수'다운 느낌을 가미했다. 사실 그 등산복은 고급 명품이라 신나게 사 놓기는 했지만, 막상 그것을 입고 다닐 기회가 없어 난감했었다. 아무튼 그렇게 유유자적한 척하며 무심하게 걷고 있었으나, 사실은 호기심으로 마음속이 어지러웠다. 그렇다 보니 그의 발걸음은 익숙한 동시에 낯설기도 한 그곳을 향하는 내내 싱숭생숭했다.

이윽고 황운보 교수가 '익숙하게' 모퉁이를 돌고 나니, 자신을 눈이 빠져라 기다리는 동천모가 보였다. 멀리서 보기에도 몸집이 조그마한 동천모는 불안한 건지 애가 타는 건지, 그저 땅바닥을 응시하고 있었다. 큼직한 모자를 쓰고 있어, 잘 보이지 않는 동천모의 얼굴은 동글했다. 더불어 그의 몸도 동글했고, 팔다리도 모두 동글동글했다. 그래서인지 조금 움직이는 것도 어수선해 보였다.

'쩝.'

멀리 있는 동천모를 지켜보던 황운보 교수는 텁텁해진 입맛을 다시고는 선뜻 다가가지 못해 혼자 갈등하고 있었다. 아직 서늘한 탓에 움츠러든 사람들이 바쁘게 걸어 다니는 가운데, 황운보 교수는 우두커니 서 있기만 했다. 그가 근처에 온 것도 모른 채, 동천모는 발밑에 얼어 있는 검은 웅덩이를 바라보고 있었다. 그러다 문득 고개를 들어, 자신을 쳐다보는 황운보 교수와 눈이 마주치게 되었다.

"어! 형님, 여기! 이제 오셨네~"

흠칫한 동천모는 주위가 떠나가게 소리를 질렀는데, 좀 전의 어두워 보인 모습은 사라지고 잇몸을 드러내 환하게 웃었다. 덕분에 떠들썩한 환영을 받은 황운보 교수는 쑥스러운 것보다 창피하다는 생각에 눈을 돌릴 수가 없었다.

"이야~ 어떻게 형님은 예전보다 더 훤해지셨네! 양복을 입으셨을 때도 눈을 뗄 수 없더니, 이런 복장도 어울리시네?!"

"하하, 뭐."

뻔한 칭찬이었지만, 자신이 마땅히 들어야 할 말이라고 생각한 황운보 교수는 조용히 그것을 즐겼다. 머지않아 동천모의 변함없는 아부에 어깨가 으쓱해진 황운보 교수는 조금 거들먹거렸다.

"그런데 여기도 달라졌네?"

자신을 반기는 동천모의 뒤에서 회색 승합차를 본 황운보 교수는 고개를 갸웃거렸다. 이어 동천모가 마누라와 함께 운영하는 약국을 보았는데, 간판만 새로 교체한 그곳은 허름한 분위기가 심하게 감돌았다.

'그래…… 그때 연락 끊기를 잘한 거야.'

그 약국을 훑어본 황운보 교수는 이내 부담스러울 정도로 웃는 동천모를 보고 실소가 나올 뻔했다. 긴장을 했기 때문인지 동천모는 줄줄 흐르는 땀을 닦으면서도 웃는 것을 잊지 않았다.

"일단 차에 타요, 형님!"

그들이 몸을 실은 차 안은 생각보다 깔끔했는데, 적어도 황운보 교수의 차보다 깨끗했으며 아무 냄새도 나지 않았다.

"타긴 했는데, 어디로 가는 건지 알 수가 있나."

"에이, 형님! 내가 누구야? 내가 형님이니까 모셔 가는 거지, 다른 사람은 어림도 없지! 딱 형님 같은 분이 가실 만한 곳이라니까~ 그러니까 형님은 아무 걱정하지 마시고, 굿이나 보고 떡이나 드세요."

동천모는 장황하게 떠들면서도 목적지에 대해서는 말하지 않았다. 그게 미심쩍은 황운보 교수였지만, 동천모가 그리 자신 있게 소개하려는 곳이 은근히 궁금해졌다.

"내가, 형님 타신다니까 신나게 세차했지~ 안에도 싹 청소했어. 아, 이거!"

운전석에 앉은 동천모가 힘들게 끙끙거리더니, 뒷좌석에 앉은 황운보 교수에게 다가가 보온병을 건넸다. 뜨끈한 그것을 받은 황운보 교수는 뚜껑을 열면서 말했다.

"뭐야, 커피야? 난 커피 안 마시는 거 몰라?"

"아, 알지! 형님이 아무거나 마시지 않는다는 거~ 그거 좋은 거니까, 쭉 마셔!"

보온병을 열자 낯선 냄새가 습격해 왔기에, 얼굴을 잔뜩 찌푸린 황운보 교수는 보온병과 동천모를 번갈아 보았다. 그런 황운보 교수에게 잔을 건네는 동천모의 얼굴에 피로와 긴장이 묻어났으나, 그 표정만큼은 세상에서 가장 설레는 것 같았다.

"쭉 마셔 보라고~ 몸에 좋은 거야. 이거 십전대보탕이야!"

황운보 교수는 낯선 냄새의 십전대보탕이 든 잔을 권하는 동천모가 못미더웠다. 그러나 연거푸 권하는 통에, 황운보 교수는 못 이기는 체하며 그것을 받았다. 그가 잔을 비우는 걸 확인하고서야, 동천모는 밝게 웃고서 다시 운전석으로 엉금엉금 돌아갔다.

"하하하~ 맛도 좋지요? 내가 형님 생각해서 특별히 준비한 거야."

"응, 고맙네. 제수씨는 잘 계시고?"

원래 몸에 좋은 걸 좋아하는 황운보 교수였지만, 실제로 접할 기회가 적었거니와 입맛이 까다로운 탓에 기분이 별로 좋지 않았다. 하지만 변함없이 자신을 백년손님으로 대하는 동천모를 보고 있자니, 차마 그런 감정을 드러낼 수가 없었다. 그래서 내키지는 않았으나, 막 운전하려는 동천모에게 억지로 웃으며 말을 건넸다.

"어휴, 잘 있지! 집사람도, 나한테 형님 잘 모시라고 신신당부했다니까~"

동천모의 마누라는 남편처럼 동글동글한 여자였는데, 둘이 같이 있으면 부부가 아니라 남매 같아 보였다.

"오늘 좋은 구경하실 테니까, 기대하라고요!"

겉으로야 동천모에게 기분 좋은 시늉을 했지만, 속으로 그를 비웃은 황운보 교수는 당연히 별 기대를 하지 않았다. 활발하게 연락을 하고 지낼 때도 그는 늘 기대에 못 미쳤기에, 오랜만에 만난 지금도 기대되는 마음이 들지 않았다. 또한 줄곧 동천모가 운전하며 쉴 새 없이 떠드는 동안에도 전혀 즐겁지 않은 터라, 차라리 음악이나 들으며 가고 싶은 마음이었다. 동천모를 만나서 반가웠던 건 잠깐에 불과했던 황운보 교수는 그저 지금 이 자리가 몹시 불편할 따름이었다.

"와~ 믿어져요, 형님? 아주 배꼽을 잡았다니까. 그때, 거기 있을 줄 누가 알았겠냐고?!"

뭐가 그렇게 신났는지 동천모는 과잉 반응을 보이며 웃기에 여념이 없었다. 그게 그저 지루한 황운보 교수는 이제 더 웃을 기운도 없어 말도 나오지 않았다. 잠이 들래도 귀청이 따갑게 소리 지르는 동천모 때문에 그럴 수 없어 고역이었고, 읽을거리도 없어 달리 집중할 만한 게 없으니 더 난감했다. 동천모가 힘차게 떠드는 상황에서 독서는 말이 안 되지만, 황운보 교수로서는 그것이 간절해질 수밖에 없었다.

"어? 형님! 잠드셨나 보네…… 다 왔는데 어쩌나."

"……음?"

그런 어수선한 상황에서도 잠이 쏟아졌다는 게 신기한 일이었다. 아무튼 잠에서 깬 황운보 교수가 기지개를 켜고 일어나 보니, 자신이 탄 차가 어딘가에 도착했음을 알았다. 차창 너머로 평야가 보이는가 싶더니 반대편에는 숲이 우거져 있었다. 그가 하늘을 보자 시간이 많이 지났음을 짐작하게 했으며, 주변에 사람이라고는 보이질 않았다.

'뭐…… 뭐야. 이상한데? 여기가 어딘지 도무지 모르겠네.'

별안간 낯선 곳에서 깨어난 탓에 황운보 교수는 자신에게 닥친 현실을 받아들이기 힘들었다. 더욱이 근처에 건물 하나 없었기 때문에 그는 머리털이 서는 것 같았다.

"헤헤헤……."

난데없는 웃음소리에 놀란 황운보 교수는 신경이 곤두서 날카롭게 반응하게 되었다. 소리 나는 곳을 보니 운전석에서 자신을 쳐다보며 말없이 웃는 동천모가 보였는데, 그것을 본 그는 오금이 저려 왔다. 몰래 마른침을 삼킨 황운보 교수는 아무렇지 않은 척하며 담담하게 말했다.

"다…… 온 건가? 세상모르고 자 버렸네. 요새 맡은 일이 많아서, 자꾸 눈이 감기네."

자신은 전혀 동요하지 않았다는 태도를 보였으나 동천모가 여전히 미소만 지었기에, 황운보 교수는 소름이 끼쳤다. 불안해진 황운보 교수가 그것을 숨기려 일부러 더 애먼 소리를 하니, 동천모는 미심쩍게

214

보이는 미소만을 흘리며 그를 바라보았다. 그것이 황운보 교수를 더 불안하게 만들었다.

"벌써부터 공기가 좋은 게 느껴지는데. 이렇게 경치 좋은 곳에 온 게 얼마 만인지!"

"저…… 형님."

잠자코 있던 동천모가 입을 열자, 살살 할 말이 떨어진 황운보 교수는 그대로 얼어붙었다.

"황 형! 다 왔어요, 흐흐……."

얼굴에 웃음을 띤 동천모는 많이 지친 기색이었다. 아무것도 안 하고 잠이나 쿨쿨 잔 황운보 교수도 피곤한 마당에, 혼자 운전하는 내내 떠든 그는 더할 것이었다.

"으음……."

일부러 꾸물대던 황운보 교수는 어느새 빈 보온병을 만지작거리고 있었다. 주변을 살피다가 서둘러 차에서 내린 동천모가 차 문을 열자, 차 안으로 찬 공기가 들어와 황운보 교수의 정신을 번쩍 들게 만들었다. 자신을 향해 굽실거리는 동천모는 익히 알던 모습이었는데, 심히 부담스러운 그것은 황운보 교수로 하여금 안심을 부르게 만들었다.

"……."

황운보 교수는 내키지 않으나 차에서 느릿하게 움직였다. 밖으로 고개를 내민 그는 서울에서 보다 더 싸늘한 바람을 정통으로 맞아 버렸다. 이내 태연한 모습으로 내리던 황운보 교수는 중간에 다리가 풀리는 바람에 우스운 모양새가 되어 버리고 말았다.

"어어, 조심!"

상대가 동천모여서 웃는 일은 없었는데, 오히려 그는 고꾸라진 황운보 교수를 걱정하며 극진히 모시기에 바빴다. 하지만 그것은 황운보 교수가 앞으로 무슨 일이 벌어질지에 대해 다시 걱정하게 된 계기가 되었다.

추운 날씨로 인해 얼굴이 뻐근할 지경이 된 황운보 교수는 탁하면서도 아늑했던 차 안의 공기가 다시 그리워졌다. 두꺼운 양말을 신은 그의 발은 냉동된 고기처럼 꽁꽁 얼어서 감각을 잃어버린 것 같았다. 그런 자신의 발보다 훨씬 차갑게 굳은 땅을 디딜 때마다, 눈물이 핑 돌아 속으로 끊임없이 씩씩댄 그는 앞에 있는 동천모의 뒤통수를 향한 눈에 힘을 들여 노려보았다.

'알 수가 없잖아. 왜 갑자기 나한테 연락을 했냐고? 서울이 아닐 거라는 생각은 했지만, 여기가 대체 어디야? 이렇게 멀리까지 오다니, 대체 무슨 속셈이기에…….'

잠시 아래로 향했던 고개를 든 황운보 교수는 동천모의 동그란 머리통이 갑자기 멈춘 것에 깜짝 놀라, 얼른 뒷걸음질을 치고 싶었다. 그러나 꽁꽁 얼어 버린 후로 그의 마음과 따로 놀게 된 발이 멈추는 것을 잊는 바람에, 결국 동천모와 부딪히고 말았다.

"어이쿠!"

"에고, 뒤통수야……! 다 왔소, 형님! 여기예요."

황운보 교수와 부딪힌 순간 찡그리며 앓는 소리를 내던 동천모는 곧 어딘가를 가리키며 침착하게 말했다. 그가 가리킨 곳에는 꽤나 튼튼해 보이는 철조망이 있었는데, 크기도 거대해서 그것을 본 황운보 교수는 어리둥절했다. 그 철조망 안으로 나무로 된 울타리가 보였고, 어째서인지 나무와 나무 사이가 틈도 없이 막혀 있었다.

"자! 어서 들어갑시다~"

굵은 쇠사슬이 억세게 감긴 철조망 입구에는 열린 자물쇠가 매달려 있었다. 그 모든 것들이 이상했지만, 그렇다고 도망칠 수도 없었던 황운보 교수는 어쩐지 신이 난 동천모의 뒤를 따를 수밖에 없었다. 추위고 뭐고 포기하는 기색으로 힘없이 걷던 그는 나무 울타리를 지나고 나서야, 뭔가 가닥이 잡히는 것 같았다.

"여기 오랜만이네. 옛날에 가축 좀 기르던 덴데…… 문을 닫았었지. 그러다가, 사촌이 다시 열었네?! 내가 다른 사람은 몰라도! 형님은 꼭 모셔 오고 싶었다니까."

여전히 신이 난 동천모는 재잘거리기 바빴고, 동그란 몸으로 깡충깡충 뛰며 횡설수설하느라 또 바빴다. 조용한 것 같으면서도 멀리서 무슨 소리가 들리고는 했는데, 그게 과연 무엇일지 알 수가 없었다. 이윽고 실내의 긴 복도를 지난 그들은 또 다른 문이 있는 곳에 다다르게 되었다. 그러자 재빨리 나선 동천모의 안내 덕분에 황운보 교수가 문을 열 수 있었다.

"어, 저기 있네."

"……."

철로 된 문을 여니, 잊고 있던 찬 공기가 황운보 교수에게 달려들었다. 황운보 교수가 들어간 곳은 원형의 평지였는데, 흙바닥으로 되어 있어서 보기에 좀 편할 것 같았다. 주위를 둘러보자, 아까 어디론가 사라졌던 동천모가 자신에게 달려오는 것이 보였다. 그 뒤로 보인 한 무리의 사람들은 황운보 교수 일행에게 별 관심이 없다는 듯, 서로 얘기하고 있었다. 그 분위기가 진지해 보이는 게 그곳의 주인 같았으며, 몇몇은 외국인 같았다.

"형님, 여기 어때요? 여기가 원래는 가축을 기르던 곳이었는데, 시원찮아서 문을 닫았었죠. 그러다가 얼마 전에 사촌이 여기를 새로 단장해서 연 거예요~ 나도 요즘 약국이 잘 돌아가지 않던 참인데, 잘된 일이죠. 멀리 나오니까 공기도 좋은데…… 어떠세요?"

황운보 교수의 앞으로 달려와 대뜸 말을 늘어놓은 동천모는 뭔가 기대하는 모습이 역력했다. 그래서 항상 그렇듯이 황운보 교수의 눈치를 살피고 있었다.

'규모가 좀 있는 것 같은데, 무슨 동물이 있는 걸까? 날 여기까지 끌고 온 이유가 분명히 있을 텐데……? 무슨 속셈인지 모르겠어.'

여기까지 와서 주목받지도 못한 게 못마땅한 황운보 교수는 그나마, 동천모가 자신을 해치려 한 것이 아님을 알고서 한시름 놓을 수 있었다.

"어, 음…… 넓어 보이는데."

"그렇죠? 나도 처음에 놀랐다니까요! 사촌이 많은 돈을 들여서 여기를 고친 건 알았지만, 이럴 줄은 꿈에도 몰랐죠! 원래는 이렇게 요새 같지 않았는데 말이죠."

황운보 교수가 특유의 거드름을 피우며 한마디 하니, 그것이 그저 기쁜 동천모는 침을 튀겨 가며 얘기했다. 이제 입이 좀 풀린 황운보 교수는 기분 좋게 떠드는 동천모에게 말을 건넸다.

"저기, 내가 목이 좀 마른데……."

"어어! 그런데요, 형님! 조금만 기다리시면 물보다 좋은 게 나올 테니까, 조금만 참으세요. 여기까지 오셨는데 좋은 구경하셔야지! 그럼, 형님이 어떤 분이신데~"

'역시 뭔가 있어.'

황운보 교수는 기분이 좀 안 좋았지만, 동천모의 아부 섞인 대답에 풀리고 말았다.

"형님, 불편하시더라도 조금만 참고 기다려 보세요."

어느새 어깨에 힘을 준 동천모의 얼굴에 미소가 떠나지 않아, 그 모습을 본 황운보 교수는 내심 기대가 되었다.

"……저 녀석은 바쁘네."

아직도 얘기 중인 사람들을 보며 동천모가 말했는데, 그곳에 황운보 교수 일행과 그 사람들이 전부였기에 더욱 썰렁했다. 서로 거리가 멀었으나 그들이 중요한 대화를 나누는 게 분명해 보였으므로, 딱히 하는 거 없는 황운보 교수는 좀 무안해졌다.

'언제까지 기다려야 하는 거야.'

"저기."

"응?"

동천모는 멀리서 얘기 중인 무리 중 한 명을 가리켰다.

"저기 콧수염 기른 남자 보이죠? 저 녀석이 내 사촌이자 여기 주인인데요. 어릴 때는 여기서 같이 놀고 그랬었는데, 그때는 나보다 뚱뚱했었는데…….”

동천모의 손가락 끝이 가리킨 남자는 길쭉한 얼굴이라 콧수염을 길렀음에도 마찬가지였으며, 머리가 그렇게 좋아 보이지 않았다. 그럼에도 불구하고 사람들에게 둘러싸인 채 설명하는 모습이 눈길을 끌었는데, 아마도 곁에 선 외국인들도 한몫했을 것이었다. 동천모가 뭐라고 하건 황운보 교수는 그를 넋을 놓고 보았다. 자신도 한때는 사람들에게 둘러싸인 적이 있었고, 수많은 사람들의 찬사를 받은 적도 있었다. 불행히도 그리 오래가지는 못했지만.

“…….”

별안간 울컥한 황운보 교수는 온몸이 떨리는 것을 느꼈다.

“이제 끝났나 보네~”

“……?”

계속 있을 것 같던 동천모의 사촌 일행이 다른 문으로 나가 버린 탓에, 덩그러니 남은 그들은 민망하기까지 했다. 이내 다리가 저려 온 황운보 교수가 앉을 곳을 찾아 두리번거릴 때였다. 느닷없이 반대쪽에서 소리가 나, 그는 반사적으로 그곳을 주시했다. 갑작스런 그 소리에 얼굴이 밝아진 동천모는 옆에서 황운보 교수의 눈치를 살폈다.

“엇차!”

철컥하고 문이 열리더니 사슴 한 마리가 모습을 드러냈는데 동화 속의 아기자기한 사슴이 아니었다. 덩치가 성인보다 컸기 때문에 위협적으로 느껴질 정도였고, 힘도 세서 인부들이 밧줄로 겨우 잡은 채 황운보 교수 일행에게로 왔다. 오면서도 사슴의 반항이 심해서 인부들이 애를 먹었다.

"……."

너무 놀란 황운보 교수는 입이 벌어졌다가, 사슴이 거칠게 내쉬는 숨소리에 정신을 차리게 되었다. 그 사슴은 멀리서 봤을 때도 덩치가 커서 그를 망연자실하게 했는데, 가까이에서 보니 뒷걸음을 치고 싶게끔 만들었다. 호흡을 가다듬은 황운보 교수가 다시 사슴을 쳐다보자 뭔가가 이상했다. 크고 멋지게 자란 사슴이었지만, 한쪽 뿔의 반이 부러져 있었다. 그 사실을 인지하고 나니 완전한 모습이 아닌 게 아쉬웠다.

'아쉽네. 그래도 놀라워, 놀라워.'

"햐~ 멋지지 않아요?! 이렇게 크고 튼튼한 사슴이라니."

입이 귀에 걸린 동천모는 저절로 어깨가 으쓱해졌다.

"우리나라에도 이런 사슴이 있었나? 그런데 왜 이렇게 상처가 많지? 놀랍기는 하지만 뿔이 부러져서 좀 그런 걸……."

"아이, 형님. 보시면서도 몰라요? 이거! 이 사슴, 외국에서 들여왔잖아요! 상처 많은 거야 어쩔 수 없지. 사슴들이 어찌나 힘이 세고 건강한지, 그렇게 조심을 하는데도 반항이 심해서 이런다니까~"

"흠, 그렇더라도 아쉽네. 이거 말고 다른 건 없어?"

"어이구, 어떡하지? 이게 제일 좋은 건데……. 저 뿔은 나도 아까워 죽겠다! 며칠 전에는 멀쩡했었는데."

황운보 교수의 반응을 본 동천모는 바람잡이 같은 모습으로 한숨을 푹푹 쉬었다.

"허어, 아쉽게 되었어."

"처음 시작하는 거라서 완벽할 수만은 없고요. 내가 다음에 멀쩡한 놈을 보여 드릴게요. 이제 자리가 좀 잡히면 여기가 잘 돌아갈 거예요, 형님. 그때는 지금 같이 틈을 내기가 힘들 거예요."

오직 사슴만을 바라보며 감탄한 황운보 교수는 동천모가 주절거리는 건 듣는 둥 마는 둥 했다. 하지만 황운보 교수의 눈빛이 달갑지 않은 그 사슴은 분이 치민 눈동자를 희번덕거렸다.

"그럼 여기가 사슴 농장이야?"

황운보 교수는 얘기를 하면서도 사슴에게서 눈을 떼지 못했고, 동천모는 그의 그런 모습을 반색하며 아주 기뻐했다.

"그렇기는 한데요. 또 여러 가지 해요. 내가 주인이 아니라서 자세히 모르지만, 그럴 거예요."

한참 동안 사슴을 찬찬히 살피던 황운보 교수는 갑자기 이상한 낌새를 느껴 고개를 돌렸다.

"뭐…… 뭐?!"

어느 틈엔가 동천모의 손에 칼을 쥐어져 있었기에, 그것을 본 황운보 교수는 소스라치게 놀라 눈을 크게 떴다. 그 칼은 크지 않았으나 날카로워 보였는데, 어느덧 당황한 황운보 교수를 지나친 동천모는 사슴에게 조심스레 다가갔다. 한동안 얌전했던 그 사슴은 동천모가 칼을 들고 다가오자, 그에 매우 놀라 어떻게든 그를 피하려고 버둥거렸다. 덕분에 붙잡은 밧줄이 더욱 팽팽해져, 인부들이 무섭게 날뛰는 사슴을 가까스로 진정시켰다. 기운이 빠진 사슴을 강제로 무릎 꿇린 다음에야, 동천모가 가까이 다가갔다.

'참~ 보기는 좋아도 위험한 것 같은데.'

아슬아슬한 그 모습을 황운보 교수가 지켜보는 가운데, 동천모는 태연히 사슴의 목덜미를 그었다.

"!"

놀란 황운보 교수가 동천모를 쳐다보자, 그는 장난스럽게 웃어 보였다.

"형님, 놀라신 거예요? 뭐 이런 걸로 놀라시고 그래요. 잘나가시는 의사 선생님께서~"

동천모는 눈웃음을 치며 황운보 교수를 사슴이 있는 곳으로 데려왔다. 그로 인해 까맣게 잊었던 자신의 직업을 기억해 낸 황운보 교수는 더 까맣게 잊었던 자신이 수술을 집도하던 시절을 떠올렸다. 사슴의 목덜미를 보니 상처가 깊지 않았지만, 그것의 숨소리는 불편해질 만큼 거칠어져 평지 안을 울렸다.

"형님, 이거요."

동천모가 황운보 교수에게 급히 건넨 것은 작은 유리잔이었는데, 그는 황운보 교수를 보면서 빙그레 웃기만 했다. 동천모에게 그것을 받아 든 황운보 교수는 사슴에게 조심조심 다가갔다. 그러자 지친 기색이 또렷한 그 사슴은 눈알을 쉴 새 없이 굴렸다.

"……."

긴장감이 흐르던 그때, 황운보 교수는 사슴의 목덜미에 흐르는 새

빨갛고 가짜 같기도 한 그것을 작은 유리잔으로 받았다. 그것이 어지간히 찬 유리잔을 제 앞으로 가져온 황운보 교수는 의연한 척, 유리잔에 든 것을 들이켰다. 아직 온기가 있었던 그것이 황운보 교수의 식도를 타고 흐르는 순간, 역한 기분도 들었으나 곧 익숙해졌다.

그 모습을 지켜보던 동천모가 침을 꼴깍 삼켰는데, 그곳에서 그 상황을 끔찍하게 받아들이는 것은 오직 사슴뿐이었다. 그 사슴은 각자의 질척한 욕망을 가진 인간들의 유희를 위해, 처참히 희생되고 있었다.

"이제 좀 몸이 좋아진 것 같지 않아요? 아직도 목이 마르세요, 형님?"

평지를 나온 황운보 교수와 동천모가 휴게실 같은 곳에 앉아서 쉬고 있었다. 그러고 보니 몸이 가분해진 듯한 느낌이 들어 황운보 교수가 만족스럽게 고개를 끄덕였는데, 그것이 동천모를 더욱 기쁘게 만들었다.

"내가요, 형님이 여기를 좋아하실 줄 알았다니까요! 여기를 보자마자 형님 생각이 딱! 나더라니까. 워낙 잘나가셔서 고생이 많으신데, 이런 데서 쌓인 것 좀 푸셔야지~ 밤낮없이 업무에 시달리셔서. 그래서는 안 되지, 환자들을 돌보시느라 고생하시는데."

'그래, 그래……'

눈을 감은 채 동천모의 쏟아지는 아첨을 듣는 황운보 교수의 모습은 더없이 편안해 보였다. 다만, 그처럼 편안하게 아첨하는 자를 도통 찾을 수가 없어 아쉬운 생각이 들었다.

"좀 쉬엄쉬엄하시면 얼마나 좋아! 하여튼 우리 황 형은 여러모로 복 받으셨어! 따님은 제약 회사의 높은 자리서 일하시고. 어휴, 부러워~"

'……낄낄.'

"그래서 말인데요, 형님! 요즘 경기가 안 좋아서, 우리 부부가 하는 약국도 힘들거든요? 파리만 날린다니까요, 형님? 여기 주인도 그래서 연 거예요! 이게…… 돈이 좀 되니까. 형님도 이해하시죠?"

여전히 눈을 감고 등받이에 등을 기댄 황운보 교수가 대충 고개를 끄덕였다.

"역시! 형님은 뭘 좀 아신다니까~ 이게 자식들 미래도 걸렸으니까, 어쩔 수 없잖아요? 그러니까 형님께서 도움을 좀 주셨으면 하는데……."

'그럼 그렇지.'

점점 목소리가 작아진 동천모는 눈도 들지 못했는데, 그런 그의 말을 듣던 황운보 교수는 속으로 피식거렸다. 그는 감았던 눈을 번쩍 뜨며, 동정심을 자극하는 동천모를 보았다.

"그렇게 힘든데 여기를 온 거야?"

"내가 오죽하면……! 형님한테 좋은 구경시켜 드리고 싶어서, 그래서 여기에 온 거죠. 형님도 여기가 마음에 드시죠?"

"음, 그래."

황운보 교수는 껍데기뿐인 대답을 하고서 동천모에게 귀를 기울였다.

"그래서 생각을 해 봤는데, 이건 형님 같은 분이 도움을 주셔야 가능하거든요. 뭐냐 하면 그…… 그런 약 있잖아요? 효과는 말도 못하게 좋은데, 손에 넣으려면 엄청 까다로운 그런 약!"

"암, 그런 게 구하기가 힘들지."

"네, 그게 또 돈이 되고…… 그래서 말인데, 형님께서 그런 걸 구할 수 있게 도와주시면?"

"에이! 그게 어디 쉬운 일이야? 그런 소리 마!"

황운보 교수가 단호하게 나오자, 잠시 주춤하던 동천모는 결심한 듯 소리쳤다.

"그걸 아니까 형님께 이러죠! 황 형이 어디 보통 분인가? 우리나라에서 알아주는 규양병원의 귀하신 교수님인데! 거기 병원장님이랑 친하다면서요, 형님? 게다가 따님도 큰 제약 회사에 계시는데, 그보다 더 좋은 조건이 있습니까?! 아무리 따져 봐도 형님밖에는 없어요!"

요즘 어렵긴 어려운 모양인지, 동천모는 물러설 생각이 없어 보였다. 대충 얘기하면 떨어질 줄 알았던 그에, 황운보 교수는 바짝 긴장하게 되었다.

"아까, 사촌이 형님께 건방지게 굴었죠? 그거 일부러 그런 거예요. 계속 날 무시해 왔는데, 형님 같이 대단한 분을 안다니까 질투가 나서 그러는 거라고요! 좀 도와주세요."

눈에 불을 켜고 달려드는 동천모의 모습이 퍽 간절해 보였다.

"참…… 알아들었어. 근데 내가 하고 싶다고 다 되는 게 아니라서."

"형님! 잘만 되면 내가 가만있겠어요? 나를 믿고! 네?"

황운보 교수는 좀처럼 떨어질 줄 모르는 동천모 때문에 피곤하면서도, 누군가가 자신에게 이토록 매달리는 것이 즐겁기도 했다.

"지금 당장 결정하시라는 게 절대 아니고요…… 형님 같은 분께도 이건 좋은 기회라니까요? 뒤에 병원장님도 계시니까, 얼마나 든든해요~ 나 혼자 잘되자고 이러는 게 절대, 절대 아니에요! 그러니까 형님~"

"참~ 알았다고! 사정이 딱하니까, 내가 가서 상의해 볼게. 딸이야, 내 말이라면 껌뻑 죽지!"

그 말에, 울상을 짓고서 황운보 교수에게 빌다시피 하던 동천모가 멈칫했다. 곧 그의 눈이 빛나는 게 부담스러웠으나, 황운보 교수는 다시 점잔을 빼며 턱을 세웠다.

"알다시피 내 위치가…… 내 딸도 제약 회사에 다니고 뭐, 최적이기는 하네?"

"병원장님도 계시잖아요? 형님과 가깝다면서요?"

"병원장님…… 병원장님이야, 알다시피 친히 날 발굴하고 이끌어 줬으니까! 다~ 내가 능력이 되니까 그런 것도 있지만, 아무튼 병원장님하고 난…… 나라에서도 알아주잖아?"

얼마 만의 코 큰 소리인지 모르는 한편, 그동안 고상해지기 위해 무던히 애쓰던 황운보 교수는 끝내 예전 모습을 드러내고 말았다. 그런 그의 거들먹거리는 모습이 놀라운 것인지 반가운 것인지, 동천모는 벙벙한 모습이었다.

벌써 석 달 전, 그런 일이 있었다. 카드 값 내는 일이 바쁜 황운보 교수를 멀리까지 데려가 몸보신까지 시켰으니, 동천모라는 사람이 대단하기는 했다. 황운보 교수에게서 대가를 받았다면 그랬을 것이었다. 아무튼 그는 그때 유리잔에서 자신의 입안으로 넘어오던 '그것'을, 다시금 기억하고는 입맛을 다셨다.

"……!"

이윽고 고개를 든 황운보 교수는 흠칫할 수밖에 없었다.

# 9

그는 유복한 집안의 사대 독자로 태어나 아무나 누릴 수 없는 것들을 보고, 듣고, 느끼며 모두가 부러워하는 삶을 살고 있었다. 따라서 가만히 있어도 많은 것을 얻었을 테지만, 그는 원하는 바를 향하여 노력을 아끼지 않았다. 게다가 그 자신도 범상치 않은 모습을 지닌 탓에, 일찍이 여러 사람들의 기대를 받으며 자랐다. 한편 그의 할아버지는 평생 꿈꾸었던 병원을 짓고는 그곳을 찾는 사람들을 보며 뿌듯하게 여겼다. 곧 아들이 물려받을 게 분명했고, 할아버지의 손자인 그도 새로운 꿈을 꾸게 되었으며, 그 집안의 병원은 점점 입지를 넓혀 갔다. 할아버지나 아버지의 주변에 사람이 많은 데다, 사교술이 좋아서 별 어려움이 없어 보였다. 하지만 못내 아쉬워하던 게 있었는데, 그것을 채운 것이 바로 그였다.

어릴 때부터 영리했던 그는 자라면서 더욱 두각을 나타냈다. 그러던 어느 날, 소리 소문 없이 유학을 가 버린 그는 일체 소식도 없었다. 그렇게 몇 년이 흐르다 불현듯, 모두가 꺼렸던 어느 피아니스트의 뇌 수술을 그가 해냈다는 소식이 들렸다. 그 피아니스트는 뇌에 종양이 퍼질 대로 퍼져, 다 포기한 채 죽을 날만 기다리다 기적을 만난 것이었다. 이 소식은 해외에서는 물론, 국내에서도 뜨거운 관심을 끌어냈다. 소식의 주인공은 떠났을 때와 마찬가지로 갑작스레 집으로 돌아왔고, 사람들은 당연하게도 그 집안의 병원에 몰려들었다. 그와 동시에 의사로서 자질이 뛰어난 그는 모두의 기대에 부응하여 성공적인 결과를 연이어 얻어 갔다.

그렇게 켜켜이 쌓인 경력을 인정받은 그는 마침내, 크게 키워 낸 그 병원의 병원장이 되었다. 많은 의학도들이 그를 존경하고 우러러 보았으며, 분야가 다른 사람들도 그를 선망의 대상으로 여겼다. 이렇듯, 무한한 명성을 지닌 그는 의학계에서 빼놓으려야 빼놓을 수 없는 인물이 되었다. 그에 따라 각계의 열띤 지지로 인해 그와 그 병원의 이름은 드높아져, 누구나 찬사를 아끼지 않았다. 그는 그곳 안을 군림하며 병원장이 되기 전에도 그랬듯, 실력으로 모두를 경탄시키고는 했다. 그런 그곳에는 뛰어난 의사가 많았지만 그에게 위협이 되지는 않았다. 나아가 유능한 인재를 거느리고 그들이 보내는 존경을 발판으로 삼아, 병원과 자신을 더 거대하게 키우겠다고 마음먹은 그였다. 겉으로는 부와 명예를 과시하며 제법 굳건해 보인 그 병원은 어느새 조금 달라진 모습이었는데, 어이없게도 그의 탓은 아니었다. 아무튼 크게 키우기는커녕 야금야금 곤두박질친 덕분에, 그의 꿈은 희망 사항이 될 판이었다. 그의 실력이나 명성은 변함없어 여전히 그 병원에서 일인자였으나, 곤두박질치는 그것을 막지는 못했다.


그는 '곤두박질'의 원흉을 가만히 응시했다. 당연하다는 듯 병원장실까지 따라와, 툭하면 거드름이나 피우는 '원흉'은 항상 배짱이었다.

조용히 그것을 응시하는 그에게, 인생에서 돌이킬 수 없어 후회되는 것 중 하나가 바로 '원흉'이었다. 많은 이의 반대를 무릅쓰고 무엇 하나 눈에 띄는 게 없는 '원흉'을 직접 자신의 병원으로 들인 그 실수를, 돌이킬 수 없어 깊이 후회하고 있었다.

"······?"

뜬금없이 기묘한 표정을 지은 '원흉'은 입맛을 다셨다. 병원장실에 둘만 있었으니 망정이지, 도무지 이해가 안 되는 행동만 골라 하는 것이었다. 그걸 보고 있자니 혈압이 오를 것 같았는데, 그러던 '원흉'은 갑자기 병원장인 그를 빤히 바라보았다. 몸짓을 보아 하니 자신이 병원장실로 따라온 것마저 잊고 있었던 모양새였기에, 그걸 본 장인목 병원장은 두통이 밀려오는 것 같았다.

"······여기까지 따라온 이유가 뭐야?"

일부러 황운보 교수의 눈길을 피한 장인목 병원장이 퉁명스레 물었다.

"어······ 뭐."

장인목 병원장의 물음을 받고 적잖이 당황하는 그의 모습은 어색하다 못해 바보스러움의 극치였다. 그에 장인목 병원장은 속으로 진저리를 냈지만, 겉으로는 아무렇지도 않은 척하며 황운보 교수를 날카롭게 쳐다보았다.

'저런 게 교수라니······.'

그러다 아무 능력도 없는 황운보 교수에게 손을 내민 것은 자신이라는 생각이 들어, 장인목 병원장은 속에서 불이 나면서도 이내 한숨을 쉬었다. 그러나 처음부터 그렇지는 않았었다.


　황운보 교수는 볼품없는 외양을 갖추고 있었지만, 수술 실력만큼은 눈이 휘둥그레지게 만들었다. 그래서 장인목 병원장을 여러 번 놀라게 했었다. 그때 장인목 병원장은 어쩌면 숨은 원석을 찾아낸 것인지도 모른다는 생각에, 더 관심을 갖고 정성을 쏟아 세상을 놀라게 하려고 했다. 그런데 영 마음먹은 대로 되지 않아, 여러모로 애를 먹어야 했다.

　사람들의 주목을 받기 시작하자, 황운보 교수는 그야말로 고삐 풀린 망아지처럼 제멋대로 굴기 시작했다. 그리고는 자연스럽게, 예전에는 생활고 때문에 그림의 떡으로 여겨야 했던 사치와 향락에 빠지고 말았다. 앞에서는 우등생인 척하며 장인목 병원장의 비위를 맞췄으나, 뒤로는 자신에게 아부를 떠는 사람들에게 귀를 기울이며 호의호식할 궁리만 하고 있었다. 그리고 어떻게든 발을 넓혀서 자신에게 유리해지도록 걸핏하면 돈을 뿌렸다. 그 사실을 안 장인목 병원장이 갈수록 나태해지는 황운보 교수를 정신 차리게 하기 위해, 숱하게 경고하고 달래기도 했다. 하지만 그럴수록 황운보 교수는 더 귀를 막고 이리저리 도망치기만 할 뿐이었다.

　허구한 날 그러니 황운보 교수는 자신이 상상했던 수술의가 아닌, 점차 다른 모습으로 타락하듯 변했다. 젊고 총명했던 황운보 교수는 온데간데없고, 욕심 많은 권위주의적 속물이 되어 버리고 말았다. 눈 앞에서 그렇게 변해 버린 황운보 교수를 보자니, 장인목 병원장은 복잡한 심경이었다. 뒤늦게 스스로 일어나려고 메스를 잡은 황운보 교수였지만, 이미 심각하게 녹슬어 버려 어찌할 수 없는 상태에 이르렀기에 소용이 없었다. 그러고는 틈만 나면 장인목 병원장에게 들러붙었는데, 아마 자신이 기댈 수 있는 유일한 곳이라서 그럴 것이었다. 그만큼 황운보 교수가 설 자리는 줄어들었고 특히, 그에게 눈을 반짝였던 규양병원 안의 모든 시선들은 냉소적으로 변해 있었다.

장인목 병원장은 자신이 정성스럽게 일궈 놓은 모든 것을 조금씩 갉는 황운보 교수가 원망스러웠다. 그로 인해 장인목 병원장이 의학계에 쌓아 놓은 신뢰도 또한 예전 같지 않게 되었다. 그럼에도 불구하고 아직도 자신의 위치가 전과 같다고 여기는 황운보 교수가 어이없게 느껴질 뿐이었다. 더구나 나이를 좀 먹었다는 이유로, 가벼운 수술조차 오래 걸리게 된 황운보 교수는 괜히 어설픈 핑계를 대고는 했다. 그런데도 늘 최고만 고집하며 자신이 감당 못할 큰 수술을 집도하게 해 달라는 둥, 남의 공을 자신에게 돌리라는 둥 하며 어처구니없는 요구를 끊임없이 해 왔다. 나라에서 알아주는 규양병원에서, 그런 꼴로 그 오랜 시간을 견뎠다는 게 그저 놀라울 따름이었다. 그럼에 따라 장인목 병원장 또한 황운보 교수를 누구보다 눈엣가시로 여기면서, 그를 규양병원에서 내치지는 않고 있었다.


'내 병원에 저런 게 버티고 있다니…….'

시간이 흐르자, 괜히 주변만 쳐다보던 황운보 교수는 선뜻 장인목 병원장을 향해 능글맞게 웃었다.

'이제 할 말이 생각났나?'

"뭐, 특별한 이유야 있겠습니까? 그냥 좀, 병원장님과 담소나 나누고 싶어서요."

"담소를 나눠?"

장인목 병원장은 속으로야 기가 찼지만, 아침부터 언성을 높이고 싶지 않았으므로 들어주는 체했다.

"네에……."

장인목 병원장의 눈치를 살펴 가며 입을 놀리던 황운보 교수는 얼른 다음에 할 말을 생각했다. 그런 모습까지도 우스꽝스러워, 장인목 병원장의 마음은 착잡했다.

"해 보게, 무슨 말인지."

"헤헤, 아침부터 특별한 얘기를 할 건 아니고…… 며칠 전에도 나와서 제가 깜짝 놀랐습니다!"

"뭐가? 그렇게 얘기하면 누가 알아듣겠어?!"

심기가 불편해진 장인목 병원장이 자신도 모르게 소리를 치는 바람에, 억지로 미소 짓던 황운보 교수를 움찔하게 만들었다.

"그러니까, 다시 말해 봐."

"네. 저…… 그러니까 며칠 전에 뉴스를 봤더니, 병원장님의 아드님이 나오더라고요. 잠깐이었지만 잘 나왔죠! 제가 원래 뉴스를 자주 보는데, 여러 분야에 관심이 많거든요. 신문이나 뉴스를 틈틈이 보고…… 제 딸과 깊이 있는 대화를 나누고는 한답니다. 제가 혼자가 된 후에, 남자 혼자서 딸을 정성을 다해 키운 덕에! 그래서 평소 저를 존경하는 제 딸도 저와 비슷한 분야에서 일하고 있죠. 병원장님께서도 가마우지제약을 아실 텐데, 제 딸이 거기서 일하고 있죠. 아무튼, 서로 관심 분야가 비슷해서 그게 도움이 될 때가 많아요. 워낙 성실하니까, 그런 큰 제약 회사에서 인기도 많은 제 딸이 얼마나 저를 존경하는지……."

"아니, 아니."

황운보 교수의 속 보이는 횡설수설은 장인목 병원장을 무척 지치게 만들었다.

"뉴스에 내 아들이 나왔다고?"

가뜩이나 바쁜 요즘, 잠에 빠질 틈조차 부족한 장인목 병원장에게는 달갑지 않은 소식이었다. 게다가 평소 아들의 평판이 어떤지 잘 알았기 때문에 신경이 곤두설 수밖에 없었다.

"뉴스, 그 얘기 좀 해 봐. 어떻다고?"

자신이 하는 얘기에 장인목 병원장이 흥미를 보이자, 화색이 돈 황운보 교수는 목소리에 힘이 들어갔다.

"아아, 그 얘기요? 제가 병원장님의 아드님을 본 거…… 분명히 장용빈 의원이었어요! 병원장님의 귀하신 외둥이요! 제 딸도 외동딸이고요. 그러고 보니 두 사람 모두 외동이고, 미혼이잖아요……? 제 외동딸은 혼기가 꽉 찼는데, 가마우지제약의 이름난 재원이라서 인기가 많거든요. 절 닮아서 성취욕이 아주 남다르죠. 비록 병원장님의 외둥이처럼 하버드대까지는 못 나왔어도, 제 외동딸이…… 어디 내놔도 부족할 게 없어서 말이죠. 생각해 보면, 장용빈 의원과 제 외동딸이 참 보기 좋잖아요. 근데 둘 다 여태 짝이 없다니. 세상에, 어떻게 그럴 수가? 빨리 맺어 줘야 할 텐데요."

번한 표정으로 번한 말을 하는 황운보 교수가 이제는 우습지도 않게 된 장인목 병원장은 인내심을 발휘해 차근차근 물었다.

"······내 아들이 왜 뉴스에 나오지?"

"아, 근데 잠깐 나와서요. 무슨 집회하는 데에 나타났다던데요. 근데요, 제 딸이 요리 학원을 다니는데······."

"그게 다야? 집회하는 데 나왔다고?"

황운보 교수가 또 번한 말을 늘어놓으려 해, 장인목 병원장은 일부러 그것을 잘랐다.


며칠 전, 모두가 잠든 시간에 황운보 교수가 거실에 나왔다. 그냥 잠이 안 와서 나온 그는 무심하게 텔레비전을 켜고 소파에 드러누웠는데, 갑자기 화면에서 아는 얼굴이 나오는 것이었다.

'?!'

깜짝 놀란 황운보 교수는 몸을 일으켜 그 얼굴을 자세히 들여다보았다.

'저건, 장용빈!'

뉴스 내용이 뭐든, 황운보 교수는 텔레비전에 나온 장용빈 의원을 보느라 미동도 하지 못했다. 그가 다시 정신을 차렸을 즈음, 화면에 집회를 벌이는 사람들이 보였다. 그러더니 곧 화면의 귀퉁이에 어떤 남자의 사진이 나오고 있었다. 사실, 자신에게 도움이 되지 않는 일에는 도통 관심이 없는 황운보 교수에게는 별로 중요할 게 없었다. 그래서 그 내용에는 통 관심이 가지 않던 중, 귀퉁이에 자료 화면으로 나온 사진을 보게 되었다. 웬일로 그것을 유심히 살피던 황운보 교수는 그가 텔레비전에 나오는 사건의 담당 검사임을 알게 되었다.

'사마귀같이 생겼네…….'

그렇게 생각한 황운보 교수는 실소하고 말았는데, 그와는 별개로 그 검사의 별명은 '사마귀'였다. 그 검사의 이름은 허맹문으로, '사마귀'라는 별명을 가진 이유는 외모와는 상관이 없었다. 그저 무심한 척하며 상대의 방심을 부르고는 거침없이 그 상대를 공격하는 모습이, 사마귀가 사냥하는 모습과 흡사하다고 해서 얻은 별명이었다.

'뭐가 저렇게 심각한 거람.'

진지한 뉴스와는 상관없이, 혼자 낄낄거리던 황운보 교수는 결국 거실에서 잠들었다.


"그게…… 잘 생각이 안 나서요. 워낙 잠깐이라. 큰일 난 건가요?"

황운보 교수는 장인목 병원장을 슬쩍 보며, 다음에 말할 기회를 엿살폈다.

'웬만한 방송국은 다 막아 놨을 텐데. 지방 뉴스인가? 골치 아프게 되었어. 그게 알려지는 걸 막으려고 그렇게 애를 썼는데 아니지……. 당황해서는 안 되지.'

장용빈 의원이 '그곳'에 등장한 사실이 아직도 회자되는 모양이었다. 그 일 직후에 장인목 병원장이 발 빠르게 처리했음에도, 영향력에 한계가 있어 모든 걸 막을 수는 없었다. 그것은 '원흉'이 대표적이었는데, 황운보 교수는 장인목 병원장을 지근지근하게도 곤혹스럽게 만들고는 했다. 규양병원에서 안하무인이기도 했고, 밖에서도 그것은 다르지 않았으므로 보통 골치가 아니었다.


황운보 교수가 쓸데없이 장인목 병원장의 주위를 맴도는 것은 그때도 그랬었다. 장인목 병원장과 장용빈 의원의 사이가 그나마 원만하던 때, 장용빈 의원이 아직 독립하기 전이었던 그날에도 마찬가지였다.

그날 장인목 병원장은 아들과 오붓이 외식을 하고 있어 기분이 썩 좋았다. 어려서부터 학업에 관심이 없던 아들이 뜬금없이 하버드대학교를 우수하게 졸업하고, 이제는 논문을 준비 중이라니 그저 흐뭇했다. 비록 자신의 바람이었던 의학과는 상관없는 분야였지만, 그렇게라도 체면을 세워 주니 아버지로서 입이 귀에 걸리는 것 같았다. 사실, 의지가 빈약했던 예전에 비하면 정말 놀랄 만한 발전이었으므로 굳이 아쉬워할 필요는 없었다.

"멀리서 타향살이하면서도 좋은 모습을 보여 주니, 내 맘이 아주 좋구나. 일에 치여 제대로 신경을 못 써 줬는데…… 네가 자랑스럽다."

장인목 병원장은 숲에 둘러싸인 레스토랑에서 아들과 마주 앉아 있었다. 대학교 때부터 죽 미국에서 살다시피 한 아들을 오랜만에 만나게 된 것이라, 아무리 이성적인 장인목 병원장일지라도 감성적일 수밖에 없었다. 오랜만의 부자 상봉이니만큼, 장인목 병원장은 도시와는 떨어진 곳을 택했다. 오는 데 시간이 걸렸어도 그만큼 조용하고 전망이 좋았기 때문에, 아들과 오붓이 있기 좋다고 생각해서였다.

"어려서부터 여러모로 걱정시켜 드렸으니까, 이제는 좀 달라져야죠."

퍽 의젓하게 대답하는 장용빈에게서 잔잔한 분위기가 느껴졌다. 말수가 줄기는 했어도, 그것은 그것대로 장인목 병원장에게 기쁨이 되었다. 오래 떨어져 지낸 터라 많이 서먹할 줄 알았으나, 아들은 어색함을 모르고 아버지를 대했다.

"시차 때문에 힘들지? 지금 하는 일도 힘들 텐데…… 내 맘이 그렇다. 기대되기도 하고 걱정되기도 하고."

"걱정하실 필요 없어요. 전 지금 편안한 마음으로 임하고 있으니까요."

장인목 병원장의 눈에도 과연 그렇게 보였는데, 아들은 긴장감은커녕 오히려 조금 졸린 것 같았다.

"그래, 네가 그렇다니 달리 할 말이 없구나. 그런데…… 이번에는 얼마나 있을 거냐?"

아들은 논문을 준비하고 있었기에 이번에도 완전한 귀국이 아니었다. 눈코 뜰 새 없이 바쁜 것은 장인목 병원장도 마찬가지였지만, 지금으로써는 아들이 어서 집에 돌아왔으면 싶었다. 그런데도 여전히 그럴 기미가 보이질 않으니, 장인목 병원장은 답답한 마음에 아들에게 말을 건넸다.

"네. 조금 있다가 다시 가 봐야 해서요. 제 일도 일인데, 누구를 도와주고 있거든요. 그 친구도 저를 많이 도와줘서, 미국 생활이 아주 힘들지는 않아요."

장용빈은 살짝 난감한 반응이었지만 다시 밝은 모습을 보였고, 예상했던 대답을 들은 장인목 병원장은 조금 씁쓸했다.

"그래, 아직 해야 할 일이 많이 남아 있으니. 그런데 그 친구는 잘하고 있는 거야? 네게 도움을 준다지만, 솔직히 미덥지는 않구나. 방해나 안 했으면 좋겠는데 말이야……."

"믿으셔도 돼요. 다른 사람도 아니고 제가 발굴해 냈으니까요! 수겸이 똑똑한 거, 아버지께서도 잘 아시잖아요."

"공수겸…… 이름을 자꾸 까먹어. 인재들이야, 다른 곳에서도 얼마든지 찾을 수 있는데. 왜 하필 촌구석에서 찾아냈는지."

장인목 병원장은 탐탁지 않게 여겼으나, 아들의 말대로 공수겸은 똑똑했다. 그래도 구석에 사는 것을 굳이 끌고 와, 밀어 주고 끌어 줄 정도는 아니라고 생각했다. 그런 '볼품없는' 녀석을 미국까지 데리고 가서는 손수 이끌어 주는 아들이 못마땅하게 느껴지고는 했다. 기왕이면 재단에서 점찍어 둔 인재 중에 아무나 골라, 곁에서 돕게 하는 게 훨씬 나았을 것이라며 안타까워하고 있었다.

"저도 다 생각이 있어요. 못마땅하게 여기시는 건 알지만, 나중에 수겸이가 듬직해지면 생각이 달라지실 거예요. 두고 보세요. 제가 사람 보는 눈은 정확하다니까요."

장용빈은 언성을 높이는 일 없이 매우 침착했는데, 그것은 공수겸을 처음 발견했을 때도 그랬다. 그런 아들을 보고 있자니, 몰래 한숨이 새어 나온 장인목 병원장은 이내 곧게 세웠던 등을 의자에 기댔다.

"네가 나한테 해 준 말대로 돼야 할 텐데. 그 친구는 알려는지 모르겠구나. 네가 아버지를 번번이 이겨 가며 자신을 생각해 준다는 걸 말이야."

말에 가시가 있었으므로, 누가 들어도 장인목 병원장이 공수겸을 어떻게 생각하는지 알 수 있을 정도였다. 장용빈은 그렇게 비꼬는 아버지를 보며 옅게 미소 지었다.

"아버지, 재혼 안 하세요?"

불쑥 튀어나온 아들의 말에, 장인목 병원장은 어안이 벙벙해졌다.

"너, 무슨 소리야? 내내 말도 없다가 갑자기…… 느닷없이 재혼 얘기가 왜 나와?"

처음에는 당황한 장인목 병원장이었으나, 아들의 눈동자에 장난기가 있음을 알고는 다시 냉정을 찾았다.

"내 걱정을 해 주니 좋기는 하다만, 난 네 어머니로 충분하다. 그러니 그런 소리는 관둬! 말이 나왔으니 말인데…… 넌 장가갈 생각 없어?"

그 말은 장인목 병원장의 진심이었는데, 예전에는 몰라도 고학력을 갖춘 지금은 달랐다. 집안이야 물론 좋고, 학력 또한 모자람이 없었으며, 운동을 열심히 해서인지 외모도 달라 보이는 지금은 아들에게 선자리가 계속 들어오고 있었다. 그러한 데다 호시탐탐 기회를 엿보며 노골적으로 아들의 안부를 묻는 저명인사도 있어, 그 자체로써는 기분 좋은 일이었다.

"아시다시피, 지금은 때가 이래서요. 제가 해 나가야 할 게 많으니까, 결혼까지는 힘이 부치네요."

물론 장인목 병원장은 벌써부터 닦달하려는 뜻이 아닌, 그저 한번 꺼내 본 것이었다. 또한 아직까지 마음에 드는 며느릿감이 눈에 띄지 않은 것도 한몫했다. 말을 하고 보니, 아들이 여자들이나 어른들 사이에서 인기가 많다는 걸 기억해 낸 장인목 병원장은 새삼 기분이 좋아졌다.

"네 말이 맞아! 아직 결혼은 이르지, 일러. 아무튼 네 생각은 잘 들었다. 안 본 사이에 네가 이상하게 변하지는 않았을까 걱정했었는데, 거기서도 잘하고 있는 것 같구나. 지금 네 모습을 보니 아주 든든해!"

장 씨 부자는 별다른 얘기 없이 각자 외식을 즐겼는데, 서로 기분이 상해서가 아니라 원래 그들만의 방식이었다. 하지만 이미 그들 사이에는 보이지 않게 금이 가고 있었다.

외식을 마친 장 씨 부자가 가벼운 걸음으로 차를 세워 둔 곳을 향했다. 그런데 낯선 이들이 그 차 주위를 서성거리는 게 보인 터라, 이상한 느낌이 들었다. 점차 거리가 좁혀지면서, 낯선 그들 중에 한 명을 알아본 장인목 병원장은 경악했다.

"……아니?! 이게 누구야~ 어떻게 이런 우연이 다 있지?"

그곳에 주차된 장 씨 부자의 차 앞에서 누군가가 한숨을 푹푹 내쉬고 있었다. 이내 고개를 돌리던 그가 장용빈을 발견하게 되자 기다렸다는 듯이 달려들었다. 그러고는 과도하게 상기된 얼굴로 악을 써 가며 인사를 건넸다.

"아이고, 많이 달라졌네~ 하마터면 못 알아볼 뻔했잖아! 아직 미국에 있는 줄 알았는데!"

"어……? 안녕하셨어요……?"

어리둥절한 반응을 보인 장용빈은 자신에게 달려든 그를 기억해 내려고 애썼다. 하지만 그가 몹시 수선스럽게 소리를 지르는 통에, 정신을 차리고 서 있기도 힘들었다.

"이게 얼마 만이야~ 잘 있었어?!"

"자네."

장인목 병원장이 떨떠름한 얼굴로 다가서니, 장용빈에게 달라붙었던 그가 흠칫했다. 그러고는 우물쭈물하다가 장인목 병원장에게 허리를 깊이 숙였다.

"하하…… 안녕하십니까, 병원장님."

그는 푸석살이 든 얼굴에 엄숙한 표정을 띄운 채 장인목 병원장을 곁눈으로 보았다. 그가 입을 다물고 나서야 비로소 조용해져, 마치 귀가 안 들리는 것 같았다. 그토록 조용하던 숲 속을 돌연 떠들썩하게 만든 장본인은 바로 황운보 교수였다.

'대체……'

"에…… 저는. 그냥 지나가던 길이었죠. 생각지도 못했어요!"

황운보 교수는 아까와는 달리, 장인목 병원장에게 자못 굽실거리며 말을 아끼는 모습이었다. 정확히는 장인목 병원장을 두려워하는 마음 때문에, 말을 늘어놓고 싶어도 그러지 못하는 것이었다.

아까까지만 해도 기분이 상당히 좋았던 장인목 병원장은 갑자기 튀어나온 황운보 교수로 인해 두통을 앓는 것 같았다. 오랜만에 쫓기던 일을 제쳐 두고 멀리까지 나왔건만, 당연히 있을 거라 생각지 않은 황운보 교수를 봐야 하는 것이 고역이었다. 더욱이 자신의 눈앞에서, 그 탐욕스러운 눈을 실실거리며 아들을 훑어보는 게 아뜩하도록 모욕적이었다.

"오호? 지나가던 길이야? 서울에서 여기까지 와 놓고…… 그냥 지나가던 길이라고?"

장인목 병원장은 자신과 눈도 마주하지 못하는 황운보 교수를 넌지시 이기죽거렸다.

"네, 네…… 공…… 기도 좋고, 여기! 이 레스토랑도 들어갈 겸 해서. 이런 데서 식사하면 기분이 아주 좋겠습…… 니다."

황운보 교수가 호화로운 것을 좋아하는 건 맞지만, 예약을 기본으로 하는 이런 곳을 알 리 만무했기에 믿을 수 없는 말이었다. 거기에다 여기를 지나가던 길이라니. 평소 황운보 교수가 어떤 곳에서, 어떻게 시간을 보내는지 잘 아는 장인목 병원장은 그 말을 듣고 그냥 넘길 노릇이 못 되었다. 더구나 주차된 차 주변에 담배꽁초들이 널려 있었으므로 더더욱 믿을 수 없었다.

"……여기서 식사하시게요? 지금은 안 되실 걸요? 예약만 받는 곳이고, 예약을 해도 최소한 한 달은 걸리거든요."

겨우 안정을 찾은 장용빈이 다른 쪽을 보며 말하자, 그를 요리조리 살피던 황운보 교수는 그 말을 듣고 흠칫했다.

"아아, 그래? 일부러 시간 내서 왔는데……."

어설프게 웃고 난 황운보 교수가 몰래 곁눈질하니, 장인목 병원장이 이글거리는 눈으로 자신을 빤히 째려보고 있었다. 그에 움찔한 황운보 교수는 마른침을 삼키고서 장용빈과 장인목 병원장을 번갈아 보았다.

"근데, 정말 예상을 못 했거든요! 이런 곳에서 병원장님과 아드님을 만나게 될 줄이야! 우리가 인연은 인연인가 봐요~"

다시 안면을 샐룩댄 황운보 교수가 숲이 떠나가라, 고래고래 소리를 지르기 시작했다. 그걸 들은 장 씨 부자는 어서 그 자리를 피하고 싶었다.

"그나저나 아드님께서 오랜만에 귀국했네요! 언제나 다시 볼 수 있을까 했었는데…… 두 분이 외식을 하셨나 봐요! 물론 저는 꿈에도 생각을 못 했는데, 이렇게 반가울 때가 있나!"

그렇게 소리를 지르니, 장용빈이 마지못해 웃었다. 그 상황을 더는 보고 있기 힘들었던 장인목 병원장이 나섰다.

"……그럼 가던 길이나 가게. 벌써 시간이 많이 지체돼서, 우리는 그만 가 봐야겠네!"

심기가 불편해진 장인목 병원장은 서둘러 그곳을 떠나려고 했다. 그때, 혼란에 빠졌던 황운보 교수가 재빨리 소리쳤다.

"저런~ 내가 깜빡했네! 병원장님, 잠깐만요! 중요한 걸 잊을 뻔했어요! 잠깐만요!"

'저 찰거머리!'

장인목 병원장은 무시했으나, 황운보 교수가 하도 다급하게 소리치는 바람에 장용빈이 그를 돌아보았다. 가까스로 장 씨 부자를 세운 황운보 교수는 웬 여자아이의 어깨를 잡아, 그들 쪽으로 흔들었다. 바로 황운보 교수의 딸이었는데, 아직 중학생이었던 그녀는 몸집이 작았고 자신 없는 모습이었다.

"딸이랑 왔다고? 학교는 어떻게 하고?"

장인목 병원장은 갑작스럽게 등장한 황남영을 보고 괴상한 표정을 지었다. 그날은 평일이었고 그녀는 교복 차림이었으니, 이상하게 여길 만했다. 꽤나 내향적으로 보인 그녀는 자신을 경계하는 낯선 사람들 앞이라 더 움츠러드는 모양이었다.

"하하하~ 병원장님도 참! 얘가 그렇다니까요? 학교에서 우등생에, 모범생이라서 선생님한테나 학생한테나~ 그렇게 인기가 많아요! 공부를 너무 열심히 하니까, 몸이 이렇게나 말랐요! 이렇게 가냘파서 어쩌나~"

어쨌든, 장 씨 부자의 시선을 이끌어 낸 황운보 교수는 고개 숙인 딸의 팔을 흔들어 보였다.

"공부만 잘하는 게 아니라 다른 것에도 흥미가 많아요! 의학······ 같은!"

준비한 말을 능글맞게 쏟아 내는 황운보 교수의 모습은 마치 약장수 같아 보이기도 했다. 물론, 그에 흥미가 없는 장인목 병원장은 그를 흘겨보았다.

"천사 같은 우리 딸이 머리만 좋은 게 아니라, 착하기는 또 얼마나 착한지 몰라요. 에, 그리고 오늘은! 이렇게 된 거죠! 우등생인 우리 딸이 공부만 너무 좋아하다 보니, 몸이 안 좋아져서 말이죠. 그래서 조퇴한 딸을 데리고 제가, 공기 좋은 이곳까지 오게 된 겁니다!"

자랑스럽게 딸의 어깨에 손을 올리고서 환하게 웃은 황운보 교수에 반해, 옆에 선 딸은 고개를 푹 숙인 채 입을 굳게 다물었다. 황 씨 부녀가 그렇게 있으니, 몹시 대비되어 시선을 돌리고 싶게 만들었다.

"아니 그런데! 우리 부녀가 아무 생각 없이 이곳을 지나는데, 병원장님과 훤칠한 아드님을 뵈다니! 어떻게 이런 우연이 있을 수가 있는지?! 장소도 그렇고, 모두가 그림처럼 잘 어울리네요~ 누가 보면 상견례인 줄 알겠네! 뭐해? 인사드리지 않고! 저분이 그 유명하신, 규양병원의 장인목 병원장님이셔~"

잔뜩 움츠린 황남영에게서 희미하게 기어드는 목소리가 들렸다.

"······안녕하세요."

누가 봐도 거짓말을 늘어놓고 있었기 때문에, 그 자리에서 황운보 교수의 말을 믿는 사람은 없었다. 거기에다 상견례라는 어처구니없는 말을 하니, 장인목 병원장은 화가 치밀었다.

"그리고 그 옆에 계신 훤칠한 분은, 병원장님의 외둥이! 미국에서 대학을 졸업하고, 지금은 논문을 준비하고 있지! 네가 의사가 되면 자주 보게 될 사람이야, 아마도!"

황운보 교수의 노골적인 희망 사항을 들은 장인목 병원장은 기가 막혔으며, 말해 준 적 없는 아들에 대한 정보를 소상히 아는 게 소름 끼쳤다. 그때 장용빈의 나이는 넬모레 서른이었고, 황남영은 고작 중학생에 불과했으므로 딱 봐도 나이 차가 상당했다. 그런데도 황운보 교수는 기꺼이 딸을 바치려 해, 장용빈을 자신의 사윗감으로 노리고 있음을 황당할 정도로 훤히 내보이고 있었다.

"아무리 봐도 이제 중학생 같은데, 너무 서두르는 것 같군. 그럼, 우린 그만 가 보지."

황운보 교수의 딸이 장용빈에게 들릴 듯 말 듯 하게 인사하던 찰나, 서릿발 같은 분노를 간신히 참은 장인목 병원장은 아들과 서둘러 차에 탔다.

"어어……! 벌써 가시게요? 두 사람이 너무 잘 어울리는데, 마치 선남선녀…… 아드님이랑 우리 딸이! 그러지 마시고, 차라도 한잔하시죠! 조용히 얘기를 나누다 보면……! 병원장님, 병원장님!"

절규하는 황운보 교수를 뒤로한 장용빈은 차를 운전했고, 뒷좌석에 앉은 장인목 병원장은 부들부들 떨며 앞만 보았다.

"괜찮으세요? 흥분하신 것 같은데."

"어쩌겠냐. 괜찮은 척이라도 해야지……."

"너무 신경 쓰지 마세요."

운전을 하던 장용빈의 시선이 백미러를 향하니, 황운보 교수가 고개 숙인 딸에게 화를 버럭 내며 삿대질하는 게 보였다. 거리가 멀어서 뭐라는 것인지는 몰라도, 뭔가 마음에 안 들어 그 화풀이를 딸에게 하는 것이 분명했다.

"……쟤 탓은 아닌데."

아들이 중얼거리자, 장인목 병원장은 뒤를 돌아 황운보 교수가 있

248

는 쪽을 보았다. 이내 성난 얼굴의 황운보 교수가 불쌍하게 서 있는 딸에게 악을 쓰는 광경을 보고, 작게 혀를 찬 장인목 병원장은 혼잣말 했다.

"할 말이 없군. 여기는 또 어떻게 알고 찾아온 건지. 찰거머리도 저런 찰거머리가 없어."

그때 황운보 교수의 전성기가 끝날 무렵이라, 그는 더욱 장인목 병원장에게 달라붙으려고 했다. 그래도 아직 어린 딸을 자신의 아들에게 갖다 붙이려고 한 게 너무 맹랑해, 장인목 병원장은 머리가 어지러웠다.

'주제에 넘볼 걸 넘봐야지! 저럴 시간에 자기 계발이나 할 것이지, 어디서 말도 안 되는 수를 쓰고 있어?! 갈수록 가관이야.'

하고는 은미한 한숨을 토하며 되돌아 앉았는데, 이번에는 황 씨 부녀를 안타깝게 보는 아들이 보였다.

"설마, 저런 꼬마가 마음에 든 거야?"

장인목 병원장이 인상을 쓰며 묻자, 아들은 가볍게 한숨을 내쉬며 고개를 저었다.

"혹시라도 그래서는 안 돼! 어떻게 저런 애를! 아버지나 딸이나 도움이 안 된다고, 알았어?!"

노발대발하는 장인목 병원장을 살며시 바라보는 장용빈에게 웃음기가 없어, 무슨 생각을 하는지 알 수 없었다.

"아버지는 황 교수가 마음에 안 드세요, 아니면 그 딸이 마음에 안 드세요?"

"하— 전부 마음에 안 들어. 그 아비에 그 딸이지! 아버지가 그렇게 한심한데, 딸이라고 다를 수 있겠어? 쯧쯧, 저럴 때마다 얼마나 불쾌한지……."

장인목 병원장은 봇물 터지듯, 아들에게 불만을 토로했다. 몇 년 만에 재회한 아들이 반가웠던 터라 자신도 모르게 수다를 떨었는데, 잠자코 듣던 아들이 말을 건넸다.

"황 교수가 그렇게 마음에 안 드세요?"

"말이라고 해? 처음엔 곧잘 해낸다고 생각해서 기특했는데, 그것도 얼마 못 가고 이제는 나나 너한테 알랑방귀를 뀌잖아! 그게 뭐야…… 딸 앞에서 굽실거리기나 해?"

"그렇다면 이상하네요. 아버지처럼 철두철미하신 분이 황 교수 같은 사람을 두고만 보신다는 게. 그렇게 싫어하시면서, 왜 곁에 두시는 거예요?"

노여워하던 장인목 병원장이 멈칫하고 아들을 보니, 그는 무덤덤한 얼굴로 운전하고 있었다.

"흐음, 네 앞에서 말이 너무 많았구나. 난 네가 반가운 마음에 생각 없이 한 말이었는데…… 그걸 네가 신경 쓸 줄은 몰랐어. 황 교수는 장래가 촉망되는 사람이지. 그러다 보니, 내가 기대한 게 커서 마음이 안 좋을 때가 많아. 그렇기 때문에 지금처럼 속상할 때면, 편한 너한테 아무 말이나 하는 거지."

장인목 병원장은 어느새 표정을 바꾸고는 차분하게 말했다.

"저는 미국에 있는 시간이 많아서 작은 것이라도 신경이 쓰일 수밖에 없어요. 듣자니까 황 교수는 규양병원에 들어온 지 얼마 안 되었는데도, 지금은 형편없이 변했다던데요. 병원에서 그러니 아버지의 위상에 영향이 많다고 들었어요. 그런데 아까 역정을 내시는 모습을 뵈니까, 더 신경이 쓰이네요.”

장인목 병원장은 속으로 아차 했다. 아들이 이곳에 오는 일이 별로 없고 병원 일에도 관심 없어 보여 한 말이건만, 난감해지고 말았다.

“황 교수는 내가 직접 데려온 사람이야. 그만큼 그를 믿고, 기대하는 바가 크지.”

“⋯⋯.”

“그⋯⋯ 그런데 말이다. 거기선 잘 지내는 거야? 너무 무리하는 건 아니고? 논문도 논문이지만 그⋯⋯ 수겸이라는 그 친구도 돌보고 있잖아. 걔가 엇나가지는 않아?”

“아버지도 대충 미국에서의 소식을 알고 계시잖아요. 당연히 저도 수겸이도 순조로워요.”

흐슬부슬하던 분위기가 다시 좋아지더니, 아들은 아버지에게 얘기를 하느라 정신이 없었다.


옛날 일을 회상하고 난 장인목 병원장은 저절로 한숨이 나왔다. 저 우스꽝스러운 황운보 교수는 그날 이후로도 끊임없이 아들을 노렸었다. 눈치도 없이 걸핏하면 치고 들어와 허튼수작을 부렸으나, 그 수가 너무 뻔했고 황운보 교수의 집안도 볼 게 없어 조소가 나올 지경이었다. 하지만 그걸 십 년이 넘도록 당하다 보니, 어느새 장인목 병원장에게 치가 떨리는 일이 되었다. 장용빈 의원이 아직도 미혼인 탓도 있었지만, 아마 기혼이었어도 소용없을 것이라는 생각이 들었다. 지금은 거듭된 경계로 인해, 그나마 꼬리를 내린 황운보 교수가 알아서 장용빈 의원과 거리를 두고 있었기에 맘이 좀 놓였다. 아무튼 저 분수도 모르고 까부는 황운보 교수가 또 무슨 허무맹랑한 방법을 쓸지 생각하기도 싫었다.

"저…… 아드님께 무슨 일이라도 생긴 겁니까?"

구부정한 자세로 장인목 병원장을 힐끔거린 황운보 교수가 조심스럽게 말을 꺼냈다. 그에 따라, 장인목 병원장이 무표정한 얼굴로 그를 말끄러미 보았다.

'생각할수록 마음에 안 들어.'

가진 것은 쥐뿔도 없으면서 한결같이 욕심만 부리는 황운보 교수 때문에, 지겹도록 골치를 썩어야 하는 장인목 병원장은 자신에게 신물이 났다. 그러나 이미 돌이킬 수 없다는 것을 스스로 가장 잘 알았다.

"그럴 리가 있겠어. 그런데 자네는 할 말 다 한 거야?"

부글거리는 감정을 애써 삼킨 장인목 병원장이 태연한 척, '원흉'에게 말했다.

"아, 저야. 아까 말씀 드렸다시피…… 중요한 건 아니고요. 그냥 병원장님이랑 가벼운 담소나 나누려는 거니까, 뭐 그렇다는 거죠! 아까 제 외동딸 얘기를 하다가 말았는데요."

"하다 말다니 그럴 리가 있나. 몇 년 동안 듣고 또 들었잖아. 몇 년이 아니지, 십 년도 넘게 한 얘기를 가지고 뭘 그래? 그렇게 했던 얘기를 마치 처음 하는 것처럼 반복하는 거, 지치지도 않아?"

황운보 교수의 돌림 노래 같은 뻔한 얘기에 짜증이 난 장인목 병원장이 그에게 쏘아붙였다. 그런 장인목 병원장에게 말문이 막힌 황운보 교수는 가만히 서 있기만 했다. 한순간 속이 시원해지는 것 같았지만, 장인목 병원장은 자제하는 마음으로 이어서 말했다.

"의사면 의사답게, 그에 관한 얘기를 해야지. 요즘엔 어떤가? 자네 옛날에는 수술 실력이 좋았잖아! 요즘에…… 뭐 달라진 거 있나?"

"그게, 병원장님께서도 아시다시피…… 그래요. 지금은 좀…… 녹슬었죠."

'……'

방심하고 있던 장인목 병원장은 자신의 귀를 의심했다. 자존심이 높아, 여태 오기를 부리던 황운보 교수가 그런 말을 했다는 게 믿어지지 않았다.

"지난 세월 동안 여러모로 노력해 봤지만…… 계속 처지기만 하니까 말 다 했죠. 제가 병원장님 덕에 규양병원에 들어오고…… 잠깐 동안 빛을 보기는 했는데. 그 후에는 병원장님께 실망만 안겨 드려서 면목이 없습니다."

그렇게 숙연한 태도의 황운보 교수는 처음이라, 장인목 병원장은 멈칫했다.

"이대로는 병원장님의 명성에 누만 끼칠 테니까, 더는 지체할 수 없습니다. 제 나이도 있고 말입니다."

'또 무슨 소리를 하려고 저러는 거야?'

"음…… 병원장님 도와주십시오! 저 혼자서는 어떻게 할 수가 없습니다!"

상당히 진지해 보인 황운보 교수가 호기롭게 소리쳤다.

"저 혼자서는 도저히 재기가 힘드니까, 유학을 보내 주십시오! 외국에서 수준 높은 교육을 받다 보면 저도 옛날처럼! 아니 그보다 더! 대단한 수술의가 되어 돌아올 겁니다. 그렇게만 된다면 병원장님의 명예를 더 높일 수 있고, 나아가 규양병원도 한층 더 유명해질 겁니다!"

한껏 목소리를 높인 황운보 교수가 은근슬쩍 장인목 병원장을 힐금댔더니, 그는 여전히 감정을 읽을 수 없는 얼굴을 하고 있었다. 그렇지만 이글이글 타오르는 눈동자를 보면 답은 이미 나온 것 같았다.

"저는 오로지 병원장님을 위해…… 이 방법을 말씀드린 겁니다! 제가 젊은이는 아니지만, 그에 못지않게 열성을 다하겠습니다!"

"그만."

"생각해 보세요, 저는 할 수 있습니다! 전성기 때 어땠는지 잘 아시잖아요?! 당장은 병원장님도 못 미더우시겠지만 조금만…… 지나면 가능성이 보이실 겁니다. 제가 유학을 다녀오면, 실력이 엄청나게 향상돼서 병원장님의 오른팔이 될 수 있다고요."

황운보 교수가 너무도 당당하게 밀어붙이는 탓에, 장인목 병원장은 크게 혼란해졌다. 요즘 좀 잠잠하다 했던 황운보 교수가 이런 식으로 치고 들어오니, 장인목 병원장은 사지에서 기운이 쏙 빠지는 것 같았다.

"……이제 와서 무슨 유학이야."

"아니오! 단순하게 생각하실 게 아닙니다. 진짜로 가능성이 있다고요! 잠깐 생각해서 하는 얘기가 아닙니다! 저도 오랜 시간을 생각하고, 고민에 고민을 거듭해서 얻어 낸 결론이에요~"

'네까짓 게 무슨! 내가 어쩌다가…….'

"진짜라니까요! 아드님을 보세요! 학업에 관심이…… 없으셨는데, 유학을 가시니까! 하버드대도 가시고, 논문이랑 학위랑……. 그러니까 저도 유학 보내 주시면 옛날의 영광을……."

황운보 교수는 지칠 줄 모르고 말을 내뱉었으나 더는 말을 이을 수가 없었다. 장인목 병원장이 핏발 선 눈으로 자신을 죽일 듯이 노려보았기 때문이었다.

"뭐……?!"

"어…… 전."

장인목 병원장은 자제고 뭐고, 당장에 끓어오르는 화를 참을 수가 없었다. 내내 하는 것 없이 받아 내는 것만 많은 주제에, 남의 아들 과거를 섣불리 입에 올리는 황운보 교수에게 격분한 것이었다. 많은 시간을 참아 주고 견뎌 주는 것도 모자라 무수한 도움을 준 은혜도 모른 채, 가만히 있지는 못할망정 툭하면 날뛰는 황운보 교수가 괘씸하기만 했다.

"뭘 좀 제대로 알고 떠들어! 내 아들은 유학을 가서 하버드대학에 간 게 아니야! 다 자기가 열심히 노력해서 거기에 합격했기 때문에 간 거라고! 학위도 마찬가지야! 어디서 감히, 누구랑 비교를 하려는 건지."

기어코 장인목 병원장에게 꾸지람을 듣고 마는 황운보 교수였다.
그도 자신이 잘못한 걸 아는지, 고개를 숙인 채 입을 다물어 버렸다.

"쓸데없는 소릴랑 할 생각 마! 아무리 생각 없이 떠들어도 정도가
있지, 한 병원의 교수라는 작자가 그런 소릴 해?! 옛날의 전성기인지
뭔지를 찾으려면, 자네도 노력이라는 걸 해 봐!"

"네⋯⋯."

"뭘 그렇게 멍하니 서 있어? 당장 나가서 뭐라도 좀 하라고! 동료들
한테 더 웃음거리가 되고 싶어?!"

장인목 병원장이 분에 못 이겨 소리를 지르자, 황운보 교수는 꿀 먹
은 벙어리가 되어 주춤거렸다. 그리고는 괜스레 뒤통수를 긁적이다,
부리나케 병원장실을 나서는 것이었다. 그렇게 황운보 교수가 시야
에서 사라지고 나서야, 안락의자에 기대어 앉은 장인목 병원장은 차
차 안정을 찾아갔다.

'저 놈은 긴장감을 놓지 못하게 만든다니까.'


병원장실에서 쫓기듯 나와, 복도를 걸어가던 황운보 교수는 입을
비죽거렸다.

'흥! 내가 뭐랬다고 그렇게 면박을 줘?! 네 은혜만 생각하고, 내 은
혜는 잊어버렸냐?'

사실, 유학 얘기는 황운보 교수가 즉석에서 만들어 낸 것이었다. 거
기에 몇 마디 더했을 뿐인데, 그것에 대고 열을 낸 장인목 병원장이
이해가 안 되었다. 말을 하다 보니 자신이 하는 말에 일리가 있는 것

같아, 더 밀어붙이지 못한 게 아쉬웠다. 그러던 황운보 교수는 갑자기 헛기침을 하고서 주위에 누가 있나 살폈다. 조심조심, 사람이 없는 쪽으로 가기 위해서였다. 만약 의사나 간호사와 마주친다면 비웃음을 살 게 뻔했으므로, 언제나처럼 그렇게 정처 없이 떠돌 요량이었다.

'아, 그게 있었지!'

황운보 교수는 뭔가가 퍼뜩 떠올랐는데, 바로 동천모가 바리바리 싸서 챙겨 준 보약이었다. 그것은 동천모가 황운보 교수에게 내미는 무언의 뇌물로, 황운보 교수가 자신의 부탁을 들어줄 것이라 철석같이 믿었기에 기꺼이 준 것이었다. 처음에는 가려움증이 따라서 당장 동천모에게 따지고 싶었으나, 계속 먹다 보니 괜찮아져 참아 주기로 했다. 사실은 건강해지는 느낌 때문이었는데, 그것을 꾸준히 복용한 덕에 몸이 든든해지는 것 같았다. 그 때문에 아직 많이 남은 그것을 매일 챙기는 한편, 동천모가 자신에게 한 부탁은 당연히 무시할 생각이었다.

'아! 좀 그러네. 하필이면 내 사무실에 두고 와서! 갈 수 있으려나.'

찡그린 얼굴로 골똘히 생각하던 황운보 교수는 곧 머리를 흔들더니, 새로 장만한 휴대전화를 꺼내 보았다. 전에 쓰던 휴대전화는 동천모와 헤어진 후에 바로 바꿔 버렸고, 다니는 길도 그 약국 근처에는 가지 않게 주의하고 있었다. 그런 터라, 이대로 잠수만 탄다면 그만이었다. 어차피 동천모는 황운보 교수가 사는 집을 몰랐기 때문에 충분히 가능했다.

'덕분에 몸보신 잘하는 중이야. 뭐, 그 자식도 별 수 없지 않겠어?

그 농장도 불법인 것 같던데, 신고 안 해 주는 것만도 고맙게 알아야
지.'

황운보 교수는 으스대는 표정으로 새 휴대전화를 보았다.

'그 계집애는 회사에서 잘하고 있나?'

황운보 교수는 문득 심심한 마음이 들어, 딸에게 전화를 걸어 보았
다. 하지만 신호음만 들릴 뿐, 그녀의 목소리는 들리지 않았다. 딸과
연결이 되지 않아 황운보 교수는 짜증이 났다.

'뭐야, 뭐가 바쁘다고 하늘 같은 아버지 전화도 안 받아?! 하여간
도움이 안 되는 계집애라니까! 머리가 나빠서 의사도 못 된 걸, 힘써서
그 자리에 앉혀 줬더니…… 얼마나 못났으면, 지금껏 제대로 된 남자
하나 못 꾀서 아직도 혼자야? 그나마 장용빈 그 자식이 아직 미혼이
라서 다행이지. 그나저나 왜 이렇게 전화를 안 받아?'

황운보 교수는 몇 번이고 다시 딸에게 전화했으나, 그때마다 음성
사서함으로 돌아갔으므로 결국 포기하고 말았다. 그러고는 힘없는
걸음걸이로 자신의 사무실을 향했다.

# 10

어느덧 점심시간이 지나 나른한 오후가 시작되었으며, 날씨가 맑아서 어디론가 떠나기 좋을 법한 그런 날이었다. 평일이라 길 위에 있는 사람이 거의 없어, 전체적으로 조용한 분위기였다. 시간 자체가 하릴없이 흘러가는 느낌이었기에, 그냥 가만히 있어도 졸음이 몰려왔다.

"하~암."

특히 황남영은 졸음이 몰려오기 더 좋았는데, 조금 전까지 집에 있다가 이제 출근하는 길이었다. 물론 유유자적하다 나온 것이 아닌, 아버지라는 사람에게서 황당한 명령을 받았기 때문이었다. 이번이 처음이 아닌 '횡포'로 인해 황남영은 새삼 만감이 교차하는 기분이었다. 조금 있으면 서른인데도 아버지에게서 벗어나지 못하는 자신이 한심하게 느껴졌고, 늘 심술을 부리며 자신을 멋대로 좌지우지하는 아버지 황운보 교수에게 진절머리가 났다.

이내 머릿속의 복잡한 생각을 떨쳐 낸 황남영은 숙였던 고개를 들고 걸어갔다. 어차피 '복잡한 생각'이라는 건 이미 오래전부터 그녀의 머리에 박혀 온 것이라, 지금 아무리 힘들다고 분통을 터트린들 변하는 것은 손톱만큼도 없음을 깨달았기 때문이었다. 그렇게 그녀는 텅텅 비워 버린 마음으로 주위를 둘러보았다. 황남영이 다니는 가마우지제약이 도심 한가운데 자리 잡고 있어, 그 주위에 다채로운 가게들이 죽 늘어서 있었다.

"......."

꼭두새벽부터 식사를 준비하느라 아침밥을 제대로 못 먹은 데다, 그득히 널린 아버지의 애장품을 닦아 내느라 열심이었던 황남영은 배가 고팠다. 게다가 후닥닥 서두르는 통에, 점심밥마저 부실하게 챙긴 나머지 굉장히 배가 고팠다. 그런 그녀가 주린 배를 잡고 눈을 돌렸더니 고급스러운 음식점들이 보였다. 하지만 그곳을 애잔하게 쳐다만 볼뿐, 걸음을 옮기지는 못했다. 허기진 황남영이 망설이는 이유는 가진 것이 없었기 때문이었으므로 눈앞에 보이는 모든 것은 그림의 떡이었다.

가마우지라는 큰 제약 회사에서 받는 연봉은 황남영이 먹고살기에 부족함이 없는 액수였으나, 그녀는 여태껏 자신의 연봉을 구경해 본 적이 없었다. 모두가 황남영의 아버지, 황운보 교수의 주머니에 고스란히 들어갔는데 어처구니없게도 그것이 사실이었다. 황남영은 구직을 하고 나서 한 번도 자신의 봉급 액수조차 아는 일 없이 지내 왔으며, 매달 기가 막힐 정도로 쥐꼬리만 한 '용돈'을 받고 살아야 했다. 그런 데다 뭘 사든 일일이 내역을 적어서 아버지에게 바쳐야 했다. 황운보 교수의 말로는 '검소'를 가르치기 위해서라는데, 그의 낭비벽을 보자면 도저히 이해할 수 없는 일이었다.

누군가는 황남영에 관한 사실을 두고 믿지 못할 수도 있고, 지금껏 그녀가 그렇게 생활하는 걸 이해 못 할 수도 있다. 그러나 어려서부터 그런 부당한 대우를 받으며 살아온 탓에, 마치 세뇌라도 당한 것처럼 부당함에 대고 미처 대처할 수도 없게 길들여진 흔한 경우에 불과했다.

'……!'

바닥만 보고 걷다가 어떤 생각이 스친 황남영은 숨을 깊게 들이마시고는 똑바로 섰다. 찬찬히 고급 식당가를 둘러보던 그녀는 한 곳을 향해 주저 없이 걸어갔다.

어느새 값비싼 요리 몇 가지를 해치운 황남영이 의자에 기대어 포만감에 취해 있었다. 잔잔한 클래식이 흐르는 실내에는 그녀 외에 손님이 없어 편한 마음마저 들었지만, 이제 슬슬 걱정이 될 차례였다. 맛있는 요리를 배부르게 먹는 것까지는 좋았으나, 이제 음식 값을 계산해야 하기 때문이었다. 요리도 요리지만 깔끔한 산미의 포도주도 마신 터라 그 가격이 어떨지 상상도 할 수 없었는데, 황남영은 그저 여유로운 모습이었다.

"저, 손님…… 계산서입니다."

자신보다 조금 어려 보이는 종업원이 조심스레 다가왔기에, 계산서를 받아 든 황남영은 종업원을 쳐다보지도 않은 채 가방을 뒤적였다. 곧이어 찾아낸 신용카드를 귀찮은 듯 내밀자 종업원이 그것을 결제하러 갔고, 황남영은 무미건조하며 단조로운 자신의 옷을 보게 되었다. 그녀의 옷이며, 가방이며, 신발 등은 모두 황운보 교수가 고른 것이었다. 무조건 참해 보이도록 신경 쓴 흔적의 그것들은 당연히 그녀의 마음에 들지 않았다. 오직 딸을 부잣집에 시집보내기 위해 자신의 눈에 찰 만한, '그들'이 좋아할 만한 것만 골라 황남영에게 걸치게 만든 것이었다.

"……."

자신의 옷소매를 매만지던 황남영은 조금 찡그리고서 그곳을 나왔다. 그러고는 망설임 없이, 평소에는 구경도 못 했을 듯한 가게들을 자연스레 돌아다녔다. 이윽고 선명한 원색의 옷차림에 구두, 가방 또한 자신의 취향에 맞게 바꾼 황남영이 더 기분을 내려다 문득 시각을 확인하게 되었다. 그새 시간이 많이 지나 있어서, 더 이상 출근을 미룰 수도 없었다.

'아, 아까워라. 지금 막 기분이 좋아지려고 했었는데…… 가기 싫어 죽겠어. 회사도, 집에도!'

뚱한 표정의 황남영은 체념이라도 한 듯, 내키지 않는다는 모습으로 회사가 있는 쪽을 향하고는 느릿느릿 걸음을 옮겼다. 신나게 상가를 돌아다녔던 아까와는 달리, 황남영의 어깨는 눈에 띄게 처져 있었다.

'가면 뭘 하지? 내가 할 수 있는 건 거의 없잖아! 어차피 회사에 가도 날 반겨 줄 사람이 아무도 없는데…… 모두가 나를 '낙하산'이라고 욕하는 거, 누가 모를 줄 아나? 나도 그 회사 가기 싫었어! 싫었는데…… 가라고 등 떠미는 사람이 있으니.'

원래의 옷으로 갈아입고서 회사에 도착한 황남영이 자신의 사무실

262

로 갔는데, 익숙한 듯 방금 쇼핑한 꾸러미를 한 곳에 던져 놓았다. 그곳은 아주 조용해서 숨 쉬는 소리도 크게 들렸기 때문에, 책상에 쓰러지듯 엎드린 황남영은 그대로 잠들고 싶었다.

그런데 어디서 진동 소리가 들려와, 곧 신경질적으로 몸을 일으킨 황남영이 소리의 진원지를 찾기 시작했다. 그녀가 눈을 돌릴 때마다 심심치 않게 보인 사탕, 과자, 빵 등의 주전부리가 가득해 그것만으로도 배가 고플 것 같지 않았다. 불안한 모습으로 귀를 기울이던 그녀는 그것이 쇼핑한 꾸러미에서 들려오고 있다는 걸 알아냈다. 곧바로 움직인 황남영은 결국 소리의 진원지인 자신의 휴대전화를 손에 들었다.

'전화 올 데도 없는데…… 혹시!'

황남영은 순식간에 설렌 마음을 감추지 못했는데, 그렇고 그런 자신의 삶에서 딱 한 가지 낙이 있었기 때문이었다. 끊이지 않는 황운보 교수의 괴롭힘에도 불구하고, 괴로운 현실을 그런대로 견디는 그녀의 유일한 낙은 바로 '애인'이었다. 벌써 생긴 지도 오래되어 당연하게 느껴질 정도인 '애인'은 다만 비밀스러워, 그녀와 단둘만이 아는 사이였다. 그 점 때문에 답답함이 따랐으나, '애인'이 있기에 가끔씩 생기는 자신의 일탈이 가능할 수 있었으므로 달게 감수할 수 있었다. 또한 몇 년에 걸친 비밀스러운 만남으로 인해 정기적으로 황남영의 주머니에 들어오는 액수가 대가처럼 제공되어, 오늘처럼 순식간에 불어닥친 충동구매가 가능할 수 있었다. 그 액수가 결코 적지 않아, 황남영은 쌓인 불만을 그렇게라도 해소할 수 있었다. 무엇보다 당사자인 황남영이 '애인'에게 커다란 만족감을 느낀 터라, 그녀 역시 '애인'에게 최선을 다했다.

아무튼 그렇게 기쁜 마음으로 휴대전화를 보았더니, 하필이면 자신이 제일 싫어하는 사람에게 온 것임을 알고 적잖이 실망했다. 그 전화는 황남영의 손에 들리기 직전에 끊긴 상황이라 다행이었지만, 부재중 전화가 어마어마해서 깜짝 놀랄 수밖에 없었다.

'무슨 급한 일이라고 사십 통이 넘게 전화를 해?!'

평소를 생각해 봤을 때, 보나 마나 별것도 아닌 싱거운 것일 게 뻔했다. 곧 뭐 씹은 표정을 한 황남영은 휴대전화를 멀찍이 내려놓았다.

'원래 그런 인간이니.'

황남영의 아버지가 그렇듯, 그녀도 회사 안에서 철저히 혼자였다. 친하게 지내는 사람은커녕 황남영에게 친절하게 대하는 사람도 없어, 철저하게 사무적으로 대화하고 인사했으며 그 외에는 아무것도 없었다. 회사 안의 누구라도 황남영을 보는 눈초리가 차갑게 메말라 있었는데, 불행 중 다행히도 그녀에게는 개인 사무실이 있었다. 그들 사이에 벽이 있었기에 황남영도, 회사 사람들도 마음이 한결 편해져 그나마 버티는 중이었다.

'응?'

황남영의 눈이 거슴츠레 감기려던 찰나, 그녀의 휴대전화가 부르르 떨었다. 그 때문에 졸음이 싹 달아난 황남영은 일부러 굼뜨게 휴대전화를 집었다. 휴대전화의 액정에는 예상대로, 줄곧 그녀에게 전화하려다 실패한 그를 나타내는 단어가 보였다. 망연자실할 듯 눈을 굴리

264

던 황남영은 전화를 받았다.

"여……."

"야! 전화를 왜 이제야 받아?!"

짜증 섞인 음성이 자신의 고막을 찢을 것 같아, 황남영은 휴대전화를 던져 버리고 싶었다. 그러나 가마우지제약에 입사한 이후로 바꾼적 없는 그녀의 휴대전화는 골동품과 다름없었거니와 마음대로 할수도 없었다.

"왜 그러시는데요? 무슨 급한 일이라도 생기셨어요?"

"왜? 건방지게 무슨 말버릇이야?! 아버지께서 전화를 하셨으면, 딸로서 서둘러 받는 게 당연한 거지! 뭐, 회사에 있으니까 바쁘다 이거야? 그게 어디 네가 잘나서 얻은 자린 줄 알아?! 다— 내가 힘써서 그좋은 자리에 앉혀 준 거잖아! 그렇지! 그 때문에라도 내 전화라면 빨리 받을 생각을 해야지!"

황운보 교수가 소리를 고래고래 지르는 이유는 황남영이 만만해서일까, 유일하게 자신의 전화를 받아 주는 딸이 반가워서일까. 어느 쪽이든 황남영에게 달가울 건 없었다.

"저 지금까지 집에서 대청소하다가, 이제 겨우 출근한 거예요. 왜그러시는데요?"

"뭐? 지금까지?!"

"네."

"너 정신이 나간 거야? 대청소를 왜 하는데?"

입을 연 황남영은 어이가 없어 잠시 뜸을 들였다.

"왜 그랬냐고?"

"아침에 아버지가 대청소하라고 하셔서, 그래서 제가 청소한 거죠."

'……그랬었나? 그랬던 것 같기도 하고, 아닌 것 같기도 하고.'

잠시 말문이 막힌 황운보 교수가 머뭇거리니, 황남영은 머리가 콕콕 쑤시는 기분에 휩싸였다.

"그…… 그랬어도! 어디서 말대꾸야? 너 내가 그렇게 가르쳤어?! 아버지께서 역정을 내시면, 이유고 뭐고 '네네, 죄송합니다.' 그러면 되는 거지! 계집애가 나이 좀 먹었다고 눈에 뵈는 게 없어?!"

항상 듣는 소리임에도 짜증이 몰려온 황남영은 주먹을 꽉 쥐었다. 참아야 빨리 끝난다는 것을 아는데도, 주먹이 부들부들 떨려 왔기에 쉽지 않았다. 설상가상으로 아까 줄기차게 마신 포도주 탓에, 취기가 슬금슬금 올라와 소리를 지를 것 같았다. 하지만 다행히 그런 불의의 사고가 일어나지 않아 속으로 안도하던 중, 황운보 교수가 자신에게 내뱉는 억척스러운 소리를 듣고 있으려니 조소가 나왔다.

'……그날이 생각나네.'

씁쓸한 눈을 한 황남영이 떠올린 것은 옛날에 있었던 일이었다.


황남영이 아직 중학생이었던 그때도, 그녀는 아버지에게 구박을 받느라 우울했었다. 그나마 황운보 교수에게 핍박을 받으며 괴로운 것은 언제나 마찬가지였기 때문에, 그다지 놀라울 것도 없었다.

아무튼 황남영은 일 교시를 마치고 혼자 조용히 창밖을 보고 있었다. 반 학생들이 모두 소란스러웠지만, 그들과 동떨어진 것에 익숙해진 그녀는 아무렇지 않을 수 있었다. 황남영의 옆자리에 앉은 짝은 앞자리에 있는 친구들과 즐겁게 수다를 떨 뿐, 그녀에게 눈길조차 주지 않았다.

"야, 황남영."

누군가가 부르는 소리에 황남영이 고개를 돌렸는데, 따분한 표정으로 그녀를 부른 같은 반 학생은 냉큼 할 말만 해 버리고서 제자리로 가 버렸다.

"담임이 복도로 나오래."

어리둥절했으나 달리 할 일이 없었던 황남영은 복도에 나갔다. 그곳에는 그녀를 등진 담임 선생님이 혼자 뭔가를 확인하고 있었다.

"겨우 이거 주면서······."

황남영의 인기척을 느끼지 못한 담임 선생님은 혼잣말을 하며 콧방귀를 뀌었다. 무슨 일인지 궁금해진 황남영은 담임 선생님이 손에 든 것을 보려 고개를 내밀어 보았다. 담임 선생님이 손에 든 것은 지폐가 몇 장 든 봉투였는데, 황남영은 그것이 자신과 관련된 것임을 직감할 수 있었다. 이윽고 담임 선생님이 돌아서자, 황남영은 일부러 다른 곳을 보고 섰다.

"어휴! 깜짝이야."

"안녕하세요."

"얘는······ 왔으면 왔다고 말을 해야지! 책가방은?"

빈손으로 선 황남영을 본 담임 선생님은 그녀를 째려보았다.

"무슨 말씀이세요? 저는 복도에 나가 보라는 말만 들었는데요."

또박또박 대답하는 황남영을 보던 담임 선생님은 고개를 돌리며 한숨을 쉬었다.

"하~ 내가 무슨 말을 하겠니…… 교실에 가서 가방 가지고 나와! 밖에 아버지 오셨다."

밖에 황운보 교수가 자신을 기다린다는 말에, 황남영은 순간적으로 뒷걸음질 치고 싶었다. 하지만 금세 무슨 일인지 궁금해져 이러지도 저러지도 못하다, 말없이 교실로 향했다. 그러다 교실 창문으로 자신을 엿보는 몇몇의 학생들과 눈이 마주쳐 버렸다. 이내 황남영이 교실 문을 여니, 교실 안은 잠깐 조용했다가 다시 시끄러워졌다. 짐짓 태연한 모습을 한 황남영은 제자리로 가서 가방을 싸기 시작했다.

"헉, 쟤 어디 가나 봐."

"대단한 분 따님이신데 뭐 놀랄 일이라고."

"좋겠다! 나도 저렇게 당당하게 땡땡이 쳐 보고 싶다."

무표정으로 일관한 황남영의 귀에, 반 학생들이 자신을 향해 쑥덕거리는 게 들리더니 곧 기분 나쁜 키득거림이 이어졌다. 그것을 애써 무시한 황남영은 마침내 가방을 챙기고는 어서 교실을 나가려고 성큼성큼 걸었다.

"보나 마나 어디 좋은 데 가겠지?"

"뻔하지~ 얼굴이 밝아졌잖아."

황남영의 얼굴은 특별히 밝아지지 않았으며, 밖에 아버지가 자신을 기다리는 상황이라면 더더욱 그럴 수 없었다. 교실을 나서는 황남영의 걸음이 조금씩 느려지던 순간에도, 자신의 뒤로 느껴지는 반 학생들의 시선이 결코 곱지 않다는 걸 알 수 있었다. 황남영이 무언가 잘못을 저지른 게 아닌데도 반 학생들은 모두 그녀를 멀리했고, 그것은 다른 반에서도 다를 게 없었다. 중학교를 입학했을 때만 하더라도 황남영은 반 학생들과 사이가 좋았으나 그것이 오래가지는 못했는데, 바로 아버지 때문이었다.

황남영의 주위에 아직 친구가 있었던 어느 날, 딸의 학교에 느닷없이 등장한 황운보 교수가 반 전체에 피자를 돌렸다. 곧이어 그는 딸의 친구들을 불러 맛있는 음식을 사 주며 환심을 샀는데, 그때마다 잔뜩 으스대며 자신의 자랑거리를 늘어놓았다. 처음에는 그것을 신기하게 듣던 황남영의 친구들은 점차 시들해지더니 급기야 그녀를 무시하고 멀리하기 시작했다. 그렇게 되자 황남영의 속은 꺼멓게 탔으나 아버지에게 사실대로 말할 수 없었다. 가뜩이나 딸을 업신여기는 아버진데, 자신의 말을 들어줄 리 없었기 때문이었다.

결국 반 전체가 황 씨 부녀에게 관심 자체가 없어지게 되니, 황운보 교수는 또 떠들썩하게 나타나 황남영의 담임 선생님의 환심을 사기 시작했다. 당황하던 담임 선생님은 황운보 교수가 규양병원의 의사라는 걸 알고는 반가움까지 느꼈다. 얼굴에 푸석살이 가득하다는 것과 딸이 있는 홀아비인 것을 알면서도 담임 선생님의 얼굴에는 웃음이 끊이지 않았다. 또한 황남영에게도 더없이 따뜻하게 대하며, 은밀히 그녀의 새어머니 자리를 노려 잘나가는 의사 사모님이 되려고 했다. 하지만 이내 황운보 교수의 시원찮은 실체가 드러남에 따라, 담임 선생님은 그에게서 정이 뚝 떨어졌으며 황남영을 대하는 태도도 확연히 달라졌다. 그저 껄끄러운 마음밖에 남지 않은 담임 선생님은 황남영을 꿔다 놓은 보릿자루 취급했다.

혼자 복도를 걷는 황남영의 마음은 칠흑같이 어두워지고 있었다. 차라리 학교에 종일 있고 싶었으나, 그럴 수 없는 것을 깨닫고는 우울한 마음으로 걸었다. 후문에는 반갑지 않은 황남영의 아버지가 어김없이 자신의 차에 기대 서 있었다. 어깨를 늘어트린 채 걸어오는 황남영에게 득달같이 달려간 황운보 교수가 벅차오르는 듯이 그녀를 품에 안았는데, 그것이 다른 사람들에게 잘 보이기 위한 '연기'라는 걸 잘 아는 그녀였다. '연기'를 마치고 차에 올라탄 황 씨 부녀는 아무런 말도 없이 출발했다.

"야, 학교는 어떠냐. 친구들이랑은 얘기 많이 하지? 계집애들은 아무것도 아닌 일로도 막 떠들잖아."

학교와 멀어지자, 황운보 교수는 평소의 거만한 얼굴로 지껄이기 시작했다. 황남영은 그것을 못 들은 체하며 차창 너머를 보았다.

"너는 뭐 한 게 있다고 벌써부터 피곤한 얼굴이야? 공부도 못하는 게, 사춘기가 벼슬이냐?"

황남영을 대놓고 비웃은 황운보 교수가 매무새를 고치는 와중에도, 그녀에게는 아버지의 모든 것이 꼴불견이었다.

'딸을 외톨이로 만들어 놓고, 뭐가 신난 거야?'

"쯧쯧! 너는 좀 예쁘게 하고 있지. 네 엄마라는 여자는 좀 반반했었는데, 어째서 넌 그 모양인지 모르겠다~"

황운보 교수는 황남영의 앞에서 '친모' 얘기를 종종 꺼내고는 했는데, 그게 하나같이 좋은 얘기와는 거리가 멀었다. 더구나 '친모' 얘기를 꺼낼 수 있는 것은 오직 황운보 교수만이 가능했으며, 거기에다 딸을 누군가와 비교하거나 지적하는 일이 반드시 따랐기 때문에 황남영의 입장에서는 고충이었다.

"어디 가는 거예요? 중요한 일이에요? 아침까지도 별말씀 없으셨잖아요."

"참~ 팔자 좋은 소리하네. 그럼, 내가 너한테 고해 바쳐야 돼?!"

"그게 아니라……."

"그게 아니라~ 저게 아니라~ 넌 그냥 잔말 말고 날 따르라고. 지금까지 내 덕에 호의호식하는 주제에, 어디 감히 토를 달아! 계집애가 공부를 못하면 눈치라도 있어야 할 거 아니야?"

자신의 말투를 흉내 내며 멋대로 소리나 지르는 아버지 때문에 황남영은 주눅만 들었다. 그나마 이때에는 그녀에게 설거지, 빨래 등은 시켰어도 힘쓰는 일은 거의 안 시키던 시절이었다.

"그래도, 어디로 가는 줄은 알아야 하잖아요. 지금처럼 학교를 빠져야 할 만큼 큰일이라면, 당연히 알고 있어야죠."

기죽은 상태에서도 할 말을 하는 황남영에게 눈을 부라리던 황운보 교수는 다시 앞을 보았다.

"사춘기가 벼슬이라 이거지…… 좋은 데 가는 거야! 너는 이런 날에 나랑 가면서, 기분이 좋아 보이지 않아."

어두운 표정의 황남영을 본 황운보 교수는 그것을 탐탁지 않게 여기며 인상을 썼다. 아버지의 반응이 어떻건 상관없던 황남영은 축 처진 채로 딴청을 피웠다.

"계집애가 이런 날에 할망구처럼 늘어져 있기나 하고. 누가 널 중학생으로 보겠어?! 네 친구들은 파릇파릇하고, 귀엽기만 하더라! 그런데 요즘에는 친구들이랑 안 놀아?"

'기가 막혀서. 내가 누구 때문에 친구가 하나도 없는데.'

되는대로 말하는 무심한 아버지 때문에 황남영은 울고 싶었지만, 그들 부녀가 탄 차가 계속 빠르게 주행한 터라 문득 이상한 생각이 들었다.

"도대체 어디……."

"아, 아까 말했잖아! 물을 생각 말고 그냥 가자고, 좀! 중요한 일인데, 자꾸 그렇게 다 죽어 가는 것처럼 하고 있을래? 이 아버지는 앞으로도 오랫동안 운전해야 한다고! 요즘 내가 얼마나 바쁜데…… 이게 다 너 잘되라고 애쓰는 거잖아! 알지도 못하면서 계속 말대답할 생각이나 하고. 계집애가 애교나 있어야지. 집에서도 늘어져 있기나 하고, 너랑 나랑 둘이 사는데 그러면 되겠어?! 오늘도 아버지 앞에서 웃는 것도 몰라요."

황남영이 뭔가 물어보려는데 인상을 확 찌푸린 황운보 교수가 목청껏 악을 썼다. 신경이 곤두선 것이 아주 큰일인 듯싶어, 그녀는 불만이 많음에도 그냥 참을 수밖에 없었다. 그렇게 마냥 고속도로를 달리던 차는 갑작스레 탁 트인 숲이 있는 곳에 접어들었다. 황남영은 차에 탄 시간이 오래 지났기에 피로했으나, 울창한 숲을 보니 마음이 편안해지는 것 같았다.

'여기가 어디지? 동화 속에 나올 것 같잖아.'

보나 마나 아버지 마음대로 아무 데나 데려가는 줄로 알았던 황남영은 굳어 있던 마음이 풀리려는 것을 느꼈다. 하지만 곧 의아스러워 아버지를 힐금거렸는데, 그곳에 들어선 그도 주변을 두리번거리며 경치에 감탄했다.

"눈이 돌아간다. 공기가 다르네, 달라. 이런 데는 평당 얼마나 하려나, 무진장 비싸겠지? 이런 땅 하나만 있어도…… 참 좋을 텐데."

황운보 교수는 자신의 방식대로 느끼며 군침을 흘리느라, 딸은 뒷전이었다. 황남영은 그런 아버지를 보며, 어쩌면 여기서 함께 외식을 할지도 모른다는 생각에 두근거렸다.

"이런 데에 와야 하는데~ 한 폭의 그림 같지 않냐? 그만 내려!"

이윽고 차가 멈추자, 황 씨 부녀는 주변 경치를 둘러보며 차에서 내렸다. 바람 소리와 처음 들어 보는 새소리가 맞물려, 황남영은 귀가 안정되는 느낌을 받았다. 그러다 좀 떨어진 곳에서 미술관처럼 생긴 레스토랑을 발견한 그녀는 괜스레 설레고 말았다. 급하게 주변을 두리번거리던 황운보 교수는 손목시계를 보다, 그 레스토랑으로 헐레벌떡 뛰어갔다. 그런 아버지의 뒷모습을 본 그녀는 그저 우두커니 서 있었다.

'이런 곳도 있구나…… 저 레스토랑은 엄청 비쌀 것 같은데, 설마 저기서 외식하는 건가.'

아버지가 규양병원에 간 후에 몇 번을 제외하고는 함께 외식한 적이 없었으므로, 황남영은 모든 것이 신기하면서도 불안했다. 그녀가 조심스럽게 주변을 관찰하고 있는데, 황운보 교수가 걸어오는 것이 보였다. 뚱한 얼굴로 천천히 걷는 것으로 보아, 뭔가 일이 잘 풀리지 않은 모양이었다. 그 모습을 본 황남영은 어느새 마음속 불안이 불거졌다.

"에이, 벌써 먼저 도착해 버렸잖아. 시간 맞추려고 서둘렀는데…… 계속 기다려야 되나?"

인상을 쓴 채 허탈해하던 황운보 교수는 잠자코 선 황남영을 보고 멈칫했다.

"네가 늑장을 부리는 바람에 엉망이 되어 버렸잖아! 일찍 왔으면 만나서 인사하고 다시 집에 갔을 텐데. 내가 누구 때문에 이 고생을 하는데, 계집애가 돕지는 못할망정!"

황운보 교수의 신경질적이고 쩌렁쩌렁한 목소리가 너른 숲에 울려 퍼져, 기분이 나쁜 것보다 창피한 마음이 먼저 든 황남영은 고개를 들지 못했다. 억세게 소리를 지르다 보니 배고픔을 느낀 황운보 교수가 차 안에서 빵 두 개를 꺼냈다. 그러고는 그 알량한 빵 두 개 중에 하나를 자신의 입에 물고서 나머지 하나를 황남영에게 내밀었다. 말없이 빵을 받아 든 황남영은 우울한 마음으로 아버지를 보았다. 뜬금없이 학교를 조퇴시키더니, 멀리까지 와서는 겨우 빵으로 때우게 하는 아버지가 어이없었다.

"뭐야? 왜 안 먹어? 배 안 고파?"

허겁지겁 빵을 먹어 치운 황운보 교수가 그늘진 얼굴로 선 황남영을 보았다.

"……마실 건요? 우유 없어요?"

어쩐지 서러운 기분이 든 황남영은 기어드는 목소리로 물었고, 그걸 들은 황운보 교수는 얼굴이 일그러졌다.

"얘 좀 봐, 황당하네? 너는 아직도 상황 파악이 안 돼?! 여기까지 힘들게 운전한 나도 빵 하나로 끼니를 때우는데, 너는 딸이 돼 가지고 그 말밖에 못해?"

"저…… 그래도 빵만 먹기에는 힘든데."

"답답하기는! 그냥 먹어라, 좀! 내가 너만 할 때는 빵도 먹기 힘들었다고. 그 배고픈 걸 참아 가며 힘들게 공부해서 겨우 의사가 됐다고! 그뿐이야?! 내가 너 하나 잘 먹고 잘 살게 하려고 매일 뼈 빠지게 일하는데, 넌 어떻게 항상 네 생각만 해? 이게 얼마나 중요한 일인데. 다 널 위해서 하는 일인데!"

황운보 교수는 씩씩거리며 황남영을 쥐 잡듯이 구박했다. 아버지가 계속 윽박지르니 무서워진 황남영은 얼른 빵을 입에 물었다. 그러자 달긴 하지만 약품 같은 향이 났고, 베어 문 빵이 입 안에서 덩어리지는 바람에 텁텁해졌다.

'물이라도 마셨으면 좋겠어. 여기는 왜 온 거지?'

"그래도 경치 좋은 데서 먹으니까, 맛이 끝내주지? 오늘 일을 잘만

해내면 평생 빵 같은 거 쳐다볼 필요도 없어! 저-기 레스토랑, 보기에
도 고급스럽고 멋지지? 저곳은 부자 중의 부자만 출입하는 곳이래~
이다음에 너도 저런 데 가야 좋지, 그렇지? 그런데 너는 머리가 안 따
라 주니까, 나처럼 자수성가는 꿈도 못 꿔. 그러니까 부잣집 눈에 띄
어서, 부잣집 며느리가 되는 방법밖에는 없다고~"

황남영의 어깨를 잡은 황운보 교수는 한결 다정한 목소리로 알 수
없는 소리를 내뱉었다. 그런 소리를 들은 황남영은 당연히 납득할 수
없었으나, 아버지에게서 오싹한 느낌이 들어 뿌리치지 못했다.

"너는 아버지 잘 둔 줄이나 알아~ 다른 사람은 이렇게까지 할 수가
없다고. 너는 그냥, 아버지 잘 만난 덕에 누워서 떡 먹게 생겼어. 그러
니까 인상 좀 펴라고! 계집애가 그게 뭐야."

황남영을 보며 잠시 빈축하던 황운보 교수는 이내 주차장으로 걸어
갔다. 도대체 무슨 일인지 알 수 없었기에, 그녀는 머뭇거리면서도 아
버지를 따라 걸어갔다.

"아~ 왜 이렇게 안 오는 거야……."

'다리 아픈데, 목도 마르고.'

시간이 흐르는 동안 황 씨 부녀는 차 한 대의 주위를 맴돌았다. 그
곳에 주차된 차들은 하나같이 고급스러워서 보는 동안에도 내내 자
극을 받는 것 같았는데, 그중에 황 씨 부녀가 맴도는 차는 유독 눈에
띄었다. 황운보 교수가 누군가를 눈이 빠지도록 기다리며 줄담배를
피우는 와중에도, 긴 시간을 그와 함께 잠자코 기다려야 하는 황남영
은 아무리 답답해도 속으로 삼킬 수밖에 없었다. 어느덧 매우 초조해

진 황운보 교수는 간간이 욕을 하면서 중얼거렸다.

"왜 이렇게 오래 걸려? 힘들어 죽겠네."

황남영이 하고 싶은 말을 먼저 해 버린 황운보 교수가 땅이 꺼지게 한숨을 쉬고 있을 때, 레스토랑의 입구에서 나는 소리를 어렴풋이 듣게 되었다.

"옳거니!"

"……?"

눈을 반짝인 황운보 교수가 재빨리 자신의 매무새를 살폈다. 그 모습을 본 황남영은 자신도 긴장이 되어 숨도 제대로 쉴 수 없었다. 여전히 무슨 일인지 몰랐지만, 아버지가 말한 '중요한 때'가 지금이라는 것은 알 수 있었다. 멀리서 들린 걸음 소리가 점점 가까워지는 걸 느낀 황운보 교수는 소리가 난 쪽을 노려보았다. 그에 따라 황남영 역시 긴장감이 고조되어 온몸에 쥐가 나는 것 같았다.

이윽고 유난히 무서워 보이는 노인과 젊은 남자가 레스토랑의 입구에서 나오는 것이 보였다. 그러자 황운보 교수 혼자 말도 없이 젊은 남자에게 득달같이 달려들었고, 그것을 싸우려는 걸로 본 황남영은 덜컥 겁이 났다. 하지만 그녀가 걱정한 일은 일어나지 않았다.

"아니, 이게 누구야~"

황운보 교수는 이산가족이 상봉하듯, 마구잡이로 젊은 남자에게 붙어서 떨어질 줄을 몰랐다. 게다가 금방이라도 눈물을 쏟을 것처럼 그렁그렁하게 젖은 눈을 했는데, 얼굴도 상기되어 감정이 상당 격해진 것을 알 수 있었다. 그런 아버지의 모습이 이해되지 않은 황남영은 낯선 남자 두 명이 그저 불편하고 겁이 났다.

'뭐야? 누구지…….'

한숨지며 무심코 고개를 돌린 황남영의 시선이 노인을 향했다. 젊은 남자가 입은 정장도 좋아 보였으나, 노인이 걸친 옷은 격이 달라 보였다. 하지만 황남영의 눈에 들어온 것은 노인의 옷차림이 아니라, 젊은 남자를 얼싸안고 정신없이 몰아붙이는 아버지를 보는 그 눈초리였다. 노인은 아무런 몸짓도 하지 않은 채 황운보 교수를 뇌꼴스러운 눈빛으로 보고 있었는데, 그 모습에 두려움을 느낀 황남영은 시선을 바닥으로 떨어트리고는 그대로 굳어 버렸다. 한동안 젊은 남자에게 일방적으로 떠들썩하게 인사하던 황운보 교수는 자연스럽게 고개를 돌리다, 노인과 눈이 마주치고 말았다. 곧 움찔한 황운보 교수는 엄숙한 표정으로, 자신을 곱지 않게 보는 그 노인에게 허리를 깊이 숙였다.

"안녕하십니까, 병원장님!"

목청 좋은 황운보 교수의 목소리가 푸념처럼 그곳에 울렸다. 그렇게 긴장한 모습으로 노인을 헬금거리는 아버지가, 황남영에게는 몹시 낯설었다. 항상 큰소리치는 아버지를 보고 자랐기 때문에 자꾸 노인의 눈치를 살피는 그 모습이 충격적이었다.

"저는…… 그냥 지나가던 길이었죠."

평소와는 다르게 힘이 빠진 그 모습이 어지간히 우스꽝스러워, 황남영은 아버지가 가엽게 보이기도 했다.

"오호, 그래? 지나가던 길이라고? 서울에서 여기까지 와 놓고 그냥

278

지나가던 길이라…….”

황남영이 보기에도 노인은 황운보 교수를 굉장히 싫어하고 있었고, 그도 그걸 아는지 노인과 눈을 마주치지 못했다. 황운보 교수는 진심으로 노인을 두려워하며 굽실거리기에 바빴다. 그렇게 무거운 공기가 돌던 중, 황운보 교수가 용기를 내어 말을 꺼냈다.

“근데, 정말 예상을 못했네요! 이런 곳에서 병원장님과 아드님을 만나게 될 줄이야. 우리가 인연은 인연인가 봐요~”

‘아버지와 아들이라고…… 어쩐지 닮은 것 같기도 하고. 병원장이면, 아버지가 일하는 병원의?’

눈치 없이 악을 쓰는 아버지 덕분에 황남영은 얼추 조각이 맞춰지는 것 같았다.

“이런~ 깜박했네! 병원장님 잠깐만요.”

황남영과 눈이 마주친 황운보 교수는 낯선 남자들에게 그녀를 우악스레 끌고 갔다. 황남영은 낯선 남자들의 앞에 나서자니 거부감이 들었지만, 몸집이 작고 마른 중학생은 덩치가 훨씬 큰 성인 남자와 상대가 안 되었다.

“딸이랑 왔다고? 학교는?”

무서운 노인이 자신을 바라보자, 황남영은 자기도 모르게 눈을 질끈 감았다. 황운보 교수는 그런 딸의 팔을 흔들며 열심히 떠들었다. 황남영은 그런 아버지가 창피했고, 더불어 쥐구멍이라도 숨고 싶을 만큼 수치심이 든 터라 고개를 푹 숙여 버렸다. 그러다 황남영의 귓가에 ‘상견례’라는 말이 들려, 깜짝 놀란 그녀는 귀를 의심했다. 고개를 든 황남영이 젊은 남자를 보았더니, 그는 그녀보다 훨씬 나이가 많은 것 같았다. 그것에 아연실색한 그녀는 아버지를 흘긋거렸다.

'아무리 부자라도 그렇지, 아직 중학생인 딸을 저런 나이 많은 남자에게 바치려고 하다니. 세상에, 어떻게 그럴 수가 있지?'

자신의 처량한 신세에 넋을 놓은 황남영은 우울한 마음이 들었다. 그러는 사이에 노인과 젊은 남자가 떠나 버렸고, 그에 망연자실한 황운보 교수는 그들이 탄 차를 하염없이 바라보았다.

'꼴좋다.'

멍하니 선 아버지의 뒷모습을 본 황남영은 조금 고소했다. 하지만 곧장 신경질적으로 돌아선 황운보 교수가 오만상을 쓰고 자신을 흘기자, 흠칫한 황남영은 자연히 고개를 숙이게 되었다.

"이 쓸모없는 계집애야! 내가 중요한 일이라고 몇 번을 말했어?! 넌 반반하지도 않고 머리가 좋은 것도 아니니까, 이것 밖에는 없다고~ 옆에서 내가 잘 말해 주면! 알아서 장단을 맞춰야 될 거 아니야? 어떻게 너는 발랄하지도 않고 귀엽지도 않은 게 죽을상만 해서 날 창피하게 만들어?!"

아버지의 폭언은 처음이 아니었지만, 황남영에게는 공포 그 자체였다. 그 때문에 그녀는 주눅 든 모습으로 오들오들 떨 수밖에 없었다.

"저 사람들이 누군 줄 알아? 바로 내가 일하는 규양병원의 병원장과 그 외둥이란 말이야! 어마어마한 거부에다가, 영향력이 대단하다고! 저 사람들한테 잘 보여서 눈에 들면, 그날로 네 인생 펴는 거라고~ 내가 오늘을 위해서 얼마나 공을 들였는데. 그런데 네가 이 값진 기회를 차 버려?! 어휴, 도둑질도 손발이 맞아야지!"

들쑥날쑥한 분을 못 참은 황운보 교수는 죄인처럼 선 황남영에게 자신의 격한 감정을 퍼부었다. 그렇게 윽박지르고도 모자랐는지 자신의 팔과 다리를 휘둘렀는데, 우락부락해진 아버지의 모습에 겁먹은 황남영은 차라리 기절하고 싶었다.

'집에 가서도 저러면 어쩌지? 배도 고프고, 목도 마르고, 다리도 아프고, 지치고, 무서워…… 죽겠어.'

황남영은 울적한 마음에, 어서 독립을 하고 싶다고 생각했다. 그래서 다시는 이런 일이 없으면 좋겠다고 생각했으며, 차라리 이 모든 게 꿈이었으면 좋겠다는 바람도 가지게 되었다.


'그날은 최악이었어.'

황남영은 옛날과 달라진 게 없는 자신의 신세 때문에 한숨을 내쉬고 말았는데, 오히려 무지막지하게 악화되고 있었으므로 그녀의 마음은 하염없이 꺾여야 했다. 중학교 때 일어난 일은 초등학교 때도 일어났고, 그것은 고등학교 때도, 대학교 때도 반복되었었다. 그런 탓에 황남영의 학창 시절은 늘 우울했고 친구라고는 없어, 그나마 '애인'이 있다는 것으로 만족할 수밖에 없었다.

"너, 내 말 듣고 있어? 지금 회사에 있다고 아주 막 나가는구나. 이 계집애야, 네가 그 자리에 어떻게 있는 건데? 다 내 덕분에 앉은 거 아냐! 넌 나한테 두고두고 감사해야 돼~"

'어쩌면…… 이렇게 한결같을 수 있을까?'

"듣고 있느냐고~ 답답해서 말을 할 수가 있어야지. 내가 벽에다 말을 해도 이보다 낫겠다! 바빠 죽겠는데도 겨-우 틈을 내서 통화하는 건데 이래서야~ 넌 그래서 문제야!"

"네? 뭐가 문제라는 말씀이세요?"

늘 듣고 또 듣는 아버지의 폭언은 더 이상 황남영에게 공포의 대상이 아니었다. 대신 피로가 몰려오게 만드는 일과였는데, 그것에 대고 요령껏 받아치는 것이 생각보다 까다로웠다. 그렇다 보니 회사 일보다 그것을 더 신경 써야 했다.

"이제야 듣는 체를 하는 거야? 하여간 가소롭기는…… 옛날이나 지금이나 똑같다니까. 너는 운이 좋은 줄이나 알아야 해! 너 같이 머리 안 좋고 반반하지도 않은 게, 순전히 내 덕에 호의호식하고 있잖아!"

"그래서 뭐가 문제냐고요."

"어쭈? 너한테 문제가 뭐겠어? 여태 말해 줬는데, 그걸 아직도 모른다고?"

"네."

"반반하지도 않고, 머리도 나쁘고, 애교도 없고, 친구도 없으면서 건방지고, 그 나이 먹도록 시집도 못 가서 아버지께 걱정 끼치고…… 더 말해?"

'시집을 못 간 건 내 탓이 아니잖아! 다른 것들도 결국, 다 당신 탓이잖아!'

신나게 자신을 비아냥거리는 황운보 교수의 말에, 울컥 성이 난 황남영은 입술을 깨물었다.

"낄낄~ 농담이야, 농담. 날씨가 좋으니까…… 몸도 나른하고 졸려서."

"……."

그의 뻔한 수작질에 질리도록 당해 온 황남영은 분한 마음을 겨우 삼켰다.

"계집애가 그런 거에 삐치기나 하고. 그런 너를 매일 보고 사는 나는 어떻겠느냐고."

"용건이 뭐라고 하셨죠? 급하신 게 아니라면……."

"야! 꼭 용건이 있어야 돼? 그런 걸 왜 따지느냐고! 아버지께서 귀한 외동딸한테 전화 못할 게 뭐 있어?! 너는 아버지 목소리가 반갑지도 않아? 이거는 뭐, 바쁘게 일하다가 겨우 틈을 내서 전화를 해도……."

황남영은 그를 조각내는 상상을 하며 손가락을 튕겼는데, 그렇게라도 하지 않으면 그녀 자신이 미쳐 버릴 것 같았기 때문이었다.

"뭐, 그러려니 하고 살아야지. 그나저나 요즘에는 워낙 바쁘니까 입맛도 없고 미치겠어. 뭐라도 먹어야겠는데…… 오늘 언제 끝나냐?"

황남영의 출근 시간은 황운보 교수가 마음대로 결정하다시피 했다. 퇴근 시간 또한 언제나 그러했기 때문에, 그의 질문이 무색하게 느껴졌다. 가마우지제약에 입사한 이래로 황남영은 야근은커녕 회식을 한 번도 한 적이 없었다. 자신의 의지와는 상관없이 늘 정시에 퇴근해 온 터라, 동료들과 더 멀어지게 되었다.

"일찍 퇴근……."

"그러면! 봄이니까 봄나물 좀 먹어 보자. 종류가 다섯 가지 넘었으면 좋겠고, 너 도미 먹고 싶다고 했지? 오늘 소원 풀어 봐~ 참, 낙지 먹고 싶지 않니? 난 그게 좀 당기는데…… 아이고, 시간이 벌써 이렇게 됐구나! 쉴 틈이 없다니까…… 이따 저녁에 보자."

"네."

딸의 대답이 들리자마자, 흥에 겨워 잽싸게 전화를 끊는 황운보 교수의 모습은 어째 한결 후련해진 듯 생기마저 돌았다.

"하- 이제 좀 살 것 같네. 그 계집애한테 퍼부었더니 속이 확 풀려~ 이게 나이 좀 먹었다고, 하늘 같은 아버지를 무시하는 것 같단 말이야."

쌓였던 자신의 불만을 애먼 황남영에게 고스란히 푸는 것이 황운보 교수의 낙 중 하나였는데, 그게 아니더라도 괜히 딸에게 막말이나 지껄이는 게 이제는 그의 마음속에 뿌리 깊이 박혀 있었다.


"으~"

통화를 마치고 난 황남영은 맥이 풀려 책상에 엎드렸다가, 별안간 자리에서 일어나 씩씩거렸다. 그러고는 희번덕거리는 눈으로 책상 위에 놓인 휴대전화를 노려보았다. 그렇게 화가 나서 어쩔 줄을 몰랐지만, 책상 앞을 왔다 갔다 하는 게 전부였다.

"내가 언제 도미가 먹고 싶다고 했어? 자기가 먹고 싶으면서 선심 쓰는 체…… 아침부터 대청소하느라 지쳐 있는 사람한테, 그런 걸 언

284

제 다 하라는 거야?! 봄나물에 낙지? 도대체 나는!"

얼굴이 붉게 상기된 황남영은 갑작스런 휴대전화의 진동 때문에 멈
칫했고, 그것에 다가가기도 전에 질겁하고 말았다.

'뭘 또 빼놓은 게 있나? 그래도 받는 수밖에……'

가까스로 마음을 가라앉힌 황남영은 휴대전화를 들여다보고 깜짝
놀랐다. 뜻밖에도 '애인'이었기에 일순 멍해져 있더니, 얼른 휴대전화
를 귓가에 대었다. 내내 웃음기가 없던 황남영은 얼굴에는 홍조를, 입
가에는 미소를 띠었다.

## 11

재작년에 부모님이 미국으로 떠난 후, **그것**은 줄곧 공수겸 보좌관에게 습관처럼 몸에 배었다. 어쩌다 여유가 있을 때는 하루에 한 번, 바쁘더라도 일주일의 한 번은 해야 마음이 놓였다. **그것**의 적당한 때는 새벽이나 아침이 좋았는데, 어쩔 때는 좀 번거롭게 느껴질 때도 있었다. 하지만 공수겸 보좌관은 **그것**을 해야 편한 마음이 들었다. 특히, 요즘처럼 괴짜 상관이 정신적인 과로를 불러 심난할 때는 더욱 필요했다.

"……한다고 하고 있는데, 잘하고 있는지 모르겠어요."

하늘은 밝았으나 아직 새벽을 가리키던 때, 공수겸 보좌관은 어김없이 어머니와 **통화**하고 있었다.

"괜찮아, 당연히 잘할 거야. 우리 아들은 언제나 잘해 왔으니까."

전화기 너머로 익숙한 목소리가 흐트러진 자신을 잡아 주는 것 같아, 공수겸 보좌관은 안심할 수 있었다. 말 자체는 단순했지만, 자신을 믿어 주는 어머니의 목소리가 마음을 편안하게 만들기 충분했기에 말문이 막히고는 했다.

"여보세요? 수겸아, 듣고 있니?"

"네, 네. 잠깐 졸았어요. 거기는 어떠세요?"

울컥한 공수겸 보좌관은 그런 마음을 간신히 추슬렀으나, 그렇다고 말을 길게 할 재주도 없는 터라 어물쩍 화제를 돌리는 것이 전부였다.

"여기야, 뭐. 솔직히 여기서 무슨 일이 나겠니? 그냥 농작물을 가꾸다가, 때가 되면 그걸 수확하는 게 전부인 걸."

어머니의 목소리가 편안한 자장가처럼 들린 공수겸 보좌관은 정말 졸 것 같아 은근슬쩍 일어선 채 전화를 받았다.

"너도 알다시피 우리 형편이 아직…… 그렇잖니. 그래서 나랑 네 아버지가 우리 아들이 보고 싶어도 큰맘 먹고 참고 있지."

"그렇기는 해도, 오 년이나 기다려야 하다니……."

"우리가 약속을 한 거잖니? 다 가계를 위해서 딱 오 년만 참았다가 만나자고 말이야. 멀리 떨어진 마당에, 만나려면 드는 경비가 적잖이 부담이잖아. 지금 통화하는 것도 눈코 뜰 새 없이 바쁜 네가 힘들고. 그런데 지금 만나게 되면, 널 방해하는 꼴이 되지."

공수겸 보좌관의 부모님은 미국 플로리다에서 친척이 운영하는 농장에 있었다. 재작년, 가계를 위해 무작정 미국으로 떠나고는 다행히 지금껏 그곳에서 일하는 중이었다.

"거기는 정말 괜찮으신 건지. 어릴 땐 어른이 되면 두 분을 호강시켜 드리려고 했었는데, 정작 지금은 제 몸 하나 건사하기 힘들 때가 있거든요. 성공할 생각에…… 그 어려운 고비를 넘겨 왔는데 말이에요."

공수겸 보좌관은 말끝에 코끝이 찡해졌고, 상대편에서도 말이 없었다. 침묵이 계속되는 동안, 모자는 지난날을 떠올리게 되었다.

"어…… 그런데 아버지는요?"

어느새 눅눅해져 버린 분위기를 깨기 위해 공수겸 보좌관이 애써 덤덤히 말을 건넸다.

"아, 그렇지! 네 아버지."

전화기 너머의 목소리가 흠칫하며 소리를 높였는데, 들어 보니 목이 멘 소리가 섞여 있었으므로 아들보다 더한 울음을 참는 모양이었다.

"하하하! 너랑 얘기하느라 그 생각을 못했어. 그리고 여기 걱정은 하지 말라니까…… 우리가 여기서 얼마나 잘 지내고 있는데! 하는 일도 별로 없고, 공기는 또 얼마나 좋은지 몰라. 아! 저기 네 아버지 오셨어! 요새 매일 놀러 다니시거든. 여보!"

공수겸 보좌관은 별안간 웅변을 하듯 말이 많아진 어머니의 목소리가 그저 기분 좋게 들렸다. 또한 그녀에게 지친 기색이 없는 것 같아 안심하게 되었다. 그렇다고 완전히 안심할 수 없었지만 지난 이 년 동안의 통화를 생각해 봤을 때, 그것이 꾸준히 느껴졌기에 최소한 그들에게 나쁜 일은 없다고 봐야 옳았다. 이왕이면 영상 통화를 하는 게 더 좋았겠으나, 부모님의 휴대전화가 옛날 기종인 탓에 그 방법은 불가한 것이었다.

"……여보세요."

이윽고 아버지의 목소리가 들리니, 전화기를 귓가에 더 바짝 댄 공수겸 보좌관이 긴장하게 되었다. 그의 아버지는 어머니와 다르게 그리 살가운 사람이 아니었다. 그렇다고 냉정한 사람도 아닌, 그냥 감정을 표현하는 것에 서툰 사람이었다. 거기에다 통화할 때의 목소리마저 작아, 공수겸 보좌관이 전화기에 귀를 바짝 댈 수밖에 없었다.

"네, 아버지."

"음……."

짧지만 귀에 익은 울림이 공수겸 보좌관의 귓가에 들려, 그의 몸도 긴장하는 바람에 점점 뻣뻣해지고 있었다. 그들 부자 사이가 나쁜 것도 아닌데, 공수겸 보좌관은 괜스레 숨 쉬는 것마저 마음대로 하면 안 될 것 같았다.

"……난 잘 지낸다."

무던히 길었던 침묵을 깨고 들린 아버지의 목소리는 꽤나 퉁명스러웠는데, 그래 봬도 곰곰이 고민을 하다가 아들에게 건넨 첫마디였다.

"네! 그러시다니 다행이에요. 어머니께 들었는데 거기 공기가 좋다고요?"

"응."

"두 분이 잘 지내신다면 다행이지만, 제가 직접 확인할 수 없어서 아쉬워요. 아무리 쉬엄쉬엄하셔도 그 일이 고되실 텐데. 게다가 매달 저한테 생활비를 부쳐 주시니, 얼마나 죄스러운지 몰라요. 그러셔도 괜찮으신 거예요?"

"응."

"제가…… 아버지께서도 아시다시피, 저도 벌잖아요. 어릴 때야 뭣도 모르고 부모님 도움을 받았지만, 지금은 그렇게 도움을 주지 않으셔도 돼요. 두 분이 힘들여 버신 거니 그냥 두 분이 쓰세요. 그렇게 하실 거죠?"

언제나처럼 무뚝뚝한 아버지의 음성은 공수겸 보좌관의 속을 내려 앉게 만들었기에, 그는 내내 마음이 걸렸던 부분을 말하게 되었다. 매달 미국에서 들어오는 돈은 그 액수가 적지 않았으므로, 그것을 받는 공수겸 보좌관의 마음은 늘 편하지 못하고 부담스러웠다. 그래서 말을 꺼내면, 어머니는 여느 때와 같이 논리적으로나 혹은 재치 있게 이리저리 말을 돌리고는 했다. 그러니 조금 어렵더라도 아버지에게 말한 것이었다.

막상 말을 꺼내고 나니 공수겸 보좌관은 어쩌면 될지도 모른다는 생각이 들었다. 그런 아들에게 대답해 주기에 앞서, 뜸을 들인 아버지는 이윽고 단호하게 대답했다.

"아니."

그 짧고 굵은 울림과 마찬가지로 공수겸 보좌관의 아버지는 검소함이 몸에 밴, 무엇이든 아끼는 사람이었다. 그것이 아들에게 강요된 적은 없었지만 자신은 돈이든, 전기든, 물건이든, 무엇이든 아끼며 살아왔다.

"그래도 지금까지 보내주신 게 얼마인데, 다시 생각해 보셔도 되잖아요? 그렇죠?"

"아니."

공수겸 보좌관이 말을 마치기 무섭게 확고한 대답이 뒤를 이어, 아버지의 성격을 아는 그에게는 어쩐지 무서움이 따랐다.

"네…… 그건 그렇고, 연세도 있으시니 조심하세요. 그곳 상황을 잘 알지 못해서 이 말씀밖에 못 드리겠어요, 조심하세요."

"응."

대답한 그는 곧바로 아내를 바꿔 줬는데, 아버지의 그런 행동은 늘 있는 일임에도 공수겸 보좌관의 마음을 울적하게 만들었다. 비록 말수는 적어도 진심으로 가족을 아끼는, 공수겸 보좌관의 아버지는 그런 사람이었다.

'아무리 그래도 그렇지.'

처음 있는 일도 아니고 많은 시간을 함께 보냈음에도 불구하고, 공수겸 보좌관은 마음 한구석이 처처해졌다.

"……여보세요? 수겸아?"

아버지의 무뚝뚝한 목소리를 들은 후라, 잠시 후에 들린 어머니의 목소리는 더욱 낭랑하게 들렸다. 그랬기에 공수겸 보좌관은 더 울컥해지고 말았다.

"어머, 끊겼나?"

"네, 듣고 있어요. 말씀하세요."

"아휴. 그래, 괜찮은 거니? 네 아버지는 어떻게, 여기를 와서도 변하지를 않는지 모르겠어. 말주변이 늘기는커녕 더 줄어들기만 하고."

"뭐. 원래 그러시잖아요. 그렇게라도 통화했으니 괜찮아요."

"차~암. 그래도 그렇지…… 픕!"

아들에게 미안해진 탓에, 말투가 좀 빨라진 그녀는 말끝에 호흡이 흐트러졌다.

"흐흐, 미국으로 온 지가 언제인데. 우리가 자주 통화하기는 해도 할 말이 얼마나 많은데…… 아무리 무뚝뚝해도 그렇지, 흐흐흐~"

그녀는 남편의 태도가 민망한 나머지, 끝내 웃음을 터트리고 말았다. 덕분에 듣고 있던 공수겸 보좌관도 마음이 누그러져 헛웃음이 났다.

"아버지란 사람이, 아들한테 한다는 말이 '응, 아니'…… 흐흐흐! 이건 남세스러워서 어디 가서 말할 수나 있어야지."

"조금 당황스러울 때도 있지만, 전 아무렇지도 않아요."

희미하게 웃은 공수겸 보좌관은 감정이 드러나지 않게 말했다.

"진심은 그게 아닌데…… 이해해 주면 고맙고."

"알아요."

"그래, 그렇겠지. 그래도 너, 이다음에 네 아들한테 '응, 아니'라고만 하지 마!"

방심한 아들은 어머니의 말에 웃음을 터트릴 뻔했으나, 그것을 아슬아슬하게 참았다.

"아들은 잘 지내는데, 의원님은 어떠시니?"

"장 의원님이요?"

"응~ 그분이 잘 지내셔야 우리 아들도 잘 지낼 수 있지. 우리 아들이 아주 잘나기는 해도, 솔직히 그분 덕에 네가 그 자리에 있는 거잖니?"

공수겸 보좌관의 어머니는 장용빈 의원을 꼬박꼬박 '의원님'이라고 불렀고, 그것은 공수겸 보좌관의 아버지도 다르지 않았다. 그들 부부는 아들을 하버드로 이끌어 준 장용빈 의원을 은인으로 여겨, 평소에도 치켜세웠다.

"의원님이야, 잘 계시죠."

공수겸 보좌관이 막 중학교 삼 학년이 되던 어느 날, 그가 다니는 안동의 한 중학교에 장용빈이 방문을 했었다. 장인목 병원장이 운영하는 재단이 그 일대에서 한 달간 불우한 아동을 위해 '무료 소아 치료'를 실시 중이라, 장용빈이 그것을 홍보하고자 여러 곳을 방문하던 차였다. 서울에서 먼 지역이었음에도 장용빈은 흔쾌히 그것을 즐기는 모습이었다. 그러다 공수겸을 발견하게 되었고, 그를 좋게 본 장용빈은 곧 아버지를 설득했다. 결국 아버지를 설득시킨 장용빈은 공수겸이 더 좋은 교육을 받게 해, 그의 앞길을 밝혔다. 그렇게 되니 공수겸보다 그의 부모가 더욱 기뻐하게 되었는데, 아들이 남달리 영리한 걸 알면서도 부모로서 딱히 해 준 것이 없었기 때문이었다. 더욱이 형편이 여의치 않은 터라, 아들을 고등학교에 제대로 보내 줄 수 있을지도 의문이었다. 그렇게 속병을 앓던 중, 장용빈이라는 은인이 나타난 것이었다. 비록 부부가 얻는 것은 없어 보였을지 몰라도, 소중한 아들이 말로만 듣던 하버드대학교에 입학하자 감격스러울 따름이었다.

"에이…… 어째 성의 없게 들린다, 얘."
"사실대로 말씀드렸는데요, 뭐. 그리고 잘 계실 수밖에 없죠. 그렇게 든든한 뒷배가 어디 흔한가요?"
부모님이 예전부터 장용빈 의원에게 무한한 감사를 표하는 것을 아는 공수겸 보좌관의 속은 쓰렸다. 남한테 아쉬운 소리하는 걸 싫어하는 아버지까지 장용빈 의원에게 굽실거렸으므로, 공수겸 보좌관의 마음은 좋을 수 없었다. 장용빈 의원의 은혜를 모르는 것은 아니지만, 부모님이 장용빈 의원을 마치 손윗사람인 것처럼 '의원님, 의원님' 하며 깍듯이 모시니 속이 말이 아니었다.

"으이그! 다 큰 것 같아도, 이럴 때 보면 사춘기 애 같다니까. 어디에 가서도 그러지 마!"

"제가 오죽하면 이럴까요."

"내가 왜 이러는지 모르니? 너는 어떨지 몰라도 난 우리 아들이 잘 자란 거 다- 의원님 덕이라고 생각해! 그러니까……."

"네! 무슨 말씀이신지 잘 알아요. 그리고 의원님은 정말로, 정말로 잘 계세요."

"……그렇구나."

그녀는 아들의 반응에 기가 찼으나, 그렇다고 다툴 수도 없었기에 애써 참는 듯했다.

"수겸아, 너무 서운해하지 말고. 내가 말주변이 없어서 그런가 봐."

"아니에요…… 저도 잘한 거 없는데요, 뭐."

어느새 얼굴이 화끈거린 공수겸 보좌관은 갑자기 불편해지는 기분이 들었다.

"혼자 고생하는 거 다 아는데, 미안해."

'이럴 때는 무슨 말을 해야 할까…….'

"시간이 많이 지난 것 같은데, 괜찮은 거니? 지각하는 거 아니야?"

"아!"

넋을 놓고 있다가 급히 시각을 확인한 공수겸 보좌관은 그새 출근할 시간이 다 된 것을 알게 되었다.

"괜찮…… 아요. 걱정 마세요. 어차피 제가 일찍 간다고 하더라도, 의원님이 늦으실 걸요. 어머니도 아시다시피 의원님이 그렇게 바지런하진 않잖아요?"

"얘, 너는! 명색이 보좌관이면서 상관 험담이나 하면 어떡하니? 습관 될까 봐 무섭다!"

예상은 했으나 막상 어머니로부터 핀잔을 들으니, 공수겸 보좌관은 쓴웃음이 나왔다.

"네, 알죠. 저도 제가 잘못한 거 안다고요. 저 그만 출근해야겠어요."

"아! 얼마 전에 의원님이 뉴스에 나오시는 거 봤어. 무슨 집회에 참석하셨다며? 자세히는 모르겠지만 심상치 않은 것 같더라. 의원님 성격에 앞뒤 가리지 않고 뛰어드신 거겠지? 얘, 수겸아! 네가 의원님 보좌관이잖니?"

"……."

"힘들더라도 네가 의원님 옆에서 말릴 건 말려 주고, 그러면 안 될까?"

가족끼리 통화하는데 왜 다른 사람 얘기가 나와야 하는지 영문을 몰라, 공수겸 보좌관은 기운이 빠지는 것 같았다. 더구나 이런 적이 한두 번이 아니었기 때문에 더 기가 찰 노릇이었다.

"제가 보좌관인 건 맞지만, 무슨 일이든 다 의원님이 마음대로 결정하시거든요? 고집은 또 얼마나…… 그런데 그건 어떻게 아신 거예요?"

"아들…… 인터넷이 있잖아. 요즘에는 나라 밖에서도 다 알 수 있다니까."

'인터넷.'

단번에 이해가 된 공수겸 보좌관은 결코 평범하지 않은 장용빈 의원의 나날이 떠올라, 어쩐지 피로가 몰려오는 것 같았다.

"우리 아들, 우리가 끔찍이 사랑해!"

"저도……."

"그리고 의원님……."

무슨 말이 나올지 잘 아는 공수겸 보좌관은 고의로 전화를 끊어 버렸다. 안 그래도 '의원님' 때문에 온갖 고생을 하고 있는데, 아침부터 '의원님' 얘기로 시간 낭비하고 싶지 않았다.

"휴~"

이내 공수겸 보좌관은 집을 나섰다.


어느덧 점심시간이 지나, 늘 그렇듯이 공수겸 보좌관은 피로한 모습으로 맡은 바를 충실히 이행하고 있었다. 그는 한꺼번에 하기에는 부담스러운 양의 업무를 기어이 해내, 지금 상사가 있는 사무실로 향하고 있었다.

'이 문을 열면, 보나 마나 '의원님'이 바지런하게 사고를 치셨겠지?'

아직까지 빈속인 공수겸 보좌관은 힘차게 움직이지 못했다. 간단하게라도 끼니를 때우고 싶어도, 마음대로 할 처지가 못 되었다.

"……?"

벌써 여러 번 문을 두드렸으나, 안에서는 아무런 소리도 들리지 않았다. 굶주린 상태여서인지 인내심의 한계를 느낀 공수겸 보좌관은 일단 문을 열고 들어갔다. 그랬더니, 안은 쥐 죽은 듯이 조용해서 큰 소리를 내면 안 될 것 같은 분위기였다.

"……."

'어어?'

공수겸 보좌관이 주변을 두리번거리며 장용빈 의원을 찾는데, 어딘가에서 소곤거리는 소리가 들렸다. 워낙 조용한 상태라서 들리기는 했지만, 그것이 무엇의 소리인지 알 수 없었기 때문에 조심스레 소리가 나는 방향으로 다가갔다.

"……."

조금씩 가까워지니 그것이 남자의 목소리라는 것을 알 수 있었으며, 그 목소리의 주인공 또한 알 수가 있었다. 사람들의 눈에 쉽게 띄지 않는 구석에, 그 주인공이 보였다. 언제나처럼 정장 차림의 그가 쪼그리고 앉아서 누군가와 통화하고 있었다.

"……."

무엇으로부터 조심하기 위해서인지는 몰라도 그 뒷모습이 심히 수상쩍게 보였으므로, 그를 유심히 보던 공수겸 보좌관은 생각에 잠겼다.

'처음 있는 일은 아니지만, 오늘은 참 수상하기 그지없어. 무슨 일인지 모르니 더 가까이 가기도 겁나네. 어…… 설마 그새 또 사고를

친 거야?'

그런 생각이 스치자마자, 공수겸 보좌관은 눈을 크게 뜬 채로 굳어 버리고 말았다. 더구나 요새는 '집회' 때문에 더 조심해야 하건만, 국회의원이라는 사람이 하루가 멀다 하고 엉뚱한 사고를 치고 있으니 안 될 말이었다.

'아…… 아닐 거야, 아니어야만 해. 부모님은 지금도 미국에서 고생하시고 계셔. 오로지 나 하나만 보고 고군분투하시는데, 저 상사라는 사람은 틈만 나면 일 만들 생각이나 하고…….'

허탈해진 공수겸 보좌관은 조심조심 통화하고 있는 장용빈 의원의 뒤통수를 원망스레 보았다. 그걸 모르는 장용빈 의원은 열심히 휴대전화에 대고 속삭이다, 뜬금없이 어깨를 들썩였다. 소리도 제대로 못 내면서 웃음을 터트리는 상사의 모습은 공수겸 보좌관을 암담하게 만들었다.

"?"

"……."

언뜻 누군가의 시선을 느낀 장용빈 의원이 무심하게 뒤를 돌아 핼금거리니, 공수겸 보좌관이 자신을 화난 눈초리로 응시하는 게 보였다. 이에 크게 당황한 장용빈 의원은 어찌할 바를 몰라, 그 자리에서 얼어붙어 버렸다.

"앗! 어…… 어."

"……."

많이 놀란 장용빈 의원은 입을 벌린 채 어떤 말도 꺼내지 못했다.

평소 능글맞게 행동하던 그를 생각하면, 어쩌면 정말 사고를 친 것인지도 몰랐다.

"중요한 통화를 하시는 것 같은데…… 제가 눈치도 없이 방해를 하게 되었습니다. 정말 죄송스럽습니다, 의원님."

분노로 인해 몸을 부들부들 떤 공수겸 보좌관은 그 상황을 비꼬듯, 차분하게 말했다. 그런 공수겸 보좌관의 눈길을 피한 장용빈 의원이 스리슬쩍 딴청을 피웠지만, 당황하는 기색이 역력했기에 무슨 일이 일어나도 이상할 게 없었다.

"……공 보좌관."

장용빈 의원은 공수겸 보좌관의 눈치를 슬금슬금 보며 할 말을 생각해 내는 중이었다.

"맞아, 중요한 일이었네."

"……."

너무나도 부자연스러운 그 말에 울컥한 공수겸 보좌관은 그만 직접적으로 묻고 말았다.

"누구와 통화하셨습니까?"

말을 하자마자 아차 했으나, 겉으로는 정색을 했다.

"음……."

장용빈 의원은 애써 웃어넘기려고 했지만, 뭔가가 있다고 여긴 공수겸 보좌관은 가만히 생각에 잠겼다. 최근 들어 아니, 꽤 오랜 기간에 걸쳐 장용빈 의원의 수상한 행적을 몇 번 느낀 적이 있었다. 다만 모두 단순한 것들이라 특별히 의식하지 않았으며, 워낙 제멋대로 행동하는 장용빈 의원의 성향 때문에 딱히 의심이 생기지도 않았다.

'냄새가 나는데…… 뭔지는 몰라도 내가 모르는 뭔가가 있어.'

공수겸 보좌관이 다시 장용빈 의원을 쳐다보니, 그는 별안간 창문을 바라보며 고뇌에 찬 모습이었다.

'맞네.'

물끄러미 그를 쳐다보던 공수겸 보좌관은 넌지시 말을 꺼냈다.

"갑자기 끊어 버리셨는데, 괜찮으시겠습니까?"

공수겸 보좌관이 짐짓 고개를 숙이며 목소리를 내리깔자, 장용빈 의원은 살짝 고개를 돌려 그를 보았다.

"중요한 건 맞지만, 네가 신경 쓸 정도는 아니야."

"그래도……."

"참……."

"여성에게는 조심하셔야죠."

순간 장용빈 의원과 공수겸 보좌관의 눈이 마주쳤고, 그곳에는 정적만이 감돌았다. 그러다 마침내, 장용빈 의원의 눈동자에 어린 불안을 발견한 공수겸 보좌관은 살짝 미소 지었다.

"……."

"조심하셨겠지만 사실, 이런 모습을 본 게 처음이 아니라서 말입니다. 여성의 목소리라니…… 분명 좋은 소식이겠죠?"

공수겸 보좌관에게 시선을 고정한 장용빈 의원의 표정이 점점 굳어지고 있었다.

"들렸어?! 들려?! 말도 안 돼!"

장용빈 의원은 자기도 모르게 버럭 소리를 지르고 말았고, 그 소리에 놀란 공수겸 보좌관이 뒷걸음질을 칠 뻔했다.

　"그렇게 조심했는데…… 이럴 수는 없어. 아냐, 거짓말이지? 그냥 넘겨짚어 본 거지? 말해!"

　흥분한 장용빈 의원이 다짜고짜 공수겸 보좌관을 붙잡고 괴성을 질렀다. 안 그래도 허기가 져 기운도 없는데 그가 흔들어 대니 공수겸 보좌관은 정신을 차리기 힘들었다.

　"이것 좀 놓으십시오!"

　참다못한 공수겸 보좌관이 장용빈 의원을 뿌리쳤다.

　"네, 맞습니다! 그냥 넘겨짚어 본 겁니다. 이제 됐습니까?"

　"어…… 뭐?"

　화나는 것을 억지로 참은 공수겸 보좌관은 매무새를 고치며 장용빈 의원에게 말했다.

　"그냥 해 본 말인데, 그래도 수확이 있는 것 같아서 다행이군요. 방금 통화한 게 여성이라는 건데…… 기대한 것, 그 이상입니다."

　어안이 벙벙해진 장용빈 의원은 손으로 자신의 입을 가린 채 바닥만 쳐다보았다. 그 모습을 본 공수겸 보좌관은 기분이 날아갈 듯 좋아졌고, 입을 가리던 손으로 눈가를 가린 장용빈 의원은 어깨가 축 늘어졌다.

　"그러니까…… 진짜로 들은 게 아니라고?"

　"그렇게 조심하시는데 제가 어떻게 듣겠습니까?"

　"내가 네…… 공작에 당했단 말이야?"

'공작이랄 것까지야.'

장용빈 의원은 자신이 생각해도 어이가 없는지, 쓰러지듯 의자에 앉았다.

"요즘 통 잠을 못 자서……."

무엇 때문인지 공수겸 보좌관은 반색을 하고 있었다.

"그래서, 얼마나 되신 겁니까?"

"그……?"

공수겸 보좌관의 의미심장한 얼굴을 보고 멈칫한 장용빈 의원은 눈길을 돌렸다.

"그런 게 아니야. 얼마나 됐냐니…… 기가 막혀서."

"좀 늦은 감이 있지만, 진지하지 않더라도 환영합니다."

싱글벙글 밝은 얼굴을 한 공수겸 보좌관과 눈을 맞추게 된 장용빈 의원은 곧 표정이 일그러졌다. 이내 고개를 돌린 장용빈 의원은 어이가 없어 머리를 흔들었다.

"와, 미치겠네."

"누군지는 말 안 하실 것 같고…… 나이라도 가르쳐 주시면 안 됩니까?"

장용빈 의원이 뭐라고 하던, 상황은 공수겸 보좌관의 뜻대로 흐르고 있었다.

"아니라니까."

"네, 그러니까 나이 차는? 제 느낌으로는 나이 차가 클 것 같은데……."

"나이 차가 있기는 하지만, 진짜 그런 게 아니야."

"그럼, 띠동갑이에요?!"

공수겸 보좌관은 놀란 토끼처럼 눈을 뜨더니 곧 웃음을 터트렸다.

"이렇게 뒤통수를 치시다니…… 하지만 이런 거라면, 얼마든지 받아들일 수 있죠."

장용빈 의원은 순식간에 벌어진 이 상황을 인정할 수가 없어 눈을 감아 버리고 말았다.

"직업은 우선, 일반인이겠죠?"

옆에서 눈치도 없이 혼잣말하는 공수겸 보좌관을 보고 있자니 살살 약이 오른 장용빈 의원은 그를 흘겼다.

"공수겸 보좌관!"

"……."

억울한 마음이 커진 장용빈 의원은 끝내, 화를 벌컥 내고 말았다.

"너 본분도 망각하고 뭐하자는 거야?! 명색이 보좌관이라는 게, 자기가 모시는 국회의원한테 그런 말도 안 되는 장난을 쳐?!"

정색한 장용빈 의원이 윽박지르자, 웃음이 뚝 끊긴 공수겸 보좌관은 자세를 바로 한 채 시선을 내렸다.

"실없는 생각은 버리고 나가 봐!"

씁쓸해진 장용빈 의원은 화가 나기도 하고 뭔가 억울하기도 했으나, 딱히 할 말이 떠오르지 않아 더 난감했다.

"가만, 지금이 몇 시지?"

피곤해진 모습으로 시각을 확인한 장용빈 의원은 살짝 찡그렸다.

"벌써 이렇게 됐어. 이봐! 보좌관이 되어서는 나한테 점심 먹으라는 말도 안 해?!"

장용빈 의원이 다그치니, 공수겸 보좌관은 아무 말도 못하고 억울한 얼굴로 섰다.

"아니다. 더 입씨름하기도 지쳤으니까…… 난 뭐라도 먹어야겠어. 제시간에 못 먹으면 견딜 수가 있어야지."

'저도 굶었거든요?'

"그래도 너는, 집에 가면 부모님이 널 반겨 주시잖아. 따뜻한 밥상을 매일 받는 네가, 혼자 사는 내 기분을 어떻게 알겠어?"

잠자코 듣던 공수겸 보좌관은 자신의 귀를 의심하며 장용빈 의원을 쳐다보았다.

"의원님?"

"말이 나온 김에, 오늘 너희 집에 가서 밥 좀 얻어먹을까?"

너무도 천진하게 말하는 장용빈 의원은 보는 이로 하여금 할 말을 잃게 만들었다. 그 때문에 공수겸 보좌관은 머리가 어지러워질 것 같았다.

"오랜만에 너희 집에 가는 건데 뭐라도 사 가지고 가야겠지? 뭐가 좋을까?"

혼자 신이 난 장용빈 의원은 잔뜩 기대하는 눈치였는데, 그 모습을 본 공수겸 보좌관은 황당했다.

"의원님."

"괜찮아, 너도 알지? 나 가리는 거 없이 다 잘 먹어!"

"의원님."

"걱정 마! 내가 설마 너희 집에서 네 욕을 하겠어? 그러니까⋯⋯."

"의원님!"

침착하게 대처하려던 공수겸 보좌관은 제멋대로 해맑은 장용빈 의원 덕분에, 결국 소리를 지르고 말았다. 그에 놀라 입을 다물어 버린 장용빈 의원은 얼굴이 상기된 공수겸 보좌관을 응시했다.

"저희 부모님이, 왜! 집에서 절 반겨 주십니까? 제가 말씀드렸잖습니까, 두 분은 재작년에 미국⋯⋯ 플로리다에 있는 친척의 농장으로 가셨다고!"

"아아–"

그제야 생각이 난 듯, 장용빈 의원은 공수겸 보좌관의 따가운 눈총을 피해 허공을 보았다. 다시금 밀도 높은 정적이 깔리는 순간이었다.

"알⋯⋯ 지! 그럼, 당연히 알지! 네가 나한테 몇 번을 말했는데."

"⋯⋯."

빤빤하게 큰소리를 치는 장용빈 의원을 보고 있자니 기가 막혔는데, 지금 기억이 났더라도 곧 다시 잊어버릴 것을 생각하니 공수겸 보좌관의 속은 벌써부터 답답해지고 있었다.

"네가 기운이 없어 보이기에 농담 좀 한 거지⋯⋯ 늦었지만 밥 먹으러 가자! 보아 하니 너도 굶은 모양인데, 내가 살 테니까 먹고 기분 좋게 풀자~"

장용빈 의원은 빠른 속도로 공수겸 보좌관의 등을 문 쪽으로 밀쳤다. 공수겸 보좌관은 어처구니가 없음에도, 화를 낼 기운조차 없어 얌전히 떠밀려 나갈 수밖에 없었다.


장용빈 의원이 공수겸 보좌관을 어처구니없게 만든 일은, 그때도 마찬가지였다. 그러니까 공수겸 보좌관의 부모님이 미국으로 떠나고 며칠이 지나서였다.

공수겸 보좌관은 어렵게 구한 오피스텔에 이사한 터라 정신이 없었다. 말이 오피스텔이지, 그곳은 좀 허름해서 그리 좋게는 볼 수 없는 곳이었다. 하지만 공수겸 보좌관이 가진 돈으로는 최상의 선택이었기에, 조금 휑하다고 해도 어차피 오래 살 것도 아니니 부모님이 돌아오실 때까지만 버텨 볼 심산이었다.

"……이 정도였나?"

공수겸 보좌관은 얼마 안 되는 짐을 대충 치우고, 앞으로 살아가야 할 자신의 자취방을 마주해 보았다. 원래는 흰색이었을 벽은 오래된 탓에 회색이 다 되어 있었고, 천장은 반듯하면서도 어딘가 지저분하게 보였다. 그래도 마음씨 좋은 그곳의 주인이 벽지와 페인트 등을 챙겨 줬으므로 어쩌면 새롭게 단장할 수 있을 것 같았다. 공수겸 보좌관은 그곳을 둘러보며 첫 자취방에 대한 기대감을 키웠다.

'아, 피곤하다.'

공수겸 보좌관의 마음은 희망적이었으나, 이삿짐을 나르고 간단히 청소한 것만으로도 적잖이 지치게 되었다. 겨우 옷을 갈아입고 침대에 누운 후에야, 그는 비로소 살 것 같았다. 비록 지저분한 천장이 눈에 거슬렸지만, 눈꺼풀을 내리는 것으로 간단하게 해결해 버렸다.

띵동

갑작스러운 초인종 소리에 반사적으로 눈을 뜬 공수겸 보좌관은 아직 말끔한 정신이 아니었다. 그래서 꿈인지 생시인지 긴가민가했다.

'······잘못 들었나?'

귀를 기울여도 더 이상 소리가 나지 않아, 그는 몽롱한 상태로 생각에 잠겼다.

'방금 이사 왔는데······ 날 찾아올 사람도 없잖아.'

이내 다시 눈을 감고 잠에 취하려는데, 또 초인종이 울렸다.

띵동

그는 벌떡 일어나 현관으로 달려갔다.

'이상하네, 누구지?'

문을 활짝 열고 자신을 찾아온 손님을 본 순간, 공수겸 보좌관은 기분이 착 가라앉아 버렸다. 공수겸 보좌관의 자취방에 찾아온 이는 무척 피곤해 보여 어딘가 초조한 분위기였다. 이윽고 공수겸 보좌관을 보고 머뭇거린 그는 들어오려고도 하지 않고 서 있기만 했다.

"여기는 어쩐 일로 오신 겁니까, 의원님."

"······."

공수겸 보좌관은 애써 표정을 밝게 했지만 속으로는 그렇지 못했다. 며칠 전 장용빈 의원이 돌연 사라지는 바람에, 그 뒷감당을 하느라 고생한 그로서는 자신을 찾아온 장용빈 의원을 곱게 볼 수 없었다. 원래 돌발적인 행동을 보이는 때가 많은 장용빈 의원이었으나, 국회의원이 되고서도 달라지지 않으니 걱정이었다.

"아니, 의원님! 대체 어디에 갔다 오신 거예요?"

"응?"

장용빈 의원은 어색스러운 투로 공수겸 보좌관의 눈을 보았고, 곧이어 대충 정리된 집 안을 찬찬히 들여다보고는 말이 없었다. 통 말이 없는 장용빈 의원을 원망스레 쳐다보던 공수겸 보좌관은 그의 행색을 살폈다. 좀 흐트러지기는 했어도 언제나처럼 정장을 입고 있었다.

'그러고 보니 국회의원이 아니었을 때도 늘 정장이었지. 안동에서 처음 만났을 때도 정장이었잖아. 이 사람은 정장으로 시작해서 정장으로 뼈를 묻을 생각인가?'

"그게……"

장용빈 의원은 공수겸 보좌관을 외면한 채, 혼잣말하듯이 중얼거렸다. 그 모습이 불안하게 보인 공수겸 보좌관은 살살 걱정스러워졌다.

'설마…… 사고라도 친 건 아니겠지?'

계속 허둥거리던 장용빈 의원은 별안간, 평소와 같은 분위기로 바뀌어 있었다.

"이야- 이사한 곳이 여기구나!"

공수겸 보좌관이 미처 말할 틈도 없이, 장용빈 의원은 스스럼없이 오피스텔로 들어섰다. 잠깐 동안, 민첩하게도 집 안 구석구석을 살핀 장용빈 의원은 묘한 얼굴로 공수겸 보좌관을 보았다.

"집이 왜 이래?"

'말도 없이 찾아와서는 한다는 말이…….'

점점 더 어두워지는 장용빈 의원의 반응은 막 이사 온 공수겸 보좌관의 기분을 언짢게 하기에 충분했다. 갑작스럽게 잠수를 타 놓고, 며칠 만에 쳐들어오듯 나타나 핀잔이나 주는 게 이해될 리 없었다.

"이사 온 첫날부터 무슨 말씀이세요."

"오피스텔이라고 들었는데, 그러면 더 깔끔하고 또……."

공수겸 보좌관은 집 안을 둘러보며 난감해하는 장용빈 의원을 보고 있자니 황당한 마음이 앞섰지만 침착하려 노력했다. 장용빈 의원의 구색을 맞춘 정장은 간편하게 입은 공수겸 보좌관과는 비교가 되었는데, 딱 잡아 말할 순 없었으나 평소 장용빈 의원의 모습과 차이가 있는 것 같았다. 어느 날 갑자기 사라지는 것이야 예전부터 있던 일이라 그렇게 이상할 게 없더라도, 말도 없이 불쑥 찾아와서는 어딘가 초조한 분위기를 보이는 건 처음이었다.

"누추한 곳에 찾아오시게 한 건 죄송하지만, 이제 그만 여기 오신 이유를 말씀해 주시죠."

"어…… 허허. 여기에 온 이유라니. 이사했다고 해서 겸사겸사 찾아온 손님한테 무슨 말이 그래? 내가 뭐, 못 올 데라도 왔어?"

장용빈 의원은 정색하고 말을 건네는 공수겸 보좌관에게 너스레를 떨었다. 이쯤 되고 나니 심증이 점점 굳건해진 공수겸 보좌관은 아찔함을 느껴야 했다. 어느새 의심스러운 분위기를 떨친 장용빈 의원은 특유의 여유를 되찾아 공수겸 보좌관의 자취방을 돌아다니기 시작했다.

"아니, 갑자기 사라지실 때는 언제고 어쩐 일이세요?"

"다 볼일이 있으니까 그랬지. 그런데 여기는 왜 이렇게 퀴퀴한 것 같지?"

"퀴퀴하다니, 아무 냄새도 나지 않습니다만! 진짜로 무슨 사고 치신 겁니까?!"

장용빈 의원이 일사분란하게 움직이며 킁킁거리는 동안, 공수겸 보좌관은 손님의 탈을 쓴 침입자를 바쁘게 따라다녔다. 그러면서도 장용빈 의원이 정말 사고 친 게 아닌지 불안해하고 있었다.

'설마……'

마침내 우뚝 멈춘 장용빈 의원이 공수겸 보좌관을 쳐다보았는데, 그것은 그거대로 또 다른 예감이 들어 공수겸 보좌관의 등골을 오싹하게 만들었다. 그리고 그것은 예상한 적은 있어도 바란 적은 결코 없는 현실이 되고 말았다.

"자~ 이제 시작해 볼까? 작업 들어가자!"

침입자인 장용빈 의원은 소매를 쪼금 걷어 올리더니 한 곳에 놓인 벽지와 페인트 등을 챙겼다. 그러고는 입가에 의미심장한 미소를 머금은 채 창문을 활짝 열었다.

'왜…… 슬픈 예감은 틀린 적이 없나.'

망연자실한 공수겸 보좌관은 그대로 돌처럼 굳어 버렸다. 그냥 간단히 정리만 하고 하루 종일 죽은 듯 잠들 생각이었던 그에게는 곤란한 일이었다.

"하하하핫!"

괴로워하는 공수겸 보좌관의 마음을 아는지 모르는지, 장용빈 의원은 즐거운 모습으로 일을 저지르고 있었다. 멋대로 가구를 재배치하고, 멋대로 칠했으며, 멋대로 붙였다 떼는 것을 반복하고 아주 난리였다. 할 수 없이 마음을 다잡은 공수겸 보좌관은 침입자가 만든 난리 속으로 뛰어들었다.

'이렇게 하루가 가는구나.'

하늘은 어느덧 어둑어둑해진 가운데, 몹시 지친 기색의 공수겸 보좌관이 열린 창문 너머를 멍하니 보며 서 있었다. 끝이 보이지 않아 더 막막했던 '단장'은 그럭저럭 마무리된 듯 보였다. 장용빈 의원이 열정적으로 손을 뻗힌 덕에 천장은 더 이상 지저분하지 않아, 처음보다는 한결 깔끔해진 느낌이 들었다.

"야!"

공수겸 보좌관이 힘없는 눈으로 느릿하게 허공을 둘러보는데, 뒤에서 장용빈 의원이 두 손으로 힘껏 그의 등을 밀쳤다.

"……."

장용빈 의원은 무슨 기운이 나는지, 종일 일을 하고도 장난을 쳤다. 하지만 '단장'에 힘을 쏟은 것은 대부분 공수겸 보좌관이었기 때문에, 체력이 방전된 그는 서 있는 것만으로도 기적이었다. 그런데 그마저도 장용빈 의원으로 인해 고꾸라지고 말았다. 이제는 화낼 기력도 없는 터라, 공수겸 보좌관은 힘겹게 몸을 일으켰다.

"잘한다. 나보다 젊은 녀석이 뭐 좀 했다고 쓰러지기나 해?"

공수겸 보좌관의 몰골도 형편없이 변했지만, 엉망이 된 것은 장용빈 의원도 마찬가지였다. 더러워진 옷을 보자면 공수겸 보좌관보다 더하면 더했지 모자라지 않게 보였다. 고급 정장에 덕지덕지 묻은 여

311

러 흔적들이 장용빈 의원을 노숙자로 보이게 만들었다.

"아무튼 고생했어. 그런데 네가 그렇게 있으니까 내 마음이 안 좋다. 대충…… 된 것 같으니까 난 그만 돌아갈게! 나도 이제 더는 피곤해서 못 있겠어. 아, 그리고 이 정도쯤은 누구라도 도와줄 수 있는 거니까 너무 고마워하지 마! 그럼 쉬라고~"

'아…….'

장용빈 의원은 달라진 집 안을 보며 흐뭇한 마음으로 그곳을 떠났고, 혼자 덩그러니 남겨진 공수겸 보좌관은 쓰러지듯이 누워 잠깐 눈을 붙였다. 잠시 후, 조금 기운을 차린 그가 몸을 간신히 일으켰다.

'……이게 뭐야. 하여튼 일 만드는 데는 선수라니까.'

둘이서 한 '단장'은 꽤 성공적인 것 같았으나 완전히는 아니었다. 그래서 곳곳에 버티고 있는 그 잔해들이 공수겸 보좌관의 눈에 여지없이 띄었다. 그것들을 치우는 데에 많은 시간이 걸릴 것 같았으므로, 그는 눈앞의 현실에서 도망치고 싶었다.

"어어?! 아!"

비틀거리며 화장실로 온 공수겸 보좌관은 거울에 비춘 자신을 보고 난색을 표하고 말았다. 자신이 입은 하늘색 티셔츠가 먼지 때문에 꼬질꼬질한 것과는 별개로, 뒷면에 손자국이 아주 선명하게 찍혀 있는 것을 발견했기 때문이었다. 아까 장용빈 의원이 힘껏 밀었던 것이, 등 부분에 짓궂도록 선명한 흔적을 남긴 것이었다.

"내가 이럴 줄 알았어! 밖에서 그렇게 고생시키더니~ 아, 이거 안 지워지겠는데?!"

공수겸 보좌관은 하늘색 옷을 당장 벗어 직접 확인하고는 속상한 마음에 안절부절못했다. 피곤에 절어 있는 사람을 끌어들이더니, 기어이 일을 저지른 것이었다.


'그래, 그런 일이 있었지. 그 옷은 결국 더 입을 수도 없었어. 산 지 얼마 안 돼서 아끼던 거였는데…….'

맛있는 거 사 준다던 장용빈 의원은 자연스럽게 국밥으로 때웠다. 그러고는 공수겸 보좌관과 식사하는 내내 쉬고 싶다는 말만 되풀이 하는 것이었다. 그런 그에게 당황하지 않은 공수겸 보좌관은 다만, 얼음물로 쓰린 속을 달랬다.


그렇게 쉬고 싶다고 노래를 부른 장용빈 의원은 다음 날, 한 가지 소식이 들리는 통에 마음이 바뀌게 되었다. 또한 그로 인해 눈을 동그랗게 뜨는 사람이 한둘이 아니었으며, 많은 사람들이 생각지도 못한 그 소식에 의해 뜨겁게 들끓기 시작했다.

속초의 한 공원 구석에서 수의 한 벌이 발견되었는데, 그 수의에 적힌 번호가 바로 잊힌 듯했던 '구승희'의 것과 똑같다는 것이었다. 놀랍게도 장소, 날짜와 더불어 일반인들이 모르는 대부분의 조건들까지 딱 이십 년 전 그때와 매우 흡사했다. 그리고 그것은 이십 년 전 그 때처럼, 대한민국을 그 수수께끼와 같은 사건에 다시 한번 주목하게 만들었다.

## 12

이십 년 전 그날에 있었던 사건과 여러모로 흡사한 일이 다시금 벌어지고 말았다. 누군가에게는 잊고 있던 기억을 떠올리게 했고, 누군가에게는 이제 새로 접한 갑작스러운 사건으로써 놀래 주기도 했다. 대중은 처음에는 냉정한 시선을 하고 대수롭지 않게 여기는 듯했지만, 장난쯤으로 여기기에는 의문스러운 데가 많았다. 더욱이 일반인들이 모르는 것까지 이십 년 전과 복사한 것처럼 똑같이 따라한 여러 정황들이 호기심을 자극했다. 그래서 어떤 단체나 개인이 '탈옥수 구승희'를 광적으로 집착한 나머지, 정확히 이십 년이 지난 그날의 사건을 재현했다는 주장이 소문처럼 퍼져나갔다. 그러나 그것도 어디까지나 짐작일 뿐, 누구하나 정확한 근거를 제시하지 못했다. 결국 이렇다 할 새로운 정보도 없이, 모래알만 한 근거도 없이, 사람들의 입에서 입으로 전해진 짐작 또는 주장들은 눈덩이처럼 불어나기를 반복하고 있었다.

그로부터 보름이 지난 후에도 '탈옥수 구승희'에 대한 대중의 관심은 그칠 줄 몰랐다. 오히려 관심의 온도가 점점 높아져, 어디를 가더라도 '탈옥수 구승희'를 알 수밖에 없었다. 그것을 갈구하는 사람들에게는 더없이 반가웠으나, 그렇지 않은 사람들은 보통 불편한 게 아니었다. 어떤 사람들에게는 단순히 피하고 싶은 걸 떠나, 머리에 쥐가 나게 하는 잡음에 불과했다.


사무적이면서도 힘차지 않은 걸음으로, 공수겸 보좌관이 길을 따라 걷고 있었다. 그날이 황금 같은 휴일이라서 그런 것 같았어도 그것과는 상관이 없었다. 실은, 얼마 전부터 장용빈 의원에게서 심상치 않은 것을 느꼈기 때문이었다. 그는 평상시와 다름없는 것 같았지만, 미묘하게 어긋나는 흐름을 몇 번이나 느낄 수 있었다. 그렇게 된 지가 딱 보름이었는데, 속초에서 수의가 발견되어 나라 안이 떠들썩해진 다음부터였다. 그랬기에 휴일임에도 불구하고 장용빈 의원에게 가는 중이었다. 너 나 할 것 없이 그 '소식'에 지나치게 수군대기 바빴으나, 장용빈 의원은 그것과는 조금 다르게 이상한 반응을 보였다.

'너무 이른 시간에 와 버렸네.'

공수겸 보좌관은 장용빈 의원이 사는 아파트의 복도를 걷고 있었다. 하늘에 해가 높이 떠서 밝았지만 아직 아침 일곱 시도 안 된 상태였다. 그래서 더욱 조심스레 걷는 그였으나, 장용빈 의원을 걱정하는 마음이 컸으므로 걸음을 서둘렀다.

"……."

그는 장용빈 의원의 집을 몇 걸음 앞둔 지점에서 우뚝 서 버렸다. 닫혀 있어야 할 현관문이 반쯤 열려 있는 것을 보았기 때문이었는데, 공수겸 보좌관은 순간적으로 마른침을 삼키게 되었다. 더 조심스러워진 그는 열려 있는 현관문으로 다가갔다.

'……무슨 소리지?'

열린 문틈으로 공수겸 보좌관이 안을 살펴보려는데, 무슨 소리가 들리는 것이었다. 자세히 듣기 위해 귀를 기울인 결과, 그것이 동영상에서 들리는 그런 소리임을 알 수 있었다. 그가 천천히 집 안으로 들어서자 거실은 여러 비디오테이프와 신문 기사들이 모인 책자, 잡지 기사들이 모인 책자 등으로 어질더분해져 있었다.

'이게 다 뭐야?'

두리번거리던 공수겸 보좌관은 거실 가운데에서 익숙한 뒷모습을 보고 나서야, 비로소 안심할 수 있었다. 긴장했던 마음을 추스른 그는 넋 놓고 텔레비전에 시선을 고정하고 있는 장용빈 의원의 뒷모습을 바라보았다.

'설마, 저렇게 밤을 새우신 건가?'

뒤에 공수겸 보좌관이 와 있다는 사실도 모르고, 장용빈 의원은 시청하던 것이 끝나자 어지럽게 흩어진 비디오테이프 중에 용케 원하는 걸 찾아내고는 그것을 재빨리 틀어 보았다. 그 모습이 무섭도록 진지해, 공수겸 보좌관은 장용빈 의원에게 감히 말을 건넬 엄두도 못 내고 있었다. 장용빈 의원은 눈이 충혈되어 몹시 산란해 보인 동시에, 정신이 맑아 보여 차분한 분위기였다.

이윽고 새 테이프가 시작됨에 따라, 잠시 어둡던 화면에 전체적으로 오래된 느낌의 영상이 나타났다. 그러고 나서 심각한 음악이 들리더니, 옛날 방식의 좀 촌스러운 자막과 함께 한적한 시골 마을이 나타났다. 곧이어 어떤 남성의 담담한 목소리가 들렸고, 이십 년 전 세상을 떠들썩하게 만들었던 '탈옥수 구승희'의 사진이 다소 과잉된 효과음과 함께 소개되었다. 사진 속에 담긴 당시 수의를 입은 '구승희'의 모습은 퀭하고 수척해서 더 암울한 분위기를 자아냈는데, 그것은 '구승희'가 교도소에 수감될 때 절차대로 찍은 사진이었다. 그 사진이 화면 가득히 채워졌다가, 다시 화면이 바뀌고는 '탈옥수 구승희'가 수감되었던 교도소가 나왔다. 그와 동시에 단조로운 목소리가 이런저런 설명을 하며 시청자의 감정을 고조시키려 멋대로 목에 힘을 줬는데, 급하게 준비해서 만들었는지 어설픈 흔적이 종종 눈에 띄었다.

이어서 여러 인터뷰가 차례차례 등장하기 시작했다. 서울은 아닌 듯한 야외가 나오더니, 휠체어에 앉은 누군가의 모습이 보였다. 얼굴이 나와야 할 곳은 뿌옇게 되어서 누구인지 알아볼 수 없도록 되어 있었고, 아래에 낙엽이 쌓인 것으로 보아 가을인 것 같았다.

몸과 마음이 힘드실 텐데, 취재에 응해 주셔서 감사합니다. 지금 심경이 어떠신가요?

"휴. 저야 심경이랄 게 있나요. 보시다시피 저는 늙고 병들었을 뿐인데요……. 다 늦게 이런 일이 벌어지다니. 놀란 건 둘째 치고서라도, 마음이 편치는 않죠."

그는 '탈옥수 구승희'가 있었던 고아원의 원장이었다. 음성이 변조되어 목소리는 알 수 없었으나, 아파서 힘이 없는지 또박또박 말하지는 못했다.


사건이 벌어진 후, 구(승희) 씨 소식은 접하셨나요?


"그 얘기를 참……. 그런 일이 있고 나서, 많은 사람들이 저한테 질문을 참 많이 했어요. 그래서 이젠 사람을 만나는 것도 겁이 나요. 기자들도 웬 질문이 그렇게 많은지……. (중략) 방송에 나왔으니 말인데, 그런(구 씨와 관련한) 소식이고 뭐고 일체 없어요! 너무 억울해요."


구 씨에 대해서는 하실 말씀이 없으시다는 건가요?


"저는 그냥, 갈 곳 없는 불쌍한 아이들과 함께 조용하게 살길 바랄 뿐이에요. 그 애(구 씨)도 여기에 사는 다른 아이들처럼, 부모를 잃고 여기에 있다가 간 것뿐이라고요. 그 기간도 얼마 안 돼요! 며칠? 일주일? 그런데 무슨 할 말이 있겠어요."


기간이 짧았더라도 기억나는 게 없으신가요?


"제가 기억하는 건, 글쎄요. 그 애(구 씨)는…… 당시에 있었던 아이들보다 나이가 많았고. 그러니 아이들이 좀 따르는 것 같았는데. 근데 저는 잘 몰라요! 워낙 짧은 시간이었고, 그 애(구 씨)가 저를 경계해서…… 사실, 그 애(구 씨) 때문에 여기 아이들이 피해를 입을까 봐 그게 걱정이죠."

원장은 피곤해하는 인상이 강했는데, 이미 많이 시달렸는지 말하는 내내 몸서리를 쳤다. 담요를 부여잡은 그의 손이 창백해서 어쩐지 신경질적으로 보였다.

맘고생으로 많이 힘드시군요. 이번 일로 걱정되는 게 있으신가요?

"저도 그렇고, 우리 불쌍한 아이들까지 힘들어하고 있어요. 동네의 아는 사람이고 외지에서 온 낯선 사람이고, 우리를 좀 내버려 뒀으면 좋겠어요! 몇 년 동안 알고 지내서 친했다면 몰라도, 며칠 있다 간 애(구 씨)가 이렇게 사람을 괴롭게 만들다니……! 제가 걱정하는 건 하나죠. 여기 있는 아이들이, 전국에 있는 모든 고아들이 다 그 애(구 씨) 같지는 않으니까! 제발…… 그런 쪽으로 인식이 굳어지지 않았으면 하는 거예요! 콜록, 제가 바라는 건 그거 하나예요."

그럼, 마지막으로 하실 말씀은요?

"방송이 나가는 거니까…… 확실히 말할게요. 저는 그 애(구 씨)랑 아무 상관도 없어요! 여기 아이들도 마찬가지고요! 콜록. 그러니까 제발, 가만히 있는 사람한테 난리 치지 마세요! 어제도 웬 젊은이들이 쳐들어와서 행패를! 콜록콜록! 너무 힘들어요…… 모든 고아들이 다 그렇지는 않은데, 콜록콜록!"

분을 참지 못해 기침하느라 정신없는 원장의 인터뷰는 그것으로 끝났고, 화면이 바뀌며 그 고아원의 곳곳이 지나갔다.

기간이 짧았다고 원장님이 말씀하시던데, 구 씨가 이곳에서 지낸 동안 아무 일도 없었나요?

"아이고, 그걸 다 말하려면 힘들어요. 우선 걔(구 씨)는요! 성질이 대단했어요. 여기에 온 날부터, 저랑 부딪히는 일이 많았다니까요. 그때 걔(구 씨) 나이가 저랑 많이 차이 나지도 않았는데, 말도 마세요. 걸핏하면 저한테 대들어서 보통 골치가 아니었어요!"

화면은 어느 길가 구석에서 기다렸다는 듯이 말을 쏟아 내는 한 남자를 보여줬다. 원장과 마찬가지로 얼굴이 뿌옇게 처리된 그는 그 고아원의 허드레꾼으로, 몸짓이 건들거렸다. 또 옷을 되는대로 걸친 느낌이었으며, 몸집이 매우 비대해 위협적으로 보였다.

"제가 비록 겉으로 보기에 이래도, 마음이 참 여린 사람이거든요. 붙임성도 좋아서 원장님하고나 여기(고아원) 아이들하고도 친하게 지내요! 근데 걔(구 씨)는…… 얼마나 말을 안 듣던지. 제가 무슨 말만 하면 이를 드러내고 달려드는데~ 걔(구 씨)는 그런 애였어요. 처음에 그(구 씨가 탈옥했다는) 소식을 듣고 기가 차서! '그럴 애였구나' 싶더라고요."

<u>구 씨가 고아원에 있었던 기간이 짧았다던데요?</u>

"맞아요! 며칠 동안 여기에서 지내더니, 그 성질을 못 이기고 도망쳐 버렸어요! 솔직히 말해서…… 전 걔(구 씨)가 여기서 도망쳤다는 걸 알고, 속이 시원했어요. 사실은, 제가 그동안 알면서도 말 못한 게 있거든요? 그게…… 걔(구 씨)가 여기 있었던 동안 한 게, 진짜 기가 막혔어요! 원장님이 아시면 속상해하실까 봐 계속 입 닫고 있었는데, 걔(구 씨)가 (고아원)아이들한테 한 짓이 기가 막힌다니까요?! 순진한 (고아원)아이들한테 어떻게 그런 짓을 했는지…… 글쎄, 어리고 순진한 (고아원)아이들한테 욕을 가르치더라고요! 제가 너무 안타까워서 '그러지 마라' 했더니, 바로 화를 내고 대들더라고요……! (중략) 그때부터 사사건건 저한테 시비를 거는 게 더 심해졌어요."

점점 감정이 격해진 그가 말을 빨리하는 바람에, 자막이 아니었다면 무슨 말인지 알아들을 수 없을 정도였다. 비대한 몸집의 사람이 막 입은 차림새로 소리를 지르니 더욱 위협적인 느낌이 들었다. 그런 데다 목소리 또한 높아진 탓에 듣고 있기가 힘들었다.

<u>진정하시고요. 지금의 구 씨가, 이미 예견되었다는 말씀이신가요?</u>

"……달리 설명할 수가 없는 게, 걔(구 씨)는 처음부터 그랬으니까요. 지금 걔(구 씨) 일로 사람들이 난리가 났는데. 뭐, 이런 마당에 지나간 일 가지고 들춰내자는 건 아니지만…… (중략) (구 씨에 대해서)

321

물어보시니까, 제가 아는 게 죄다 그런 거니까! 그런 일도 있었죠! 어느 날은 걔(구 씨)가 우리 고아원 아이들한테 도둑질을 가르치고 있더라고요. 하, 어떻게 그럴 수가 있죠?! 게다가 저한테나, (고아원)아이들한테나 툭하면 거짓말을 늘어놨어요. 저야 어른이니까 거기에 넘어가지는 않았는데…… (고아원)아이들은 뭣도 모르고, 워낙 순진해서 걔(구 씨)를 따르고. (중략) 못 믿으시겠다면 저 아래에 있는 가게에 가 보세요! 거기서 (고아원)아이들한테 물건 훔치게 하다가 걸려서…… 아무튼 그 일(구 씨가 탈옥한 사건)이 일어난 걸 알았을 때, 전 별로 놀라지 않았어요! 걔(구 씨)가 어떤 사람인지 충분히 알았으니까요."

그 허드레꾼은 화면에 나오는 동안 쉬지 않고 떠들었으며, 때로는 고개를 절레절레 흔들며 한숨을 쉬는 모습을 보여 주었다. 그렇게 한참 동안 그가 너스레를 부리는 걸 봐야 했는데, 그 부분이 원장이 나온 부분보다 훨씬 길게 느껴졌다.

'왜 저 사람만 저렇게 길게 나오지? 그다지 중요한 말을 하는 것 같지는 않은데.'

공수겸 보좌관도 어느덧 다큐멘터리에 집중한 사이, 불현듯 장용빈 의원이 혀를 차며 굼틀대었다.

"쯧……."

그것을 보는 내내 미동도 없던 장용빈 의원은 일순 얼굴을 찡그리며 어깨를 주물렀다. 그러고는 일시 정지를 해 놓고, 요란한 하품을 하기 바빴다. 이어 온몸이 쑤셨는지 갑작스레 움직움직하더니 기지개를 켜고는 그대로 거실 바닥에 드러눕는 것이었다. 주변이 비디오 테이프 등으로 어지러웠음에도, 개의치 않고 하고 싶은 대로 움직였다. 그런 장용빈 의원의 모습을 본 공수겸 보좌관은 어쩌지도 못하고 쳐다보기만 했다. 이상한 낌새를 느끼고 여기까지 찾아왔건만, 예상 치 못한 일이 눈앞에 벌어지니 그저 멍하니 있을 수밖에 없었다.

"……."

공수겸 보좌관이 눈을 돌리려는데 그만 드러누운 장용빈 의원과 눈이 마주치고 말았다. 그제야 정신이 번쩍 든 그는 장용빈 의원에게 어떻게 말해야 좋을지 몰라 난감했다.

"너……."

"에, 불쑥 찾아와 버렸습니다. 의원님이 괜찮으신지 해서 말입니다."

"……!"

살짝 민망해지는 상황이었으나, 공수겸 보좌관은 최선을 다해 또박또박하게 말했다. 그러자 몽롱하게 그를 보고 있던 장용빈 의원이 별안간 눈을 크게 뜨며 벌떡 일어났다. 그에 깜짝 놀란 공수겸 보좌관은 자기도 모르게 움찔했다.

'뭐야, 왜 저러지?'

"얀마! 너 왜 남의 집에 허락도 없이 막 들어와?! 너 때문에 깜짝 놀랐잖아!"

장용빈 의원이 충혈된 눈으로 흘기며 소리쳤기에, 공수겸 보좌관으로서는 너무나 당황스러운 상황의 연속이었다.

"제가…… 말씀드렸지 않습니까? 의원님이 걱정이 돼서 왔다고요."

"언제부터 네가 내 걱정을 그렇게 했다고?! 그럼 인기척 정도는 낼 수 있잖아! 유령이야, 밤손님이야?!"

"제가 여기에 온 게 처음도 아니지 않습니까? 오늘도 업무차 온 것이고…… 그리고 무슨 밤손님입니까?! 해가 중천인데!"

그들은 아침 댓바람부터, 각자의 언짢은 감정을 내세우고 있었다.

"……어? 해가 떴어?"

핏발을 세우며 목청에 힘을 주던 장용빈 의원이 굼뜨게 반응하고서 창밖을 돌아보았다. 그러더니 급히 손목시계를 확인했고, 곧바로 다리가 풀려 주저앉았다.

"아침이 맞네. 계속 이거 보느라 정신이 없었어. 얼마 본 것도 없는데 밤을 새워 버렸네. 어쩐지 졸리더라니……."

"괜찮으세요?"

공수겸 보좌관은 어깨가 축 늘어진 장용빈 의원을 보고 나니, 같이 소리를 지른 게 후회가 되었다. 더구나 밤새 '탈옥수 구승희'에 대한 자료를 열람한 흔적들이 보여, 더 미안한 마음이 들었다.

"아, 안 괜찮아. 밤을 샜는데 난데없이 네가 서 있는 게 보여서…… 혹시 헛것을 보나 싶어 말을 걸었는데, 네가 떡하니 대답을 하니까! 얼마나 놀랐는데! 기절하는 줄 알았어! 아이고, 심장이야……."

장용빈 의원은 비틀거리며 일어나 주방으로 갔는데, 제 안에 있던 말을 그대로 하면서 물을 따라 마셨다.

"그건 그렇고, 여긴 웬일이야?"

그새 마음이 진정된 장용빈 의원은 거실로 돌아오며 공수겸 보좌관에게 물었다. 그렇게 늘어놓았으면서도 장용빈 의원은 어질러진 곳을 요리조리 잘도 피해 다니며 소파에 앉았다.

　"걱정이 돼서 온 거라고 했습니다만."

　장용빈 의원에게 한바탕 휘둘린 것 같아, 기분이 안 좋아진 공수겸 보좌관은 애써 마음을 누그러뜨렸다. 동시에, 장용빈 의원의 집이 '탈옥수 구승희'의 자료로 어질러진 이유가 궁금하기도 했다.

　"……그랬지. 잠을 못 잤더니 뭐가 뭔지 구분이 안 가."

　장용빈 의원은 눈을 질끈 감고서 관자놀이를 지그시 눌렀다.

　"그런데 이게 다 뭡니까?"

　공수겸 보좌관은 거실 바닥에 아무렇게나 놓인 비디오테이프들을 가리키며 장용빈 의원에게 물었다. 그런 그들 너머로 보인 텔레비전의 화면에는 얼굴이 뿌옇게 처리된, 비대한 사내의 모습이 잡혀 있다.

　"피곤해 죽겠어…… 응? 뭐기는 뭐야. 그냥, 관심이 가서 찾아본 거지. 요새 그 일로 사람들 반응이 장난 아니잖아. 좀 앉아."

　거실의 상황이 그러니 장용빈 의원이 아무리 앉으라고 권해도 공수겸 보좌관은 더 이상 안으로 발 디딜 생각을 못했다. 그래서 그는 주방에 있는 의자 하나를 거실로 가져와서 앉았다.

　"사람들 반응 때문에 이렇게, 하셨다는 겁니까?"

　"뭐, 그런 것보다는…… 내가 보고 싶어서."

　장용빈 의원은 담담하게 대답해 주며 고개를 조금 숙였다. 그 분위

325

기가 어딘지 모르게 쓸쓸해 보인 터라, 공수겸 보좌관은 얼른 다른 말을 꺼내려고 했다.

"이걸 다 어떻게 구하셨는지…… 많기도 하군요."

"물어물어 구했지. 다시 돌려줘야 하는데, 그게 또 걱정이네."

장용빈 의원은 소파에 드러눕듯이 기대며 눈으로는 텔레비전의 화면을 좇았다. 그 모습을 본 공수겸 보좌관은 아무 말도 할 수가 없었다. 일시 정지가 된 화면을 주시하는 장용빈 의원의 눈빛이 무척 매섭게 느껴진 탓이었다. 비록 장용빈 의원의 얼굴은 피곤한 기색이 뚜렷해서 시종일관 무표정했으나, 눈빛만은 어떤 감정들이 담겨진 것 같았다.

"이 자료들을 다 보신 것 같지는 않은데……."

"그렇지. 쉬지 않고 계속 봤는데도, 아직 못 본 게 대부분이야."

얘기를 하면서도 장용빈 의원의 눈은 멈춰진 화면을 떠날 줄 몰랐기에, 공수겸 보좌관은 화제를 돌려 보려고 노력했다.

"밤을 새우셨다면, 지금까지 굶으셨다는 겁니까?"

공수겸 보좌관은 일부러 동작을 크게 하며 주방으로 갔고, 냉장고를 열어 안에 뭐가 있는지 확인해 보았다. 냉장고 안에는 생수병 몇 개만 있을 뿐, 그 외에는 아무것도 없이 텅텅 비어 있었다. 어떨지 예상은 했었지만, 실제로 텅 빈 그곳을 보고 나니 할 말이 없었다.

'어떻게 이럴 수가 있지?'

"너도 알잖아…… 나는."

"압니다!"

목청에 힘을 준 공수겸 보좌관은 가진 것 없이 가여운 냉장고의 문을 닫았다. 가진 것이 없는 건 쓰레기통도 마찬가지였는데, 애초에 쓰레기가 발생할 상황이 없었으므로 대충 파악이 되었다. 지금껏 결혼 좀 하라는 얘기가 나오면 웃어넘기고 말더니, 그 가여운 실상을 직접 확인한 공수겸 보좌관은 어이가 없었다.

"어떻게 이러고 사신 겁니까? 나이도 적잖이 드신 분이, 혼자 사시면서 이게 뭡니까? 이러실 거면 그냥 결혼을 하시라고요!

"어허, 못하는 말이 없네? 아무리 화가 나도 정신 좀 차려. 난 네 상관이야! 어디 부하 직원이 상관한테 별별 잔소리를 다 해?! 그리고 냉정하게 보면 넌 남이야. 내 아버지도 아니고, 내 형제도 아니라고~"

덜컥 화를 낸 장용빈 의원은 더 할 말이 생각나지 않았다. 반면에 공수겸 보좌관은 평소에 쌓인 것이 많아, 오만 가지 감정들이 섞인 눈으로 장용빈 의원을 보았다.

"아니 내 말은! 내가 살림을 꾸리는 게 엉망이기는 해도, 왜 그게 결혼이랑 연관되는지 모르겠다는 거야. 뭐, 여자가 꼭 살림하는 존재는 아니잖아? 여자들이 죄다 우렁 각시도 아니고."

정색하는 공수겸 보좌관에게 어찌할 바를 모른 장용빈 의원은 머리를 굴리며 열심히 항변했다.

"아~ 그런 생각을 하고 계셨다니. 생각이 트인 분이셨군요. 그래서…… 그분도 의원님의 그런 점에 반하신 겁니까?"

"……."

공수겸 보좌관은 은근히 말을 비꼬았는데, '그분'의 의미를 조금 늦게 파악한 장용빈 의원은 입을 꾹 다물어 버렸다.

"그럼, 결혼 생각은 없으시다는 겁니까?"

"……너 좀 지나치다? 내가 말했지, 그런 거 아니라고! 너 왜 자꾸 이래?!"

장용빈 의원의 낯빛에서 점점 핏기가 가셨기 때문에, 그쯤에서 한 발 물러나기로 한 공수겸 보좌관은 고개를 돌려 버렸다.

"그러시다면 뭐…… 우선 눈 좀 붙이시겠습니까? 눈이 빨개서 위험해 보입니다."

"……!"

인상을 쓰던 장용빈 의원은 화들짝 놀라, 두 손으로 자신의 얼굴을 감싸고는 곧 소파로 향했다.

"잠은요?"

"지금은 안 돼. 이것도 봐야 되고, 지금 자면 밤에 못 자."

조금 풀이 죽은 장용빈 의원이 씁쓸하게 대답했다.

"정말 그걸 다 보실 생각이십니까?"

거실에 어지러이 놓인 비디오테이프들을 본 공수겸 보좌관은 슬슬 걱정이 되었다. 이내 간단히 목 운동을 한 장용빈 의원이 다시금 아랑곳없이 다큐멘터리를 보았다. 화면에서는 여전히 얼굴이 뿌옇게 된 사내가 큰 몸집을 이리저리 흔들며 흥분하는 모습이 보였다.

"많아 보여도 그게 그렇지가 않아. 내가 본 것 중에 대부분이 수박 겉 핥기 식으로 짜깁기만 했지, 제대로 된 건 얼마 없어. 지금 보는 건 당시 사건이 일어난 후에 제일 먼저 만들어진 거야. 조금만 봤는데,

지금까지 본 거랑은 좀 달라 보여.”

화면에서 시선을 떼지 않고 말하는 장용빈 의원을 보며, 공수겸 보좌관은 어찌할지 고민하고 있었다. 밤새도록 많은 영상들을 봤다면 당연히 몸 상태가 말이 아닐 텐데, 그렇다고 여기서 다른 것을 권하더라도 장용빈 의원은 들은 척도 안 할 게 분명했기 때문이었다. 그는 언제나 제멋대로였고, 그만큼 고집이 셌으며, 남의 말은 고사하고 아버지의 말도 안 듣는 고집불통이었으므로 가능했다.

“……”

공수겸 보좌관은 떫은 표정으로 장용빈 의원을 바라보다, 화면으로 눈길을 돌렸다. 비대한 사내가 횡설수설하는 게 드디어 끝이 나고 다음 화면으로 넘어갔다. 그러자 또 다른 구구절절한 목소리가 이어져, 다소 지루한 시간이 계속되었다.

“……고아원 말이야.”

“네?”

“저 방송이 나가고, 얼마 안 가서 문을 닫아 버렸대. 그곳 원장의 건강도 안 좋아지고 해서, 혼자 어디 요양원에 들어가 버렸다던데. 그래서 거기 아이들은 모두 뿔뿔이 흩어졌고, 그 뚱뚱한 남자는…… 모르겠어. 아무튼 모두 흩어져서 제 갈 길 갔다는 거지.”

“……”

뭐라고 대답하기 모호해진 공수겸 보좌관은 뒤 내용이 궁금해, 조용히 영상을 지켜보았다. 그렇게 그들은 더 이상 아무런 말도 하지 않은 채, 화면에 집중하게 되었다.

조금 지나서 다시 심각한 음악이 들리더니 어느 건물이 나왔다. 정확히 어디라고 알려주지 않은 그곳은 한 병원이었는데, 카메라는 급히 그 병원의 지하로 내려가 그곳의 장례식장을 보여 주었다. 곧이어 다큐멘터리 내내 들렸던 프로듀서의 목소리가 설명해 준 후에야, 그곳이 다름 아닌 '탈옥수 구승희'가 일했던 공장 사장의 장례식장이라는 것을 알게 되었다. 그의 죽음에 대한 연유는 말해 주지 않았지만, 그곳에 혼자 자리를 지키고 있는 고인의 외아들을 만나 얘기를 나누겠다고 했다.

"흠⋯⋯."

조문객들의 발걸음이 없는 고인의 빈소는 정말 그곳이 빈소가 맞는지 믿기 힘들만큼 썰렁했다. 그런 그곳에는 한 명의 사람이 구석에 움츠리고 있었다. 자막으로 그가 부친상을 당한 그 외아들임을 알 수 있었으며, 고등학교 삼 학년이라는 것도 알 수 있었다.

'예민했을 텐데, 저렇게까지⋯⋯.'

공수겸 보좌관은 어쩐지 안 좋은 맘이 든 데 이어, 이십 년 전에는 어땠을지 짐작도 할 수 없었다. 한편 괴로운 분위기를 자아내는 소년이 화면에 보이자, 그때까지 화면을 쏘아보던 장용빈 의원은 곤혹스러운 듯 시선을 돌렸다.


⋯⋯삼가 고인의 명복을 빕니다.


"⋯⋯."

카메라가 저돌적으로 다가옴에도, 움츠린 소년은 침묵으로 일관했다. 무릎을 두 팔로 감싼 채 고개를 깊이 숙인 그 모습은 심히 우울하게 보였다. 그런데도 제작진은 딱히 움직임도 없는 그 소년을 취재하기 위해 기회를 엿보고 있었다.

지금 많이 힘드신 건 잘 압니다만, 시청자들은 알 권리가 있습니다. 그것이 아무리 하찮은 것이라고 해도요.

"......"

한 말씀만 해 주시면 됩니다. 구 씨가 그런 일(탈옥)을 벌이리라는 걸 알고 계셨습니까?

"......"

그(구 씨)가 있었던 고아원을 취재하는 과정에서, 구 씨에 관한 안 좋은 행실을 (전해)듣게 되었습니다. 그리고 이곳(서울)에서 취재에 응해 준 여러분 역시, 그(구 씨)에 대한 인식이 좋지 않다는 걸 알 수 있었습니다. 그렇다면, 그(구 씨)는 공장에서 일했을 때도 행실이 바르지 못했던 겁니까?

"......"

속사포처럼 끝없이 질문을 퍼붓는 프로듀서의 목소리는 소년의 대답을 갈구하고 있었다. 그의 목소리는 낮았고 말투도 조심스러웠지만, 대꾸조차 없는 소년에게서 떨어질 생각이 없어 보였다. 그러는 동안에도 고인의 빈소에는 애도의 물결은커녕, 사람의 그림자도 보이지 않았다.

지금 느끼실 심정이야 이해합니다. 사실 저도 어려서 부친을 잃어 봤기 때문에…… 지금 얼마나 절망적이신지 잘 알고 있습니다. 하지만 지금은 그러실 때가 아닙니다. 이럴 때일수록 정신을 바짝 차려서 주변을 살펴야 합니다. 그러니까 이제는 그만 마음을 추스르시고 저희에게, 시청자 여러분께 있는 그대로의 사실을 말씀해 주시면 됩니다. 이해하셨죠?

"……."

프로듀서는 최대한 나긋나긋한 말씨로 소년에게 말을 건넸으나, 소년은 도통 대꾸할 마음이 없어 보였다. 이윽고 최선을 다해 소년을 달래 보려 한 그의 한숨 소리가 적나라하게 들렸다. 그럼에도 불구하고, 제작진은 무슨 생각인지 그 자리에서 미동도 하지 않았다.

"……."

헤어나지 못할 정도로 충격이 크신 모양이군요. 지금은 무슨 말도 들리지 않으시겠지만, 이것만은 알아 두세요. 나만 힘든 게 아니라는 것, 세상에는 이보다 더 힘든 일을 겪으면서도 희망을 잃지 않는 사람이 많다는 걸요. 저만 해도 당신보다 더 어린 나이에 부친상을 당하고 역경이 수도 없었지만, 지금은 그걸 다 이겨 내고 이 자리에 있는 겁니다.

"……."

자, 다시 구 씨의 얘기를 하겠습니다. 아시다시피 그런(탈옥) 사건이 벌어지고, 사람들의 의견이 분분한데요. 이(탈옥) 사건을 보는 시선 중에는 '탈옥'이 아닌 '실종'으로 봐야 한다는 의견도 있었습니다. 심지어 그(구 씨)가 이미 사망한 게 아니냐는 얘기도 있는데 만약 그것이 사실이라면, 어찌 됐건 구 씨는 탈옥한 게 아닐 수도 있다는 말이 됩니다. 거기에 대해서 어떻게 생각하십니까?

"……."

쭈그린 자세의 소년은 계속 묵묵부답이었고, 프로듀서의 끈질긴 질문 세례에도 끄떡하지 않았다. 그쯤 되면 물러설 만도 한데, 그는 작정을 했는지 더 맹렬히 질문을 퍼부었다.

이렇게 말씀을 안 해 주시니, 시청자 여러분의 궁금증을 풀 수가 없겠군요.

소년의 대답을 듣기 위해 안달스럽던 그가 입을 다물었기 때문에, 그걸로 끝난 줄 알았는데 그게 아니었다.

　_저희가 빈소를 둘러봤는데, 사람이 너무 없군요. 구 씨는 몇 년 동안이나 그곳(공장)에서 일하며, 고인(공장의 사장)과 친밀했다고 들었습니다. 그러니 이렇게 부친상을 당하신 것 외에도, 믿었던 구 씨의 사건으로 심적 타격이 크실 텐데요. 그 사건이 벌어진 지도 꽤 지났는데, 사방에서 비슷한 질문이 쏟아져서 정신이 없으실 것 같거든요? 그 때문에라도, 시청자 여러분의 알 권리도 충족시킬 겸! 저희에게 하고 싶으신 말씀을 털어놓으세요._

　"……."

　프로듀서는 안쓰럽다는 듯이 돌려 말하고 있었지만, 침묵을 지키는 소년을 은근히 자극하고 있었다. 그 제작진에게 있어 소년은 필요한 정보를 제공해 주는, 자신들이 만들어 내는 '요리'의 재료에 불과했다. 그런데 홀로 빈소를 지키는 소년이 그들에게 얼굴도 보여 주지 않은 터라, 이미 쉽지 않을 것이라 예상했던 그들이었으나 이대로라면 낭패였다.

　_저희가 이 일로 많은 사람들을 취재했지만, 이번이 가장 중요하다고 해도 과언이 아닙니다. 감옥에 가기 전의 구 씨를 가장 오래 본 분_

으로서 무슨 말이든 해 주셔야…….


"……요."

넋두리하듯이 프로듀서가 게걸게걸 말하는 가운데, 환청 같은 소리가 들렸다. 바로 제작진이 그토록 원하던, 줄곧 침묵했던 소년이 입을 연 것이었다. 그러자 그들은 한차례 부산을 떨다, 소년에게 조심스럽게 다가갔다.


죄송한데, 뭐라고 하셨죠?


움츠리고 있던 소년은 조금 굼틀거리며 제작진 쪽으로 몸을 돌렸다. 그런 소년의 얼굴은 뿌옇게 처리되어 있었지만, 이미 처참해져 있음을 알 수 있었다. 거기에다 소년의 호흡을 들어보면 얼마나 서럽게 우는지 아는 것도 어렵지 않았다.

"……차라리 형이 진짜로 죽어 버렸으면 좋겠어요!"

소년은 눈물을 뚝뚝 흘리며 비명 지르듯 말을 내뱉었는데, 변조된 목소리더라도 그것은 너무나 처절하게 들렸다. 울음이 점점 격해진 소년은 온몸을 들썩였고, 주먹을 쥔 손을 파르르 떨었다. 제작진은 잠시 꿀 먹은 벙어리가 되었으나, 오로지 감정이 격해진 소년을 찍는 데 집중했다.


"…….."

그렇게 한동안 말이 들리지 않았다.

"……어어?!"

그러던 중, 뒤에서 다른 제작진의 목소리가 들리더니 잠시 부산거리는 소리가 이어졌다. 내내 소년을 찍던 카메라는 곧 뭔가에 휘청거렸다.

"뭣들 하는 짓이야?!"

별안간 변조된 목소리가 날카롭게 울렸고, 그에 당황한 카메라가 더욱 정신없이 흔들렸다. 화면에서는 위기에 봉착한 것 같은 분위기를 풍겼는데, 잠깐이었지만 상복을 입은 남성이 보였다. 얼굴이 뿌옇게 처리되어서 생김새는 알 수 없었으나, 머리가 하얗게 샌 것이 노인인 게 분명했다. 화면에는 아무것도 잡히지 않은 채, 그저 몇몇의 목소리가 어지럽게 부딪히는 것만 들렸다.

"……이!"

진정하시고요. 연세도 많으신 분이…… 몸 생각하셔서 화내지 마셔야죠.

"뭐?! 내 걱정해 줘서 아~주 고맙구먼!"

그들 사이에 실랑이가 벌어진 건지, 밀치는 소리가 들렸다.

"어어어~"

"당장 나가! 당장!"

그것으로 소년을 취재하는 영상이 끝났는데, 뭔가 여러모로 어지러운 느낌이 많았다.

"저 소년 말인데…… 사건 직후 신문에 몇 번 나온 게 다야. 언론에 심하게 데었는지, 그쪽이라면 무조건 거부하고 피했다네."

화면이 바뀌어 다시 단조로운 목소리가 들리는 틈에 장용빈 의원이 말했는데, 벌써 웬만큼 알아본 것 같은 말투였다.

"얼마 되지도 않았는데…… 꽤나 잘 아시는 것 같습니다."

공수겸 보좌관은 발에 치이는 각종 자료들을 곁눈질했다. 이어 장용빈 의원이 아무도 모르게 '탈옥수 구승희'에 관해 조사하느라 평소보다 바빴을 것이라 짐작했다.

'잘도…….'

"저 소년이 유난히 몸을 사리는 것 같아. 다른 사람들은 저 정도까지는 아니었다고. 아무튼 그랬는데, 최근에는 소식을 알 길이 없네."

피곤해하기는커녕 오히려 신나 보인 장용빈 의원은 공수겸 보좌관에게 유창하게 떠들었다.

"사실 더 다양한 정보를 얻고 싶었는데, 내가 구할 수 있었던 건 이게 전부야. 물어물어 어렵게 구한 건데도 좀 실망스러운 걸……."

"뭐, 저는 잘 모르겠습니다. 그래도 짧은 시간 동안 많이 알아내셨군요."

갸우뚱거린 공수겸 보좌관이 천천히 고개를 돌리니, 늘어지게 하품하는 장용빈 의원이 보였다. 그를 본 공수겸 보좌관은 어쩐지 그 모습이 못마땅했다.

'평소에도 이러면 얼마나 좋아.'

턱이 빠질 것처럼 하품한 장용빈 의원은 소파에 몸을 뉘었다. 아마도 그간 쌓이고 쌓인 피로가 이제야 몰려온 모양이었다. 그런 모습을 보며 측은하다는 생각이 든 공수겸 보좌관은 거실에 어지러이 놓인 각종 자료들을 보며 어떤 생각에 잠겼다가, 이내 고개를 작게 젓고는 눈을 감아 버렸다.

"요즘, 사람들 사이에서 그 사건이 뜨거운 감자잖아. 주위 반응이 그러니까, 나도 관심이 가서 알아보게 된 거야."

살며시 눈을 뜬 공수겸 보좌관은 누워 있는 장용빈 의원을 쳐다보았다. 그때 장용빈 의원의 눈이 감겨 있어 잠이 든 것 같았지만 여전히 말하고 있었다.

"그렇다고 해도 이건 좀."

"그래, 내가 생각해 봐도 이런 거에 정신 팔린 내가 이해가 안 돼. 하지만 자료를 보고서 이상한 생각이 멈추질 않더라고. 뭔가…… 뭔가 이상한데. 분명히 그런 느낌이 들어."

"……."

인상을 쓴 공수겸 보좌관은 어느 순간 잠들어 버린 장용빈 의원의 얼굴을 가만히 바라보았다. 그러다 시선을 돌려 조용히 한숨짓고는 다시 뭔가를 고심하고 있었다.


"……응?"

부스스 잠이 깬 장용빈 의원이 주변을 두리번거렸더니, 여전히 그 자리를 지키고 있는 공수겸 보좌관이 보였다. 둘의 눈이 마주친 순간,

장용빈 의원은 기겁하며 소리를 질렀다.

"어, 어~억!"

"?!"

혼비백산한 장용빈 의원은 손가락으로 공수겸 보좌관을 가리키며 눈도 깜박이지 못했다.

"왜 그러십니까, 의원님?! 뭐 때문에 그러시는 겁니까?"

공수겸 보좌관은 그저 놀라고 당황스러워, 식겁한 장용빈 의원에게 다가갔다. 가리킨 손가락을 슬쩍 치운 장용빈 의원은 자몽한 상태에서 중얼거렸다.

"별건 아니고…… 어떻게 된 거냐 하면. 사실은…… 내가 잠에서 깼는데, 누가 보이는 거야."

"네? 누가!"

"그게 너지…… 네가 여기 온 걸 깜박하는 바람에. 결론은, 내가 많이 놀랐다는 거지."

말을 마친 장용빈 의원은 눈을 돌릴 수 없었다. 공수겸 보좌관의 곱지 않은 시선이 느껴졌기 때문이었다. 하지만 당혹스럽게도 그 자리에서 도망칠 수도 없는 것이, 그러기에는 거실에 늘어놓은 자료들이 많았기에 틈이 보이지 않았다.

"……."

"그게 다, 전자파를 지나치게 오래 쐰 탓입니다!"

욱기가 들어 목소리에 힘을 준 공수겸 보좌관은 자리에서 일어나 그대로 나가려고 했으나, 일어나 보니 '탈옥수 구승희'에 관한 수많은 자료들이 그의 눈길을 잡았다. 그중에 한 잡지 기사에는 '탈옥수 구승희'의 무뚝뚝한 얼굴이 찍힌 흑백 사진이 크게 나와 있어, 그것을 집어 든 그는 물끄러미 바라보았다.

"……내가 너한테 이런 모습을 보인 건 유감스럽게 생각해. 하지만! 나는…… 믿어 줄지 모르겠는데, 직무 외의 시간에만 매달렸어. 혼자서 이걸 다…… 아무튼 그 점은 분명히 해 두자고!"

은근슬쩍 공수겸 보좌관을 힐금대던 장용빈 의원은 겸연쩍은 마음을 억누르며 일부러 큰소리쳤다. 그러거나 말거나 공수겸 보좌관은 그 기사를 보았다. 크게 확대된 그 흑백 사진에서는 음울한 기운이 느껴졌는데, 목 아래가 잘리기는 했지만 수의를 입었을 때의 사진이 맞는 것 같았다. 그 사진 밑에 자리한 글의 내용 역시, 사진에서 느껴지는 것과 크게 다르지 않았다. 마침내 모두 읽은 공수겸 보좌관은 그것을 바닥에 얌전히 내려놓았다.

"……."

우두커니 선 채 장용빈 의원을 보는 공수겸 보좌관의 시선에 불신이 묻어난 터라, 장용빈 의원은 공수겸 보좌관이 어떤 감정을 가졌는지 알 수 있었다. 그래서 더 이상의 말하기를 그만둘 수밖에 없었다.

"……."

"……."

자포자기에 빠진 장용빈 의원이 다시 누우려는데, 공수겸 보좌관의 차분한 목소리가 들렸다.

"그래서 이걸 더 알아보시겠다는 말씀이십니까?"

"나야 그렇게 하고 싶은데……."

"알겠습니다."

장용빈 의원은 영문을 몰라 공수겸 보좌관을 쳐다보았다.

"뭐라고 한 거야?"

"그러니까 혼자서는 힘들다는 뜻, 아니십니까? 제가 말린다고 해도 소용없을 테고……."

"……."

어느새 조금 굳은 얼굴이 된 장용빈 의원은 헝클어진 머리를 쓸어넘겼다. 그러고는 공수겸 보좌관을 바라보며 말했다.

"일이 이렇게 될 줄은 몰랐네…… 내가 정신없이 여기에 빠져서 일을 벌이기는 했어도, 널 끌어들일 생각은 하지 않았거든. 오늘도, 너한테 들킬 줄은 정말 상상도 못했어."

장용빈 의원의 말을 가만히 듣던 공수겸 보좌관은 그가 말을 마치자 무심하게 돌아섰다. 갸웃대던 장용빈 의원은 속으로 의아했지만, 딱히 어찌하지는 못했다.

"전 그만 집에 가서 푹 잘 겁니다."

"?"

"앞으로 그걸 다 조사하려면, 체력이 우선이죠."

그렇게 담담히 말하고 난 공수겸 보좌관이 현관문을 나섰고, 그가 나간 뒤에도 장용빈 의원은 멍하니 닫힌 현관문을 바라보았다.


더위가 한창이던 어느 날, 사람들은 해가 지고 나서야 낮 동안 한산

했던 거리로 나와 흐르는 땀을 식혔다. 시간이 지남에 따라 해는 점점 길어졌고, 더위는 밤으로도 자연스럽게 흘러가더니 급기야 열대야를 제공했다.

경기도 지역의 어느 허름한 상가 골목은 요즘 같은 날씨는 물론, 평소에도 다니는 사람이 적었다. 그 때문에 문을 연 가게는 거의 없었으며 모두가 무관심한 그런 곳이었다. 그곳에서 조금만 더 들어가면 제각각 아무렇게나 지어진 건물들이 빼곡했는데, 그중의 하나는 여느 건물들과는 차이를 가지고 있었다. 그곳에 위치한 많은 건물 중에 몇 안 되게 따로 주인이 있다는 점도 그랬지만, 그런 단순한 차이로 구분 지을 수 없는 것이었다.

"헉…… 헉."

그 건물은 일 층에 큰 창고가 있었고, 이 층은 그보다는 작더라도 좁다고 하기 힘든 크기의 사무실이 전부인 그런 곳이었다. 전체적인 분위기가 군색스러우면서도 사람의 손길이나 발길이 거의 없어 생긴, 지저분한 흐름 이상의 무언가가 느껴지는 곳이기도 했다.

"허으……."

바람 부는 소리마저 조용한 그곳에, 한 명의 남자가 아까부터 걸어오고 있었다. 그는 크고 부담스러운 숨소리를 내며 줄줄 흐르는 땀으로 온몸이 범벅인 채, 그 건물을 향하고 있었다. 거친 숨을 몰아쉬는 건 둘째 치고, 벌겋게 상기된 얼굴이나 이미 지쳐서 나가떨어질 듯한 그 걸음걸이는 보고 있기가 버거울 지경이었다.

'……이제 다 왔네. 날씨가 갈수록 왜 이러나 몰라, 아이고!'

겨우 그곳에 도착한 그는 잠시 숨을 고른 후, 이 층 사무실로 통하는 계단에 올랐다. 그 건물의 주인이기도 한 그는 바로 황운보 교수였다. 황운보 교수가 이곳에 오기 위해 자신의 차도 마다하고 대중교통을 이용해야 했던 이유는, 딸에게도 비밀로 한 이곳이 오직 자신만을 위한 공간인 탓이었다. 그렇기에 누구에게도 들키지 않으려, 극도로 조심해 가며 오는 것이 규칙처럼 돼 버리고 말았다.

'그렇지!'

땀으로 흠뻑 젖어 끈적이는 몰골의 황운보 교수가 잠긴 사무실의 문을 열자, 구겨지고 벌건 그의 얼굴이 밝아지게 되었다. 문을 사이에 둔 안과 밖은 극명한 대비를 이루어, 뙤약볕이 내리쬐는 밖에서는 조명 하나 켜지 않은 사무실 안이 컴컴하게 보였다. 더구나 사무실에 있는 창문을 그가 모조리 꼭꼭 가린 탓에, 안은 당황스러울 정도로 어두워서 앞에 무엇이 있는지조차 알 수 없었다.

황운보 교수는 사무실 안을 더듬더듬 들어와, 그곳의 유일한 의자를 손끝으로 느끼고는 익숙한 움직임으로 지친 몸뚱이를 냉큼 앉혔다. 컴컴한 사무실에 앉은 그는 아직 가쁜 숨을 몰아쉬었는데, 시간이 지나 어둠이 눈에 익숙해지자 손을 뻗어 책상 위를 뒤졌다. 머지않아 부채를 집어 든 그는 미친 듯이 펄럭이며 앓는 소리를 내었다.

"아으~"

황운보 교수는 어두운 사무실에 불을 켤 생각은 하지 않고, 부채를 펄럭이는 데에 여념이 없었다. 그러는 사이에 그의 시야는 사무실 구석에 자리한 크고 작은 상자들이 모두 보일 만큼 또렷해졌다. 이내 열심이던 부채질을 멈춘 그는 기지개를 켜고 자리에서 일어났다. 그러고는 일 층 창고와 연결된 계단을 조심조심 내려가, 사무실보다 더 컴컴한 창고에 도착했다.

"……."

어둠 속에 팔을 휘저은 끝에, 잔뜩 설렌 황운보 교수는 위쪽에 매달린 줄을 잡게 되었다. 곧바로 그 줄을 잡아당기자, 어두컴컴했던 눈앞이 한순간에 환해졌다. 이윽고 얼굴에 웃음을 띤 그가 뒤를 돌아 덮개로 덮인 차 한 대를 보았다. 그러다 재빨리 그 덮개를 걷어 내니, 외국에서 온 노란색 스포츠카가 모습을 드러냈다. 명성에 맞게 세련된 외양을 갖춘 그 차는 가만히 있는 것만으로도 존재감이 대단했다. 그래서 그 차가 시야에 닿은 순간, 황운보 교수는 그에 압도되어 얼어 버리고 말았다. 그 차는 그가 긴 시간을 들여 고르고 고른 '보물'이었으며, 창고가 딸린 이 건물도 순전히 이 노란 차를 위해 산 것이었다. 노란 차를 주문한 직후 이곳을 찾아 부랴부랴 계약한 지가, 벌써 일 년도 더 된 일이었다. 매우 고가인 노란 차는 워낙 인기가 많은 터라 주문하고 바로 온 것이 아니라, 오랜 시간 '대기'를 거쳐 얼마 전에야 그의 손에 들어온 귀한 것이었다.

황운보 교수는 그러한 노란 차에 쉬이 다가가지 못하고, 그저 샐샐 웃으며 바라만 보았다. 지금이 덥건 춥건 그에게 중요한 것은 오직 노랗고 잘 빠진, 자신의 넘치는 허영심을 채워 주는 그 차였다. 과하다 싶을 정도로 차를 빤히 보던 그는 얼굴에 흐르는 땀을 대충 훔치고서 걸음을 옮겼다. 매끄럽게 윤이 나는 노란 차의 운전석에 그가 조심스럽게 탔는데, 점점 더 신나서 기쁜 듯이 차 안을 살피고는 운전대를 살살 잡았다. 그것은 처음 보았을 때처럼 여전히 깔끔하게 정돈된 상태였다.

"그래, 거금을 들여서 뽑은 보람이 있어."

황운보 교수는 혹시라도 차가 잘못될까 봐, 선뜻 만지지도 못하고 팔을 허우적대었다. 그러다 손에 흐르던 땀방울이 최고급 가죽으로 된 조수석에 떨어졌는데, 곧바로 화들짝 놀라 마음속으로 비명을 지른 그가 습관적으로 그곳을 소매로 닦았다. 일그러진 얼굴로 걱정하던 그는 상당히 굼뜬 동작으로 몇 번 시도한 끝에, 더운 공기로 꽉 찼던 차 안에 냉방이 흐르도록 만들었다.

"후우~ 이제 좀 살겠다!"

시원한 바람 때문에 기분이 훨씬 좋아진 황운보 교수는 차분한 마음으로 운전대를 살짝 잡았다. 처음 그 차를 받고 나서 멋모르고 시동을 걸었다가, 차의 우렁찬 목소리에 깜짝 놀라 지금까지 시동도 걸지 못하고 있었다. 노란 차를 주문할 때만 하더라도 그걸 타고 어디로든 질주하고 싶은 마음이 간절했었지만, 지금은 그럴 생각도 하지 못했다. 물론 그 차를 살 때 치른 돈과 건물을 매매하는 데 쓰인 돈에 다수(거의) 포함된 금액의 주인인 딸이 줄 시선은 무시하면 그만이었다. 다만 그가 무슨 일을 하든 못마땅하게 여기는 장인목 병원장이나 대다수 병원 관계자 등등의 눈치가 은근히 신경 쓰였다. 하지만, 소심한 동시에 허영심 많은 그가 무엇보다 신경 쓰는 것은 다른 데 있었다.

"이야, 이거 겉모습만 멋진 게 아니구나. 안에도 뭐든지 다 고급스

345

러워서 눈이 돌아가. 이렇게 안락할 수가 있다니! 이걸 타고 거닐면, 어느 누구라도 감탄할 수밖에 없을 거야! 다들 부러움에 젖어서 날 우러러 보겠지…… 아~ 끌고 나가기만 하면 속이 뻥 뚫릴 것 같은데! 분명히 그럴 텐데!"

무슨 생각에 골몰하던 황운보 교수는 살짝 엎드리고서 한숨을 내쉬었다.

'하지만…… 안 돼.'

고개를 들어, 외양 못지않게 화려한 차 안을 살피던 그는 아쉬운 마음이 들었다.

"하필이면 지금 같은 때에 일이 터지다니! 그것만 아니면 마음 놓고 내 취미 생활을 만끽할 수 있었는데…… 잠잠하다가 왜 갑자기 일이 생겨 가지고 여럿을 곤란하게 만드는 거냐고~ 덕분에 안 그래도 깔깔한 병원장이 더 저기압이잖아."

황운보 교수의 얼굴에는 불만이 얼룩져서 곤죽이 된 그늘이 떠올랐다. '수의 사건'이 한바탕 들썩인 후, 장인목 병원장은 서서히 신경을 곤두세웠다. 그것이 조금씩 심해져, 더없이 차갑게 날이 서 버리고 말았다. 그 때문에 가뜩이나 눈치가 보였던 황운보 교수의 입장은 더 난처해질 수밖에 없었다.

"그 일 자체는 별거 아니잖아? 공원에서 수의가 발견된 게 뭐, 그렇게 대단한 일도 아닌데! 별것도 아닌 걸로 과민 반응 보이는 사람들이 문제지. 왜 그런 걸 가지고 오래된 일까지 들춰내고 난리들인지…… '그 놈'이 나타난 것도 아닌데, 도대체 왜 그렇게 입방아를 찧는 거야?!"

상황이 그런 탓에, 황운보 교수는 최대한 몸을 사릴 수밖에 없었다. 이윽고 엎드렸던 몸을 일으킨 그는 신경질적으로 머리를 헝클어트리고는 입술을 깨물었다. '수의 사건' 이후로 어디를 가든, 뭘 하려고 하든 그 얘기를 들을 수밖에 없었다. 심지어 평소 점잔을 빼는 동료 교수들의 입에서도 이따금 들을 수 있었고, 각종 매체에서도 하루가 멀다 하고 서로 앞다퉈 화젯거리로 삼았다. 계기가 무엇이든 돌연 들춰진 이십 년 전의 '탈옥수 구승희 사건'은 당시 못지않게, 순식간에 대중의 시선을 싹 모으고 있었다. 사실 이번에 일어난 '수의 사건' 자체는 그다지 주목받지 못할 것이었다. 그러나 이것은 굉장한 촉매 작용을 해 냈으며, 날이 갈수록 그 여파는 사그라질 줄을 모르고 있었다. 오히려 마른 장작에 붙은 불씨처럼 세차게 타오르기만 했다.

"이…… 일이 왜, 이렇게."

안락함을 만끽하며 차 안을 구석구석 아련하게 둘러보던 황운보 교수는 말없이 고개를 숙였다. 요즘 돌아가는 상황이 무척이나 마음에 들지 않았기 때문이었는데, 그에게 있어 마음에 드는 시절이 얼마 없기는 했지만 요즘은 특히 더 그랬다. 걸핏하면 들리는 '수의 사건'도 그랬으나, 그에게 가장 거슬리는 것은 장인목 병원장이었다.

"그래 봤자 나 아니었으면…… 나한테 큰 은혜를 입은 영감 나부랭이 주제에, 은인은 나 몰라라 하고 혼자만 잘살면 다인 줄 알아?! 내가 날아오르려고 할 때 잘 밀어 줬어야지! 능구렁이 같이 옆에만 두고서…… 조용히 사라져라 이건가? 이럴 때일수록 나한테 더 신경을 써서 잘해야 하는 거 아니야?! 거만한 노인네, 너도 이젠 이빨 빠진 호랑이야…….”

황운보 교수는 어쩌다 장인목 병원장과 눈이라도 마주치면 늘 움찔거리느라 바빴다. 그러다 화가 목구멍까지 차오를 때면 이런 식으로 푸는 게 고작이었다. 해가 갈수록 자신이 재기할 가능성은 흐릿해졌으며, 주위의 냉랭한 시선도 그를 위축시켰다. 항상 딸에게 화를 풀거나 사치를 부리고 있었지만, 자꾸 쌓이는 화는 그도 어쩌지 못했다. 그런 데다 예상치 못한 일까지 벌어지는 통에 혼란스러워 불안감이 더해졌다.

“의뭉스럽게 나를 깔보고 무시하면서, 잇속은 혼자 다 차리고…… 날 무슨 짐짝 취급이나 하고! 어떻게 그럴 수가 있느냐고~”

감정이 격해진 황운보 교수는 상기된 얼굴에 험상궂은 인상을 쓰고는 부들부들, 짜증과 분노로 인해 걷잡을 수 없이 떨고 있었다. 그것을 도저히 참을 수 없었던 그는 그만, 운전대를 세게 내리치고 말았다.

“……악!”

큰 소리가 차에서 나는 동시에, 황운보 교수의 입에서도 났다. 내리친 주먹이 아파서 몸서리치면서도, 생각보다 큰 소리가 난 것에 놀란 그는 운전대를 살펴보았다. 냉방 덕분에 더위는 가셨지만 이 상황이 짜증이 나서 견딜 수 없었기에, 분한 마음이 든 그는 휴대전화를 꺼내 들었다.

“에이, 이게 얼마짜리인데! 하여튼 장인목…… 그 노인네는 도움이 안 돼, 도움이!"

힘들게 번호를 누른 황운보 교수는 신호음을 들으며 씩씩대다, 냅다 소리를 질렀다.

"야, 이 계집애야! 넌 뭐하느라 전화를 늦게 받아?! 네까짓 게 바쁘기는 뭐가 바쁘다고 그래?! 이게 내가 요즘 봐주니까 눈에 뵈는 게 없어? 너 지금 내 앞에서…… 꼴에 돈 좀 번다고 유세 부리겠다, 이거야?! 하늘 같은 아버지 무서운 줄도 모르고 막 나가겠다는 거 아니야!"

예나 지금이나 황운보 교수가 안심하고 화를 푸는 상대는 변함없었다. 황운보 교수의 딸은 언제나 그렇듯이, 다짜고짜 어깃장이나 놓는 아버지에게 반항도 못 하고 꼼짝 없이 당해야 했다.

"딸이라는 게, 이제껏 아버지 덕을 봤으면 좀 잘해야 될 거 아니야! 내 덕에 그 자리에 있는 주제에 고분고분할 생각은 안 하고, 뭐? 은혜를 모르고 까부는 것도 정도가 있지. 극진해도 모자랄 판에, 경우가 없어도 너무 없잖아!"

목에 있는 대로 힘을 준 황운보 교수는 휴대전화에 대고 마음껏 소리 질렀다. 그에 따라 애먼 딸만 피해를 입으며 살았는데, 늘 그렇듯 피의자는 거리낌이 없었다. 아버지라는 권위를 내세운 그는 딸에게 일방적으로 소리를 치는 등의 망발을 하며 제 안에 쌓인 화를 풀고는 했다. 그것이 그릇된 방법이더라도, 그에게는 이미 익숙하고 유용한 해소 수단일 뿐이었다.

# 13

한 사람이 사뭇 뒤숭숭한 마음으로 운전석을 지키고 있었다. 그전만 하더라도 그는 그럴 새 없이 맡은 일을 무탈하게 해냈었다. 그런데도 운전사 노릇을 십 년이 넘도록 하고 있는 지금, 뭔지 모를 복잡한 마음이 들었다. 그리 긴 경력을 가진 건 아니었으나, 모시고 다니는 고용주가 거물이라 자기도 모르게 어깨에 힘이 들어가고는 했다. 그 고용주는 누구도 범접할 수 없는 분위기가 있었으며, 자신이 속한 분야에서 일인자라 해도 과언이 아니었다.

"......."

그는 조용히 핼금거린 백미러를 통해, 뒷좌석에 앉은 고용주가 차창 너머에 시선을 주고 있음을 알았다. 고용주는 무표정으로 일관했지만, 오랜 시간을 모셔 왔으므로 그 속에 심각한 고뇌를 감추고 있다는 것을 알 수 있었다. 그것이 걱정스러워, 그는 입도 못 열고 어둠에 뒤덮인 밤의 거리로 눈을 돌려야 했다. 분명 여름밤 치고 그런대로 시원했음에도 행인은 보이지 않았다. 사실 그곳은 부호들이 선호하는 지역인 탓에 출입이 제한되었기에 그럴 수밖에 없었는데, 정확히는 두 사람이 탄 차에서 저만치 떨어진 요릿집이라고 해야 옳았다.

그 요릿집은 드넓은 한옥으로 이루어진 데다 역사 또한 오래된 곳으로, 그곳이 포함된 지역에서 한옥은 그곳 하나뿐이라고 봐도 좋았다. 처음 그곳은 팔도에서 내로라하는 명기들이 모여 온갖 향응을 제공하는 곳이었지만, 잠시 주춤하는가 싶더니 결국 문을 닫고 말았었다. 후에 어느 기생 출신의 사업가가 그곳을 새롭게 단장해 다시 문을 열었고, 곧 정계와 재계 등의 인사들이 문턱이 닳도록 드나들었다. 최근에는 기생들의 자취를 찾을 수 없었기 때문에, 오직 정갈한 음식과 향이 깊은 술 그리고 약간의 기예만으로 꾸준히 손님들을 맞았다. 그럼에도 불구하고 그곳은 고풍스럽고도 비밀스러운 멋을 뽐내며 순항 중이었다.

'저기는 말 그대로 무릉도원 같다는데…… 겉으로 보는 것만으로도 어마어마하네. 손님이라고는 전부 거물들뿐이라지?'

그 운전사는 어느새 감상에 젖어 눈을 게슴츠레 뜨고는 군침을 삼키고 있었다. 그러다 퍼뜩 정신이 들어 얼른 고용주를 살폈는데, 백미러에는 여전히 고뇌에 빠진 장인목 병원장의 모습이 보였다.

"……."

장인목 병원장은 그곳에 도착한 지 한 시간이 다 되어 가는데도, 어쩐 일인지 얼굴에서 그늘이 떠나지 않았다. 그의 마음은 바깥 풍경처럼 깜깜했으므로 무거운 것에 짓눌린 듯 곤혹스러웠으나 어디에도 도움을 청할 길이 없었다.

"……."

운전사가 자신을 힐금거리는 게 또다시 보였지만, 머릿속이 복잡한 장인목 병원장은 이를 못 본 체했다. 언젠가부터 하나부터 열까지 모두 자신을 반하는 느낌이 강했기에, 미처 모르는 사이에 무언가 미증하게 엉키는 불쾌한 느낌이 자신을 자극하는 것 같았다.

'언제부터……? 무엇 때문인지도 알아내기 힘드니 정말이지, 내가 바보가 된 기분이야. 아마도 시작은 '그것'인 것 같은데. 그래…… 그 녀석이 내 눈을 피하기 시작했을 때. 옛날에는 그래도 내 말을 잘 들었는데. 생각해 보니 내 말을 안 듣는 녀석들이 참…… 많아.'

경직되었던 장인목 병원장의 얼굴이 샐룩거리는가 싶더니, 이내 고개를 갸웃거렸다.

'하지만 지금은 다른 생각할 겨를이 없어, 골치야…….'

시간이 흐를수록 밤은 깊어지기만 할 뿐, 그에게 드리워진 그늘은 걷힐 줄 몰랐다.

"……."

문득, 운전사의 초조한 시선을 느낀 그는 곧 헛기침을 했다.

"흠."

그에 멈칫한 운전사는 장인목 병원장의 눈치를 살피다 부산스러운 움직임을 보였다. 운전사가 재빠르게 차 문을 열어 주자, 장인목 병원장은 태연자약한 모습으로 내리고는 밤하늘을 보며 중얼거렸다.

"……아무리 보고 있어도 별이 보이지 않는군."

장인목 병원장은 언제나처럼, 자신감이 느껴지는 걸음으로 그 요릿집을 향했다. 주변의 다른 건물들은 불빛 하나 없이 모두 고요히 어두웠으나, 그가 향하는 요릿집만큼은 환하게 불을 밝히고 있었다. 그래서 그곳을 향하는 장인목 병원장은 마치, 밝은 빛의 횃불로 돌진하는 나방처럼 보였다.

긴장이 조금 풀린 장인목 병원장이 정신을 차렸을 때, 이미 요릿집 안으로 들어온 상태였다. 그곳의 나긋나긋한 지배인의 안내를 받으며 나무로 된 복도를 찬찬히 걸었다. 잔잔하게 들려오는 가야금 소리와 그곳에서만 빚어지는 향취는 그로 하여금 자신이 직면한 상황을 더 와닿게 만들었다.

"……?"

그러다 언뜻 방울 소리 같은 것이 장인목 병원장의 귓가를 스쳐, 그가 다시 귀를 기울여 보았으나 더 이상 그런 소리를 들을 수 없었다. 수상함을 눈치챈 그는 자신이 들은 게 방울 소리가 아닌, 여자가 농염하게 웃을 때 나는 소리인 것을 깨달았다.

'알 만하군…… 이제는 달라졌다지만, 그런 게 쉽게 사라질 리 없지. 아마 이곳 어딘가에서 아주 특별한 손님에게, 아주 특별한 대접을 하는 게지. 암암리에 벌어진다더니 조심성이 없구나.'

장인목 병원장은 단번에 그곳의 사정을 헤아려 냈다.

"여깁니다."

"으음."

마침내 어느 방 앞에 선 지배인이 장인목 병원장에게 말했다. 이내 눈을 내린 지배인이 사뿐히 그곳을 떠나자, 혼자 남은 장인목 병원장의 얼굴에 다시 긴장감이 흘렀다. 곧이어 문이 저절로 드르륵 열렸다.

"……."

한지로 장식된 문이 열리니 안에 닫혀 있는 문이 더 있었는데, 장인목 병원장은 무의식적으로 주먹을 꽉 쥐었다. 남은 그것이 활짝 열리고 나서야 그 안에서 누군가가 보이는 것이었다. 이미 그들이 누군지 아는 그는 자꾸만 망설여졌으나, 애써 태연한 척하며 안으로 들어갔다. 그런 그의 눈에, 어렴풋이 보이던 남자들의 얼굴은 점점 또렷이 보이게 되었다. 간간이 사내들의 가벼운 웃음소리가 들림에 따라, 장인목 병원장의 조뼛거림은 멈춰지지 않았다.

"아, 왔구먼."

"······."

두 사내의 대화가 끊긴 동시에, 상석에 앉은 남자가 장인목 병원장을 반겼다. 그들은 고요가 운치 있게 흐르는 방에서 차를 홀짝였는데, 두 사내 모두 장인목 병원장을 보고 있었다.

"좀 늦은 것 같은데······."

"죄송합니다."

"으음~ 앉아, 앉아."

혼자 군복을 입은, 거친 인상을 가진 깡마른 남자는 아니꼬운 듯 장인목 병원장을 나무랐다. 그에 얼굴이 굳어진 장인목 병원장이 그들에게 사과를 하느라 정신이 없는 가운데, 상석에 앉은 남자가 차분한 모습으로 그에게 자리를 권했다.

"오랜만에 얼굴을 보는구먼, 그렇지?"

"맞습니다."

그들에게서는 장인목 병원장에 못지않은 무게감이 느껴졌는데, 장인목 병원장은 좀체 입이 잘 떨어지지 않았다. 나이로 보자면 둘 다 그보다는 어렸으나, 확실히 어려운 상대임에 틀림없었다.

"약속이 잡혀 있으면서, 사람을 이렇게 기다리게 하나?"

"……."

장인목 병원장에게 시비조로 낮게 중얼거린 깡마른 남자는 김과수라는 이름의 중장으로, 연치가 있음에도 몸놀림이 날렵했다.

"어허…… 분위기가 딱딱해지잖아. 사람 민망해지게 왜 그러나."

그에 비해 훨씬 여유로운 미소로 상석에 앉은 남자가 궁남중, 장인목 병원장이 대하기 어려워하는 사람들 중의 하나였다. 그 궁남중이라는 사람은 a당의 당 대표를 역임했었으며, 영향력이 실로 막강했다. 지금은 국회의원이라는 자리에서 물러난 상태지만, 여전한 세력으로 자신만의 위치를 굳건히 하고 있었다.

"편하게 대화를 나누려는데 이래서야……."

"네, 네. 이런 경우가 좀처럼 없어서 푸념 좀 했습니다. 아무튼, 미안하게 됐습니다?"

"아닙니다. 제가 늦었으니 드릴 말씀이 없죠."

김과수 중장은 화통하게도 장인목 병원장에게 사과를 건넸으나, 그 속에 빈정거리는 투가 섞여 있었다. 이를 눈치챈 장인목 병원장은 불편한 마음에 그의 눈길을 피하며 대충 맞장구쳤는데, 그 틈에 궁남중과 김과수 중장이 몰래 눈빛을 주고받았다.

"……."

"자, 그럼!"

돌연 자리에서 일어난 김과수 중장이 방을 나서려 했다.

"저는 바람 좀 쐴 테니, 두 분이서 마음껏 회포를 푸십시오!"

"흠흠."

김과수 중장이 나가자, 궁남중은 무릎을 탁 쳤다.

"저 친구 성격은 활발한데, 이상한 데서 속이 좁단 말이야."

"……."

"하하, 그렇게 굳어 있으니 내가 다 민망해. 내가 대신 사과할 테니 마음 푸시게~"

"전 괜찮으니 신경 쓰지 마십시오."

방에 남은 장인목 병원장과 궁남중 사이에 보이지 않는 신경전이 벌어졌다. 그러다 찻잔을 든 궁남중이 입을 다문 채 생각에 잠기는 것이 보여, 장인목 병원장은 마음이 몹시 불편해서 숨통이 조이는 것 같았다. 평소에 친분도 그렇고, 딱히 부딪힐 일이 없는데도 느닷없이 약속을 잡은 게 수상했다.

'무슨 일일까…….'

속으로 골백번 물은 장인목 병원장이었으나 그 의문은 도무지 풀릴 것 같지 않았다. 사실, 짚이는 데가 있었지만 '그것'이 아니기를 또 골백번 바랐다. '그것' 때문에 얼마나 속을 졸였는지 몰랐다.


장인목 병원장은 뛰어난 의학적 재능만 있었던 게 아니라, 다소 이해하기 힘든 구석도 있었다. 세상에 알려진 대로 '의학계를 빛내는 사람'만이 아니라는 뜻이었는데 장인목 병원장, 그는 다른 사람이 알지 못하는 속루한 취미가 있었다. 그 취미 생활은 워낙 기이해서 공개할 만한 것이 아니었지만, 그렇기 때문에 더 은밀히 즐길 수 있었다. 그 취미라는 것은 바로, 여자와의 관계를 즐기는 것이었다. 그는 결혼 전부터 말 그대로 '즐겼는데', 당시 교제 중이던 여성이 임신하는 바람에 결혼과 함께 그 '유희'가 끝나는 듯했다. 그러다 아내가 세상을 떠나게 되어, 그것은 자연스럽게 다시 시작되었다. 지극스럽게도 까다롭게 다시금 즐기기 시작한 덕분에, 장인목 병원장의 취미가 밖으로 새어나가는 일은 없었다. 상대를 물색해 관계를 즐기고는 그 광경을 몰래 촬영하고, 그렇게 만들어진 결과물을 보관하는 과정을 반복하며 그는 강한 만족감을 느꼈다.

몇 년 전, 장인목 병원장은 그날도 어김없이 무심한 표정으로 즐길 상대를 물색하고 있었다. 그가 어렵지 않게 찾은 이는 자유분방한 재일 교포였는데, 그 중년 여성은 다만 좀 철이 없어 보였다. 그러나 그에게는 오히려 그 점이 귀엽게 보였고, 그렇게 그들은 둘만의 장소로 자리를 옮겼다. 노리코라는 이름의 그녀는 촬영 중이라는 사실을 모른 채, 망설임 없이 재잘거리기 시작했다. 그런데 그 후가 문제가 되었다. 당시에는 대충 넘겼던 그녀의 수다가, 어쩐 일인지 장인목 병원장의 뇌리에서 떠나지를 않는 것이었다. 당시의 영상을 수도 없이 돌려 봐도, 그 생각은 달라지기는커녕 오히려 가중되었다.

그저 그런 얘기만 하던 노리코는 '실은, 얼마 전에 친아버지라는 남자를 만나게 되었다……'를 시작으로 넋두리라도 하는 것처럼 말하기 시작했다. 고등학생일 때 엄마가 돌아가셔서 혼자 그럭저럭 살던 차에, 어렸을 때 죽은 줄로만 알았던 친아버지와 상봉했다는 것이었다. 그런데 그녀의 얼굴이 그다지 좋아 보이지 않았으므로 장인목 병원장은 그 이유를 물었다. 친아버지는 제 딴에 뒤늦게 알게 된 딸에게 핏줄의 애틋함을 표현하려 노력했으나, 이미 잔혹하리만치 냉랭한 세상살이에 닳고 닳은 노리코에게 그것은 원만하게 통하지 못했다.

"멋대로 남의 인생을 신파극으로 만드는 이상한 남자……."

그게 노리코가 말하는 친아버지에 대한 설명이었다. 곧이어 그녀는 친아버지와 만든 '자신의 따분함을 잠재워 줄' 큰 사업에 대해 장인목 병원장에게 미주알고주알 떠들었는데, 듣고 보니 너무 구체적이라는 생각이 들었다. 어느 지역을 검토 중이며 그에 따른 물밑 작업, 좋은 시기 등등이 그녀의 입을 통해 낱낱이 드러났다.

서서히 찜찜한 소용돌이가 자욱해질 무렵, 장인목 병원장은 소식 하나를 접하게 되었다. 바로 몇 년 전에 노리코가 말했던 '큰 사업' 소식이었기에 당황하여 고뇌에 빠져 있다가, 끝내 각계각층의 인사들만 골라 초대해 성대하게 열린 '그들만의 잔치'에 가게 되었다. 그곳에는 장인목 병원장이 생각한 것보다 퍽 놀라운 광경이 펼쳐졌으나, 그것은 그곳에 자리를 차지한 어여쁜 아가씨들을 말하는 게 아니었다. 정말 저명한 인사들로 꽉 채운 널따랗고 미로 같은 연회장 등이, '큰 사업' 얘기와 한 치도 어긋남 없는 것에 놀라움을 금치 못하고 말았다.

집으로 돌아온 장인목 병원장은 즉시 '큰 사업'이라는 얘기를 해 준 노리코에 대해 조사하기 시작했고, 그 결과 놀라운 사실을 알아낼 수 있었다. 노리코는 다름 아닌, '큰 사업'의 뿌리이기도 한 궁남중의 혼외자였다. 미혼이었던 궁남중이 일본에서 유학하던 시절에 만난 여성과의 아이가 노리코였는데, 처음에는 몰랐다가 헤어지고 나서야 노리코를 임신한 걸 안 그 여성은 혼자 딸을 키웠다. 궁남중은 이미 귀국한 뒤였으므로 그것이 그녀가 할 수 있는 최선의 선택이었다. 그 과정에서 노리코는 당연히 친아버지에 대해 모르고 자랐고, 최근에야 우연히 친아버지와 상봉한 것이었다. 그러한 사실을 접한 장인목 병원장은 슬슬 불안해졌는데, 곧 터질 듯한 두려움으로 바뀐 그것은 그를 붙잡고서 놓아 줄 생각을 하지 않았다. 그런 와중에 장인목 병원장은 불행인지 다행인지 모를 것을 가지고 있었다. 바로 '그들만의 잔치'를 생생하게 담은 영상이었다. 혹시나 하는 마음에, 그가 공교히 몰래 촬영한 그 영상은 양날의 검처럼 무척 복잡한 양상을 띠고 있었다.

"……."

장인목 병원장은 속에서 끝도 없이 솟는 여러 가지 감정 때문에 혼란스러워졌다. 그도 모자라 마음속에 경련이 일어나는 것 같아, 이대로 쓰러진다면 영영 깨어나지 못할 것 같았다.

'궁남중의 자존심은 하늘을 찌른다. 그런데 내가 '그녀'와 놀아난 것을 안다면…… 안 그래도 요즘 새로운 골칫거리가 생기는 바람에

그것만으로도 무너져 버릴 것 같은데!'

　장인목 병원장이 그렇게 반응하는 게 무리는 아닌 것이, 자존심이 높은 궁남중도 그렇지만 그가 정말 두려워하는 것은 궁남중의 처가였다. 처음 규양병원을 만들려고 할 때, 막대한 자금을 필요로 했었기에 막막했었다. 그런데 궁남중의 본부인, 그녀의 할아버지가 적극적으로 투자해 줌으로써 순조로울 수 있었다. 그래서 장인목 병원장의 할아버지와 아버지는 그 집안을 평생 은인으로 여겨 존경해 마지않았다.

　'아무래도 느낌이 좋지 않아. 만약, 그걸 알아내고 부른 거라면? 들통나지 않기를 그토록 바랐건만, 결국 알아내고 만 것인가…… 앙갚음을 하려는 거라면 난 어떻게 해야 하지? 역시 무슨 핑계를 대서라도 피했어야 했나?'

　겉으로는 아무렇지도 않은 척 말이 없었지만, 장인목 병원장의 머릿속은 어지럽게 뒤엉켜 기절할 것 같았다.

　'만약 그런 거라면…… 그걸 써야 하나.'

　장인목 병원장에게는 '그들만의 잔치'가 고스란히 담긴 영상이 있었다. 하지만 만약 '그것'이 노출되는 날에는 그로 인한 파장이 어마어마할 것이므로, 당연히 궁남중이 이를 결코 반길 리 없었다. 어떻게 보면 장인목 병원장이 유리한 것처럼 보이기까지 했으나, 그건 그렇게 단순한 문제가 아니었다. 장인목 병원장이 '영상'을 쓴다고 가정한다면, 그래서 궁남중이 처벌받는다고 하더라도 거기서 끝나는 게 아니게 된다. 아까 말했듯이 궁남중보다 그의 처가가 더 큰 문제였다.

그 집안은 은인이기에 앞서, 장인목 병원장의 집안과는 비교가 안 될 만큼의 부와 명성이 있었다. 더구나 그 집안은 도처에 알음알이 하는 이들이 많았으며 그중에는 유력 인사가 상당했기 때문에 만약, 궁남중이 쓰러진다고 해도 장인목 병원장이 안전하다는 보장은 없었다. 장인목 병원장이 '그것'을 쓴 후에 누구와 언제, 어디서, 어떻게, 왜 부딪힌들 전혀 이상하지 않다는 뜻이었다. 바로 그 점이, '그것'이 장인목 병원장에게 양날의 검으로 느껴지는 이유였다. 그럼에도 불구하고 앞날을 알 수 없는 탓에, 그는 '그것'을 보루처럼 여기고는 따로 숨겨 놓고 있었다.

"……."

"어떻게……."

"……."

"그날은 즐거우셨나?"

사방이 조용한 가운데, 궁남중이 장인목 병원장에게 넌지시 말을 건넸다. 그의 말을 듣는 순간 온몸이 저릿해진 장인목 병원장은 그대로 굳어 버리고 말았다. 눈 둘 곳을 모르고 당황하는 그를 본 궁남중은 찻잔을 내려놓았다.

"하아, 이 사람. 시치미는."

"……."

궁남중이 낮게 웃었기에 두려움이 밀려온 장인목 병원장은 아무런 생각도 할 수가 없었다.

"자네가 그런 반응을 보이면, 내가 어떻게 다음 말을 할 수 있겠나?"

"……죄송합니다!"

어느덧 하얗게 질린 장인목 병원장이 목이 터져라 사과했는데, 어떤 굴욕을 맛보더라도 어떻게든 살길을 찾고 싶은 마음이 간절했기 때문이었다.

"죄송합니다!"

"어허~ 이거, 이래서야 말을 꺼낼 수가 없으니……."

장인목 병원장이 거듭 사과하자, 그에 당혹한 궁남중은 헛기침을 했다.

"죄송합니다!"

"이봐…… 그만 좀 해, 이 사람아! 밤새도록 사과만 할 참이야?"

"……."

살짝 인상을 쓴 궁남중은 장인목 병원장이 조용해진 후에야 말을 이었다.

"진정 좀 하라고. 내가 자네를 만나자고 한 이유는, 할 얘기가 있어서야."

"네."

"내가 무슨 얘기를 할지는 자네도 짐작하겠지만. 맞아, 바로 그거야."

장인목 병원장은 난감해진 얼굴을 감추느라 고개를 숙였고, 그런 그를 빤히 보던 궁남중의 눈은 어느새 흘기는 모양으로 변해 있었다.

"뭐, 사실 아무렇지 않은 척했지만. 그 사실을 알고서 무척 속상했지. 이 자리에 오르기까지 내가 어떻게 살아왔는데, 이제 좀 편해지나 싶었더니."

정색을 한 궁남중이 불편한 심기를 드러낸 터라, 굳이 그것을 쳐다보지 않아도 그를 알 수 있었던 장인목 병원장은 고개를 숙인 채 꼼작도 하지 않았다.

"정말이지, 죄송합니다!"

"흠…… 황당하구먼. 병 주고 약 주는 것도 아니고."

"죄송합니다!"

자포자기 상태가 된 장인목 병원장은 궁남중에게 사과를 외치느라 정신이 없었다. 그 모습을 보던 궁남중은 코웃음을 치다가 눈길을 돌려 버렸다.

"정말 예상도 못했지. 사업 좀 해 보려는데 걸림돌이 생겼으니…… 그것도 하필이면, 자네의 하나뿐인 아들이라니."

"……?!"

마저 목 놓아 외치려던 장인목 병원장은 뭔가 이상한 느낌에 멈칫했다.

"가까스로 언론을 막아 내나 했는데 그 괴짜…… 장용빈이 튀어나왔다고! 아주 기가 막히지 않은가?"

미간을 좁힌 궁남중이 장인목 병원장을 원망스레 쳐다보았다. 그저 얼떨떨하기만 한 장인목 병원장은 묘하게 의아스러워, 자신의 무릎에 시선을 고정했다.

"뭐야? 모르고 있었다고? 그게 전파를 탄 게 언제인데, 아버지인 자네가 모른다고? 그게 말이 돼?!"

줄곧 낮았던 궁남중의 언성이 점점 높아졌다.

"아, 알고 있었습니다."

"……알고 있었는데 그런단 말이야? 뭐라도 할 생각은 안 하고, 쥐죽은 듯 있기만 했다고?"

"아닙니다! 알고 나서 바로 아들을 만났습니다! 그런데, 그 녀석이워낙 제 말을 안 듣다 보니…….."

예상치 못한 얘기가 나오자, 장인목 병원장은 그것 또한 당황스러웠다.

"하지만 안심하십시오! 제가 알아듣게 말했고, 그 녀석도 조심하겠다고 했습니다! 괴짜이기는 해도 그렇게 모자란 녀석이 아니라서, 알아서 잘할 겁니다."

"그렇게 하기로 했다고?"

"네, 심려 끼쳐 죄송합니다!"

이내 화가 좀 누그러진 궁남중은 미심쩍은 표정으로 갸웃거리며 말했다.

"그런 거라면 다행이지만, 주의가 필요해."

"맞는 말씀이십니다, 주의하겠습니다!"

슬며시 고개를 든 장인목 병원장은 곁눈으로 궁남중을 보았다.

"저, 그런데……."

"뭔가?"

364

"오늘 하신다는 말씀이⋯⋯."

장인목 병원장은 조심스러운 인물이었으므로, 분위기가 이상하게 흐른다고 해도 안심할 수 있는 확인이 필요했다.

"지금까지 말하지 않았나? 속이 상했었는데⋯⋯ 자네가 그렇게 사과를 하니 마음이 조금 풀리는 것 같아."

"그건 다행스럽게 생각합니다. 제 아들 때문에 큰일을 그르칠 수는 없으니 말입니다."

"그렇지."

"그러면 저에 대한 건⋯⋯?"

"⋯⋯."

조용히 장인목 병원장을 응시하던 궁남중은 침묵으로 일관하다 문득 피식거렸다.

"말끝마다 죄송하다는 사람한테, 달리 무슨 할 말이 있겠어. 규양병원은 잘 돌아가고 있나?"

금세 여유를 되찾은 궁남중은 후덕한 모습으로 점잔을 피웠다.

"하하. 내가 자네한테 할 말이 뭐가 있겠나?"

"그럼 저, 아까 즐거웠냐는 말씀은⋯⋯."

장인목 병원장은 심장이 울렁거렸지만, 무엇보다 확인이 필요했기에 애써 궁남중에게 말을 건넸다.

"아아, 무슨 말인가 했더니만. 벌써 잊은 거야?"

"네?"

"'그날', 자네를 비롯한 여러 인사들을 초대했었잖나? 그때 초대한 많은 인사들을 한꺼번에 충족시키기 위한 향응들. 내가 힘 좀 썼지, 그들이 원하는 즐거움을 주느라…… 자네는 즐거움을 못 느꼈나 봐?"

내내 장인목 병원장으로 하여금 의문을 품게 만들었던 질문에 궁남중이 드디어 답을 했으므로, 장인목 병원장을 짓누르던 불안감은 자연히 그 무게를 잃어 가게 되었다.

"저야 당연히…… 감사하게 생각합니다."

머리가 한결 가벼워진 장인목 병원장은 점점 냉정을 되찾고 있었다. 완전히 개운치는 않으나 숨통이 트이는 것을 느낄 수 있었다. 그가 궁남중의 면색을 넌지시 살펴보니, 그 말이 사실인 듯 했다.

"……."

"나야 자네를 믿지만, 이번 일에 대한 기대가 워낙 크니…… 내가 투자한 시간과 돈과 그밖에 이루 말할 수 없는 것까지. 그렇게 심혈을 기울여 준비한 끝에 드디어 결실을 보려는데, 거기서 자네 아들이 나오고 만 거야!

"……."

입을 다문 장인목 병원장은 속으로 계산하기에 여념이 없었다. 솔직히 아들의 얘기가 나온 게 거슬렸지만, 일단은 안심해도 될 것 같았다.

"아무튼, 자네나 자네 아들이 그렇다니 마음이 놓여."

"안심하십시오."

서로에게 가진 의문이 풀린 탓인지, 그들을 에워싼 공기가 한층 가볍게 느껴졌다. 뻣뻣하던 목덜미가 서서히 풀어진 장인목 병원장은 그제야 비로소 고개를 들 수 있었다.

"하…… 그나저나. 걱정이 많았었는데 다행이지."

벌쭉거린 궁남중은 화제를 바꾸기 위해 자연스레 다른 얘기를 늘어
놓았다.

"자네도 들어 봤겠지? 옛날 탈옥수 사건을 떠올리게 한, 그 사건 말
이야."

"아…….."

"그거 아주 뜨겁더구먼. 지금도 사람들이 그거 가지고 얼마나 시끄
러운지 몰라! 나도 처음에는 긴가민가했었는데, 덕분에 효과를 톡톡
히 봐서 아주 좋아!"

무슨 말을 하던 무게를 잡던 궁남중이 그 얘기를 꺼내며 만면에 웃
음을 띠었는데, 적당히 그의 비위를 맞추던 장인목 병원장은 자신의
귀를 의심하며 슬쩍 궁남중을 보았다.

"……눈치챘을 줄 알았는데? 모르고 있었다니 당황스러운 걸. 사방
에서 내게 초점을 맞추려 하니, 참 난감했지. 나만 그러는 것도 아닌
데."

"……."

궁남중은 자신에게 시선을 고정한 장인목 병원장의 모습이 마냥 재
미있었다.

"그 표정 볼만하구먼. 이 친구야, 진짜 몰랐어? 그래! 내 사람들 작
품이야!"

일부러 크게 말하고 웃은 궁남중이 혼자만의 생각에 잠긴 채 키득

거리는 동안, 장인목 병원장의 눈썹 근육이 미세하게 떨리는 것을 놓치고 말았다.

'……네놈이었구나!'

경직된 감정을 숨긴 채 요릿집을 나온 장인목 병원장이 정원으로 향하고 있었는데, 정확히는 그곳의 입구였다. 아무튼 그가 촘촘하게 난 잔디 사이에 솟은 디딤돌을 건너려던 중, 정원의 호숫가에 누군가 가 서 있는 것을 보게 되었다.

"……!"

그게 누구인지 알아본 장인목 병원장은 심히 불쾌해졌으나, 그렇다고 피할 수도 없는 터라 그에게 다가갔다. 좋지 않은 예감이 장인목 병원장을 날카롭게 자극했지만 어쩔 수가 없었다.

"오, 벌써 얘기를 마친 거야?"

호숫가에 서 있었던 사람은 김과수 중장이었는데, 그는 먼저 장인목 병원장의 인기척을 느끼고는 자연스럽게 돌아보았다.

"오해가 있었는데, 다행히 풀어졌습니다."

겉으로는 의연했으나 속으로는 부글부글 끓어오른 장인목 병원장은 일단, 그에게 머리를 조아렸다. 자신보다 어린 궁남중을 상전으로 모셔야 하는 것 때문에 속이 말이 아닌 장인목 병원장으로서는, 김과수 중장에게 불편한 마음이 더했다. 궁남중은 그나마 견딜 만했지만, 김과수 중장은 어쩐지 자신을 유독 얄망궂게 대했으므로 마음을 놓을 수 없었다.

"오해라……."

김과수 중장은 비단잉어들이 한가로이 노니는 호수에 시선을 둔 채, 뭔가 마뜩잖다는 듯이 갸웃거렸다. 굳게 입을 다문 김과수 중장은 품에서 꺼낸 상자를 열어 장인목 병원장에게 내밀었다. 그 상자에 든 것은 시가였다.

"괜찮습니다."

장인목 병원장이 정중히 거절하자 김과수 중장은 시가 하나를 꺼내 입에 물었다. 침묵이 꽤 길게 이어졌기 때문에, 장인목 병원장은 차츰 초조해지고 있었다.

"이번 일은 그냥 넘기기 힘들어. 형님이야, 워낙 관대하시니 좋게 넘어가 줬을지 몰라도…… 나는 그럴 수가 없다고."

'형님은 무슨! 둘이 동창인 거 모르는 사람도 있나.'

태연한 모습으로 궁남중을 형님이라 칭하는 김과수 중장이 우스운 마음에, 장인목 병원장은 속으로 그를 이죽거렸다. 궁남중과 김과수 중장은 실제로 초등학교와 중학교 동창으로, 어려서부터 죽이 잘 맞아 함께 움직이는 일이 많았다. 깔끔함을 선호하는 궁남중과는 달리, 타고난 성질이 거칠었던 김과수 중장은 무엇이든 힘으로 해결하려 들었다. 그러고는 자신보다 우위에 있는 궁남중에게 찰싹 달라붙어, 기꺼이 형님이라 부르며 그의 수족이 된 것이었다.

"심려를 끼친 것은 죄송하지만, 모두 오해입니다. 제가 아들 단속을……."

"그렇게 쉽게 생각하나? 자네는 꼼꼼한 것 같으면서도 안일한 구석이 있어. 그렇게 간단한 문제가 아닌데, 왜 그렇게 쉽게 단정하는 거야?!"

김과수 중장은 고까운 눈으로 장인목 병원장을 노려보았다.

"내가 듣기로, 자네 부자 사이가 안 좋다며? 아들이 사사건건 벋댈 때까지 자네가 도대체 뭘 했는지 모르겠지만! 그렇기 때문에 더 안심이 안 돼."

"……면목 없습니다."

"아휴, 사이가 안 좋기는 한가 봐? 아들이 독립한 지가 언제인데, 얼마 전에야 처음으로 아들 집에 갔잖아."

'……!'

내내 고개를 숙이고 있던 장인목 병원장은 은연중에 흠칫했다.

"형님은 괜찮다고 했지만, 내가 어떻게 가만있을 수 있겠어? 자네 아들을 감시할 수밖에."

충격을 받은 장인목 병원장이 다리에 힘이 풀려 휘청거리니, 김과수 중장은 그에 대고 콧방귀를 뀌어 비웃었다. 그 역시 장인목 병원장을 싫어하는 마음이 컸던 것이었다.

"장용빈의 움직임이 수상하다 싶어서…… 내가 사람을 시켰지. 원래는 자네도 감시 했었지만, 부자간에 왕래가 너무 없기에……."

김과수 중장은 장인목 병원장의 반응을 자세히 살피며 말했는데, 자신이 하는 말 때문에 창백해지는 장인목 병원장의 얼굴을 보니 고소해서 견디기 힘들었다.

"지금은 장용빈 하나만 감시하고 있어. 아직은 잠잠하지만…… 앞으로도 그럴지는 알 수 없지. 결론은, 부디 조심하라는 거야. 형님을 거스르는 짓은 하지 말라고!"

충분히 고소함을 느낀 김과수 중장은 얼어붙어 있는 장인목 병원장의 어깨를 두드렸다.


긴 기다림이 무료했던 장인목 병원장의 운전사는 턱이 빠질 것처럼 하품을 해 댔다. 그러다 뒤에서 거친 요동과 함께 난 큰 소리 때문에, 그는 움칠대며 놀라고 말았다. 운전사가 돌아보니, 상기된 장인목 병원장이 씩씩거리는 게 보였다.

"병…… 원장님? 괜찮으십니까?"

자신이 아는 장인목 병원장은 언제나 차분한 모습이었기에, 운전사는 당혹스러워하며 조심스레 물었다. 손이 하얗게 될 정도로 주먹을 꽉 쥔 장인목 병원장은 그런 운전사를 노려보았다.

"출발해."

그에 두려움을 느낀 운전사는 마른침을 삼켰고, 서둘러 차를 출발시켰다.

'네까짓 놈들이 감히……!'

장인목 병원장은 분한 마음에 아직도 온몸이 떨려 왔는데, 부쩍 그의 노기를 돋우는 일이 많아진 요즘이었다. 그가 걱정했던 일은 일어나지 않았지만, 그에 못지않은 일들이 새롭게 모습을 드러낸 것이었다.

'첩첩산중이로군. 지금도 그나마 간신히 버티고 있었는데…….'

눈을 질끈 감은 장인목 병원장은 분한 마음을 진정시키려 했으나, 도무지 뜻대로 되지 않았다.

'이건 곤란한 것, 그 이상이야! 일이 어떻게 이렇게 될 수가 있나? 일부러 그곳까지 간 이유가 뭔데, 그런데 그곳이 태풍의 눈이었다니……!'

붉으락푸르락하던 장인목 병원장은 허탈감에 고개를 숙이고 말았다.

얼마 전, 장인목 병원장은 독립한 아들의 집에 처음으로 갔다. 아들 장용빈 의원이 어떻게 사는지 구경해야겠다는 마음도 있었지만, 사실은 다른 속내가 있어서였다. 아들이 독립한 이래 처음으로 간 그날, 장인목 병원장은 빈손이 아니었다. 궁남중의 심기를 건드리지 말라는 용건 외에 한 가지가 더 있었다. 바로 자신이 소장한 영상들, '그들만의 잔치'와 '노리코'의 영상이 포함된 것들을 가져간 것이었다. 물론, 아들은 모르게 몰래 숨겨 놓았다. 처음부터 그곳에 숨길 생각은 아니었으나, '노리코'의 정체를 알게 되고 '잔치' 영상을 가지고 나서부터 장인목 병원장의 상황은 급격히 달라지고 말았다. 그에 따라 신경이 다른 때보다 예민해져, 어디선가 자신을 감시한다는 걸 알아챈 뒤로는 불안감에 견딜 수 없었다. 하지만 다른 곳에 숨겨 놓고 싶어도 망설여지기만 했는데, 그렇다고 버린다는 생각은 할 수도 없었기 때문에 그는 생각해 낸 것이었다. '그들'이 생각해 낼 수 없는 곳, 오랜 시간 동안 남남처럼 지낸 아들의 집을. 그리 생각한 장인목 병원장이 적당한 기회를 살피던 중에, 마침 '집회' 때문에 '자연스럽게' 방문할 수 있을 것 같았다. '집회'도 경계할 일이었지만, 자신의 일과는 비교할 수 없다고 생각한 장인목 병원장이 황급히 처리한 것이었다.

'하지만 일이 그렇게? 김과수……'

우선 급한 불은 껐다고 안심하고 있었건만 이제 보니 뒤통수가 얼얼해진 장인목 병원장이었다. 그는 꼬리에 꼬리를 무는 난제들을 생각하느라 머리에 쥐가 날 것 같았으므로, 결국 해결책을 찾으려 골몰하는 것을 그만두게 되었다. 지금의 그는 너무 피곤했고, 별도 보이지 않는 밤하늘처럼 짙은 어둠이 그의 속을 가득 채웠기 때문이었다.

'공원에서 발견된 수의' 때문에 사람들의 관심이 들끓은 지 오래되었지만, 여전히 오리무중인 가운데 모두가 추측일 뿐인 '탈옥수 구승희'에 관한 얘기는 갈수록 살이 붙었다. 그렇지만 정확한 근거를 둔 사실은 손꼽을 정도였으며, 각종 매체에서 같은 말만 되풀이하는 것에 신물이 난 대중에 의해 마음대로 재구성되고는 했다. 대부분의 사람들은 그것이 말하기 좋게 꾸며진 소문인 걸 알면서도, 그저 소소한 심심풀이로 퍼트려 나갔다.

장용빈 의원이 무턱대고 조사하기 시작한 '탈옥수 구승희 사건'을 공수겸 보좌관이 돕기로 한 후, 확실히 진척이나 능률 등이 눈에 띄게 좋아지고 있었다. 그렇다고 해도 엄두가 나지 않을 만큼 방대하게 퍼진 정보들 중, 쭉정이를 걸러 내는 작업은 결코 쉬운 일이 아니었다.

'역시, 혼자서 할 일이 아니었던 거야.'

장용빈 의원은 자신의 집 거실에 오도카니 서서, 공수겸 보좌관이 합류한 후로 누누이 읊조린 그 말을 다시 한번 곱씹어 보았다. 그런 그의 눈앞에는 '탈옥수 구승희'와 관련된 자료들이, 차라리 벗어나고 싶을 정도로 수북이 쌓여 있었다. 그걸 모으고 정리하는 데만 한 계절을 거의 다 쓰고 말았다. 그만큼 정보의 양이 엄청났기 때문에 두 사람이 전부 해내기 빠듯했다.

"……왜 거기 서 계십니까?"

장용빈 의원이 돌아보니, 공수겸 보좌관이 서둘러 현관으로 들어오고 있었다. 고개를 잠시 갸우듬한 공수겸 보좌관은 곧 자료들을 늘어놓은 거실에 자리를 잡았다.

'꼭 이렇게 했어야 속이 시원했냐?'

장용빈 의원은 혼자 모았을 때보다 몇 배는 더 되어 보이는 자료들을 보며 생각했다. 물론 혼자 두서없이 할 때보다 수월하기는 했으나, 생각했던 것보다 일이 점점 커지는 게 적잖이 당황스러웠다.

'쯧.'

장용빈 의원이 당황스러워하는 게 또 있었는데, 자신을 늘 마땅찮게 여기는 공수겸 보좌관이 이제는 누구보다 열심히 '탈옥수 구승희 사건'에 대해 조사한다는 것이었다. 원래 한번 마음먹으면 깊이 파고들어가는 공수겸 보좌관인 것을 알지만, 이렇게 되니 슬슬 눈치가 보였다.

"들으셨습니까?"

주방으로 향하던 장용빈 의원은 그 말에 멈칫했다.

"뭐 말이야?"

"사람들이 '수의 사건'을 가지고 아직도 말이 많은 것 말입니다. 언론은 좀 잠잠해진 것 같은데……."

"그만큼 흥미로운 게 없다는 거겠지. '구승희 사건'이라는 게, 밝혀진 게 없어서 수수께끼 같잖아. 사람들이 그 많은 호기심을 달리 풀데가 어디 있겠어?"

자료들을 검토하느라 서류 뭉치에 코를 박은 공수겸 보좌관이 고개를 들자, 물이 든 잔 두 개를 든 장용빈 의원이 공수겸 보좌관에게 한 잔을 권했다.

"고맙습니다."

"물만 덩그러니 권하려니까, 내 손이 다 민망하네. 가뜩이나 코에서 단내가 나게 일하는 사람한테 이러는 거…… 나도 마음이 편치 않아."

장용빈 의원은 말없이 최선을 다하는 공수겸 보좌관에게 고마운 동시에 미안한 탓에 머쓱해져 버렸다. 물 한 모금을 마신 공수겸 보좌관은 장용빈 의원을 빤히 쳐다보다가 입을 열었다.

"알면……!"

"알았어! 미안해! 그만해!"

어쩐지 꺼림하게 입을 다물어 버린 둘은 다시 자료들을 하나하나 검토하기에 여념이 없었다. 장용빈 의원의 집은 넓은 편임에도, 쌓인 자료의 양이 많은 탓에 별로 넓다는 생각이 들지 않았다.

"……그 고아원 원장 말입니다."

"아, 거기 알아봤어?"

"네. 찾기가 쉽지 않아서 시간이 걸렸습니다만, 그때 원장이 요양원에 간 후 말입니다. 그 일로 몸이 많이 약해져서 십 년 전에 사망했답니다. 그리고 그 허드레꾼은…… 알아볼 수가 없었습니다."

공수겸 보좌관은 보고를 하면서도 스스로 답답해했다.

"방송에서 신나게 말하기에 찾기 쉬울 줄 알았더니?"

"저도 그럴 줄 알았는데, 어느 날 갑자기 사라졌더랍니다."

"됐어, 찾았다고 해도 큰 도움이 될 것 같지 않더라."

예상은 했어도 진전이 너무 더디다는 생각에 장용빈 의원은 자료를 읽는 것을 그만두었다. 공수겸 보좌관도 합류해서 전력을 쏟고 있었지만, 앞으로 나아가기 힘든 건 어쩔 수 없었다. 그래도 이미 시작한 마당에 흐지부지 끝낼 수는 없었다.

# 14

'후우……'

자못 긴장감에 휩싸인 장용빈 의원의 모습만큼이나 그의 옆에 있는 공수겸 보좌관 역시 굳은 기색이 완연했다. 시종일관 무표정한 그들이 탄 차는 '탈옥수 구승희'가 수감되었었던 교도소를 향하고 있었다. 장용빈 의원의 집에서 무던히 많은 세월을 보낸 끝에, 드디어 본격적으로 나서는 길이었다.

"여기까지 와 버렸네."

장용빈 의원이 혼잣말처럼 중얼거리자 무의식적으로 고개를 돌린 공수겸 보좌관이 그를 보았다. 이윽고 눈이 마주친 둘은 어색해하며 바로 앉았다.

"이상하네. 난 이걸 시작한 장본인이니까 그런 거지만, 너는 왜 그렇게 긴장을 한 거야?"

"이걸 조사하면서 저도 미심쩍은 인상을 받았습니다. 그런 데다 이제야 밖으로 나서서 관련 인물을 만난다고 생각하니, 솔직히 긴장이 됩니다."

"근데 어떻게 그 사람과 연락이 닿은 거야? 지금도 그렇지만 당시에도 취재에 일체 응하지 않은 걸로 아는데."

교도소에 도착하기까지는 시간이 좀 남은 터라 장용빈 의원은 공수겸 보좌관에게 궁금한 것을 털어놓았다.

　　"그게, 연락은 그분이 제게 먼저 하셨습니다. 뭐라고 설명하기가 복잡하지만, 제가 자료를 모으느라 여기저기 좀 쑤시고 다녔는데······ 그러던 중에 그분이 저희가 이걸 조사한다는 걸 아시고는 먼저 연락하신 겁니다. 나머지는 직접 만나셔서 말씀하십시오."

　　"이거······ 좋은 징조로 봐야 하나?"

　　"지금으로써는 그렇게 봐야 할 겁니다."

　　서로 말을 나누다 보니 긴장이 좀 풀리는 것 같았다. 그렇지만 아직은 결과를 알 수 없었기 때문에, 장용빈 의원은 살짝 초조해지는 기분이 들었다.

　　마냥 주행할 것만 같았던 차는 목적지에 도착하면서 멈추게 되었다. 곧이어 차에서 장용빈 의원과 공수겸 보좌관이 내렸는데, 공수겸 보좌관은 운전석으로 다가갔다. 교도소를 한 번 쳐다본 장용빈 의원이 운전석에 대고 말했다.

　　"오래 걸릴 것 같으니까, 근처에서 적당히 시간 때우고 있어."

　　"네······."

　　"······."

　　기껏 냉정을 차리고 있었던 장용빈 의원은 진하가 구사하는 특유의 어감 탓에, 그것이 미끄러지고 말았다. 그 때문에 떨떠름한 얼굴로 진하의 뒤통수를 바라보던 장용빈 의원은 공수겸 보좌관으로 인해 그것마저 제지당했다. 장용빈 의원과 공수겸 보좌관이 교도소 입구에

닿자 교도관 한 명이 그들을 맞이했는데, 그는 어색하게 웃으며 인사를 건넸다.

"아, 어서 오십시오! 높은 분께서 예까지 오시는 게 얼마 만인지 모르겠습니다."

"하하, 별말씀을요. 방해나 하지 말아야 될 텐데⋯⋯."

"방해라뇨, 그럴 리가 없죠!"

능숙하게 미소 지은 장용빈 의원 덕분에 분위기는 밝게 진행되었고, 그들은 교도관의 안내를 받으며 교도소 안으로 들어갔다.

"그때와는 많이 달라진 거겠죠?"

"그런 것도 있고, 아닌 것도 있죠. 예산이 늘 거기서 거기다 보니⋯⋯ 헙!"

편하게 얘기를 하던 교도관이 멈칫하고서 입을 가렸는데, 장용빈 의원은 너털웃음을 지으며 말했다.

"왜요, 맞는 말씀하신 겁니다. 그렇게 솔직하게 말씀해 주셔야 저희가 제대로 알 수 있는 거죠."

"흠흠."

잠자코 두 사람의 대화를 듣고 있던 공수겸 보좌관이 교도관에게 물었다.

"그런데 교도소장님은 어디에 계십니까?"

"아아~ 그 얘기를 하려고 했는데. 사실은 교도소장님이 어제 급한 일이 생기셔서 지금껏 출타 중이세요. 안 그래도 아까, 연락 주셨습니다. 지금 여기로 오는 중이시라고요. 본인이 도착하기 전까지 두 분을 안내해 드리라고 하셨죠. 또 적극 협조하라고요."

"그렇군요. 알겠습니다."

"교도소장님이 당부하신 게 있으니, 저희 모두는 의원님께 협조할 겁니다."

"네, 고맙습니다."

막상 왔는데 기다려야 한다니 두 사람은 좀 김이 빠졌지만, 그래도 숨을 돌릴 겸 해서 교도소 안을 둘러보느라 시간 가는 줄 몰랐다. 그들을 안내해 주는 교도관도 곧잘 친절해서, 그다지 큰 어려움은 없었다.

어느덧 야외로 나온 세 사람의 눈에 굵고 튼튼해 보이는 철조망너머, 재소자들이 모인 공터가 보였다. 그들은 모두 각자의 방식대로 휴식을 취하고 있었다.

"아, 마침 휴식 시간이네요."

장용빈 의원과 공수겸 보좌관이 묵묵히 그곳을 둘러보고 있는데, 멀리서 젊은 교도관이 뛰어와 안내하던 교도관에게 귓속말을 하고서 옆에 섰다. 그리고는 장용빈 의원과 공수겸 보좌관의 눈치를 살피는 것이었다. 곧 안내하던 교도관이 어색하게 웃으며 장용빈 의원에게 다가갔다.

"저, 다른 구역에 문제가 생기는 바람에 가 봐야겠는데요. 이거 죄송해서 어쩌죠?"

"그렇다면 가 보셔야죠."

"문제가 해결되면 바로 돌아오겠습니다. 그때까지 편하게 보고 계십시오!"

"저희는 신경 쓰지 마시고 편하게 하세요."

"네, 그럼!"

말을 마친 교도관은 젊은 교도관과 함께 왔던 길을 따라 부리나케 뛰어갔다. 그 모습을 보던 장용빈 의원과 공수겸 보좌관은 다시 고개를 돌려 공터를 자세히 관찰했다. 그런데 그곳에 있는 재소자 한 명이 철조망에 붙어서 자신들을 곁눈질하는 게 보였다. 백발을 한 그는 주름살이 거의 없는 통통한 얼굴이라 분명 노인 같았음에도 얼굴이 그러니 나이를 가늠하기 힘들었다.

"저 사람…… 어디를 보는 것 같습니까?"

"꼭 우리를 보는 것 같네. 다른 재소자들은 우리를 상관도 안 하는데, 왜 저 사람만 저러는 거지?"

자신들을 물끄러미 바라보는 그가 신경 쓰인 장용빈 의원과 공수겸 보좌관은 서로에게 소곤거렸다. 일단 자리를 옮기기로 한 그들은 뒤돌아 걸으려 했다.

"잠깐……."

별안간 백발의 그가 부르는 소리에 두 사람은 멈칫했다.

"잠깐만요, 거기 서 봐요! 당신들…… '탈옥수 구승희 사건' 때문에 온 거죠, 맞죠?"

장용빈 의원은 백발의 그를 쳐다보았으나 뭐라고 해야 좋을지 몰라 입을 열지 않았다.

"딱 이십 년 만에 그 사건이 떠오를 만한 일이 생겨서 밖에서 아주 난리라고 들었어요. 덕분에 방송국에서도 사람이 왔었고, 무슨 잡지에서도 기자가 와서 취재하고 갔었죠. 이제는 좀 사그라든 줄 알았는데, 그게 아니었나 봐요?"

그는 혼자 알아서 재잘대더니, 장용빈 의원에게서 금빛 휘장을 발견하고는 갑자기 눈을 부릅뜨며 호들갑을 떨었다.

"오…… 오! 어쩐지 처음부터 범상치 않다고 생각했는데, 역시 제 눈이 정확했어요~"

'이거 어쩌나. 난처해진 것 같은데.'

장용빈 의원이 어찌할 바를 모르고 공수겸 보좌관을 보았으므로, 그는 즉시 장용빈 의원과 백발의 중간에 섰다. 두 사람 사이에 시선이 교차하는 일이 없도록 막은 공수겸 보좌관은 곤란해하는 장용빈 의원을 공터의 반대 방향으로 모시려 했다.

"맞잖아요! 세상에 높은 분이 오시다니! 그 사건이 대단하기는 한가 봐요?! 잠깐만요, 기다리라고요! 제 말을 들으셔야죠!"

금세 발작이라도 할 것처럼 흥분한 그가 장용빈 의원의 등에 대고 소리쳤다. 그런데 그 소리가 어찌나 큰지, 공터에서 감시하던 교도관들이 냉큼 달려왔다.

"이봐요, 내 얘기를 들으라고요! 기자들이 달려들었을 때도 대답해 주지 않았어요. 정말 중요한 얘기라고요!"

장용빈 의원과 공수겸 보좌관은 한숨지으며 걸음을 서둘렀다.

"이거 놓으라고! 내 얘기를 안 들으면 후회할 걸? 내가 누군 줄 알아?! 이십 년 전 '탈옥수 구승희 사건' 때, 여기 있었던 사람이라고! 난 그 사건을, '탈옥수 구승희'를 곁에서 지켜본 사람이야~"

그가 고래고래 소리치는 통에, 주변에 있는 재소자들이 찡그리며 고개를 돌렸다. 잠시 걸음을 멈춘 장용빈 의원이 머뭇거리자, 공수겸 보좌관도 덩달아 걸음을 멈추고 장용빈 의원을 살폈다. 침이 튀기도록 소리를 지르던 백발의 그는 벌겋게 상기된 얼굴로 장용빈 의원을 애절하게 보고 있었다. 그러다 장용빈 의원이 걸음을 멈춘 것을 보고, 이번에는 구슬프게 울먹거렸다.

"내가…… 아는 걸 감추느라 얼마나 힘들었는데~ 다른 사람들이 몰려와서 아무리 캐물어도, 절대로 대답해 주지 않았다고! 그 사건을 제일 잘 아는 사람이 바로 나라고요…… 내게 기회를 주세요…… 모든 걸 숨김없이 다 말할 거란 말이에요!"

그러고는 철조망을 붙잡은 채 하염없이 울부짖었다. 그 처절한 울음소리는 공터를 넘어, 온 교도소 안을 울리기에 충분했다. 어느새 장용빈 의원은 서럽게 우는 그를 응시했다.

"제발…… 들어주세요."

눈물과 콧물로 인해 엉망이 된 그의 얼굴에 또다시 눈물이 흘러내렸다.

"……."


장용빈 의원과 공수겸 보좌관은 재소자들이 면회실로 쓰는 방에 앉아 있었다. 그곳에는 그들이 나란히 앉아 있는 곳 외에도 간이 탁자가 몇 개 더 있었다. 그곳을 훑어보던 그들은 맞은편에 앉은, 어느새 울음을 그친 백발의 그를 바라보았다. 아직도 벌건 눈가의 그는 들뜬 모습으로 장용빈 의원과 공수겸 보좌관을 신기하다는 듯이 쳐다보고 있었다. 그곳에는 세 사람만이 앉은 채 침묵을 지키는 그림이 연출되었다.

"이제 괜찮아지셨다면, 그만 얘기해 주셔야겠습니다."

의심스러운 눈으로 백발의 그를 보던 공수겸 보좌관이 다소 딱딱하게 말했다. 하지만 그는 공수겸 보좌관이 뭐라고 말하던, 안 들린다는 것처럼 웃었다.

"세월 참 빠르다…… 벌써 이십 년이 흘러 버렸네. 여기에 오게 된 게 엊그제 같은데, 어느새 백발이 다 되어 버렸어. 그래도 괜찮아, 재소자나 교도관이 아닌 사람과 대화를 나누게 됐잖아? 그것도 휘장을 단 사람과……."

그가 혼잣말을 중얼거리며 딴청을 피웠기에 그 모습에 화가 난 공수겸 보좌관은 인상을 쓰고 말았다.

"이것 보세요, 언제는 얘기를 들어 달라더니……!"

장용빈 의원은 말없이 공수겸 보좌관을 제지하고서 작게 중얼대느라 바쁜 백발의 그에게 말했다.

"짐작하신 대로, 저희는 이십 년 전 '구승희 사건' 때문에 여기에 오게 되었습니다. 그러니 이제 그만, 저희에게 아시는 걸 말씀해 주세요."

침착한 모습의 장용빈 의원이 최대한 부드럽게 말했다.

"아이고, 그러셨구나. 하시는 일이 꼭 좋은 결과를 얻으셨으면 좋겠습니다! 아, 저는 마영희라고 해요. 제가 여기에 수감된 지가…… 하도 오래돼서 꼽기가 힘든데, 아무튼 이십 년 전에도 여기에 있었죠."

정신이 다른 곳에 가 있는 것 같던 마영희는 장용빈 의원의 목소리에, 바로 차분하게 말했다. 미소까지 짓고서 천연덕스럽게 장용빈 의원만을 바라보는 마영희가, 공수겸 보좌관의 눈에는 못마땅하게 보였다.

"마영희 씨가 도와주신다면, 저희에게 큰 도움이 될 것 같은데요."

"세상에, 나랏일하시는 분이 내 이름을 불러 주시네……."

감격한 마영희가 울먹이며 장용빈 의원의 손을 잡으려 해, 그 행동이 기가 막혔던 공수겸 보좌관은 약간 볼멘소리로 물어봤다.

"하신다는 말씀이 정확히 뭡니까? 의원님은 나랏일 하시느라 바쁘셔서 더 이상 지체할 수 없으시니, 어서 용건을 말씀해 주십시오."

그러자 장용빈 의원의 손으로 향하던 자신의 손을 멈춘 마영희는 곧 불만스러운 눈으로 공수겸 보좌관을 쳐다보았다. 하지만 마영희는 재빨리 장용빈 의원에게 고개를 돌리며 눈웃음을 쳤다.

"네! 저는 많은 것을 알고 있지만…… 지금껏 아무한테도 말하지 않았어요. 언론에서 뭐라고 했는지 몰라도 제가 아는 것에 비하면, 새발의 피라고 할 수 있죠. 원하신다면 당장이라도 말씀드릴 수 있거든요! 근데……."

신이 나게 말하던 마영희는 공수겸 보좌관을 핼긋거리더니 뜸을 들였다.

"말씀하세요."

"근데, 좀 걸리는 게 있어요. 제가 중요한 걸 말씀드리려고 하는데…… 의원님과 저, 단둘이서만 말하고 싶거든요. 그래야 제 마음이 편해져서 모든 걸 말씀드릴 수 있을 것 같은데."

공수겸 보좌관은 마영희가 하는 말에 어이가 없었고, 장용빈 의원 역시 겉으로는 웃었지만 점점 불쾌해졌다.

"아, 그러시군요. 그런데 이를 어쩝니까? 이번 일에서 이 친구가 아주 중요한 역할을 맡고 있어서요. 이곳도 이 친구가 오자고 해서 오게 되었죠! 그런데 정 그러시다면, 죄송하지만 그만……."

곤란하다는 얼굴로 말한 장용빈 의원이 자리에서 일어나려고 하니, 깜짝 놀란 마영희는 절로 당황하게 되었다.

"……잠깐만요!"

우물쭈물하다가 소리친 마영희는 새무룩한 표정으로 천천히 입을 열었다.

"제가 워낙…… 조심스럽고 예민해서요. 두 분이 그렇게 중요한 일을 하시는 거라면…… 제가 좀 양보해야죠. 그럼, 제가 큰맘 먹고 말씀드리죠! 이건 지금까지 누구한테도 말한 적 없는, 이를테면 비밀 같은 거예요! 필기 안 하세요?"

"저희가 알아서 하겠습니다."

쓴웃음을 지은 장용빈 의원이 마지못해 말한 터라 그 시원찮은 반응에 마영희는 속히 얘기하기 시작했다.

"그러니까 이십 년 전에 무슨 일이 있었느냐…… '탈옥수 구승희'가 아직 '구승희'일 때요. 그 친구가 이곳에 막 수감되었을 때, 말도 못했어요! 갓 스물 된 남자…… 소년이라고 해야 하나? 아무튼 그 친구는 처음에 굉장히 비리비리했어요."

옛 추억을 꺼내듯 아련해진 마영희의 눈이 향한 곳은 오직 장용빈 의원뿐이었다. 그렇다 보니 공수겸 보좌관에게는 눈길조차 주지 않아, 마치 유령인 듯 철저히 무시했다. 그래서 공수겸 보좌관은 마영희가 더 얄미웠으나 가까스로 참았다.

"좀 가물가물하지만…… 그래도 기억하고 있어요. 늘 나사가 빠진 모습이었는데 말을 통 안 하고, 잘 먹지도 않았어요. 뭐, 누구한테 배신을 당해서 충격이 크다고 하더라고요."

"배신을 당했다는 얘기는 누구에게 들으신 거죠?"

"네?"

마영희가 하는 말을 조용히 듣던 장용빈 의원이 갑작스레 질문을 던졌다. 이에 당황한 마영희는 눈을 크게 뜨고는 말이 없었다.

"그가 수감됐을 당시, 어떻게 죄를 지었는지 잘 모르셨을 텐데요. 지금 '그 친구가 통 말을 안 했다'고 하셨는데, 배신당한 건 어떻게 아셨죠?"

"그게…… 재소자들 사이에서 얻어 들은 거죠. 그 친구는 자존심이 강해서 그런 거, 절대 말 안 했어요."

장용빈 의원이 던진 질문에 잠시 허둥대던 마영희는 애써 웃으며 말을 이었다.

"자세히는 모르겠고. 재소자 중의 누군가가 가족과 면회를 하면서 알게 된 사실인데, 그게 그렇게 소문이 쫙 퍼진 거죠! 그 친구가 그렇게 폐인처럼 침묵만 지키니까, 다들 거기에 호기심이 들어서는 급속도로 퍼지고 만 거예요. 아휴…… 어찌나 불쌍하던지. 지금도 그때만 생각하면 너무 불쌍해요. 쯧쯧……."

마영희는 안타까워서 못 견디겠다는 시늉을 하며 혀를 찼다.

"사정이 있어서 믿었던 사람이랑 도둑질을 했는데, 글쎄! 혼자 다 뒤집어쓰고 온 거래요…… 나이도 어린 친구가 참 안 됐죠, 안 그래요?"

"음…… 지금까지 하신 말씀은 그다지 놀라울 게 없네요. 그 정도는 다른 사람들도 다 알 텐데요. 혹시 다른 건 없나요?"

정색하며 냉정하게 말하는 장용빈 의원에게 흠칫한 마영희는 급히 말을 이었다. 겉으로는 아무렇지도 않다는 모습을 했으나, 그의 마음에는 초조한 기색이 들었다.

"그럼요! 이 정도는 아무것도 아니죠! 예까지 오셨는데, 당연히 모두가 놀랄 만한 중요한 얘기를 들으셔야죠."

허둥지둥한 마영희의 태도에, 장용빈 의원과 공수겸 보좌관은 미심쩍은 마음이 들었다. 하지만 혹시나 하는 마음에 그의 얘기를 더 들어보기로 했다. 어차피 그들이 기다리는 사람은 아직 소식이 없었거니와 달리 할 게 없어서이기도 했다.

"저는 먼 길 오신 두 분을 위해서, 모든 것을 털어놓을 겁니다! 그러니까…… 그 친구는 외톨이였어요. 안쓰러울 정도로 말라서는 누구한테도 말을 하지 않았는데, 저는 달랐다는 거죠! 저하고는 아주 가깝게 지냈다는 말이죠! 왜냐하면, 제가 그 친구한테 '너, 그러면 안 돼! 비록 교도소에 와도 언젠가는 여기서 나가게 될 텐데, 벌써부터 그러면 안 돼!' 그랬죠. 제가 자꾸 타이르니까, 처음에는 무시했던 그 친구도 저한테 마음을 열었어요. 참, 어찌나 저를 따르던지……."

마영희는 열을 올리며 성토하듯이 말을 늘어놓으면서도, 눈은 여전히 장용빈 의원만을 향하고 있었다.

"결국은 제 덕분에 밥도 잘 먹고, 말도 많이 하게 돼서 건강을 되찾게 됐어요! 그 친구, 말이 어찌나 많던지……."

"그거 말고 다른 얘기는 없나요? 저희 앞에서 눈물을 흘리셔야 했던 만큼 중요한 얘기 말입니다. 저희는 사실, 그게 궁금해서 그러거든요."

계속 듣자니 답답했던 장용빈 의원이 재촉했기에, 움찔한 마영희는 장용빈 의원의 눈치를 살폈다.

"그게, 그러니까…… 그 친구가 저만 보면 못 견디게 좋아했어요. 그리고…… 그날이 왔죠! 그 친구는 그날, 흔적도 없이 사라져 버린 거예요."

장용빈 의원과 공수겸 보좌관은 조용히 귀를 기울였고, 마영희는 그런 그들의 모습이 마음에 드는 듯했다. 자신이 그들보다 우위에 있다는 생각에 마냥 즐거운 모양이었다.

"뭐, 그다음이야…… 잘 아시겠죠? 그런데! 그게 끝이 아니에요…… 사실은요, 저는 그 친구가 탈옥할 거라는 걸 진작 알고 있었다고요. 그게 어떻게 된 거냐하면, 아까 그 친구가 저를 무척 따랐다고 말했었죠?"

"누누이…… 강조하셨죠."

우쭐한 마영희의 얘기가 지루해진 공수겸 보좌관은 자기도 모르게 쏘아붙이고 말았다. 이내 다음 순간, 자신의 행동을 인지해 낸 그는 낙담하여 고개를 숙였다.

"계속 말씀하시죠."

"네! 경찰이 수배를 하든, 뭘 하든 소용이 없었잖아요? 그게…… 그 친구는 이미 외국으로 빠져나가서 그런 거예요! 그 친구가 탈옥하기 며칠 전부터 저한테 계속 말했거든요. 그때 저는 농담인 줄 알고 웃어넘겼었는데, 그게 아니었던 거죠!"

눈을 크게 뜬 마영희는 동작을 크게 해 가며 열심이었다가, 엄청난 비밀처럼 소곤거리고는 했다. 그러던 마영희가 어느 순간 침묵하게 되었는데, 장용빈 의원이 갑자기 자리에서 일어났기 때문이었다.

"알겠습니다! 그런 일이 있었군요. 놀랍습니다, 그런 일이 있었다니. 전혀 예상치 못한 전개로군요. 자네도 그렇게 생각하지?"

장용빈 의원은 억지로 씩 웃으며 감탄한 것처럼 말했다. 얼떨떨한 얼굴로 장용빈 의원을 올려다 본 공수겸 보좌관은 머뭇머뭇하다가 그에 맞장구치기로 했다.

"아? 네, 네!"

"하~ 역시! 이 친구가 여간해서는 이러지 않는데, 보세요! 입을 다물지 못하네요."

"……."

공수겸 보좌관은 마지못해 굳게 다문 입을 조금 벌렸다.

"하하하! 이 친구야, 그만하고 나가자고! 알다시피 우리는 할 일이 아주 많잖아?"

유쾌한 것처럼 웃던 장용빈 의원은 공수겸 보좌관에게 보채는 눈빛을 보냈다. 그제야 상황을 파악한 공수겸 보좌관은 급히 일어나 장용빈 의원을 앞질러 입구로 향했다.

"아이고! 시간이 벌써 이렇게 흘러 버리다니~ 더는 지체할 수가 없습니다. 서두르셔야겠습니다, 의원님!"

"그래? 저런, 안타깝게 됐어. 이거 죄송합니다만 저희는 그만 가 봐야겠습니다."

그때까지 눈만 휘둥그레 뜨고 있던 마영희는 곧 다급해졌고, 장용빈 의원과 공수겸 보좌관은 입구를 향해 성큼성큼 걸어갔다.

"근데 괜찮으시겠어요? 정말로 뭘 알고 있다면."

"둔박하기는! 계속 들어 놓고도 그런 말이 나와? 빨리 벗어나고 싶다."

그들은 서로 소곤거리며 걸음을 옮겼다. 그러자 마영희는 그들, 특히 장용빈 의원을 붙잡기 위해 혈안이 되었다.

"어……?! 그냥 가시는 거예요? 이제 정말 중요한 부분이라고요! 안 들으시면 후회하실 거예요!"

"네, 알겠는데요. 저희가 할 일이 많아서요."

장용빈 의원은 고개도 돌리지 않고 대충 말했다.

"이를 어째. 무슨 얘기를 해야 들으시려나……! 그럼 다음에 또 오실래요? 제가 그때는 많이 준비해 놓고 있을게요!"

멀어지는 그들을 어떻게든 다시 자리에 앉히기 위해 조바심이 든 마영희는 끈질기게 굴었다.

"……."

장용빈 의원은 안절부절못하는 마영희를 보며 곤란한 표정으로 웃었다. 물론, 속으로는 한시바삐 그에게서 벗어나고 싶을 뿐이었다.

"아아악!"

장용빈 의원과 공수겸 보좌관이 문 앞에 선 순간, 난데없이 마영희가 소리를 질렀다. 깜짝 놀란 그들이 돌아보니, 마영희는 괴로운 듯 가슴을 쥐어뜯고 있었다.

"이럴 수가…… 내가 오늘을 얼마나 기다렸는데! 겨우 잡은 기회를 이대로 놓칠 수는 없는데! 아유~ 원통해! 나만 아는 그 비밀을 모두 풀어 놓아야 하는데! 이대로 입 다물고 늙어 죽어야 하다니~"

애가 타도록 목 놓아 외치는 그 소리에, 밖에 있던 교도관들이 들이닥쳤다. 마영희는 교도관들에게 제압당하면서도 장용빈 의원을 응시한 채 오열했다.

"안 돼, 이럴 수는 없어~ 어서 내가 아는 사실을 만천하에 공개해! 사람들이 모르는 사실을 알리라고!"

마영희의 목소리가 너무나 큰 탓에 귀가 먹먹해질 지경이었다. 그래서 교도관들이 난리를 부리는 마영희를 끌고 가려고 했지만, 그는 악착같이 이를 갈면서 꼼짝도 하지 않았다. 또한 오매불망 장용빈 의원을 바라보며 악을 썼는데, 그에게 질린 장용빈 의원은 끝내 외면해 버렸다. 그러자 마영희는 고개를 푹 숙인 채 엉엉 울기 시작했다.

"……내가 새파랄 때부터 여기서 썩고, 이제 백발이 성성한 노인이 다 되었는데. 더 이상 꿈꿀 희망도 없이…… 죽을 날만 기다리며 살고 있는데. 죽을 때는 죽더라도, 나만 아는 비밀을 털어놓고 싶을 뿐인데……!"

기운을 쓰다 지친 교도관들이 숨을 돌리는 동안, 일그러진 얼굴로 눈물을 뚝뚝 흘린 마영희가 서러운 마음에 간이 탁자에 주먹을 힘껏 내리쳤다. 그쯤 되고 보니, 너무 혼란스러워 뭐가 어떻게 돌아가는 건지 알 수가 없었다.

"한 번은 통했을지 몰라도 두 번은 어림도 없어."

마영희를 등진 장용빈 의원이 나직이 중얼거렸다. 한편 마영희의 목청 때문에 머리가 아픈 공수겸 보좌관은 그저 조용한 곳에 가고 싶었다.

"괜찮으십니까?"

겨우 그곳을 나온 후, 귀가 얼얼한 공수겸 보좌관이 관자놀이를 문지르며 장용빈 의원에게 물었다. 그들은 복도의 맞은편에 섰는데, 그나마 작아진 마영희의 목소리는 도무지 그칠 줄을 모르고 복도를 울렸다.

"아~ 정신이 하나도 없네."

그때, 교도관 한 명이 달려와서 난리가 난 그 방으로 들어갔다.

"새로운 정보를 하나라도 더 모아야 하는데 벌써부터……."

"신경 쓸 거 없어! 탈옥 계획을 알고 있었다니, 뻔한 거지."

"허부맹랑하기는 해도, 혹시 모르잖습니까?"

공수겸 보좌관이 걱정스럽게 얘기하니, 그런 그를 빤히 보던 장용빈 의원은 할 수 없다는 표정으로 말했다.

"말할 기회를 줬는데도 상관없는 얘기로 시간 끄는 거 못 봤어? 게다가 제 입으로 '구승희는 자존심이 강하다'고 했었잖아. 그런데, 탈옥 계획을 남에게 '계속' 말했다? 말이 안 돼. 앞뒤가 안 맞는 말만 하고 있었어."

"……."

어딘가 복잡한 눈을 한 공수겸 보좌관은 곧 생각에 잠겼다.

"……아악! 승희야~ 너의 진실을 사람들에게 널리 알려야 하는데! 승희야~ 승희야!"

마영희의 소름끼치는 비명이 극에 달해, 장용빈 의원과 공수겸 보좌관의 귓가를 괴롭혔다. 이에 장용빈 의원은 질색을 했고, 공수겸 보좌관은 무표정한 얼굴로 문 너머의 마영희를 물끄러미 보았다.

"교도관이 세 명이나 매달렸는데, 저렇게 애를 먹다니."

그들이 선 복도의 반대편에서 또 다른 교도관 한 명이 빠르게 걸어오는 게 보였다. 그는 나이가 좀 든 모습이었는데, 거리가 좁혀지고 나서야 뭔가 다르다는 느낌이 들었다.

"아…… 혹시?"

장용빈 의원은 말쑥한 그 교도관에게 재빨리 다가가 말을 건넸다. 그는 조금 지친 기색으로 장용빈 의원을 보더니 이내 미소를 지었다.

"아, 네에…… 장용빈 의원이십니까?"

"네, 그렇습니다."

"이거 기다리시게 해서 죄송합니다. 저는 이곳의 교도소장, 독고설기라고 합니다."

곧이어 장용빈 의원은 독고설기 교도소장과 힘찬 악수를 나누었는데, 독고설기 교도소장은 그들과 인사를 하던 중에 갸웃거렸다.

"제가 사정이 있어서 이제야 돌아왔는데…… 이상한 얘기를 들어서요. 마영희와 말씀을 나누신다고요?"

"안 그래도 지금 마쳤습니다. 그런데……."

"이거 놔~"

때마침 마영희의 처절한 목소리가 복도를 떠도는 바람에, 세 사람 모두 반사적으로 고개를 돌리게 되었다. 그런데 고개를 돌리던 독고설기 교도소장에게서 뜻밖의 실소가 새어 나왔다.

"참…… 이해가 잘 가지 않는군요. 왜 저 사람과, 하필이면 마영희라니."

독고설기 교도소장의 반응이 어렴풋이 야릇했기 때문에, 공수겸 보좌관은 그에게 질문했다.

"마영희…… 교도소장이시면, 재소자들의 이름을 다 아시는 겁니까?"

"당연히 그렇지는 못하죠! 하지만 마영희는, 이 안에서 유명합니다."

"그가 '구승희 사건' 때 자기도 여기에 있었다는데, 그건 사실인가요? 둘이 가까웠다고 했거든요."

장용빈 의원도 궁금증을 풀기 위해 독고설기 교도소장에게 질문을 던졌다.

"하하- 그렇게 말했나 보군요. 그렇게 오랜 세월을 교도소에서 보내면서, 어쩌면 그렇게 한결같을 수 있는지."

독고설기 교도소장은 허공에 대고 한숨을 쉬었다. 그렇게 단호하게 고개를 절레절레 흔드는 그가 오히려 미심쩍게 보였다.

"왜 그러시죠?"

"아, 말문이 막혀서요. 마영희가 오래 수감된 것, 그가 없어졌을 때도 여기에 있었던 건 사실입니다. 하지만 기가 막히네요…… 마영희는 그가 수감되기 전부터 독방에 갇혀 있었고, 그가 여기서 없어졌던 날에도 독방에 갇혀 있었거든요. '그 사건'이 일어난 후에, 그해 가을이 다 되었을 때야 독방에서 나올 수 있었죠. 그러니, 말도 안 됩니다!"

그렇게 말하는 독고설기 교도소장에게서 내내 불쾌한 기색이 역력했으므로, 그 말을 들은 장용빈 의원과 공수겸 보좌관은 기가 막혔다.

"두 분이 그런 반응을 보이시는 것도 무리는 아닙니다. 이 교도소에서 재소자든 아니든, 다들 한 번씩은 마영희한테 속아 봤으니까요. 연약한 척하면서 그럴듯한 말로 현혹시켜 놓고, 필요 없다는 생각이 들면 대놓고 약 올려 버리죠. 얼마나 지독한지 모릅니다."

"말씀하시는 걸 보면, 교도소장님도 당하셨나 보군요."

"말도 마십시오. 방금 말씀드렸다시피 저 말고도 모두가 마영희의 피해자들입니다. 아까 마영희를 처음 만나셨을 때…… 이상하지 않던가요? 재소자들 중에 누구도, 마영희에게 눈길도 주지 않았을 텐데요."

독고설기 교도소장은 아직도 기가 차다는 반응을 보이며 장용빈 의원에게 말을 건넸다.

"그랬던 것 같은데 잘 모르겠습니다. 말씀대로라면, 그게 다 이유가 있다는 거군요?"

"맞습니다…… 마영희는 계획적으로 접근해서, 얼토당토아니한 얘기로 상대방의 얼을 빼놓죠. 멋대로 이간질시키고, 사기를 치고, 온갖 분란을 일으켜서 골칫거리였어요. 몇 번을 그랬는지 셀 수도 없을 정도로 말입니다. 거짓말을 해 놓고, 그 거짓말을 위해서 또 거짓말을 하고, 그걸 끊임없이 반복하니 모두가 질려 버렸죠."

독고설기 교도소장의 말을 들을수록 장용빈 의원과 공수겸 보좌관은 허탈감에 빠지게 되었다. 자신들이 여태 마영희의 허설에 시간을 낭비했다고 생각하니 믿어지지가 않았다.

"그렇게 입만 열면 거짓말을 늘어놓으니, 아무리 착한 사람이라도 이를 갈 수밖에요. 끝도 없이 아귀가 안 맞는 말을 계속하니까 그나마 곁에 있던 사람들도 마영희를 등졌어요. 그래서 결국 모든 재소자들이 그를 무시하기 시작했죠. 저같이, 마영희의 농간에 당했던 사람들은 일말의 동정심도 없이 그를 외면했죠. 안 그러면…… 또 호되게 당할 테니까요."

묵묵히 독고설기 교도소장의 말을 듣고 있던 공수겸 보좌관이 무슨 말을 꺼내려는데, 마영희의 구슬픈 외침이 들려왔다.

"이건 말도 안 돼~ 밖에서 승희가 슬퍼할 거라고! 승희의 영혼이 나를 부르고 있다고!"

"……."

입을 다문 세 사람은 서로의 눈치를 살피다, 동시에 한숨을 쉬고 말
았다.

# COINCIDE 1

저　　자 권이한

**1판 1쇄 발행** 2020년 10월 28일

**저작권자** 권이한

**발 행 처** 하움출판사
**발 행 인** 문현광
**편　　집** 홍새솔
**주　　소** 전라북도 군산시 축동안3길 20, 2층 하움출판사
**I S B N** 979-11-6440-704-0 (03810)

**홈페이지** http://haum.kr/
**이 메 일** haum1000@naver.com

좋은 책을 만들겠습니다.
하움출판사는 독자 여러분의 의견에 항상 귀 기울이고 있습니다.

이 도서의 국립중앙도서관 출판예정도서목록(CIP)은 서지정보유통지원시스템 홈페이지(http://seoji.nl.go.kr)와
국가자료종합목록 구축시스템(http://kolis-net.nl.go.kr)에서 이용하실 수 있습니다. (CIP제어번호 : CIP2020044289)